280일

280일

전혜진 장편소설 ──────

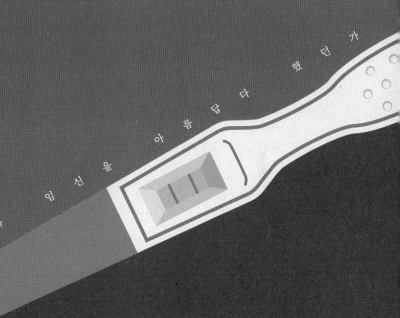

누가 임신을 아름답다 했던가

그픽

CONTENTS

옛날 어른들은 흔히들 아이는 하늘이 주시는 것이라 말씀하셨다.

돈이 없어서, 가난해서 아이 낳기를 주저한다는 젊은 부부를 보시면 꼭 그런 말씀도 하셨다. 아이는 자기 먹을 것은 갖고 태어나는 법이라고. 시대가 바뀌어 그런 이야기는 이미 통하지 않는 세상이라는 것을 모르시는 건지, 아니면 알고도 자꾸 모르는 체 그런 말씀을 하시는 것인지는 모르겠지만.

하긴, 요즘도 그런 무책임한 말씀은 하시지. 그것도 고리타분한 어르신 한두 분이 아니라, 아주 국가적으로 해 대고 있다.

아이를 낳아라, 젊은 것들이 아이를 안 낳아서 나라가 망하겠다, 여자들이 결혼을 안 해서 한민족이 멸망하겠다. 명절에 친척 어르신께 들어도 이거 한 마디 들어 드릴 때마다 최소 10만 원씩은 받아야 하는 게 아닐까 싶은 그런 말들을, 국가와 언론이 앞장서서 떠드는 것을 보면 기도 차지 않는다.

서른다섯 살에서 마흔 살까지, IMF 전후로 대학에 들어가서, 서른 살 좀 지나서 결혼을 하고, 어떻게든 일을 계속하려고 애쓰고, 아등바등 살아온 우리 발등에 떨어진 현실은, 그렇게 시대착오적인 소리를 팔자 좋게 들으면서 고분고분하게 예, 예, 하고 대답할 만한 게 아니었다. 고용불안, 불황과 저성장, 환경오염. 아니, 그렇게 거창하게 사회 문제까지 생각하지 않더라도, 당장 거울만 들여다봐도 아이 낳을 결심을 하는 건 쉽지가 않다.

이 악물고 열심히 살아 봤지만 부모님 세대보다 나은 삶을 사는 것은 이미 글러 버린 듯하고, 그래도 결혼도 했으니 아이 하나쯤은 어떻게 낳아 볼 수 있을까 생각할 무렵에는, 이미 피임을 안 하는 것 정도로는 아이는 쉽사리 생기지 않고, 결국 병원에 가서 아이를 만드는 문제에 대해 심각하게 의논을 해 봐야 하는 삼십 대 후반. 운이 좋아 정년까지 일한다 하더라도, 아이가 대학을 졸업하기 전에 은퇴해야 하는 이런 상황.

이런 시대에, 아이를 낳는다는 건 대체 어떤 의미일까.

이 험난한 세상에 아이를 낳아도 되는 것일까.

혹시, 굉장히 무책임한 일인 것은 아닐까.

"5월의 신부라는 말도 있지만, 북유럽의 5월이랑 여기 5월이 같겠냐."

재희가 손으로 부채질을 하며 중얼거렸다.

2018년 5월. 날은 벌써부터 더웠다. 하지만 에어컨을 틀거나 여름 정장을 꺼내기에는 아직 일렀다. 게다가 미세먼지도 많았다. 한마디로 애매한 시기. 하지만 결혼 산업에서는 5월의 신부라는 이미지 때문인지 언제나 대목인 때였다.

"웨딩홀 잡기 정말 힘들었대요."

"그렇다더라. 야, 난 은주 언니는 미세먼지 좀 없을 때, 좀 고즈넉한 절 같은 데서 조용히 결혼하실 줄 알았어."

"너무한다. 은주 언니가 자연적인 걸 좋아하긴 해도 그 정도는 아니에요. 절이라니."

"그래도 이건 은주 언니가 정한 곳치고는 너무 무난하잖아."

"나름 호텔이잖아요."

"호텔이면 뭐해. 주차장이 협소하다는데."

솔직히 재희는 이런 날 남의 결혼식에 굳이 참석하는 사람이 아니다. 글 쓰는 사람 중에는 남의 경조사에 꽤 무신경하게 구는 타입도 없지 않은데, 재희가 바로 그랬다. 밖에 나돌아다니는 걸 워낙 귀찮아 하다 보니, 어지간해선 축의금만 보내고 넘어가곤 했다.

게다가 결혼식장인 호텔은 강남 한복판에 있었다. 당연히 대중교통만이 답이었다. 하지만 양재 쪽의 만화 행사까지 겹친 주말의 지하철이란 아침부터 사람의 의욕을 바닥내기 딱 좋은 코스였다.

"좋을 때다."

하지만 은주 언니 결혼식에 빠질 수는 없지.

정말 간만에 마음먹고 주말에 나온 재희는, 만화 행사 가는 애들을 보다 문득 중얼거렸다.

"우리가 처음 만났을 때도 저만하지 않았어?"

재희가 은주와 알게 된 것은 무려 지난 세기의 일이었다.

선경, 지원과도 친구가 된 것도 그 무렵의 일이었다. 1999년, 딱 그 무렵. 아직 PC통신이라는 게 남아 있고 이제 막 인터넷이라는 게 가정에 보급되기 시작했으며, 여의도공원 건너편에 자리를 잡았던 거대한 굼벵이 같던 중소기업 박람회장에서 만화 행사를 하던 시절의 일이었다.

그렇게 만난 네 사람이 20년을 꾸준히 친구로 지내고 있다. 굉장하다면 굉장한 인연이지.

그때 지원이 낯을 찌푸리며 걸음을 멈췄다.

"언니, 잠깐만. 나 발 좀."

지원의 발뒤꿈치 쪽으로 피가 배어나오고 있었다.

"요즘 기술 좋네. 스타킹이 발 가죽보다 질기다니."

"밴드 줄까?"

"어, 그래야 할 것 같은데."

지원은 형사다. 평소에 늘 나이키 운동화를 애용해서 그런지, 직장 생활 10년이 넘었는데도 여성용 구두에는 영 익숙해지질 않았다. 하이힐도 아니고, 그냥 5센티쯤 되는 펌프스인데도 발볼이 꽉 죄는 것이 불편하고 아프고 답답했다.

"은주 언니 결혼이라고 너무 무리하는 거 아냐? 평소에 높은 거 안 신던 사람이 이런 거 신으면 탈 나."

"끝나고 발마사지 받으러 가야겠다."

선경이 스타킹과 반창고를 꺼내 주자, 지원은 조금 건들거리는 걸음으로 화장실로 향했다. 선경은 재희와 화장실 앞에서 지원을 기다렸다.

그리고 선경이 문득 중얼거렸다.

"우와⋯."

선경이 바라본 것은 건너편 벽면을 가득 메운 대형 광고였다.

"⋯우리나라 돈 많네."

유채꽃이 가득한 들판을 배경으로, 새하얗고 품이 낙낙한 원피스를 입은 아름다운 여배우와 그녀의 두 아이들이 웃으며 끌어안고 있었다. 만화 속에서 튀어나온 것 같은 새파란 하늘에는 그보다 더 선명한 붓글씨 캘리그래피풍의 먹빛 폰트로, 그야말로 우리의 세금이 여기 걸려 있습니다, 싶은 멘트가 적혀 있었다.

엄마가 되는 기쁨, 대한민국이 함께합니다.

보건복지부인지 여성가족부인지, 정부가 이번에야말로 작정을 하고 도배한 듯, 건너편 벽면에도 같은 콘셉트의 대형 광고판이 걸려 있었다.

"이야, 저렇게 후진 광고를 이런 사이즈로 걸어놓고."

"게다가 무슨 '엄마가 되는 기쁨'이래요. 애는 혼자 만드나."

"저거 너무나… 우리는 돈을 들이기 싫지만 너희는 사회 재생산을 해주십시오, 아니야."

"솔직해서 좋긴 좋네요. 위화감 느껴져서 그렇지."

"아, 너도 그렇지?"

"왜 안 그러겠어요. 저 사람이 1년에 버는 게 얼마인데…."

국내 최고 개런티를 자랑하는 아름다운 배우가 소박한 옷차림으로 엄마가 되는 기쁨을 전하는 모습은 마치 마리 앙투아네트가 베르사유 궁 안에 농가를 만들어 놓고 체험하던 가짜 전원생활처럼 비현실적이었다. 지하철 밖으로 나가면 미세먼지 가득한 하늘을 머리에 이고 살아야 하는 대한민국에서, 저 화사한 유채꽃 들판과 아름다운 하늘이 비현실적인 것과 마찬가지로.

"뭐예요. 무슨 이야기들이야."

지원은 스타킹을 갈아 신고 나와, 재희와 선경이 들여다보던 커다란 광고판을 흘끔 쳐다보았다.

"그러고 보니까 나, 회사에서 끝내주는 거 봤었는데."

"응? 뭘 봤는데?"

지원이 고개를 절레절레 저으며 앞장서 걷기 시작했다.

"우리 회사가, 성비가 진짜 안 나오잖아요. 근데 어느 날 보스가 무슨 바람이 불었는지, 사귀는 사람 없는 미혼 직원들 미팅 주선한다면서 조사를 했어요. 근데 결혼 안 한 남직원이 거의 다 지원을 한 거야."

"너희 회사 남자애들이 인기가 없나?"

"아뇨. 뻔히 여친 있는 놈들까지 다 지원한 거예요."

"와, 싫다. 진짜. 그래서? 정말로 미팅을 했어?"

"아니."

지원은 빈 에스컬레이터를 성큼성큼 걸어 올라가며 짧게 대꾸했다. 그리고 역에서 벗어나자마자 택시부터 잡았다.

"보스가 구청인가 어딘가에 찔러 봤대. 거긴 여직원이 우리보다 많으니까 미팅하자고. 근데 천만다행으로 그쪽 기관장이 거절했다는 거야. 요즘 같은 세상에 그런 거 하면 뉴스에 난다고."

"이야, 거기라도 분별력이 있어서 다행이네."

재희가 중얼거렸다.

시대에 뒤떨어진 사람들은 청춘남녀를, 감정도 당위성도 경제적인 기반도 없이, 일단 만나게 하면 결혼을 하고 아이를 줄줄이 낳을 거라고 착각한다. 일단 둥지를 만들고 암수 한 쌍을 넣어 놓으면 나머지 일은 알아서 해결될 거라고 믿는 듯이. 문제는 그 사람들이 바로, 지금 사회의 많은 것들을 결정하는 위치에 있다는 거다.

"가축들 새끼 치는 것도 아니고 말이야."

택시 기사가 뭔가 말하려는데 지원이 먼저 입을 열었다.

"언니는 왜 꼭 말이 늘 한마디씩 더 가요."

"왜, 생각하는 건 딱 그거잖아. 하여간 날로 먹으려 해도 분수가 있지. 부동산 대책이라면서 대출에만 자꾸 손을 대고."

"그러다가 부동산 폭락하면 다 같이 망하지 않을까요?"

"그래. 그따위 시대에 뒤떨어진 광고 걸지 말고, 너희 보스처럼 쓸데없이 갭투자나 하는 사람이나 규제 좀 하고, 선경이처럼 애를 딱 낳겠다는 사람한테 집중적으로 지원해 줄 것이지."

"언니."

지원이 고개를 절레절레 흔들었다. 재희도 말실수한 것을 깨달았는지, 아차 하는 표정으로 혀를 내밀었다.

"미안."

"아니에요, 안 생기는 게 언니 탓도 아니고."

"그래도."

"그래도 그나마 정부 지원이 늘어서 이만큼이긴 하니까요."

선경은 창밖을 내다보며 대답했다.

선경은 난임 치료 중이었다. 실패를 하다하다 못해 초연해진 얼굴을 하고 있었지만, 그 속이 얼마나 바싹 타들어가는지 지원이나 재희도 잘 알고 있었다.

"거, 아가씨들. 한 살이라도 어릴 때 애를 낳아야 건강한 거야. 요즘 젊은 사람들이 애를 안 낳아서 그게 참 큰일인데, 우리 며느리는…."

대화가 조금 뜸해지자, 택시 기사가 갑자기 끼어들어 청산유수로 말하기 시작했다.

"아뇨."

하지만 재희가 바로 말을 끊었다.

"하지 마세요."

"뭐?"

"하지 마시고, 가던 길 가 주세요."

"거, 요새 여자들이 노산이라고, 다 늙어서 애 낳고 그러면 애가 머리가 나빠진다고…."

"됐습니다, 그냥 가 주세요."

노산이라, 말은 쉽게 하지만, 저 택시 기사님은 노산이 몇 살부터인지 알고는 있을까.

만 나이로 서른다섯 살부터였다, 노산의 기준은. 아직 한참 일할 나이.

지원과 선경은 올해 서른여섯, 동갑이었다. 만으로 서른다섯이 막 지났다. 재희는 동안이라 지원보다도 어려 보였지만, 사실은 올해 서른일곱 번째 생일을 맞았다. 오늘 결혼하는 은주는 사십 대다. 네 사람 모두 한참 젊고 활기차고, 각자 자기 일을 씩씩하게 해 나가서 마침내 슬슬 자리를 잡아가는 시기였다. 하지만 산부인과적인 관점에서는, 당장 오늘 임신하더라도 노산이라는 말을 들을 나이이기도 했다.

하지만 세상은 이 나이의 여자들이 자기 인생이 있고 자기 일이 있는 사람이 아니라, 마치 국가를 위해 아이를 낳아 줄 생산 자원이라고 착각하는 모양이었다.

조금만 방심하면 마치 뭘 맡겨 놓기라도 한 듯이 자꾸만 아이를 낳으라고 한다. 사방에서 채근을 한다. 결혼을 했으니 이제 아이를 낳는 것이 국가와 사회에 대한 의무라도 되는 듯이, 자기들이 나이를 먹었다는 이유만으로 그런 잔소리를 할 권리가 있다는 것처럼, 아주 단단히 착각들을 하고 있었다.

그리고 큰마음 먹고 병원에 가면, 만 35세가 넘었다고 노산이라고 부르지.

의학 용어니까 어쩔 수 없다고는 하지만, 이 여자가 얼마나 젊고 활기찬 사람인지와 상관없이, 아이를 천천히 낳기를 선택했다는 이유만으로 갑작스레 늙었다는 형용사의 수식을 받는다니.

정말 엿 같은 일이다.

재희가 중학교도 가기 전에는 〈스무 살까지만 살고 싶어요〉라는 제목의 영화와 소설이 대 인기였다. 이 나라에 정말로 진지하게 시를 읽는 사람이 있을까 싶었는데도 《서른, 잔치는 끝났다》라는 시집은 이례적으로 50만 부가 넘게 팔렸다고 한다.

그래서 한때 재희는 정말로, 스무 살이 넘으면, 서른 살이 지나면, 그 뒤는 그냥 여생인 게 아닌가 생각했다. 인생이라 부를 만한 화려하고 좋은 것들은 그전에 다 끝나는 게 아닌가 하고. 그래서 누군가와 20년 넘게 친구가 될 수 있을 거라고 감히 상상하지 못했다. 아니, 그때까지만 해도 앞으로 20년을 더 살 거라는 생각도 감히 들지 않았던 것 같다. 게다가 그때는 세기말이었다. 세기말에 어울리던 온갖 종말론으로 시끄럽던 시절, 좋아하는 만화 이야기를 하겠다고 PC통신을 뒤지다가 만나 친구가 되었던 그들의 1999년은 대체로 그랬다.

"언니!"

그리고 그들 네 사람은, 스무 살이 지나고 서른 살이 지나, 이제 마흔을 눈앞에 두도록 잘만 살아 있었다.

열심히 공부하고, 나름 괜찮은 대학에 가고, 멀쩡한 회사 들어가기 정말 힘들다는 이 풍진 세상에 죽도록 공부해서 직업을 구하고 열심히 일했다.

"언니 너무 예뻐서 시집 못 보내겠다. 그냥 나랑 살아요."

"애 좀 봐. 너희 상훈 씨 울어."

"HUNS는 됐고. 뭐예요, 안 돼. 난 이 결혼 반대야."

한 명 한 명 연애를 하고 결혼을 하는 와중에도 서로 어색하게 멀어지지 않았다. 만나는 간격이 뜸해지면 뜸해지는 대로 수시로 메신저 채팅방에 모여 떠들었다. 요즘은 만나도 예전처럼 만화 이야기를 하는 일은 드물었지만, 대신 각자의 회사 이야기, 재테크나 일상 이야기를 계속했다. 나누는 이야기가 달라졌다고 해서, 그 관계 자체가 아주 달라지는 것은 아니다. 지난 세기부터 시작된 그 기묘한 우정은 그렇게 계속 살아가면서 접점을 이어가고 있었다. 뜨개질의 코를 꾸준히 이어가는 것처럼.

"일단 사람들 오기 전에 사진 먼저 찍자. 이리 와, 너희들 모두."

그리고 그 연애라든가 결혼이라든가 그런 것 말인데.

오는 것은 순서대로 와도 가는 데는 순서가 없다는 말이 있다.

물론 여기서 간다는 것은 원칙적으로 사망 신고의 완곡한 표현이지만, 사실 이건 연애나 결혼에도 해당되는 이야기다. 찬물에는 위아래가 있다지만, 그들 네 사람의 연애 경험은 다 제각각이었고, 결혼은 아예 나이 어린 사람부터 한 명씩 해치우기 시작했다.

삼십 대란 일하는 여자에게 있어 한 분기점이 되는 시기였다. 슬그머니 사람의 등을 떠밀어, 여자를 경력 단절의 시험대에 올려놓는 바로 그 시기니까.

그리고 그 시기가 되자 이들 네 사람도 저마다의 상황과 성격대로 결혼을 결정했다. 아이를 낳고 이상적인 가정을 꾸미고 싶다며 제일 먼저 결혼한 선경, 직장 동료와 적당히 썸을 타다가 정신 차려 보니 상견례를 하고 있었던 지원, 느슨하고 오랜 동거 끝에 작년에 결혼한 재희까지.

그리고 넷 중 가장 나이가 많은 은주는, 그 시기의 마지막인 나이 마흔에 결혼을 결심했다. 상대는 일곱 살 연상의 약사였다.

"우리 결혼할 땐 다들 어설펐는데. 언닌 완전 준비된 것 같아요."

"역시 젊음보다 돈이라니까."

"시끄러워, 이것들아."

보통은 결혼 안 한 친구들이 신부 들러리, 소위 도우미 노릇을 하기 마련이다. 가방도 들어 주고, 축의금도 챙겨 놓고, 사진 찍다 중간중간 베일도 펴 주고 식권도 돌리는 친구 말이다. 하지만 은주에게는 연락하고 지내는 가족도 없고, 가까운 여자 친척도 없고, 나이가 있다 보니 여자 친구들은 대부분 결혼해서 아이까지 있어서, 바쁜 주말에 결혼식에 와 주기만 해도 고마웠다. 그러니 20년 묵은 친구들이면서도 아직 아이가 없는 이들 세 사람이 신부 도우미를 맡게 되었다.

뭐, 다들 당연한 일이라고 생각했다. 저마다의 결혼식에 네 사람은 돌아가며 서로의 신부 도우미 노릇을 했다. 이번에도 마찬가지였다.

"그런데 괜찮은지 몰라."

식이 시작되기 전까지는 바빴다. 하객들에게 인사하고, 신부에게 직접 전해 주는 축의금을 간수하고, 식권을 나눠 주고, 한복이나 다른 것들을 체크하고. 그래도 신랑신부 둘 다 나이가 있다 보니, 폐백이나 다른 절차 준비가 없어서 그리 어렵지는 않았다. 막상 식이 시작되니, 더 이상 할 일이 없는 게 아닐까 싶을 정도였다. 세 사람은 다른 하객들과 마찬가지로 테이블에 앉아서, 은주의 결혼을 조금 편안한 마음으로 바라보았다. 약간은 느긋하게 기다려 마침내 자기 짝을 만난, 은주의 선택을 축하하면서.

하지만 다른 사람들의 생각은 또, 그렇지만도 않은 모양이었다.

"새색시가 너무 늙었던데…. 여자가 좀 젊고 쌩쌩해야 애도 쑥쑥 잘 낳고, 살림도 잘 하지."

"그러게, 2세 계획은 있는 걸까?"

신랑 쪽 지인들로 보이는 이들이 수군거렸다.

"저 사람들 뭐야?"

지원이 발끈해서 일어나려고 했다. 하지만 선경이 붙잡았다. 은주의 결혼식인데, 공연히 언성 높이고 시끄럽게 굴지 말라는 뜻이었다.

하지만 선경이 붙잡아야 할 사람은 한 명 더 있었다.

"그래, 뭐 사실 은주 언니야 2세 계획 세울 수 있지."

재희가 입을 열자, 지원과 선경은 서로 얼굴을 마주 보았다가 동시에 재희를 쳐다보았다.

"잘나가는 사장님이니 잘릴 걱정도 없잖아. 애 낳고도 일 계속할 수 있다면 낳겠다는 사람은 많은데, 그게 안 되니까 안 낳는 거지. 은주 언니 같으면 자기가 마음만 내키면 낳고도 남지. 옆에서 꼰대들이 되지도 않는 훈수질만 하지 않으면!"

뒤쪽에서 수군거리던 사람들이 일제히 이쪽을 노려보았다. 선경은 머리가 지끈거렸다. 대체 저 언니는 어떻게 나이를 먹어도 변하질 않는 걸까. 그때 지원이 얼른 영업용 미소를 지으며 그 말을 받았다.

"맞아요. 학교 선생이나 공무원들은 둘씩도 낳잖아요. 그게 다 자기 일 계속할 수 있으니까 그렇게 낳는 거지. 여자도 자기 일이 소중한 건데 그런 건 생각하지도 않고, 그냥 낳아라 말아라 나이가 많은데 낳을 수는 있겠느냐."

"야, 난 여자가 나이 많으니까 남자가 손해 보는 결혼 아니냐, 애는 입양해야 하는 것 아니냐고 개소리 하시는 분들도 봤어. 남이 결혼한다고 청첩장 돌리는데 그러는 것들은 한강에 싹 빠져야 하는 거 아니니?"

"어휴, 한강경찰대 힘들게 왜 한강에 빠져요."

"근데 하다못해 여자가 연상인 것도 아니고 남자가 훨씬 나이가 많은데도 여자가 늙었다는 사람들은 진짜 좀, 산수가 안 되는 것 같아요."

이젠 선경까지 가세했다. 뒤쪽에서 수군거리던 사람들은, 아예 입을 다물고 있었다. 지원이 어깨 너머로 흘끔 뒤를 돌아보았다. 중년 남자 몇 명이 아주 불편한 표정으로 이쪽을 노려보고 있었다.

그때 재희가 꼭 한마디를 쓸데없이 더 얹었다.

"거 남자가 좀 젊고 쌩쌩해야 밤일도 잘 하고, 애도 잘 만들고, 큰일 하는 여자 내조도 잘 할 텐데."

주변 분위기는 완전히 얼어붙었다. 그때 마치 모두를 구원할 것처럼, 점잖은 목소리의 안내 방송이 울려 퍼졌다.

"곧 예식 시작됩니다. 하객 여러분께선 자리에 앉아 주시기 바랍니다."

은주는 상반신은 심플하고, 허리 아래로는 겹겹이 프릴을 써서 생크림을 뿔이 솟을 때까지 개어 놓은 것처럼 보이는 화려하고 풍성한 드레스를 입고 있었다. 그야말로 동화 속의 공주님이 아닌, 여왕님 같았다.

그 여왕님은 당당하게, 인생의 동반자로 결정한 남자와 함께 걸어 들어갔다. 주례 없이 두 사람이 성혼 선언문을 읽었다. 자기 스스로 자신의 인생 2막을 시작한다는 듯, 산뜻한 느낌이 드는 좋은 결혼식이었다.

"음, 그리고 시월드도 없고."

재희는 서빙된 샐러드를 한입 먹고 나서 말했다. 선경이 처음 듣는 이야기인 듯 재희를 쳐다보았다.

"아저씨가 나이가 있잖아. 누님 한 분만 계시고 다른 어른은 없대."

"그래요?"

"응, 언니도 일가친척이랑 연락 거의 안 하고 사니까, 그야말로 두 사람만의 가정이지."

"좋네요, 그건."

선경이 작게 속삭이며 고개를 숙였다.

"아까 언니가 그런 말해서 좋았어요. 좀 창피하긴 했지만."

"응? 뭐?"

"…사람들이 그런 말을 할 때마다 돈을 걷어서, 아이를 낳아야 하는데 돈이 부족한 사람에게 보태 주면 좋겠어요. 아니, 꼭 저 말고도. 정말 너무 돈이 들어가니까 별생각이 다 드네요."

선경의 그 울적한 목소리에, 재희와 지원의 표정이 어두워졌다.

선경은 솔직히 소득이 적은 편은 아니었다. 적을 리가 있나. 국내 유수의 대기업에 십 년 넘게 다니고 있는데. 하지만 수년째 난임 치료에 돈을 쏟아붓기가, 거의 밑 빠진 독에 물을 붓는 수준이었다.

"미안… 부담될까 봐 못 물어봤어. 지난번 시술 어땠어?"

"이번에도 뭐, 잘 안 되네요."

"이번이 몇 번째였지?"

"시험관만 일곱 번째. 털고 다음 차례 준비해야죠."

열심히 일하다 회사에서 쓰러져 첫 아이를 유산한 것이 5년 전 일이다. 그때부터 시작한 난임 치료였다. 겨우 성공해서 심장 소리를 들었던 둘째 아이를 또다시 유산으로 잃은 것이 3년 전이었다.

그리고 지금, 삼십 대 후반이 된 선경은, 여러 번 난임 치료를 반복하며 난소나 자궁이 점점 약해지고 있었다. 선경에게는 하루하루 흘러가는 시간 자체가 절박하기만 했다.

"돈이 돈 같질 않아요. 난임 치료라는 걸 하다 보면…. 그러다 보니 돈 문제로 영수 씨랑 수시로 싸우고요."

아이를 간절히 원하는데도 계속 실패하기만 했다. 시간이 부족한 게 제일 힘들었고, 그 다음은 돈 문제였다. 정부에서 이런 난임 부부에게 좀더 지원해 주면 좋겠지만, 현실은 아까 지하철역에 붙어 있던 광고쪼가리처럼 순조롭지 않다.

몸 건강한 것과 자궁이나 난소가 튼튼한 건 또 다른 문제였다. 인공 수정이며 시험관 시술, 한약, 침, 뜸, 정말 안 해 본 일이 없었다. 돈이 많이 들고, 건강이 많이 축나는 일이다. 옆에서 지켜보기만 해도 고통스러운 일들의 연속이었다. 선경은 그래서 만약 임신을 생각한다면 하루라도 빨리 시작하라고 늘 말하곤 했다. 한 살이라도 어릴 때 시작해야, 그나마 가능성이 더 있다고.

"아이를 낳는다는 것도 어느 정도는 본능의 영역인 걸까."

"그렇지 않을까? 본능만으로 낳을 시대는 아니라고 해도, 어지간한 사람들은 낳을 여건이 되면 자식을 낳잖아."

"여건 안 되어도 낳는 사람들도 있고… 정부나 노친네들이 부추기는 것과는 달리 그런 쪽은 종종 문제가 되긴 해요. 범죄에 노출되는 경우가 많아서…."

"그런 문제도 있겠네. 지원이 너는?"

"맨날 범죄자들만 보다 보니 이런 세상에서 애를 낳아 키워도 될지 모르겠는데. 난 그건 있어. 살릴 수 있는 사람은 반드시 국가가 나서서 살려 내겠다. 그런 안전 체계가 갖춰진다면 확실히 낳겠지. 난 일단 정년은 보장되어 있으니까."

"맞아, 정년도 그렇고. 언니는요?"

"글쎄. 나도 비슷하지 않을까? 아이를 낳고도 내 인생이 망가지거나 나빠지지 않는다는 보장이 있다면 하나쯤은 낳을지도."

수프와 스테이크와 빵이 차례로 나오는 호텔 결혼식의 식사를 적당히 즐기며, 그들은 어느새 아이를 낳는 문제에 대해 계속 이야기를 하고 있었다.

"난 아이는 꼭 낳고 싶어요. 하지만 낳는다고 일을 그만두고 싶진 않은데, 회사에서 너무 대놓고 싫어하니까⋯."

"너희 회사가 양심도 없는 거지. 너 그렇게 된 거 두 번 다 회사에서 야근하다가 그런 거잖아. 임산부를 그렇게 야근시키는 거 불법 아냐?"

"불법이라고 안 시키나요."

"육아 휴직은?"

"일반 회사는 공무원 같질 않아, 지원아. 우리 회사에 결혼하고도 계속 다니시는 분들이 없는 건 아닌데, 이분들 출산 휴가 3개월만 다 채워도 간 큰 여자 소리 듣고 그러셨어. 아니, 애초에 그거 3개월을 다 채운 사람 중에 회사에 붙어 있는 여자가 없다? 다 이상한 부서로 보내 버리니까."

"이상한 부서?"

"이를테면 전산팀 과장을 갑자기 영업부서에 보낸다거나. 박사 출신 연구원을 안내 데스크에 앉힌다거나. 그리고 좌천용 부서도 있어. 그런 데로 밀어 보내는 거야. 화단관리부, 주차장관리부, 뭐 그런 이름으로."

"진짜 너무하네. 너희 회사 진짜 개판이다. 누가 언론에 안 찌르냐."

"혹시 내가 잘리면 내가 찌를 거야. 지원이 너, 아는 기자 좀 있지? 혹시 내가 정말 화나면 좀 부탁해."

선경은 회사 이야기를 하다 말고 쓰디쓰게 웃었다.

"그런데도 말이야. 아까 너희 경찰서 이야기도 했지만, 우리 회사도 걸핏하면 사람 만나봐라, 아는 사람 소개해 주겠다. 남의 연애사에 정말 감 놔라 배 놔라 그러고 있다? 결혼하고 임신하면 퇴사시킬 타이밍만 잡으면서. 어떻게든 붙어 있으면 독한 년이라고 그러고."

"이야, 그런데도 결혼을 하라고 부추긴다고?"

"여직원들은 뽑아서 젊을 때만 써먹다가, 나이 들면 쫓아내야 한다고 생각하나봐요. 말단은 많아야 좋고, 승진할 수 있는 인원은 제한되어 있으니까. 필요할 때 뽑아서 빨아먹고 필요 없어지면 결혼 임신 핑계로 잘라 버리면 된다는 거겠죠."

"와, 개새끼들. 진짜 너무들 한다. 여자들이 애를 안 낳는다고 뭐라 할 때는 언제고."

"어쨌든 난 어떻게든 붙어 있을 거예요. 설령 화단관리부나 주차장관리부로 쫓겨나는 한이 있어도 퇴사는 안 해요. 올해는 임신도 꼭 성공할 거고."

"아, 정말… 승진 밀리고 어디 파출소로 밀려나는 정도는 고마워해야겠네. 잘리진 않으니."

"사람들이 왜 공무원이 되고 싶어하겠어."

"그러게요. 애를 안 낳는데는 다 이유가 있는 것 같아요."

"물려줄 건 가난밖에 없고, 어릴 때는 경주마처럼 경쟁만 하다가 성인이 되면 국가 자원으로 저임금에 갈려 나갈 게 뻔한데."

"계획 없다고 하면 철딱서니 없다는 소리나 하고."

"계획 있다고 하면, 그래서 여직원은 못 써먹겠다고 하고요."

"대체 무슨 권리로들 그런 말을 하는 걸까."

세 사람은 거의 동시에 한숨을 쉬었다.

"세상에 없던 사람을 하나 만들어 내는 거잖아."

그때 2부 식이 시작되었다. 웨딩드레스를 벗고, 화사한 이브닝드레스로 갈아입은 은주가 남편과 함께 커다란 케이크를 칼로 잘랐다.

"안심하고 애 낳으려면 은주 언니쯤은 되어야 하는 게 아닐까…."

재희가 문득 중얼거렸다.

"언니야 사장님이니 잘릴 일 없지. 남편도 나름 전문직이지."

"남편분 약국 말인데, 자기 건물이랬죠?"

"응, 건물주. 서울은 아니어도 수도권 건물주쯤 되면 아이 낳는 문제에 큰 걱정 안 할 수 있으려나…."

"에이, 천 명이 있으면 천 가지 근심이 있는 거랬어. 돈 걱정이야 덜 하겠지만."

"그래도 돈 걱정 안 해도 되는 건 부럽네요. 언니가 애를 낳을 계획이 있어야 말이지만…."

결국은 모두 한 가지로 귀결되는 이야기였다.

아이를 낳고도 인생이 망가지거나 나빠지지 않을 거라는 확신.

만약 그게 있다면, 선뜻 아이 낳을 결심을 할 수도 있을 것이다. 아무리 아이가 주는 행복이 커도, 자신의 인생 자체가 망가지거나 너무 많이 나빠져 버린다면 감히 시도할 수 없는 일이니까. 막말로 한 번 물어보지도 않고 이 험한 세상에 데려오려는 건데, 좀 더 준비하고 싶다는 게, 적어도 불확실성만이라도 줄이고 싶다는 게 그렇게 큰 욕심일 리가 없다.

"젊은 사람들이 이기적이다 어떻다, 개소리들을 하는데… 요즘 사람들이 생각이 없어서 애를 안 낳는 게 아니잖아요. 오히려 이렇게 계속 자기 인생에 대해 신중하게 고민해서 결정하는 건데."

"맞아. 여기까지가 인생 1막 끝, 이제부터 애 엄마 편 시작입니다. 그런 게 아니잖아."

휴대폰에 문자가 왔다. 재희는 테이블 밑으로 전화기를 흘낏 들여다보았다.

산부인과에서 온 예약 문자였다.

"다녀왔어?"

문을 열자, 상훈이 식탁 앞에 앉아 노트북을 펼쳐 놓고 키보드를 두드리는 모습이 먼저 보였다.

"밥은?"

"먹었어. 내가 뭐 혼자서는 밥도 못 차려 먹는 줄 아나."

"잘했어."

재희는 낄낄 웃으며 가방을 내려놓고 답답한 스타킹을 벗어 놓았다.

"결혼식은?"

"호텔 결혼식이니까 밥은 잘 나왔지. 아, 은주 언니 드레스 잘 어울리더라. 아주 여왕님 같았어."

"보통 결혼식이면 공주님 같다고 하지 않아? 커피는?"

"주면 고맙지. 그리고 은주 언니는 여왕님 해도 돼. 사장님이면 자기 왕국의 여왕님 맞지. 아무리 작은 회사라도."

상훈이 캡슐커피를 내렸다. 재희는 식탁으로 다가와 그 앞에 앉았다. 향긋한 커피 냄새가 주방을 가득 채웠다. 재희는 결혼식 이야기를 조금 더 하다가, 문득 생각이 나서 휴대폰을 꺼냈다.

"맞다, 지난번 당신 검사한 거 나왔어."

"어떻대? 이제 좀 좋아졌대?"

"의지의 한국인이래."

상훈은 엄지손가락을 척 하고 쳐들며 웃었다. 그럴 만했다.

재희가 받은 것은 산부인과의 남성 난임 검사 결과였다.

상훈은 작년 이맘때, 비뇨기과에 가서 난임 검사를 알아서 받아 왔다. 마침내 오랜 동거를 청산하고 혼인 신고를 결심했을 무렵의 일이었다. 막상 난임으로 고민하는 부부 중에도, 남편에게 난임 검사를 요구하면 난색을 표하는 집들이 있는 상황에서 상훈 정도면 아주 모범적이긴 했다.

물론 재희로서는 "아이고, 떡 줄 사람은 생각도 않는데 김칫국부터 마시고 있네." 소리가 자동으로 나오는 상황이었다. 아이를 딱히 좋아하는 것도 아니고, 임신을 할 구체적인 계획도 없었으니까.

남성 난임 검사, 그러니까 정액 검사에 대한 기준은 WHO가 정한다. 이 기준은 지금까지 다섯 번 바뀌었는데, 점점 더 그 기준치가 완화되고 있었다. 다시 말해 21세기 기준으로는 정상인 남자라고 해도, 1970년대 기준으로는 문제가 많을 수도 있다는 이야기다.

현재 기준으로 삼고 있는 2010년 기준에서는 정액 양은 1.5밀리리터, 정자 수는 1밀리리터당 1500만 마리, 이 중에서 살아 움직이는 정자의 비율이 40퍼센트가 넘어야 했다. 여기에 난임 전문 산부인과에서 검사를 하면 정자의 모양까지 확인한다.

그리고 결혼할 무렵 상훈의 정자 상태는 시들시들했다.

"음… 정액 양과 정자 수 자체가 적었는데, 평균치에는 부족해도 일단 많이 올라갔고. 운동성도 많이 좋아졌네. 우와, 정상 정자 비율은 평균 이상이잖아?"

"노력했다니까."

상훈은 자리에서 일어나 재희의 어깨 너머로 휴대폰을 함께 들여다보며 신이 난 듯 웃었다. 마침내 레벨업에 성공하여 던전에 잠들어 있던 최종 보스를 격파한 듯한 얼굴이었다.

"밖에서도 야채랑 단백질 많이 먹고, 야근할 때도 패스트푸드나 짜장면 대신 도시락 데워서 먹고, 운동하고. 아, 그렇지. 수술도 했잖아."

"그래, 그래."

상훈이 말하는 수술은 정계정맥류 수술이었다.

혼자서 비뇨기과부터 여기저기 돌아다니던 상훈이, 설 연휴에 입원을 해야 한다고 비장하게 말한 것이 올 초의 일.

대체 무슨 병인데 그렇게 숨겼나 했더니, 자기 딴에는 그 정자들의 문제가 계속 신경 쓰였던 모양이었다.

"이거 말이야. 진단받는 것도 힘들었다고. 회사 근처에 있는 비뇨기과들이 죄다 '힘센', '더 강한', '크고 아름다운', '해바라기' 같은 간판을 붙이고 있는데 이런 덴 정액 검사 같은 건 진짜 성의 없이 하더라니까. 그러니까 의사가 되어서 내가 물어보기 전에는 이걸 의심도 안 해 보고 말이야."

"고생 많았어."

비뇨기과에서는 정자가 적지만 시험관으로 임신을 하는 건 가능하다고 넘어가려 했지만, 상훈은 군이 이것저것 책을 찾아본 뒤 추가 검사를 요구했다. 그리고 대학병원까지 가서, 고환 속에 정맥류가 있어서 정자 생성에 방해를 받는 것 같다는 설명을 들은 뒤, 설 연휴 이틀 전에 수술을 받았다. 그리고 수술을 받고 석 달 만에 상훈의 정자들은 이만큼이나 개선되었다.

"게다가 내가 수술을 해서라도 해결을 하겠다는데 의사들이 말이야, 그냥 시험관하기에는 충분하다, 어차피 수술해도 인공 수정이 가능할 정도밖에 안 될 수도 있다, 그러는 거야. 그게 왜 안 중요해. 시험관이랑 인공이, 여자가 고생하는 정도가 다르다는데."

사실 난임 치료를 하겠다고 결심한 부부라면, 무척 기뻐할 만한 상황이었다. 시키지도 않았는데 남자가 알아서 치료를 받고 와서, 주요 원자재 중 하나의 생산 수율 및 품질이 개선되었다는데.

"훌륭해, HUNS. 넌 대한민국 난임 남편의 귀감이 되어야 마땅한 사람이야. 그리고….."

"나중에 우리 애가 태어나면 꼭 말해 줄 거야. 남들은 엄마 혼자 배 아파서 낳았지만 우리 집은 아빠도 배가 좀 아팠다고."

하지만 재희에게는 그게 문제였다.

'이건 곤란한데.'

세상에는 자기 자식을 원한다면서도, 난임 치료에 협조적이지도 않고, 육아 문제에 관심을 갖지도 않는 남자들이 많이 있다.

차라리 그런 남자였으면, 이런 문제에 대해 '네가 한 게 뭐가 있느냐'는 이유로 딱 잘라 거절할 수도 있을 것이다.

하지만 상훈은 아이를 좋아했다. 그냥 애를 좋아하는 정도가 아니라, 서점에 가면 당장 필요도 없는 육아 책들을 들여다보고, 육아 다큐멘터리를 찾아보던 사람이다. 알아서 남성 난임 검사를 받고, 자기 몸을 만져 보다가 덩어리가 진 것을 발견하고는 정맥류가 아닐까 의심하며 병원에 달려가 수술까지 받고 온 사람이라면 이야기는 달라진다.

지난주, 모처럼 일찍 퇴근한 상훈의 부탁으로 다니던 산부인과에 함께 가서 남성 난임 검사와 함께 난임에 대한 상담을 받고 돌아오며 지금까지 내내, 재희는 이제 뭔가 결심을 해야 하는 게 아닌가 생각하고 있었다.

아예 아이를 낳지 않겠다고, 협상의 여지는 없다고 딱 선을 긋든가.

그게 아니라면 일단 뭔가 시도를 하는 시늉 정도는 해 보거나.

"있잖아, HUNS. 지상에 인간이 이렇게 많은데, 우리가 꼭 2세를 낳아야 하는 걸까."

"세상에 게임이 이렇게 많은데도 난 게임을 만들고 있는데?"

"좋아. 그건 알겠어. 근데 세상에는 부모 없는 아이들이 많잖아. 그냥 우리가 그런 애들 후원하면서 살 수도 있잖아? 아니면 꼭 애를 키우고 싶으면 좀 더 자리 잡힌 뒤에 입양을 해도 돼."

"난 말이야."

"꼭 여자와 남자가 결혼을 해서 아이까지 있어야 한다는 건, 너무…."

재희는 '그건 너무 정상 가족 이데올로기를 따르는 게 아니냐'고 말하려다가 입을 다물었다.

만약 선경이 그런 말을 듣는다면, 상처 입을 게 틀림없었으니까.

"선경이가… 시험관에 또 실패했어."

"아."

"걔가 예전에 얼마나 건강했는지, 얼마나 성격 좋은 애였는지 내가 알아. 근데 지난 몇 년 동안… 아니다, 유산하고서 애가 정말 많이 변했어. 건강도 많이 상했고."

"음…."

"처음에 검사했을 때 수치면 시험관 해야 한다고 했는데. 이 수치면 어떤 걸까?"

"그건 나도 몰라. 정확한 건 병원에 가서 물어봐야 할 것 같은데."

"그렇구나."

재희가 고개를 끄덕였다. 그때 상훈이 재희의 손을 잡으며 진지하게 말했다.

"난 자기한테 강요하는 게 아냐. 내가 아이를 낳고 싶다고 해도, 결국 열 달 동안 고생하는 건 자기니까. 이건 자기가 싫다고 하면 할 수 없다고 생각해."

"…그건 다행이네."

"근데 정말로, 아이를 낳고 싶은 생각이 눈곱만큼도 없는 거야?"

재희는 잠시 입을 다물었다. 그러다가 겨우 대답했다.

"솔직히 말하면 난, 언젠가 자연스럽게 생긴다면 낳고, 아니면 말고. 딱 그 정도였어."

"아주 싫은 건 아닌 거지?"

"응. 근데 만약에, 내가 절대로 싫다고 했으면 어쩔 거야."

"그럼 뭐… 힘들여 수술한 보람도 없이 정관 수술 해야지, 뭐."

"…좋아."

재희는 심호흡을 하고 잠시 조건을 따져보기 시작했다.

재희는 프리랜서라 시간을 쓰는 데는 좀 더 자유로웠다. 한 주에 두 번, 집 근처의 대학에 출강할 때를 빼면 크게 시간에 구애받지 않는 게 장점이었다.

상훈은 얼마 전 연봉이 올랐다. 서울은 아니지만 수도권에 집이 있고, 대출이 조금 남았지만 액수가 크진 않았다.

사귀다가 마음이 맞아 함께 오래 살다가도, 그 정도로 서로 자리가 잡히길 기다려 둘이 머리를 맞대고 한참 계산기를 두들겨 본 뒤 혼인 신고를 했다. 생각해 보면 그 '자리가 잡힌다'는 건, 만에 하나 실수로 아이가 생기더라도 안정적으로 감당할 수 있을 만한 경제적 기준과도 얼추 부합할 것이다.

엄마가 되는 것이 정말 기쁜 일인지, 그 기쁨에 대한민국이 함께 하는지는 모르겠지만, 적어도 이 남자라면 육아에 소홀하진 않겠지. 인생이 많이 달라지긴 하겠지만, 계획 없이 생기는 것보다는 차라리 마음의 준비를 한 상태로 만드는 게 나을지도 모른다.

한참 만에 재희는 고개를 끄덕였다.

"…수술까지 한 게 아까우니 일단 병원에는 가 보자. 그리고 HUNS, 난 시험관은 못 해. 절대로."

2장 ───────────────────── **어쩌자고 피임을 하지 않아**

은주의 결혼식이 있고 한 달 남짓 지났을 무렵.

"자, 자, 건배!"

"이지원의 승진을 위하여!"

지원은 승진을 했다. 그것도 꽤 이슈가 될 만한 사건을 솜씨 좋게 해결해서 특진을 하게 되었다.

얼마 전 젊은 여자만 노리는 퍽치기 사건이 있었다. 그것도 CCTV가 없는 곳에서만 골라서 벌어진 사건이었다. 악질적인 사건이지만 사실 수법 자체는 흔했고, 사망자가 나온 것도 아니다. 그러니 흔한 사건으로 분류되어 묻힐 수도 있었던 일이다.

하지만 촉이 왔다. 한 놈이 다 저지른 것은 아닐지 몰라도 뭔가 연관이 있을 것 같았다. 지원은 끝까지 달라붙었다.

그리고 마침내, 범인들이 줄줄이 잡혔다.

어처구니없게도 그들은, 한 메신저 채팅방에 모여 있는 남학생들이었다. 이 지역뿐 아니라 인접한 다른 지역의 청소년들도 포함되어 있는 이 채팅방에서는 여자를 때리는 인증샷을 올리는 놀이를 하고 있었다고 했다. 그렇지 않아도 여성 대상 범죄에 대한 경각심이 높아지는 상황에서 이런 일이 벌어졌으니, 언론의 관심도 컸다.

"이야, 지방청장이 직접 순시를 오셔서 특진까지 시켜 주셨으니. 우리 이 부장이 대단은 하지. 암!"

"이 부장이 뭡니까, 이제 이 주임이죠."

"그래, 이 주임!

"감사합니다."

이번 일로 지원은 바로 특진이 결정되었다. 이번 하반기 인사에 맞춰 바로 경위로 승진한다고 했다.

그런 데다 기쁜 일은 하나 더 있었다.

지원을 치하하러 온 지방경찰청장이 이것저것 물어보다가, 지원이 지금까지 계속 강력계를 지망해 왔다는 이야기를 들은 것이다.

지방청장의 제안으로, 서장은 별다른 문제가 없다면 다음 인사이동에 맞추어 강력계에 배치할 것을 약속해 주었다. 인사권자의 약속까지 받았으니, 강력계 형사로서 활약하고 싶다는 지원의 꿈도 거의 이루어진 것이나 다름없었다.

"야, 근데 난 서운하다. 우릴 두고 강력계라니!"

"그게… 전부터 바라던 일이라서요."

"하긴, 젊은 애들은 또 강력계가 되게 멋있는 줄 알아요. 철 들면 돌아오겠지."

"거길 뭘 가, 거긴 형사도 우리처럼 젠틀하지 않아요. 죄다 조폭같이 생겨서, 피의자랑 형사가 구분도 안 가는데."

"에잇, 의리 없는 것. 우릴 버리고 가겠다 이거지?"

"술이나 마셔, 자. 쭉."

형사들은 기본적으로 두주불사다. 여섯 명이 술을 마시러 가서 술집에 들어서자마자 술을 짝 단위로 주문하는 게 이 사람들이다. 고기가 익기도 전에 건배가 이어졌다. 덜 익은 고기를 뒤적이며 양파절임을 안주 삼아 술부터 들이키는데도 다들 술이 술술 넘어가는 듯한 얼굴이었다.

"사장님, 거기 뉴스 좀 틀어 봐요."

"뉴스는 왜요?"

"오늘 여덟 시 뉴스에 우리 나온다잖아. 아까 우리 형사과장 인터뷰 찍어갔어."

그리고 지원도, 술로는 둘째가라면 서러워할 사람이었다.

아니, 오히려 남자 형사들은 건강을 핑계로 술을 사양할 수도 있다. 하지만 이런 아저씨들 틈에서 일하는 여자들은, 어쨌든 술을 마시는 것도 그 사회에서 버티는 생존전략이 될 수밖에 없다. 업무 능력도 업무 능력이지만, 일단 술 마시고 험악한 이야기하는 틈바구니에서 버티고 있어야 동료 비슷한 것으로라도 인정해 주니까. 게다가 진짜 중요한 이야기는 이런 술자리에서 튀어나오는 경우도 많았다.

이 날도 지원은 인원수대로 컨디션까지 싹 사들고 술자리에 들어왔다. 시작하기 전에 한 병씩 마신 뒤, 코가 비뚤어지도록 마셔 보자는 것이었는데.

뭔가 이상했다.

오늘같이 좋은 날에는 그야말로 술이 술술 넘어가야 정상인데.

"지원이도 찍었나?"

"형사 얼굴 노출되는 게 뭐 좋은 일이라고요."

"하긴, 여자 형사는 특히 그렇지. 아이고, 저기 나온다."

몇 달 동안 뒤쫓던 범인들도 일망타진했지, 내일은 휴일이지, 꿈은 이루어졌지, 승진도 확정이지. 코가 비뚤어지게 술을 마시고 내일은 해가 중천에 뜨도록 낮잠이나 자다가, 일어나서 언니들 만나고 놀다 들어오면 딱 좋은 건데.

그런데 왜일까. 유난히 술맛이 썼다. 술을 마시다가 자꾸만 술잔을 내려놓을 만큼.

'왜 이러지…?'

승진에서 누락이 되어 와신상담의 자세로 술을 마시는 것도 아니다. 꽤 큰 사건을 단독으로 해결해서 매스컴도 사고, 표창도 받은 데다, 쟁쟁한 경쟁자들을 뚫고 자기가 먼저 승진한 이 달콤한 순간을 누려야 하는데. 이 순간에 술이 술술 넘어가지 않는다니.

대체 뭐가 잘못된 걸까.

"아이고, 우리 지원이 이제 전국구네."

"자꾸 강력계 보내 달라고 헛소리를 해서 그렇지, 이지원이가 물건은 물건이야. 우리 팀 에이스지."

"아, 서장이 진짜 강력계 보내면 어쩌죠. 얘만 한 애 없는데."

"너무 띄우지 마세요, 어지러워요."

농담을 하고, 치켜세우고, 웃어대며 술을 마셨다. 굉장히 기쁜 날이고 기분 좋은 술자리였다. 하지만 마시면 마실수록 컨디션이 나빠졌다.

긴장이 풀려서 그러나.

지원은 자꾸 술 대신 물을 들이켰다. 자꾸 몸이 처졌다. 1차 끝나고 맥주로 입가심하고, 마침내 2차가 끝났을 때는 구원이라도 받는 것 같았다.

대체 왜 이래. 건강 검진이라도 받아봐야 하는 거 아냐.

"살펴 가십시오, 계장님."

번화가를 등지고, 지원은 아파트 단지를 왼쪽으로 낀 주택가로 걸음을 옮겼다. 경찰서의 관점에서는 우범지대였지만, 교통이 편리해서 젊은 직장인들이 많이 사는 곳이었다.

집에 들어가기 전, 지원은 편의점에 들렀다. 아무래도 숙취해소 음료가 좀 더 필요할 것 같았다. 헛개차에 숙취 음료에, 이것저것 주섬주섬 바구니에 담고 돌아서는데, 마침 신제품 생리대가 눈에 들어왔다. 한번 써볼까, 지원은 생리대를 향해 손을 뻗다가 문득 머뭇거렸다.

갑자기 술이 확 깨는 것 같았다.

'잠깐, 나 마지막으로 생리한 게….'

그 생각이 떠오른 순간, 카운터 앞, 담배와 카드형 상품권들 사이에 놓여 있는 분홍색 상자가 눈에 들어왔다.

임신 테스터였다.

언제부터였나, 약국뿐 아니라 편의점이나 할인점에서도 팔 수 있게 되었다는 이야기는 들었는데. 그걸 보는 순간 기분이 서늘해졌다.

'아닐 거야, 설마, 설마….'

물론 아주 계획에 없던 것은 아니었다. 구체적으로 그려 본 적은 없지만 언젠가는 아이 엄마가 될 날이 올 거라고 생각했으니까.

결혼 3년차에, 마침 승진도 했고, 다행히 전세 보증금 올려 준 지 얼마 지나지도 않은 상황이었다. 아이를 갖기에 최악의 순간은 아니다. 아니, 굳이 말하자면 이만하면 그냥저냥 꽤 괜찮은 시점이기도 했다.

하지만 계속 지망했던 강력계로 마침내 옮길 수 있을지 모르는 이때, 지원은 숙취로 지끈거리는 머리를 안고 해도 뜨기 전에 일어났다. 살금살금, 제 집에서 발소리를 죽여 가며 화장실로 향했다. 그리고 테스터를 뜯었다.

"왜 벌써 일어났어?"

"응, 아냐. 자기는 더 자."

결혼 3년차.

서른다섯 살, 특진, 드디어 원하던 부서로 옮기기 직전.

"세상에."

그 모든 것을 가로막듯, 핑크빛 두 줄이 임신 테스터에 떠올랐다.

임신해 버렸다. 이제 겨우 하고 싶은 일을 할 수 있게 되었는데.

그랬다. 임신 테스터 위에 선명하게 뜬 두 줄을 본 순간, 이지원의 머리에 떠오른 두 글자는 바로 '재난'이었다.

아이를 낳는다는 것은 어떤 것일까.

'솔직히 말해서 모르겠어. 임산부를, 아이 엄마를 봤어야 알지.'

유모차를 밀거나 아기띠를 메고 다니는 아이 엄마들은 오히려 마트에만 가도 볼 수 있었다. 하지만 임산부는 보이지 않는다. 대체 그들은 어디 있을까.

임신에 대해 생각하기 시작한 뒤로, 재희는 지하철이나 버스를 탈 때마다 임신한 사람이 있는지 자기도 모르게 눈으로 훑고 있었다. 하지만 거의 보이지 않았다. 지하철을 타고 끝에서 끝까지 이동하는 내내, 같은 칸에 임산부가 한두 명이나 보일까 싶었다.

일반적인 지하철 한 칸에는 7인용 좌석이 여섯 줄, 경로석 3인용이 네 줄 있다. 그러면 앉아서 가는 사람은 54명 정도. 여기에 손잡이며 봉까지 더하면 도합 150에서 160명 정도가 자리를 차지한다. 그래서 서울메트로에서 지하철 혼잡도를 계산하는 기준이 지하철 한 칸에 160명이라나. 그런데 다들 조심을 하느라 나오지 않는 건지, 어떻게 된 건지는 몰라도, 누가 봐도 임산부다 싶은 여자는 흔치 않았다.

"어이쿠."

하지만 그런 데 비해, 지하철 임산부 좌석은 종종 만석이었다.

"아주 구세주가 나셨어."

재희는 낮게 중얼거렸다. 나이가 몇 살이든 그 자리에 여성이 앉았다면, 초기 임산부라 배 나온 게 티가 안 나는 모양이구나 하고 생각했을 것이다. 하지만 건너편 좌석에 앉은 사람은 어지간히 전능하신 신의 역사하심이 아니고서야 절대 임신할 수 있을 리 없는 중년 아저씨였다.

지금이 낮 시간이라 안 보이는 걸까?

모르겠다. 좀 더 자주 돌아다니면 마주칠 확률도 높겠지만, 그래도 토요일 오전이다. 유동 인구가 적은 건 아닐 텐데.

재희는 곰곰이 생각했다. 일단 자신이 그렇게 많이 돌아다니는 사람이 아니라는 걸 전제로 하고 생각을 해야 아귀가 맞을 것 같았다.

유재희는 프리랜서다. 딱히 회사에 다니지 않고, 글을 썼다. 주로 소설을 쓰지만 에세이나 칼럼, 거기다가 필명 두 개를 추가로 돌려가며 이것저것 그때그때 다양하게 쓰고 있다. 그리고 집에서 그리 멀지 않은 대학에서 강의도 맡고 있다. 학부생 교양강의 하나, 그리고 평생교육원 강의 하나. 매일 출근하는 건 아니다. 한 주에 두 번이다. 영화를 보거나 다른 볼일이 있어도 어지간하면 이 두 날짜에 맞추곤 한다. 그 외에는 오늘처럼 출판사 사람을 만나거나 주말에 친구들 만나러 나오는 게 고작이다.

장 볼 게 있어도 마트에서 배달을 시키고, 어지간히 재미있는 일이 아니면 집에 콕 처박혀 지낸다. 그러니 임산부가 세상에 얼마나 많은지, 임산부가 얼마만큼 배가 나오는지 모른다. 솔직히 말하면 TV 드라마 속의, 얼굴은 뽀얗고 손발목은 가느다란 채 배만 볼록 나오는 기적이 일어나진 않는다는 것 정도만 알고 있었다.

"…민 팀장님한테 물어봐야겠다. 선경이한테도."

근데 회사에 다닌다고, 만삭 임산부를 쉽게 볼 수 있을 것 같진 않지.

공무원쯤 되면 모를까. 어지간한 사기업에서 만삭의 임산부를 보는 건 흔치 않은 일일 것 같았다. 복지가 좋은 회사라면 만삭까지 되기 전에 병가든 휴직이든 쓰게 해 줄 것이고, 그렇지 않은 회사라면 어떻게든 눈에 보이지 않는 곳으로 치우려 애쓸 테니까.

당장 선경이 다니는 회사만 해도 그렇다. 임신을 하면 어떻게든 회사에서 나가게 만들려고 수단과 방법을 가리지 않는 모양이었다.

그런 데다 선경이 임신을 했는데도 늦게까지 야근을 시켜서, 두 번이나 아이를 잃게 만들었다. 예전의, 밝고 건강하던 선경을 기억하는 재희는 그 생각만 하면 속이 뒤집힐 것 같았다.

"화단관리부 같은 데로 보내기만 해 봐, 망할 놈들."

정말로 선경에게 그런 일이 닥친다면 남은 평생 그 회사 제품은 불매해 줄 것이다. SNS에 열심히 소문도 내 줄 것이다. 재희는 지하철 손잡이를 꽉 붙잡으며 생각했다.

"하지 마, 자기. 지금 뭘 한다고?"

민서영 팀장은 대뜸 언성을 높였다. 재희는 심드렁한 표정으로 계약서를 훑어보며 대꾸했다.

"인공 수정요. 그냥 시도나 해 보려고요. 시험관처럼 크게 몸 축나는 거 아니라니까."

민 팀장이 정색을 했다.

"자기가 그걸 왜 해? 인공 수정이든 시험관이든 그거 다 여자 몸 축나는 일이라고. 그거 한 번 하는데 호르몬을 얼마나 맞는지 알아?"

"알아요. 책 찾아봤어요."

"있지, 재희 씨. 믿거나 말거나지만 내가 자기 많이 아낀다? 그래서 하는 말이야. 사람 아주 갈려 나가는 일이라고. 그걸 감수해야 할 만큼 자기가 아이를 원하는 사람이 아니잖아?"

"뭐예요. 팀장님은 둘이나 낳으셨으면서."

"생겼으니까 낳았지. 설마 자기, 호기심 때문에 시도하는 건 아니지? 사람들이, 출산은 신비하고 모유는 생명의 젖줄이고 아아, 어머니의 사랑은 위대해 죽겠다고 남자 작가들이 떠드는 거 보고 궁금해서 시도하는 건 아닌 거지? 응?"

"그런 거 아니에요. 제가 좀 미친 인간이긴 하지만 설마 호기심 때문에 없던 사람을 만들겠어요."

민 팀장은 한숨을 푹 쉬었다.

"아니라니 다행이긴 한데."

"그렇게 끔찍해요?"

"내가 낳고 보니까 말이야. 정말 출산이 신비하네, 모성은 아름답네, 그런 개소리 하는 남자 놈들 보면 무슨 생각이 먼저 드는지 알아?"

"무슨 생각이요?"

"저런 감언이설로 낚아서 경쟁자 떨구려고 저러는가 싶어. 그렇지 않고서야 어떻게, 자기가 겪어보지도 않고 그딴 약을 팔아. 콧구멍에 탁구공, 아니, 매직펜 뚜껑만 끼워 넣어도 살려달라고 싹싹 빌 것들이."

재희는 웃었다. 하지만 민 팀장의 표정은 심각했다.

"진짜야, 자기. 단호박… 아니, 단호박보다는 좀 작고. 왜, 차례 상에 쓰는 이만한 배 있지? 우리 회사에서 작가들 명절 선물로 보내는 신고배 같은 거."

"뭐가요?"

"뭐는 뭐야, 아기 머리지."

"…헉."

"헉이 아니라니까. 그냥 생리통만 해도 아픈데, 그 커다란 신고배가 밑에서 빠져나온다고 생각해 봐. 할 수 있겠어?"

잠깐. 이건 머리로는 알겠는데, 그게 얼마나 끔찍한 일일지는 작가의 상상력으로도 그저 막연하게만 느껴졌다.

아기가 어디서 태어나는지는 안다.

하지만 어떻게 그만한 게 밑으로 빠져나올 수가 있지?

하지만 민 팀장의 이야기는 끝나지 않았다.

"아니, 차라리 낳는 건 낳고 나면 후련하기나 하지. 그전에 열 달 동안 얼마나 개고생인지 알아? 입덧이라도 길어져 봐. 밥도 못 먹고 힘들어 죽는다고. 입덧이 어떤 건지 알아?"

"멀미하는 것처럼 메슥메슥해서 토하는 거…."

"그 정도면 낫게? 술병 걸릴 만큼 숙취가 심한데, 그 숙취가 끝나지 않는 거야. 아니, 자기 똑똑한 사람인 줄 알았는데, 어쩌면 이렇게 임신에 대해 아는 게 없니?"

"…팀장님은 알고도 하셨…어요?"

"됐고요. 그게 다가 아냐. 몸이 퉁퉁 붓는데, 그게 얼굴이 붓고 배가 나오고, 그 정도가 아냐. 손가락이 부어서 굽혀지지가 않는다고."

"정말로요?"

"아주 숟가락 젓가락도 못 들 정도는 아닌데, 이게 이렇게 꽉 쥐어지질 않는다니까. 관절 있는 데까지 탱탱 부어서."

"어…."

잠깐, 그건 좀 큰일이었다.

매일 아침 일어나서 밥 먹고 하는 일이 키보드 두드리는 건데.

"손가락뿐이야? 손목 느슨해지는 건 어떻고? 애 낳을 때 온몸의 뼈가 다 느슨해지는데, 애 낳고 얼마 안 되어서 아기 번쩍번쩍 안으면 그대로 손목 나가는 거야. 자기도 일하는 사람인데, 손목에 손가락에 눈까지 안 좋아지는데 그렇게 간단히 결정할 수 있어?"

"눈은 또 왜요?"

"간이 안 좋아지니까."

"간?"

"그래. 사람에 따라서는 간이 안 좋아지니까 얼굴도 시커멓게 된다고. 그리고 아기를 낳으면 다 끝나는 줄 알아? 애 태어나고 나면, 그다음에는 머리카락이 사방으로 빠지는데, 빠지고 난 자리에는 이제 새치가 숭숭 나는 거야. 새치가. 나중에 후회하기 말고 잘 생각해. 내가 보기엔 자기는…."

"…신기하네요."

재희가 잠시 생각하다가 중얼거렸다.

"맨날 낳아라 낳아라, 결혼을 했으면 애를 낳아야 한다고 노래 부르는 사람만 본 것 같은데. 낳지 말라는 분을 보니…."

"대체 무슨 생각으로 낳겠다는 거야?"

"뭐… 글쎄요. 똑똑한 제가 유전자를 남겨야 인류 평균이 올라갈 것 같으니까요?"

재희는 짐짓 너스레를 떨었다. 민 팀장은, 아무래도 못 말리겠다고 생각했는지 절레절레 머리를 흔들었다.

"그따위 황당한 이유로 낳겠다면 말리진 못하겠는데."

"하하하."

"마음대로 해. 난 분명히 힘들 거라고 경고했어."

"뭐, 지구를 구하기 위해 살신성인의 자세로 한번 시도나 해 보겠다는 거예요. 안 되면 말고."

"…그래, 뭐. 자기 유전자가 좀 아깝긴 아깝지. 신랑도 똑똑하다며."

"감사합니다."

"근데 솔직히 난, 자기가 아깝다. 자기 유전자도 아깝긴 한데, 그보다 자기가 아까워."

"와, 좀 전에 그 말씀 좀 감동적이에요."

"감동하라고 한 말 아니고, 난 결혼하고 애 낳고 더 이상 글 못 쓰게 된 여자들을 최소 관광버스 두 대는 채울 만큼 본 사람이야."

민 팀장은 심각한 표정으로 말했다.

"글 쓴다는 게 뭐야. 창작력이라는 게 뭐냐고. 그거 체력이야. 체력 없는데 글이 나와? 애 낳고서 몸이 축나서, 애 돌보다가 잠이 모자라서, 너무 힘들어서, 그러다가 더는 아무것도 쓸 수 없게 아주 바작바작하게 고갈이 되어서 소리소문 없이 넘어지는 사람을 내가 한둘 본 줄 알아? 남자가 나이 마흔에, 데뷔하고 10년, 15년이 지나면 말이야, 직함을 달고 강의를 하고 경우에 따라서는 무슨 사장님이 되기도 하고, 도제들처럼 제자 같은 애들을 데리고 다니기도 해. 근데 여자 나이 마흔에, 데뷔하고 10년, 15년 지나면 말이야. 아니, 꼭 작가가 아니더라도. 여자가 그 나이에 일을 하면서, 애 때문에 주저앉는 경우가 얼마나 많았는지 알아?"

"팀장님은 할 수 있었잖아요."

"그건 나고."

재희가 순간 당황할 정도로 뻔뻔한 대답이었다. 하지만 그 말은 어느 정도 사실이었다.

민서영 팀장은 불확실성을 싫어하는 사람이었다. 생겨서 낳았다고 말은 하지만, 사실상 계획 임신이었다.

첫 번째 임신 때는 승진하고 팀이 본궤도에 오르기를 기다려 임신했다. 두 달 만에 아이를 친정어머니께 맡기고 회사로 돌아왔다. 두 번째 임신도 마찬가지였다. 실무에서 멀어져 간부로 올라가고, 경영 쪽은 아무래도 체질에 안 맞는다는 것을 깨닫고 방황하던 시기, 그녀는 임신을 하고, 자신의 거취를 결정하고, 둘째를 출산한 뒤 다시 편집자로 돌아와 자신의 팀을 꾸리고 굵직한 일들을 벌여나갔다.

예정한 날짜에 맞춰 아이를 낳기 위해 유도분만을 했다. 첫째는 친정에, 둘째는 시가에 맡기며 양가 어머님들을 적극 활용하는 동시에, 양가에 처음에는 육아 도우미를, 아이들이 좀 자라서는 가사 도우미를 주에 두 번 보낼 만큼 철두철미하게 움직였다.

"있잖아요, 팀장님. 팀장님은 내가 아는 일하는 사람 중에 제일 철두철미하고요, 정말 하나도 안 놓치고 가는 분이거든요."

"그래, 뭐 난 언제나 확실한 옵션을 찾는 쪽이니까."

"그래서 궁금한 거예요. 좋은 쪽도 나쁜 쪽도. 근데 이렇게 완벽하게 낳지 말라는 말만 할 줄은 또 몰랐네. 뭐 다른 건 없어요? 신비하진 않더라도 신기한 거라도 있을 것 아니에요. 인간이 어쨌든 가장 자연에 다가간 순간일 텐데."

"자연 좋아하네. 그딴 거 없어."

"없어요?"

"없어, 네버야. 인간의 출산이라는 건 이미 자연의 영역을 벗어났고요. 그건 현대 의학의 영역이에요. 생기게 하는 것도, 안 생기게 하는 것도, 낳는 것도, 낳지 않는 것도. 자기가 좋아하는 과학 만세, 기술 만세야. 아시겠어요?"

"으음…."

"뭐, 생긴 것을 안 낳는 것…의 실정법 문제는 별개로 쳐도 말이야."

"내년에 헌재에서 다시 붙는다잖아요."

"그래. 슬슬 좀 바뀔 때도 되었는데."

"지난번에도 박빙이었고… 이번에는 가능성 있지 않을까요?"

"가능성이야 있겠지. 호주제 폐지되었을 때 자기 몇 살이었지?"

"그게 참여정부 때니까… 그러고 보니, 그때도 호주제 없어지면 나라 망할 것처럼 그러더니 안 망했네요."

"그러게나 말이야."

민 팀장은 언제나처럼 확신에 차 있었지만, 그럼에도 불구하고 퍽 지친 듯 느껴졌다.

"낳지 말라는 건 아니야. 애들 때문에 산다, 그런 순간도 있긴 있지."

그런 민 팀장을 보며, 재희는 마음이 복잡했다.

그렇다면 우리는 괜찮을까.

"하지만 말이야, 여기 앉아 있다 보면 그런 게 보인다? 시간 지나면 자기랑 비슷한 때 데뷔한 작가들이 하나둘씩 사라지잖아. 그치? 힘들고 지쳐서 떨어져 나가기도 하고, 능력이 부족해서 밀려나는 경우도 있지. 그런데 여자 작가들은 그게, 자기가 못나서 사라지는 게 아니야. 능력 되는 사람도 아이를 낳거나 부모님이 편찮으시면 못 버티고 사라지더라. 무슨 말인지 알겠어?"

죽을힘을 다해 자기 자리를 지키려고 한 사람. 그런 사람이 진심을 다해 말하고 있었다.

너는 아이를 낳고도 살아남을 수 있겠느냐고.

재희는 그 질문이, 민 팀장이 자신만 국한해서 던지는 질문이 아니라고 생각했다. 그건 일하는 모든 여자들에게 던지는 질문이나 다름없었다.

"모르겠어요."

자신은 겨우 마음을 먹었을 뿐이다. 아이를 꼭 낳고 싶어 수술까지 받고 온 상훈의 소망에 부응하기 위해서.

"솔직히 말하면요, 남편이 아이를 정말 좋아해요. 근데 남편이… 약간 부실했는데."

"그러니까 말이야. 자기가 아이를 꼭 갖고 싶은데 자기 몸에 문제가 있어서 난임 치료를 하는 것도 아니고."

"근데 남편이, 수술을 받고 왔어요. 자기가 자기 문제를 해결해 보겠다고 식이조절도 알아서 하고. 실제로 개선도 많이 되었거든요. 그쯤 되니까, 내가 처음부터 애는 안 낳겠다고 정했으면 모를까. 이걸 딱 잘라서 못

한다고 할 수가 없는 거 있잖아요. 한두 번이라도 시도해 봐야겠다, 그렇게 되는 거."

"…뭔진 알겠다. 근데 그거참."

"이런 이야기는요, 또 친구들한테는 잘 못 해요. 같이 만나는 친구 중에 난임 치료 오래 받고 고생하는 애도 있는데, 거기서 어떻게 그런 말을 할 것이며."

"그래, 뭐. 나한테라도 이야기 잘 했어."

민 팀장은 복잡한 표정을 지었다.

"이런 이야기는 같은 여자에게 해야지. 고민 많았겠네."

"뭐, 조금요?"

재희는 웃으며 고개를 끄덕였다.

재생산은 여자의 의무가 아니다. 결혼을 했다고 남자에게 반드시 자식을 볼 권리가 주어지는 것도 아닐 거다.

하지만 좋아서 오래 같이 살다가 혼인 신고까지 한 사람이 그렇게 원한다는데, 시도 정도는 해 볼 수도 있지. 그런 데다 본인이 그렇게 문제 해결에 발 벗고 나서는 마당에.

그렇게 겨우 마음은 먹었다. 정부에서 지원 받을 수 있는 세 번. 딱 세 번만, 시험관은 없이 인공 수정만으로 시도해 보기로 했다. 그게 다였다.

하지만 앞은 여전히 안개로 뒤덮인 것 같았다. 세 번 시도해도 아이가 안 생기면 어떻게 되는 걸까. 그리고 아이가 생긴다면 또 어떻게 될까.

"하지만 뭐, 마음먹은 이상 일단 해 볼 수밖에 없죠."

눈을 가린 채 이인삼각 달리기를 시작하면 이런 기분이 들까.

재희는 조금 쓸쓸한 기분이 들었다. 그녀는 소파에 몸을 묻은 채 아이스티를 홀짝거리며 한숨을 쉬었다. 민 팀장은 다이어리를 들여다보며 잔뜩 인상을 쓰다가, 다시 건조한 목소리로 일 이야기를 하기 시작했다.

"오늘 다른 약속 뭐 있어? 오랜만에 봤는데 밥이나 먹을까?"

"오후에 친구들 보기로 했어요."

"원고 해, 이 사람아. 남의 글은 미뤄도 되는데 우리 글은 미루지 말고."

민 팀장과의 미팅은 잘 진행되었다. 일에 대해서는 확실한 사람이니까 걱정할 건 없었다.

걱정할 건 사실 이쪽이지.

재희는 갑자기 자신이 불확실성의 세계 속에 획 던져진 것 같았다. 마치 바닥에 떨어지기 전의 주사위처럼. 아직은 데굴데굴 구르며 확률 싸움을 하고 있는 것뿐이다.

하지만 이 주사위가 마침내 멈추고 결과를 내놓으면 그다음은 어떻게 될까.

'어떻게든 되겠지.'

재희는 속으로 중얼거리며 씩씩하게 약속 장소를 향해 걸어갔다.

그리고 친구들을 만나기로 한 카페의 문을 열자마자, 재희는 눈을 의심했다.

"…어?"

2주에 걸친 느긋한 신혼여행을 마치고, 이제 집 정리도 얼추 되었으니 얼굴이 피었어야 마땅한 우리 송은주 사장님께서, 얼굴이 사색이 되어 있었다.

그리고 그 건너편, 지원이 어깨까지 폭 숙인 채 입구를 등지고 앉아 있었다. 절대 어디 가서 저런 자세로 앉아 있을 것 같지 않은 애가, 지금 무슨 일인 걸까.

"물론, 손만 잡고 잤는데 생긴 건 아니니까 제가 뭐라고 할 일은 아니긴 해요. 그렇지만⋯."

"그게⋯ 할 짓 다 해도 피임을 하면 안 생기지⋯. 아, 재희 왔구나."

"무슨 이야기예요, 지금?"

재희는 가방을 내려놓으며 두 사람을 돌아보았다.

"피임을 한다고 안 생기는 건 아니죠. '잘' 안 생기는 거지."

"그거 아냐, 재희야."

"예?"

"그거 아니라고⋯."

은주가 난처한 표정으로 웃었다. 재희는 은주와 지원을 번갈아 쳐다보다 눈을 깜빡였다. 그리고 그만, 소리쳤다.

"아앗!"

"⋯목소리 낮추고."

은주가 재희를 끌어다 앉히는 내내, 지원은 한숨만 쉬고 있었다.

"뭐야, 어떻게 된 거야."

"어제 유난히 술이 안 받아서 왜 그러나 했는데⋯."

"임신이야?"

"몰라요. 일단 두 줄이 나오긴 했어요."

"왓더⋯ 아니, 어떻게 된 거예요. 우리 오늘 언니 결혼 축하하고, 지원이 승진 축하한다고 모이는 줄 알았는데."

"그 용건 맞아."

"근데 왜⋯ 갑자기 지원이가⋯."

"승진은 했고요⋯."

지원이 한숨을 푹 쉬며 고개를 들었다.

"지난번에 하다가 보니까 콘돔이 없었는데 그만⋯."

"콘돔이 없어도 괜찮은 건 시원치 않은 인간들인 거고⋯."

재희가 고개를 절레절레 저었다. 물론 어지간해선 난임이 나올 것 같은 부부도 때가 제대로 맞으면 한 번에 자연 임신이 되기도 하는 법이니 건강하고 말고가 문제인 건 아니다.

하지만 생식에 있어 피지컬의 문제를 배제하고 갈 수는 없는 것이라. 지원 부부는 누가 봐도 '이 정도면 반드시 피임을 해야 하는 게 아닌가' 싶을 만큼 건강한 사람들이었다.

일단 부부 경찰이라 둘 다 유산소운동이며 무도로 몸을 단련하고 있지, 누가 봐도 건강 체질이지, 게다가 20년 동안 재희는 지원이 생리가 늦어져서 고민하는 모습을 단 한 번도 본 적이 없었다. 제발 좀 늦어지라고 한탄하는 건 봤어도.

"그래도 다행이다, 야. 승진은 하고 나서 임신한 거잖아."

"그래도요."

"어차피 생길 거라면 차라리 지금 생긴 게 낫지. 임신하고 출산하는 게 대놓고 승진에 방해되는 거 모르는 사람이 어디 있어. 그래도 공무원이니까 이상한 부서로 보내진 않을 것 아냐. 차라리 지금이면 다음 승진에 걸리적거리지도 않겠네."

"하지만 분하다고요. 이제야 겨우 조금 더 책임 있는 일을 할 수 있게 되었는데."

그럼 피임을 제대로 하든가.

대체 알 만한 애가 왜 그런 거야, 한두 살 먹은 어린애도 아니고.

그렇게 생각하다가, 재희는 입을 꾹 다물었다. 둘이 좋아서 한 일인데, 지금 그 뒷감당은 지원 혼자 하게 생긴 상황이다. 여기에 다른 사람이 뭐라고 입을 댈 수 있겠어.

"저 계속 강력계 지망했잖아요. 이제야 겨우 가게 되었는데."

"임산부가 강력계는 무리야."

"아니, 그건 저도 알아요."

"그래, 게다가 흉악한 사건들도 많으니까 태교에도 안 좋을 거야."

"언니… 사실 강력계는 태교가 문제가 아니라 무슨 불상사가 날지 몰라서 못 가는 거에 가깝긴 하고요. 아, 그리고 낳는다고 바로 휴직하기도 그런 게, 요번에 전세 확 올라서 대출 받은 것도 있는데."

대출이라는 말에 재희도 은주도 가슴이 답답해졌다.

이해가 갔다. 아주 넘치도록.

"미치겠어요. 애는 누가 키워요."

결혼을 한 부부가 임신을 하는 건 분명 축복일 텐데. 갑작스럽게 아이가 왔다는 걸 알았을 때 그저 기뻐하기만 할 수 있는 사람은 얼마나 될까.

"날벼락 맞은 것 같아요."

두 사람은 지원에게 아무 말도 해 주지 못하고 있었다.

그때 카페 문이 열렸다. 선경이었다.

"아, 토요일이라고 도로가 꽉 막혔어요."

선경이 지원의 옆자리에 자연스럽게 다가와 앉았다. 조금 전까지 자신의 임신을 두고 마른하늘에 날벼락이라고 표현했던 지원은 잔뜩 죄책감을 느끼는 듯한 표정으로 선경을 쳐다보았다.

"무슨 일 있어?"

"아, 아니…."

사실 이건 감춰야 할 만한 비밀이 아니다.

피임 안 한 게 실수라면 실수지만, 결혼하고 2년쯤 된, 적당히 신혼의 흥분이 가신 부부에게 아이가 생기는 건 흔하고도 자연스러운 일이었다.

하지만 그 흔한 일이 마음먹은 대로 되지 않아서, 숨 막힐 듯이 괴로워하는 사람이 바로 옆에 있는데. 그걸 알면서도 이 갑작스러운 임신에 대해 재난이라고 머리를 쥐어뜯고, 그걸 놀리고 축하하고 걱정해도 되는 것일까. 세 사람 모두 말은 안 했지만, 비슷한 생각들을 하고 있었다.

"언니, 결혼 축하해요."

그래서 주문한 음료수로 건배를 하고, 은주가 신혼여행에서 사 온 자잘한 기념품들을 꺼내 놓는 내내, 지원과 재희는 눈을 내리깐 채 한마디도 하지 않았다. 그 불편한 침묵에, 선경이 먼저 지원을 돌아보았다.

"무슨 일 있어?"

"으, 응?"

"아니, 너 왜 토마토 주스를."

"언니들도 다들 주스 마시잖아."

"언니들은 낮부터 술 마시지 않잖아. 넌 맥주 킬러고. 어디 아파?"

말을 해놓고, 선경의 표정이 살짝 굳었다.

사실은 그것만으로도, 서로서로 눈치를 챌 만한 단서는 되고도 남았을 거다. 다른 사람도 아니고, 술 좋아하기로는 둘째가라면 서러울 이지원이 술을 안 마시고 있었으니까. 지원은 잠시 머뭇거리다가 곤란한 표정을 지었다. 하지만 그건 다른 사람이 대신 말해 줄 만한 이야기가 아니었다.

"그게… 병원은 아직 안 가 봤고."

결국 지원이 한숨을 쉬며 입을 떼었다.

"내가 그게 날짜가 좀 지나서 임테기를 해 봤는데…."

"와, 정말? 축하해!"

하지만 선경은 그 말을 듣고도 활짝 웃었다.

재희와 은주는 덩달아 가시방석에 앉은 기분으로 두 사람을 바라보았다. 임신을 천재지변처럼 느끼는 사람에게, 아이를 정말 간절히 원하는 사람이 축하의 말을 건네는 모습을.

"정말, 너무 잘됐다. 임신이라니 정말 축하해."

"으, 응… 고마워."

"남편은? 좋아하지?"

"아, 아직 말 안 했어."

"그러면 안 돼! 말을 안 해도 기다렸을지 모른다고!"

"기다…렸을까?"

"당연하지! 은근히 아이 생각 했을 거다? 그러지 않으면 왜 피임을 안 했겠어."

"그, 그렇겠지?"

설마가 사람 잡은 거라는 말을 차마 못한 채, 지원은 쩔쩔 매며 필사적으로 영업용 미소를 지었다.

선경이 진심으로 축하해 주는 이상, 임신에 대해 한탄만 늘어놓을 수는 없다. 네 사람은 이제 정말 자연스럽게, 지원의 일을 함께 축하하며 평소보다 조금 호들갑을 떨었다. 우리가 이제 이모가 되는 거냐. 사실은 굳이 친구의 아이에게까지 '이모' 같은, 혈연에게 붙이는 호칭을 들어야 하는 것인가에 대해서는 다들 생각이 복잡했음에도.

살다 보면 그래야만 하는 순간이 있는 법이다. 바로 지금처럼.

"근데, 병원은 다녀온 거야?"

"아뇨, 아직."

"그럼 병원부터 가야 하는 거 아냐?"

재희가 휴대폰을 보더니 모두를 둘러보았다.

"우리, 요것만 다 마시고 병원 갑시다. 병원."

"갑자기 웬 병원?"

지원은 당황한 표정으로 재희를 바라보았다.

"요 근처에 내가 다니는 산부인과가 있어서 그래. 같이 가 보자."

음료수를 마시고 적당히 노닥거리는 동안, 재희는 병원에 전화를 걸고 예약을 잡았다.

"근데 토요일 오후에도 병원이 열어?"

"일요일도 격주로 하는 데예요. 대신 주중에 쉬고."

"직장인들이 다니니까 그러나 보다."

마실 걸 다 마시고, 택시를 타고 이동했다. 도착한 병원은 그리 크진 않았지만, 최근에도 상훈의 남성 난임 검사를 비롯하여, 이런저런 난임 치료 상담을 받은 곳이었다.

재희는 딱 그렇게만 알고 있었다. 하지만 선경은 택시에서 내리다 말고 깜짝 놀라 재희를 쳐다보았다.

"언니, 여기 난임 치료로 유명한 곳인데."

"유명했어?"

"예. 알고 다니신 것 아니었어요?"

재희는 쓴웃음을 지었다. 그냥 작은 병원인데 내부 설비는 깨끗하다 했지, 난임으로 유명한 병원일 거라고는 생각도 못했다. 과연, 왜 집 근처에 있는 큰 산부인과를 두고 이리 왔나 했더니.

상훈이 용의주도한 면이 있다고는 생각했지만, 이렇게까지 머리를 굴렸을 줄은 몰랐다.

하긴, 그러니 알아서 수술까지 받고 온 뒤에 설득할 생각을 했겠지.

"HUNS가 여기서 검사 받고 왔어. 그래서 나도 이쪽으로 왔다 갔다 하고 있었고."

"아…."

"시도만 해 보려고. 인공 수정."

안으로 들어갔다. 아까 출발 전에 전화로 예약을 해 둬서 바로 진행이 되었다. 간호사가 먼저 지원을 채혈실로 안내했다. 재희는 잠시 심호흡을 하더니, 간호사에게 말했다.

"그리고 아까 전화로 여쭤본 그것도요."

"예, 가능합니다."

"공복 상태로 가야 한다는 말도 있던데…."

"오신 김에 하시는 게 편하시면, 그 정도는 괜찮아요. 점심 드셨어요?"

"아뇨, 아직."

"그럼 괜찮아요. 선생님과 진료 보시고 바로 검사하실 수 있어요. 지난 주에 검사하신 것도 결과 나왔고요."

"감사합니다."

소파에 앉아 있던 은주와 선경이 재희를 쳐다보았다. 재희는 한숨을 푹 쉬며 그들 곁으로 돌아와 앉았다.

"무슨 검사?"

"어, 며칠 전에 난소 검사했어요. 난소가 제 나이보다 늙었나 어떤가 본다던데."

"그런 것도 있어?"

"예. 생리 시작하고 이삼 일 뒤에 하는 거라 날짜 맞춰서 왔었거든요."

"산부인과 검사들이 죄다 그래요. 사람이 검진 날짜를 잡는 게 아니라 생리가 잡는 거라서."

"회사 다니면서 하기가 참… 힘들겠네."

"그래서 잘한다고 소문난 병원들 따로 있는데도, 회사 근처에 있는 병원이 그렇게 호황인가 봐요. 시간 맞춰 가려면 멀리 갈 수가 없으니까."

"오늘도 뭐 검사 있어?"

"생리 끝나고서 나팔관 검사하러 오라고 했는데, 마침 두 번 걸음하기 귀찮으니까 오늘 온 김에 할 수 있냐고 했어요."

"임신하려면 정말 검사할 게 많구나."

은주가 조금 쓴웃음을 지었다.

"나도 보건소에서 기본 검사는 했는데, 확실히 전문 병원은 검사하는 게 다르네."

"그러게요. 이런 것까지 검사할 줄은 몰랐어요."

온 김에 상담을 받아 볼까. 은주는 잠시 생각하다가 고개를 저었다.

마흔 살과 마흔 일곱 살. 두 사람 모두 건강하니까, 아이를 갖는 게 아주 불가능하진 않다. 하지만 당장 오늘 임신을 한들, 아이가 중학교 갈 무렵이면 남편이 예순이다.

'자연스럽게 되는 일이면 몰라도.'

아이를 좋아한다. 어릴 때에 동생들을 업어 키우느라 제대로 뛰어 놀지 못했지만, 어린아이 자체를 싫어하진 않았다.

분유와 솜사탕을 섞어 놓은 듯한 그 달콤한 머리냄새, 말랑한 발목과 통통한 발바닥, 손가락으로 톡톡 건드리면 그 손가락을 꼭 붙잡는 작은 손, 그리고 파랗게 보일 만큼 맑은 눈동자. 어린아이란 얼마나 사랑스러운지.

하지만 아이를 낳는다는 것은, 그 아이를 낳아 사랑하고 키우는 기쁨만으로 할 수 있는 일이 아니다.

부모의 기쁨이야 잠깐의 일이지만, 세상에 태어나 앞으로 살아갈 그 아이에게는 인생이 달린 문제. 요즘 마흔 살이 예전 마흔 살과는 다르고, 요즘 예순 살이 예전 예순 살과는 확실히 다르다는 걸 알지만, 이런 문제는 그저 어린아이의 보들보들한 뺨을 떠올리면 가슴이 두근거리는, 그런 마음만으로 결정할 수 있는 게 아니다.

'어린 것을 사랑하는 거라면… 다시 고양이를 키워도 되는 거니까.'

은주는 소파 옆에 비치된 육아 잡지를 집어 들며 생각했다. 잠시 후 간호사가 재희의 이름을 불렀다. 재희가 자리에서 일어나 진료실 쪽으로 몸을 튼 것과 거의 동시에, 복도 저편 검사실 쪽에서 지원이 걸어 나왔다.

"지원아, 뭐래?"

"소변은 양성 떴고, 피 검사는 한 시간 기다리래요."

"빨리 나오네."

"재희 언니는요?"

"나팔관 검사 하러 간다던데."

"그게 뭔데요?"

"자궁에다가 조영제를 넣어서, 나팔관이 막히지 않았나 보는 거야."

이미 이것저것 다 해 봤던 선경이 대답했다. 지원이 한 손으로 턱을 괴며 재희가 걸어간 진료실 쪽을 바라보았다.

"아주 조금… 용기가 날 것 같은데."

"응?"

"애가 애를 낳겠다는데 내가 못 낳을 건 뭐냐 싶기도 하고…."

그 애가 바로, 지원보다 두 살 연상인 재희를 두고 하는 말이라는 것을 깨닫고 은주와 선경은 입을 막고 웃었다. 한참을 키득거리던 은주가 결국 한마디했다.

"…우리 재희가 좀 동안이긴 하지!"

"난소예비능 검사 수치는 잘 나왔어요."

의사는 재희를 보자마자 그 이야기부터 했다.

"지난번 상담할 때, 유재희 씨 어머님 폐경이 꽤 일찍 오셨던 편이라고 해서 걱정했는데, 호르몬 수치랑 다 정상이에요."

"그게 어떤 호르몬인데요?"

재희가 궁금해하자, 의사는 책상 위에 놓인, 자궁과 난자 모형을 가리키며 짧게 설명했다.

"생물 시간에 들으셨을 거예요. 정자는 계속 만들어지는데, 난자는 태어날 때 미성숙한 난포를, 아예 일정량을 딱 갖고 태어났다가 호르몬의 자극을 받아서 하나씩 성장해서 배란되고요. 노화가 진행되면 이 난자의 개수도 줄어드는데, 이 난자가 얼마나 남아 있는지를 알아보는 게 AMH 라는 호르몬 수치예요."

"예⋯."

"지금 유재희 씨 나이가 37세인데, 35세에서 37세 사이에 난포가 고 갈되기 시작합니다."

"이걸 생리 시작하고 이삼 일 안에 검사해야 하는 이유가 있나요?"

"음, 사실 이 호르몬 자체는 언제 검사해도 크게 상관없어요. 하지만 어차피 여성호르몬 검사도 해야 하는데, 이게 생리 날짜와 영향이 있죠. 난포자극호르몬이나 에스트라디올이나."

"에스트라디올? 이건 에스트로겐하고 다른 거예요?"

"에스트로겐, 이게 난포호르몬이죠. 학교 다닐 때는 여포호르몬이라고 도 배우셨을 텐데. 이 에스트로겐이 세 종류가 있는데, 여기서 가장 강력 한 게 이 에스트라디올이에요. 이게 프로게스테론이라든가, 다른 여러 호 르몬들과 길항작용을 해요. 배란이나 임신이나, 이 모든 과정은 호르몬과 아주 밀접하게 작용하죠."

"시스템이 다 갖춰져 있어도 스위치가 들어가야 일이 돌아가니까요?"

"음, 그렇게 비유할 수도 있겠네요. 여튼 유재희 씨 AMH 수치는 2.3ng/ml고요. 보통 35세 때 2.0이 나오니까, 나이보다 상태가 좋은 편이 에요."

"다행이네요. 감사합니다."

"저도 같은 여자고, 일을 하고 자리를 잡다 보면 당연히 늦어져요. 그 럴 수밖에 없는 사회이긴 하지만."

의사는 결과지를 차트에 끼워 넣으며 중얼거렸다.

"이건 호르몬 문제라, 몸이 우리를 기다려 주지 않을 때가 있어요."

"평균 수명이 길어졌는데도요?"

"그건 젊어서 병으로 죽는 사람이 줄어든 것뿐이니까요."

"아."

"우리 세대가, 부모님 세대에 비해 훨씬 건강하게 사십 대를 맞이하고 있는 건 맞지만, 그렇다고 노화라는 게 아주 안 오는 게 아니에요. 시간이 갈수록 성공 확률은 눈에 띄게 떨어지는 법이고… 너무 늦게 오면 그만 큼 임신 준비하면서 고생이 심해지니까, 당장 임신할 계획이 없더라도 언 젠가 할 가능성이 있다면 중간에 검사를 좀 해 보면 참고가 될 텐데."

"뭐, 다들 바쁘니까요. 저도 이제야 해 보는 거고."

"그러게요. 나라에서 출산율 이야기만 하지 말고, 이런 것도 기본 검진 에 넣어 주면 좋겠네요."

"으, 그건 싫어요."

"싫어요?"

"나라에서 내 난소 나이까지 체크하면서 저거 언제 애 낳나 지켜본다 고 생각하니… 그거 완전 오싹하잖아요. 이야, 무슨 디스토피아 SF 같네."

"하긴, 그럴 수도 있겠네요."

의사가 고개를 끄덕였다. 그가 간호사에게 뭔가 지시서를 적어 주며 말했다.

"나팔관 조영 검사도 하신댔죠? 안에서 옷 갈아입고 나오시고요."

속옷까지 벗고, 긴 치마로 갈아입고 나왔다. 그리고 산부인과 검진 의 자, 속칭 '굴욕 의자'에 다리를 올리고 앉았다.

그동안에는 격년으로 자궁경부암 검사할 때나 앉아 보던 의자였지만, 아마도 임신을 계획하는 동안에는 꽤 자주 앉게 되겠지.

"어려운 검사는 아니고요, 자궁에 조영제를 넣고 엑스레이 두 방만 찍으면 되는 겁니다. 자궁과 나팔관 위치를 보고, 유착이 있는지 없는지 보는 거예요."

"유착이 있으면요?"

"그러면 시험관을 하는 쪽이 낫죠. 하지만 좁거나 약간 유착된 정도면, 오히려 이 조영제 넣다가 살짝 붙었던 게 떨어져서 더 잘 되기도 해요."

아플까. 재희는 살짝 겁을 먹었다.

하지만 위 내시경도 해 봤고, 수면이긴 했지만 대장 내시경도 해 봤는데. 의사가 들고 있는 카테터는 가늘었다. 여자는 아이도 낳을 수 있는데, 고작 저런 관이 몸에 들어가는 게 내시경보다 아플 것 같진 않았다.

"조금 아픕니다. 조금."

잠깐, 이게 무슨 소리야.

재희는 갑자기 도망치고 싶어졌다. 37년 인생을 통틀어, 의사가 조금 아프다고 말했을 때 정말로 조금만 아프고 말았던 적은 단 한 번도 없었다. 이건 틀림없이….

"으아아악!"

"후굴자궁이네요. 카테터가 한 번 꺾여서 좀 아팠을 겁니다."

굉장히 아프다는 뜻이었다.

"요가하세요. 자세도 좋아지고, 허리도 덜 아파요."

"으으으… 다 된 거예요?"

"이제 카테터만 꽂은 거고요. 엑스레이는 이 건물 윗층에 방사선실이 있어요. 거기 가서 찍을 겁니다."

허벅지에 카테터를 고정하는 반창고 같은 게 붙여졌다. 간호사가 이송 침대를 밀고 들어왔다. 재희가 눕자, 간호사가 침대를 밀고 엘리베이터로 향했다.

"조영제는 아직 안 들어간 거죠?"

"그건 찍을 때 넣어요."

간호사는 침대를 밀다가, 나직하게 말했다.

"조영제 투입할 때 생리통처럼 조금 아플 거예요."

"그 조금이 얼마나 아픈 건데요."

"사람마다 달라요. 그리고 혹시라도 나팔관이 막혔으면, 압력으로 유착된 자리가 다시 열리면서 좀 아플 수도 있고요."

아니, 잠깐만요.

재희는 진심으로, 움직이는 침대에서 뛰어내려서라도 도망치고 싶어졌다. 하지만 이송침대는 이미, 방사선실 안으로 들어가고 있었다.

엑스레이 침대에 눕고 잠시 후, 산부인과 의사가 마스크를 쓰고 올라왔다. 간호사가 주사기를 카테터 끝에 연결하는 게 보였다.

"두 번 찍습니다."

그리고 조영제가 들어왔다.

아랫배를 주먹으로 호되게 맞는 듯한 느낌이었다.

"아…."

재희는 눈을 떴다. 지원과 선경과 은주가 걱정스레 그녀를 들여다보고 있었다.

"이거… 돌아 버리게 아프네…."

"애도 아니고 말 좀 예쁘게 해. 때찌!"

은주가 재희의 이마를 툭툭 치며 웃었다. 선경이 어처구니가 없다는 듯 웃었다.

"병원 역사상 나팔관 조영하다가 기절한 사람은 언니가 처음이래요."

"아팠다고!"

"지금은 괜찮을 거래요. 진통제 맞았으니까."

"얼마나 이러고 있었는데?"

"한 10분?"

재희가 몸을 일으켰다. 그러다가 지원을 쳐다보았다.

"결과 나왔어?"

"이제 좀 있다 들어야죠. 한 시간 걸린대요."

"와, 한 시간이나 걸리는구나."

"한 시간밖에 안 걸리는 거죠. 혈액검산데."

"그런가."

그때 누가 문을 두드렸다. 간호사였다.

"유재희 님, 아까 설명 못 들으셨으니 다시 설명해 드릴게요. 한쪽 나팔관이 막혔다가 이번에 조영하면서 열렸고요. 그래서 아프신 거예요."

"…다행이네요."

"하루 이틀 피 나올 수 있고요, 항생제랑 진통제 처방해 드릴 테니까 사흘간 드시고요. 서너 시간 뒤에는 통증 가라앉으실 텐데, 혹시라도 열이 나면 병원 오셔야 해요."

"감사합니다."

"그리고 이지원 님 피검 수치 나왔어요. 축하드려요."

간호사는 약은 시간 맞춰 먹으라거나, 다음 예약은 언제로 잡겠느냐고 묻는 것처럼 자연스럽게 말했다. 그래서 처음에는, 지원은 자신에게 한 말인 줄도 모르고 눈만 깜빡였다.

그게 무슨 뜻인지 바로 이해한 것은 선경이었다. 선경은 지원을 와락 끌어안았다.

"축하해, 정말 축하해!"

"어… 어, 고마워."

세 사람은 재희를 부축해 복도로 걸어 나왔다. 아직도 통증으로 반쯤

넋이 나간 재희를 앉혀 놓고 은주가 수납을 하고 처방전을 챙기는 사이, 간호사는 지원에게 진료실 앞에서 대기하라고 말했다.

진료실 쪽으로 걸어가던 지원의 눈에, 소파에 앉아 있는 여자들의 모습이 보였다.

임신한 여자와, 임신이 안 되는 여자와, 임신을 기다리는 여자들이 같은 공간 안에 모여 있다.

묘하게 묵직하게 다가오는 그 사실과 함께, 이상한 것 한 가지가 더 눈에 들어왔다.

평일도 아니다. 주말 오후다. 직장 다니는 여성들을 고려해서 난임 병원은 아침 일찍이나 저녁 늦게, 혹은 주말 진료를 하는 수고를 아끼지 않고 있다고 했다.

그런데 엄마가 되려는 여자들은 여기 와 있는데, 아빠가 되려는 남자들은 대체 어디에 있는 건데.

'이건 천재지변이 아니야.'

편의점을 나와 집으로 돌아가는 골목으로 접어들며 지원은 속으로 몇 번이나 중얼거렸다.

'갑작스러운 일이라 좀 당황한 것뿐이야. 그래, 선경이를 생각해 봐. 아까 병원에서 대기하던 그 많은 여자들을 생각해 보라고. 아기가 생긴다는 게, 그 많은 사람들이 돈을 들이고 시간을 들이고 체력을 깎아먹고 건강을 해쳐 가며 간절히 바라는 일이야. 그게 내겐 깜짝 선물처럼 와 준 것뿐이라고.'

솔직히 말하면 직장 일에 대출까지, 걸리는 게 한두 가지가 아니었다.

하지만 어떻게든 되겠지.

애를 혼자 만든 것도 아니고. 지원은 자기 집 대문 앞에서 잠시 심호흡을 했다. 정환에게 어디부터 설명해야 할지 막막했지만.

'몰라, 탓을 해도 피임 안 한 인간 탓이지 이게 내 탓이겠냐.'

지원은 힘차게 문을 열었다.

"어, 왔어?"

현관문을 열고 들어가자, 정환이 빨래를 널고 있었다.

"술은? 안 마셨어?"

"어, 응."

지원은 대수롭지 않게 그를 지나쳐, 편의점에서 사들고 온 하겐다즈를 냉동실에 밀어 넣었다.

"있잖아, 나 할 말 있는데."

"하세요."

"저기… 조만간 식구가 늘 것 같은데."

"알아."

지원은 냉장고 문을 닫다 말고 남편을 쳐다보았다.

"알아?"

"병원에서 확인은 했어?"

"뭘?"

"임신 말이야."

"…어떻게 알았어?"

"어떻게는 뭘 어떻게야, 이 덜떨어진 마누라야."

정환은 혀를 쯧쯧 차며, 베란다로 나갔다가 지퍼백을 들고 돌아왔다.

그 지퍼백 안에, 두 줄이 뜬 임신 테스터가 담겨 있었다. 오늘 아침, 지원이 쓰고 버린 바로 그 물건이었다.

"CSI랑 살면서 욕실에 증거물을 흘리고 다니는 건 대체 뭐 하자는 거냐? 나 보라고 둔 친절이야, 뭐야?"

지원은 입을 딱 벌렸다. 말을 해야 하나 말아야 하나, 대체 이 일을 어떻게 수습해야 하나 하루 종일 고민했던 것이 다 한심하게만 느껴졌다. 떨떠름한 표정의 지원을 보고, 정환이 한숨을 쉬며 가까이 다가왔다.

"말을 안 하면 뭐, 어쩌려고 그랬어?"

"나도 오늘 알았거든?"

"알았으면 말을 했어야지."

"야, 나 이제 겨우 승진하는데."

"지금 승진이 대수야? 애가 생겼는데?"

그건, 네가 임신한 당사자가 아니니까 할 수 있는 말이지.

속에서 삐죽하게 화가 올라왔다.

경력 단절의 시험대, 그 위에 갑작스레 끌려 올라간 듯한 기분이 들었다. 경찰이니까, 어쨌든 공무원이니까, 임신으로 일을 아주 그만두지는 않겠지만.

할 수 없는 일이 많아질 거다. 이제 겨우 하고 싶은 일을 맡게 되었는데, 그 일도 물 건너갔다고 봐야 했다. 죽을힘을 다해 열심히 살아 겨우 자신의 일에 뿌리를 내릴 만하면, 한쪽에서는 결혼까지 한 여자가 아이를 낳지 않는다고, 혹은 아이를 못 낳는 모양이라고 수군거리고, 정작 아이를 낳게 되면 커리어가 흔들리는데.

"너 말을 왜 그따위로 하냐?"

어디서, 직접 배가 부르는 것도, 아이를 낳는 것도, 커리어가 꼬이는 것도 아닌 사람이 감히 그렇게 말을 할 수가 있어. 지금 승진이 대수냐고.

"낳는 건 낳는 거고, 난 이제 겨우 하고 싶은 일을 할 수 있게 된 거야!"

"야, 애 낳고 돌아오면 책상 빠지는 여자가 수두룩한데. 넌 그런 것도 아니잖아."

"서정환."

"솔직히 말해서, 승진이 확정된 지금이 딱이네. 괜히 어정쩡하게 승진하는 시기에 걸렸어 봐. 그러면 인사고과 망하고 승진 제일 늦게 하고 그러는데. 지금 하면 크게 인생에 지장이 있는 것도 아니잖아. 딱 1년 늦어지는 거고. 설마 생긴 애를 안 낳기라도 할 거야?"

"너 일부러 콘돔 안 썼냐?"

"야, 그땐 진짜 없었어. 넌 이제 그런 걸 의심하냐?"

"그럼 넌 축하한다거나, 고맙다거나, 우리 애 잘 키우자거나, 뭐 그런 입에 발린 소리도 할 줄 몰라? 사람이 심란해 죽겠는데 어디서 속을 긁고 있어!"

그제서야 정환은 아차 싶었는지 지원의 손을 붙잡았다.

"미안."

"됐고요, 우리 회사 남자들 때와 장소 못 가리고 깐죽깐죽 대는 건 내가 익히 알지만, 갑자기 예정에 없이 임신을 해서 심기가 불편하신 마누라 앞에서도 그 짓거리 하는 건 내가 못 참아. 당장….."

"잘못했어."

"…뭐?"

"잘못했어. 내가 너무 좋아서, 그래서 혼자서 실컷 좋아하다가, 막상 당신이 오니까 축하한다는 말을 못 했어. 꽃이라도 사 놓고, 뭐 그랬어야 했는데."

"꽃은 됐고요. 너 좀 앉아 봐. 이거 어쩔 거야. 대출이랑…."

"내가 더 열심히 할게."

정환이 지원의 손을 붙잡은 채, 간절히 말했다.

"정말이야. 내가 열심히 할 테니까 화 풀어."

"뭘 열심히 해. 당장 애 낳으면 지출이 확 늘어나는데. 아, 그러니까 내가 그날 그냥 그만하라니까. 준비도 덜 된 지금 어떡하라고⋯."

"좀 더 준비된 후에 낳으면 좋긴 하겠지만, 요즘 세상에 완벽하게 준비하려다간 그전에 늙어서 퇴직할걸."

그건 네 생각이고, 더 쏘아붙이고 싶었지만.

"괜찮아, 우린 잘 할 수 있을 거야."

"정말 그래도 될까⋯."

지원은 잠시 생각했다. 하지만 다시 생각해 본들 뾰족한 수가 있는 것은 아니다.

원하던 일을 코앞에서 놓쳐 버리는 것 같아 영 찜찜했다. 하지만 만약 아이를 낳는다면, 정환의 말대로 지금이 그나마 인생에 지장이 적을 때라는 말도 맞았다.

그러니까 지금이다.

지원은 비로소 마음을 먹었다. 병원에서 확인할 때까지만 해도, 일단 생겼으니 별수 없다고 생각했다. 현실적으로 낙태가 불법이고, 결혼까지 한 부부가 살다가 자연스럽게 아이가 생겼는데, 그걸 굳이 어떻게 할 생각을 하는 게 오히려 부자연스럽다고 생각했을 뿐.

하지만 이제 지금이다, 그렇게 마음먹은 순간 아이를 낳는다는 미래가 확실하고 구체적으로 다가왔다.

"그래, 뭐. 피할 수 없으면 즐기랬다고⋯."

"야, 넌 그게 애한테 할 소리냐."

"그러니까 누가 콘돔을."

한동안은 콘돔을 두고 정환을 꽤나 타박하겠지만.

이건 재난이 아니다. 임신 테스터의 분홍색 두 줄이 갑자기 인생에 불쑥 끼어들긴 했어도, 이 정도면 충분히 예측할 수 있는 이벤트였다. 그리고 불안하지만 분명한 현실이고. 지원은 한숨을 푹 쉬며 정환을 밀어내고, 식탁 의자에 앉았다.

"병원은 언제 같이 갈까?"

"다녀왔어. 재희 언니 다니는 병원 있어서."

"아기 봤어?"

"어. 심장도 뛰어. 초음파 사진 볼래?"

지원은 휴대폰을 꺼내서, 오늘 설치한 앱에서 동영상을 찾아 보여 주었다. 어두운 밤하늘처럼 캄캄한 초음파 영상 한가운데에 검은 음영이 보였다. 전화기 스피커에서 쿵쿵쿵쿵 하는 빠른 심장 소리가 들렸다. 그렇구나. 이제 한동안은 몸속에서 심장 두 개가 뛰는 거구나. 그 생각을 하다가, 지원은 정환의 옆구리를 쿡 찔렀다.

"다 봤으면 나 라면 끓여 줘. 배고파."

지원은 경찰서 앞에서 잠시 심호흡을 했다.

대학을 졸업하고 순경으로 들어와서 어언 11년. 그 사이 크고 작은 사고들도 있었고, 몇 번의 인사이동도 겪었다. 하지만 이렇게 긴장하며 경찰서 건물을 올려다본 것은, 맹세컨대 첫 출근 이후 처음이었다.

"왜 그래."

정환이 지원의 어깨를 가볍게 감쌌다. 그때 경제팀장이 뒤쪽에서 지나가며 두 사람을 툭 떼어놓았다.

"어이쿠, 잉꼬부부가 여기에."

"죄송합니다!"

"회사에서 말이야, 아침부터 너무 티내지 맙시다. 음?"

"예, 팀장님."

정환과 지원은 경제팀장을 향해 반사적으로 목례를 했다. 그리고 나란히 고개를 들었다.

"후우⋯."

지원은 심호흡을 했다. 그리고 정환을 바라보았다.

"이야기 잘 할 수 있지?"

"그럼, 뭐가 걱정이야."

"…."

"남녀가 결혼을 했으면 애가 생기는 게 당연한데. 설마 뭐 그런 것 갖고 뭐라고 하시겠어? 넌 드라마를 너무 많이 봤어."

정환은 싱긋 웃고, 지원의 어깨를 툭툭 치고는 과학수사팀 쪽으로 걸어갔다. 지원은 뭔가 말을 하려다가 그냥 입을 다물었다.

무슨 만화에선가, 그런 대사가 나왔다. 서 있는 자리가 다르면 보이는 풍경도 다른 법이라고.

"지금이 딱 그 짝이네."

지원은 중얼거렸다.

뭐, 그렇게 열렬히 죽고 못 살도록 사랑해서 한 결혼 같은 건 아니었다. 슬슬 결혼할까, 그런 생각을 했을 때 그 남자가 옆에 있어서, 남편감으로 나쁘지 않아서 결혼했다는 게 옳았다. 같은 회사 사람이고 합 맞춰 일도 해 봤고, 성품도 식성도 어느 정도 알고. 사내연애 할 때 입 가볍게 놀리는 놈들도 없지 않은데, 사귀는 내내 입 무거운 것도 괜찮았다. 운명적인 사랑 같은 걸 믿기에는 나이가 들었으니, 현실적으로 이만하면 같이 살 만하지, 그런 생각이 들어서 결혼까지 한 것인데도.

"보는 자리가 달라, 보는 자리가."

지원은 휙 돌아섰다.

범인 검거에, 지방청장과 서장의 치하에, 표창에, 승진에, 그 화려했던 며칠이 바로 지난주의 일이었는데.

지원은 제 발로 검찰에 출두하는 피의자가 된 듯한 심경으로 사무실로 향했다.

"임신이라고?"

과학수사팀장은 그 말을 듣자마자 자리에서 일어나더니 정환의 어깨를 툭툭 쳤다.

"잘했어. 서 부장도 이제 사람되는구만."

"감사합니다."

"그래, 자고로 남자는 개 아니면 애라고 하는데…."

팀장이 정환의 어깨를 감싸며, 아주 중요한 것을 알려 주듯 목소리를 깔았다.

"그 개나 애를 벗어나는 방법이 딱 하나 있다."

"…?"

"아버지가 되는 거다."

"아버지…."

그 말을 입에 올리자, 어쩐지 가슴이 뿌듯해졌다.

"요즘이야 젊은 사람들이, 결혼도 안 한다, 애도 안 낳겠다. 3무니 3포니 그러는데. 그래도 남자는 결혼을 하고 애를 낳아야 어른이 되는 거지 아주 잘했어."

"예!"

"그리고 마누라 집에서 애 낳고 노는 동안에, 승진도 좀 하고. 가장이 말이야, 마누라에게 밀리면 면이 서냐, 응?"

"열심히 하겠습니다."

정환이 활짝 웃었다. 같은 팀 동료들도 저마다 한마디씩 했다.

"이야, 형님. 이제 좋은 날은 다 갔네요."

"서 부장, 축하해. 이제 애 아빠가 될 테니 더 열심히 하겠지."

"세상이 어떻게 바뀌든, 사람은 나이가 차면 결혼을 하는 게 맞아. 결혼을 하면 또 자식 낳는 게 자연의 섭리고."

"감사합니다."

"요즘같이 애들이 안 태어나 큰일일 때는, 자식 농사 잘 짓는 게 국가에 충성하는 거야."

정환은 뿌듯했다. 상사와 동료들의 말 그대로, 이제야 자신이 사람이 되고 어른이 되는 것 같았다.

"술 사요, 술. 형님, 축하주."

"아, 진짜 오늘 저녁때 한잔들 할까요? 팀장님, 제가 모시겠습니다."

"그거 좋지."

한편으로는 의아하기도 했다. 아침 댓바람부터 지원이가 인상을 구기고 있는 것이. 이렇게 축하받는 건데, 대체 사무실 가서 말하는 게 뭐가 껄끄럽다는 건지 알 수 없었다.

'지원이도 참, 대체 뭘 걱정한 거야.'

여자들은 임신을 하면 쪼잔하게 걱정이 많아진다더니, 이지원도 그런 면에선 어쩔 수 없는 모양이지. 정환은 웃음이 났다. 상사와 동료들의 축하를 받고 나니, 이제야 정말 애 아빠가 된다는 게 뿌듯하게 실감이 났다.

한편 같은 시각, 형사과 형사1계.

"임신이라고?"

계장은 잠시 굳은 얼굴로 지원을 올려다보았다.

"…언제 안 거야?"

"금요일에, 회식 때 유난히 술이 안 받아서… 혹시나 하고 봤더니 그렇게 되었습니다."

"으음….."

계장은 한숨을 쉬었다. 한숨 쉬는 모습 하나하나가, 아주 어깨가 짓눌렸다.

팔자 좋은 서정환은 이런 걸 모르겠지. 말 한마디 한마디가 가시방석인 것을. 여태껏 지구대에서 말고는 여자와 함께 일해 본 적도 없거니와, 설령 지구대에서 누가 상사에게 이런 보고를 하는 것을 보았더라도 제대로 관심조차 기울이지 않았을 거다. 똑같이 경찰 조직 안에서 일해 왔지만, 정환의 세계는 지원과 그만큼 달랐다.

"추… 우선 축하하네."

"…감사합니다."

계장은 그다지 축하하고 싶지 않은 듯한 표정으로 지원을 빤히 쳐다보았다.

식은땀이 돋았다.

"그리고 강력계엔 못 가."

"…."

"상식적으로 못 가."

"계장님."

"별다른 문제가 없으면 가는 거라고 정해졌지만, 이건 별다른 문제야. 알지?"

"…예."

"설마, 알고 있었으면서 강력계 보내 달라는 말하려고 임신했다는 말 안 하고 버틴 건 아니지?"

"아닙니다. 지금 제일 답답한 게 접니다. 제가 몇 년 전부터 가고 싶어 했던 것 아시잖습니까."

"그건 그렇지."

계장이 한숨을, 아주 푸우우우 하고 길게 내쉬었다.

그게 무슨 뜻인지 모른다면, 사회생활 헛한 거겠지. 아니면 눈치를 밥 말아먹었든가.

"우리 팀에 계속 있을 수도 없어. 이쪽도 범죄자 상대하는 일인데, 임산부를 여기 둘 수는 없지."

"그렇지만."

"일단 보고 올릴 거야. 임신했으면 당직에서 빼줘야 하는데, 머릿수 부족한데 빨리 사람 받아야 해. 알지?"

"예."

"그럼 최대한 빨리 인사 바꿔 달라고 할 거고… 다음 정기 인사에 지구대로 나가게 될 텐데, 이건 가급적이면 집 근처로 가도록 해야겠다. 지구대 가면 사복 못 입으니까, 임산부용 근무복 신청하고."

어쩔 수 없다.

눈앞에서 수많은 문들이, 그동안 죽을힘을 다해서 손톱만큼씩이라도 열어 두었던 것들이, 모두 쾅 하고 일시에 닫히는 기분이 들었다.

"서운해할 거 없어. 어차피 뭐, 경위 승진하면 다른 부서로 옮기는 게 관례고."

하지만 엊그제는 분명히, 가지 말라고 붙잡았잖아요.

"검사검사 그렇게 되었고 마음 편하게 생각해. 지구대 가서 애 낳고, 좀 키우고. 그러고 나서 돌아오면 되는 거지. 강력계 못 간다고 너무 서운해하지 말고."

그렇다고는 하지만….

"애 엄마가 그렇게 험한 일 하면 쓰나. 음?"

정말 수사부서로 돌아올 수는 있는 건가요? 예?

묻고 싶은 말이 너무나 많았지만 지원은 한마디도 하지 못했다.

예전에, 갓 발령을 받아 지구대에서 근무할 때, 임산부용 근무복을 입고 쩔쩔매면서도 지구대에서 서무를 보던 선배 생각이 났다. 원래는 경제팀인가 어디에서 에이스로 꼽히던 사람이었는데, 임신을 하면서 지구대로 보내졌다고 들었다.

그때 그 선배가 지나가는 말처럼 그런 말을 했었다. 일하는 여자는 임신한 것 자체가 큰 죄라고.

그때는 선배가 힘들어서 그러시나 보다 하고 듣고 넘겼던 그 말이, 지금 이 순간 아주 뼛속 깊이 이해가 갔다.

선경은 배가 싸르르 아픈 느낌에 자리에서 일어났다. 생리통보다는 조금 더 세고, 허리까지 울리는 느낌. 그게 뭔지 선경은 안다. 고통스러운, 실패의 느낌이다.

"또 어디 가?"

"잠깐만 다녀오겠습니다."

두꺼비 같은 인상의 새 부장이 눈을 부라렸다.

"아침에 책상에 앉은 게 언제라고 벌써 화장실을 가고 그래! 애도 아니고 좀 참아!"

옆 부서와는 파티션으로 나뉘어 있는 것뿐인데, 부장은 아주 남들 들으라는 듯이 소리쳤다.

"하혈…이 있어서 그럽니다."

선경은 기어 들어가는 목소리로 대답했다.

이런 말까지 하고 싶진 않았지만, 가만히 있다가는 정말 피가 밖으로 새어나오도록 호통을 들을 것 같았다. 그제서야 부장은 만사가 마음에 안 드는 듯, 에이 하고 앓는 소리를 내며 자리에 앉았다. 선경이 서둘러 서랍에서 패드를 꺼내고 사무실을 나섰다. 그 뒤통수에 들으라는 듯이 목소리가 날아와 꽂혔다.

"애도 못 낳는 게 뭐가 자랑이라고 유세야, 유세는!"

죽여 버리고 싶었다.

"이래서 여자들은 안 돼. 회사에 충성은 안 하고 자기 일만 바빠서는!"

회사에 충성을 안 했다고?

회사에 충성하지 않았으면, 지금쯤 선경은 두 아이의 엄마였을 거다.

아이가 처음부터 안 생긴 게 아니다. 생겼다가, 회사에서 일하다가 잃은 거였다.

원래는 유산을 해도 아이를 낳은 것처럼 신경 써서 몸조리를 해야 한다는 말은 들었지만, 회사는 그런 개인의 사정을 봐주지 않는다. 쉬고 싶으면 쉬라고 했지만, 정말로 쉬면 책상을 빼앗긴다는 것을 선경은 잘 알고 있었다.

'당신은 회사에 충성한다고 생색만 냈지, 아무것도 안 잃었잖아.'

선경은 화장실에서, 새어나오는 피를 닦아 내고 두꺼운 패드를 대며 생각했다.

시술을 하고 3주, 마지막 생리로부터 5주. 임신 테스터에서 두 줄을 보고 닷새 만의 일이었다. 화학적 유산이다. 통계상으로 유산으로는 잡히지도 않는다. 이렇게까지 임신 테스터가 흔하고, 조금만 이상이 있어도 산부인과에 가 볼 수 있는 시대가 아니었다면, 그저 생리가 며칠 늦어진다 생각하고 넘어갈 수도 있는 일들이었으니까. 그래도, 마음이 무너지는 것은 마찬가지다.

오랜만에 두 줄이 떴다. 혈액 검사로 hCG 수치까지는 확인했지만, 심장 소리는 아직 듣지 못했다. 차라리 그게 다행이었다. 심장 소리를 들은 다음에 유산되었다면 더 가슴이 아팠을 테니까.

이젠 의사가 무슨 말을 할지도 뻔히 알고 있다. 대부분 이런 문제는 배아 자체의 염색체 이상 때문에 일어난다고, 선경의 탓이 아니라고 말할 것이다. 하지만 만약 성공했으면, 엊그제 아이가 생긴 것을 알게 된 지원과 비슷한 시기에 출산을 하게 되었을지도 모른다. 그 생각을 하니 가슴이 찢기는 듯 아팠다.

"하아…."

잠시 그대로 앉아 있다가 일어나려는데, 바깥에서 사람들의 말소리가 들렸다.

"그 부장님 진짜 너무하시네. 조용히 불러서 이야기해도 되는데 꼭 그렇게."

"원래 여직원들에게 못됐게 굴기로 유명하잖아."

"진상이야, 진상."

같은 층의 여직원들이었다.

"온 사무실에 소문났으니 김 과장님 더 힘들겠네."

"그러게. 그냥 임신해도 유세하냐고 뭐라고 하는데."

"에휴…."

"그래도 전 김 과장님이 자꾸 임신 걱정 하는 거 별로예요."

"뭐야, 그런 소리 어디 가서 하지 마."

"그치만 우리 부장님도, 여직원들 누가 임신했다 그런 이야기만 나오면 김 과장님 이야기 하신다고요. 여직원들은 키워 놓으면 다 결혼하고 애 낳을 생각만 하고 자기 생각만 한다고."

선경이 물을 내렸다. 여직원들은 잠시 말을 멈추었다가, 다시 하던 이야기를 계속했다.

"근데 원래 안 생기는 건가… 얼굴색이 많이 안 좋으시던데."

"시험관이 그렇게 몸에 안 좋다면서요. 그냥 포기하시는 게 낫지 않나…. 요즘은 애 없이 잘 사는 집들도 많잖아요."

"포기하기 어려울 거야."

"무슨 일 있었어요?"

"전에 김 과장님 유산한 적 있어. 과로로."

"그래요? 안됐다….."

"몇 년 전에, 3년쯤 전인가? 베트남에 수출 추진할 때 말이야. 보름 넘게 야근하다가 하혈해서 실려 갔잖아."

"아, 그거 좀 심했네."

"근데 그게 첫 번째가 아니라는 말이 있어."

선경은 문에 손을 짚고 눈을 감았다. 그날 일이 어제처럼 생생했다.

"아, 저도 들은 것 같아요. 그전에도 큰 프로젝트 성공시키다가 유산하셨다고."

"그래, 두바이 프로젝트. 우리 회사에서 한참 밀던 거잖아."

"전에 조 대리 임신했을 때 우리 부장님도 그러던걸요. 김선경 과장님 그때 집에도 못 가고 유산할 만큼 일했다고. 그러니까 열심히 하라고."

"이야… 사람이냐."

"우리 회사가 좀 인정사정없긴 하지."

그래, 그나마 두바이 프로젝트는 성공이라도 했지. 베트남 건은 결국 실패했다.

그리고 그때의 팀장은, 실패의 책임을 고스란히 선경에게 떠넘기려 들었다. 중요한 시기에 자기 관리를 못 해서 결국 회사 일을 망쳤다고. 그러니까 여자에게는 일을 시키면 안 된다고 막말을 했다.

피를 흘리며 쓰러져서 병원에 실려 갔는데, 눈을 떠 보니 아이의 심장은 이미 멈췄는데, 그 아이를 꺼내기 위해 유도분만까지 해야 했는데, 법에 규정된 유산 휴가도 다 쓰지 못했는데, 그렇게 쓰러진 사람 때문에 일손이 부족해서 프로젝트를 망쳤다고.

…죽고 싶었다.

망할 회사 같으니.

이 회사에서 창문 열고 확 뛰어내리면서, 너희가 내 아이들도 죽였고 이제 나도 죽었다고, 그렇게 유서라도 남기고 싶었다.

하지만 선경은, 있는 힘을 다해 꾹 참았다.

진정하자. 이건 그냥 호르몬 문제야. 진짜가 아니야. 이 감정은. 선경은 화장실 칸의 문을 잠근 채, 이를 악물며 소리도 내지 못하고 울었다.

같은 시각, 재희는 막 강의를 마치고 나오고 있었다.

수업이 끝났지만, 몇몇 학생들이 쫓아 나와 질문을 했다. 잘못 이해하는 개념에 대해 정정해 주거나 질문에 대답해 주거나 하며 잠시 시간을 보내는데, 한 학생이 조금 머쓱한 얼굴로 중얼거렸다.

"저도 교수님처럼 되고 싶어요."

재희는 산뜻하게 웃음 지으며 학생의 어깨를 툭툭 치고, 짧게 수업에 대한 이야기를 나누었다. 하지만 안다. 그게 정말로 나를 동경한다는 뜻은 아니지. 아마도 지금 스무 살의 눈에는 삼십 대 후반의 작가이자 대학 강사만 해도, 나름 좋아하는 일을 하며 자리를 잡고 성공한 모습으로 보일 것이다.

'하지만 글쎄….'

앞으로의 일들을 생각해 보다가, 재희는 기지개를 쭉 켰다.

그때 복도 저편에서 낯익은 사람이 지나가다 눈인사를 했다. 선경의 남편인 영수였다.

"안녕하세요."

재희가 웃으며 인사했다.

"수시로 여기 오는데도 영 뵙기가 힘들다 했는데. 오늘 뵙네요."

"예. 선경이에게 들었어요. 어려운 결정하셨다고요."

"어려운 결정은요… 선경이는 지금 몇 년째 계속하는 일인데."

재희는 주위를 휘 둘러보았다. 모퉁이에 커피 자판기가 보였다.

"커피 하시겠어요?"

영수는 이 대학의 학생처 직원이었다. 사실 몇 년 전 다른 대학에 출강을 나가던 재희가 이쪽으로 연결이 된 데도 영수의 덕이 컸다. 이왕이면 길에서 시간 버리지 말고 집 가까운 대학에서 강의하는 것도 좋지 않느냐며, 이 대학의 학과와 평생교육원 쪽에 다리를 놓아 주었으니까.

그래서 재희는, 일부러 찾아가진 않아도 이렇게 복도에서 영수를 만나면 으레 커피나 간식을 사거나, 아예 점심을 먹자고 끌고 나가곤 했다. 그건 나름대로 고마움을 표시하는 방법이었다.

"저는, 유 선생님은 아이를 원하지 않는 줄 알았어요."

"뭐, 남편이 애를 좋아하니까요."

영수는 뭔가 말하려다가 입을 다물었다.

무슨 일일까. 재희가 영수의 얼굴을 빤히 쳐다보았다.

어쨌든 이쪽 입장에서 영수는 일 관계자고, 자신이 걱정해야 하는 건 영수보다는 선경이었다. 재희는 잠시 머릿속에서 말을 고르다가, 최대한 담담하게 말을 꺼냈다.

"선경이가 지원이 이야기하던가요?"

"무슨 일 있나요?"

"지원이가 얼마 전에 임신했어요."

"아."

"잘된 일은 잘된 일인데… 말은 안 해도 선경이가 속이 상했을 거예요. 우리도 챙길 거지만, 쌤이 좀 잘 해 주세요."

영수는 한숨을 쉬었다.

"그렇지 않아도… 오늘 또 하혈했다고 그러네요."

"예?"

"또 시도했었어요. 근데 안 되나 보네요."

재희는 깜짝 놀랐다. 어지간하면 시도했다고 말이라도 했을 텐데. 이젠 그런 티도 안 내고 있던 선경의 얼굴이 떠올랐다.

"그런 줄도 모르고 전…."

난임 병원에 같이 끌고 갔다. 지원이의 임신을 확인하기 위해서. 그게 선경에게는 또, 얼마나 상처가 되었을까 생각하니 마음이 욱신거렸다.

"난… 사실은 이제 그만했으면 좋겠어요."

재희가 고개를 들었다.

영수는 빈 종이컵을 구겨 쥔 채, 먼 산을 바라보고 있었다.

"몸이 많이 축나는 것 같아요. 호르몬제를 많이 써서 그런지 신경도 늘 예민하고 날카롭고…. 이게 대체 몇 번째야."

"아."

"매일 배에다가 직접 주사도 놓아야 하고. 그 주사약도 냉장 보관이라서, 매일 보냉백을 들고 출근해요. 지난번에는 갑자기 배가 이렇게 부풀어 올라서 응급실에 간 적도 있었어요. 복수가 찼더라고요, 복수가."

"예, 그랬었죠."

"얼마나 배가 부었는지 못 봤죠? 임신한 것도 아닌데, 이틀 사이에 허리둘레가 20센티 넘게 늘었어요. 맞는 옷이 없었어요. 전에 임신했을 때 입었던 임부복 외에는."

봤었다. 얼마나 부풀었는지는 모르지만, 배가 나온 걸 보긴 했다.

그리고 그때, 선경은 착상에 성공했었다. 그때 착상된 아이가, 두 번째로 심장 뛰는 소리를 들었던, 그리고 두 번째로 유산되었던 아이였다. 베트남인지 어딘지 프로젝트 하느라 왔다 갔다 하다가 잃고 말았던 아이.

재희도 뻔히 아는 이야기인데, 영수가 너무 무성의하게 말하는 게 신경에 거슬렸다. 하지만 영수는, 이 일에서 마치 자신은 일방적인 피해자라도 된 것처럼 고개를 숙이며 쓴웃음을 지었다.

"그거 알아요? 우리 집에 유산된 애들 유골분 있는 거."

"예?"

"선경이 화장대 구석에 있어요. 둘 다. 내가 볼 때마다 미칠 것 같아서 좀 내다 버리라는데, 절대 내 말 안 들어요."

이건 좀 위험하다. 재희는 생각했다.

하지만 이런 것은, 다른 사람이 뭐라고 설득을 해서 해결될 문제가 아니다. 그만큼 선경의 상처가 깊었다는 뜻이니까. 이건 시간이 해결해 주거나, 선경이 아이를 무사히 낳는 수밖에 없을 것이다.

"버리자고 하면 안 돼요."

"하아."

"내다 버리는 게 아니라, 고향의 선산이든 어디든, 좀 연고 있는 곳에 묻자고 말을 하시든가요. 선경이가 얼마나 고통스러우면 그러겠어요."

"아무리 그래도요. 어쩌라는 건지…."

"…."

"게다가 사실 경제적으로도 좀 힘들어요. 이거 이러다가 까딱하면 지금 사는 전셋집도 줄여서 이사해야 할 것 같은데, 선경이가 속상해할 것을 생각하면 말도 안 나오고. 유 선생님 그거 알아요? 시험관 한 번 할 때마다 얼마씩 드는지?"

"듣긴 했어요. 그런데…."

"정부 지원이 있긴 해요. 근데 새 발의 피예요. 실제 병원비는 정부 지원보다 많이 들고, 횟수 제한이 있어서…."

"지금 시험관만 일곱 번째죠?"

"여덟 번 했고 또 실패한 거죠."

"아."

"냉동 수정란을 이식만 하는 거라면 아직 기회가 한 번인가 남아 있다는 것 같았는데. 본인이 싫대요. 냉동된 건 확률이 떨어진다고. 어쩌라는 건지. 아니, 이렇게 해서 아이 낳아서 뭐 합니까."

영수가 한숨을 쉬며 전자담배를 꺼냈다.

"끔찍하죠. 난 이 여자가 왜 이렇게 애에 집착하는지 모르겠어요. 난 앞날이며 노후며, 그런 거 생각하면 자다가도 소름이 돋는데."

합리적인 것만 생각하면, 영수의 말도 틀렸다고만은 할 수 없다. 사실 혼자 벌이로는 낳는 것은 고사하고, 아이를 만드는 것도 쉽지 않다. 이런 상황에서 잔고는 줄어들고, 집을 줄여야 할 수도 있고, 아이가 생기면 선경의 일자리도 위태로워지는 상황이라면, 영수가 아이 문제에 대해 회의적인 것도 이해는 간다.

그러니까 그 제반 사정을 전혀 모른다면 말이다.

'하지만⋯.'

아이는 혼자 만드는 게 아닌데.

아내가 그렇게 고통스러워하는데, 이런 이야기를, 뻔히 사정 다 아는 아내 친구에게 털어놓는 건 대체 무슨 심사인 걸까. 그것도 마치 자기 자신이 일방적으로 부당한 일을 당하는 듯 말하는 것이, 재희는 무척이나 온당치 못하게 느껴졌다.

게다가 돈, 돈. 누가 이야기만 들으면 영수가 벌어놓은 돈을 선경이 다 까먹기라도 하는 줄 알겠다. 사실은, 정말 없이 결혼한 건 영수요, 둘 중 연봉이 더 높은 것도, 결혼 전에 돈을 모아 놓은 것도 선경이었는데도.

엄살 부리기는.

재희는 한숨을 쉬다가, 영수의 입에 물린 전자담배를 흘끔 쳐다보았다. 당연하게도, 술 담배는 정자의 질을 떨어뜨린다. 이 남자는, 몇 년 동안 술은 입에도 대지 않으며 아이를 기다려 온 선경의 노력은 전혀 이해하지 못하면서, 마치 세상의 모든 고통을 자기가 감당한 것 같은 표정을 짓고 있었다.

"…이럴 때일수록 선경이한테 잘 해 주세요. 얼마나 힘들겠어요."

밉살스러워서 확 들이받고 싶었다. 이럴 때 남이 뭐라고 해도, 그 남편만은 아내 편을 확실하게 들어 줘야 할 텐데. 그렇게 같이 애를 써도 이 터널을 빠져나오는 게 쉽지만은 않을 텐데.

솔직히 말해서, 선경이 걱정되었다.

자신의 아이를 낳고 싶다는 이 소망이 끝내 이루어지지 않는다면, 선경은 어떻게 될까.

그날 밤, 지원은 늦게까지 인터넷을 검색하고 있었다.

일을 하거나 범인을 잡아들이는 것에는 능숙했다. 하지만 아이가 태어난다는 것은 완전히 새로운 문제였다. 그야말로 미지의 영역이었다.

무엇보다도 아이를 낳고 나서 어디다 맡기느냐도 큰일이었다. 물론 직원이 일정 이상인 관공서에는 직장 어린이집을 두게 되어 있다. 하지만.

"우리 회사에는 직장 어린이집도 없고…."

중얼거리다가 한숨을 쉬며 휴대폰을 내려놓았다. 새벽 한 시였다. 정환은 아직 들어오지 않았다.

"이 인간 대체, 어디 가서 뭘 하는 거야."

그때 문밖에서 도어록 번호키를 누르는 소리가 났다. 얼마나 마셨는지, 문이 열리자마자 술 냄새가 코를 찔렀다.

정환이었다.

"뭐야."

지원이 소파에서 일어나지도 않은 채, 현관을 노려보았다.

"야, 서정환. 너 지금 몇 시야?"

"…말했잖아. 오늘 축하주 마신다고."

정환은 들어와서, 씻지도 않고 지원에게 다가와 매달렸다. 지원은 정환의 손을 탁 쳐냈다.

"마누라는 앞으로 아홉 달을 술을 입에도 못 대게 생겼는데."

"네가 술을 못 마신다고 나까지 마시지 말라고? 그게 말이 돼?"

정환은 입을 쑥 내밀며 투덜거렸다.

"그리고 너 말이야. 아까 아침에 왜 그래? 내가 팀장님한테 우리 임신했다고 이야기하니까, 기꺼이 축하만 잘 해 주시던걸."

"…바보냐?"

"뭐?"

"넌 우리 사무실에서 무슨 일이 일어났는지는 생각도 않지?"

"…?"

"나보고 우리 계장이 뭐라고 했는지, 알지도 못하면서."

"야, 그건… 그거야 너희 계장 못됐네. 근데 계장이 못된 걸 왜 일반화를 하고 그래."

"됐다. 술 취한 사람이랑 이야기해 봤자 뭔 영광을 보겠냐."

"야, 이지원."

"너 술 마시는 동안, 난 어린이집 검색하고 있었어."

정환은 무슨 외계어를 들은 듯한 표정으로 되물었다.

"어린이집?"

"신청하면 바로 다닐 수 있는 게 아니라며. 게다가 우린 직장 어린이집도 없고. 뭐야, 300명인가 400명이 일하고 있으면 어린이집을 설치하게 되어 있다면서, 경찰서에 사람이 몇인데 어린이집도 하나 없어."

"청에 있잖아."

"…야, 거길 어떻게 매일 등원시켜."

"사이버팀에 상필이네는 국공립 보냈잖아. 1년 9개월 걸렸대."

"그럼 어떡해? 출산 휴가 끝나면?"

"야, 출산 휴가? 그거 3개월?"

정환이 낯을 찌푸렸다.

"넌 매정하게… 상식적으로 백일도 안 된 애를 어린이집에 갖다 맡길 생각을 하냐, 어떻게."

"뭐?"

지원은 정환이 무슨 소리를 하는지 이해 가지 않았다. 이제 부모가 될지도 모른다는 이야기를 한 게 불과 엊그제였는데. 지금 이 반응은 뭐야.

"그럼 회사는 어쩌고?"

"휴직해야지."

"너, 육아 휴직 쓸 거야?"

"애는 엄마가 키워야지."

"나보고 육아 휴직 하라고?"

"우리 회사 여자들 다들 애 낳으면 집에 가서 애 보고 그러더라. 그런 이야기 처음 들어?"

"야, 잠깐만."

지원은 정환의 말을 끊었다.

"너 지금 너무 쉽게 말하는데. 내가 너보다 많이 벌거든?"

"그런데?"

"휴직 할 때 하더라도 덜 버는 사람이 해야지. 내가 휴직하면 애는 무슨 돈으로 키워? 게다가 나 이번에 승진해서 월급도 더 오를 텐데… 야, 우리 내후년에 전세 또 올려줘야 해. 근데 넌 지금 무슨….."

"아껴서 쓰면 되지!"

정환이 언성을 높였다. 지원은 아주 낯선 사람을 보는 듯한 얼굴로 정환을 쳐다보았다. 그러다가 정환의 주머니에서 전화기를 낚아챘다.

"야, 너!"

암호를 풀고 자시고도 할 것 없었다. 잠겨 있는 첫 화면에 도착한 카드 결제 문자메시지만 봐도 알 수 있었다. 경찰서 근처 술집 이름과 함께 찍혀 있는 액수를 확인하자마자, 지원은 정환의 머리를 손으로 꾹 누르며 무시무시한 표정을 지었다.

"다섯 사람이서 술을 38만원 어치나 처마셨으면서, 지금 누구보고 뭐? 아껴서 쓰는 게 뭐가 어쩌고 어째?"

"아니, 이건 축하주…."

"축하주 좋아하네. 야, 나도 내일 가서 형사과 전원에게 축하주 한턱 쏘고 와? 그래 볼까?"

"아니, 넌 임산부고…."

"그래, 난 임산부니까 맛대가리 없는 무알콜이나 마시고, 딴 사람들은 술 마시면 되지. 어? 난 지금 애 낳는데 돈이 얼마나 들지, 태어나지도 않은 애 어린이집은 어떻게 해야 할지, 그런 거 걱정하느라 잠도 못 주무시고 있었는데, 어디서 술이나 빨고 와서는 못된 물이나 들어와서."

"그게…."

"안 봐도 뻔하지! 우리 계 주임님도 지난번에 보니까, 지구대 남자 직원이 임신했다고 하니까 좋은 날 다 갔다며, 마누라 길들이는 법이라고 쓸데없는 이야기나 하고 계시던데."

"…."

"야, 우리 같은 회사 다니거든요. 너네 상사님들 수법은 나도 대충 다 알거든요. 헛짓거리 하지 말고 가서 씻기나 해!"

지원이 주먹을 휘둘렀다. 정환은 쫓기듯 욕실로 뛰어 들어갔다. 곧 샤워기 물 쏟아지는 소리가 들려왔다.

지원은 지친 표정으로 소파에 기댄 채 문득 생각했다.

야, 서정환.

너 혹시 내가 승진한 거 질투해?

그 말을, 목구멍 안쪽으로 애써 넘겼다.

차마 입 밖으로 꺼낼 수가 없었다. 그 말을 하면 뭔가 돌이킬 수 없을 것 같아서.

"기운도 좋다."

형사과 서무인 홍 주임은, 입이 댓 발은 나온 지원을 보며 웃었다.

"나 둘째 임신했을 때는 정말 집에 가면 손가락 하나 들 기운이 없었는데. 술 먹고 들어온 남편 혼낼 체력이 있고."

"아무리 그래도 말입니다…."

형사과에는 형사계와 강력계가 있다. 50명 남짓 근무하는 이 과에서, 여직원은 홍 주임과 지원, 둘뿐이었다.

"이제 겨우 승진한다고, 강력계 간다고 좋아할 틈도 없이 강력계는 물 건너갔고, 집 가까운 지구대로 가게 생겼는데… 여기다 대고 저보고 집에서 애나 보라고 하는 건 좀 너무한 거 아니에요?"

"나도 애 둘 낳고 복직했는걸. 낳는 김에 하나 더 낳아. 연년생으로 낳고 2년 연속으로 쓰고 오면 딱 좋네."

"전 그냥 일하는 게 좋은데요."

"그래, 나도 집에서 애 보는 것보다야 나와서 일하는 게 더 할 만해. 애들이 예쁘긴 해도, 애 키우는 공이 어디 남니?"

"현실적으로 엄마가 키우는 게 더 무난할 수는 있는데… 그걸 당연한 듯이 요구하는 거 보니까 만정이 다 떨어지는 거예요."

"알아, 그래. 남자들이 철이 좀 없지."

"철없다 철없다 철들면 노망난다 하지만, 이제 애도 태어나는데 언제까지 철없다고 넘어가야 하나 모르겠어요."

"…그건 그렇다."

하지만 홍 주임은 잠시 머뭇거리다가, 곧 지원의 말에 동의했다.

"속상했겠네, 우리 지원 씨."

그 말에는 묘하게 씁쓸한 뉘앙스가 담겨 있었다. 마치 오래 꾹 누르고 있던 감정이 한 방울 새어나온 것처럼.

홍 주임도 부부 경찰이었다. 홍 주임의 남편인 김 주임은 다른 서 교통계에 근무하고 있었다. 지원도 아는 사람이었다. 조금 실없는 농담을 하지만 기본적으로 젠틀한 분으로 알고 있는데.

하지만 정환도, 집 밖에서는 문자 그대로 애처가로 소문난 사람이다.

집 밖에서의 모습과 집 안의 모습은 또 다를 수도 있는 법이다. 지원은 어쩌면 홍 주임도 비슷한 일로 김 주임에게 화를 내고, 어쩌면 울었을지도 모른다고 생각했다.

"김 주임님은 어떠셨어요?"

"말도 마. 내가 애 낳자마자 사시사철 허구한 날 야근이라며 늦게 들어오더라. 근데 야근수당 계산해 보면 뻔히 아는데, 어디서 약을 팔아. 친구들이랑 노닥거리다 들어온 거지."

"너무하시네."

"너무하긴. 요즘도 여기 계장님들, 누가 애 아빠 된다고 하면 야근 핑계대고 늦게 들어가는 것부터 가르치잖아. 여기 남자들 다 똑같지. 아, 그래. 진짜 서운한 건 따로 있었다?"

"뭔데요?"

"내가 말이야. 오징어 튀김이 너무너무 먹고 싶은 거야."

"입덧 하실 때요?"

"응. 그래서 퇴근길에 시장에 들러서 오징어 튀김을 사 들고 갔거든.

입덧하면 자기가 음식하는 게 되게 힘들어. 기름 냄새 같은 거 잘 못 맡으니까. 그리고는 그거 식탁에 올려놓고 잠깐 씻고 나왔는데, 오징어 튀김이 없는 거야."

"예?"

"그걸 혼자 다 처먹… 아니, 먹었더라고. 아니, 내가 나 먹을 것만 사 갔으면 말을 안 해. 뱃속에 계신 분까지 생각해서 내가 3인분을 사 갔거든? 그런데 진짜, 그걸 지 입만 입이라고 혼자 다….'

경악스러웠다. 요즘 같으면 식탐 남편이 입덧하는 임산부 아내가 사온 걸 다 훔쳐먹었다고 인터넷에 올라올 사연이었다.

"진짜 너무하시잖아요? 임산부가 먹는 게 어디 혼자 먹는 거예요?"

"그래. 그런데 아주, 튀김옷 한 쪽 안 남기고 다 먹었더라. 아주 싹싹. 그게 어찌나 서운하던지.'

"야, 이지원이."

그때 형사과 서무실의 문이 열렸다. 그리고 지구대 팀장 한 명이 안으로 들어왔다.

"안녕하세요."

그 팀장은, 지원이 처음 경찰에 들어왔을 때 같은 지구대에서 근무했던 사람이었다. 이제 집 근처 지구대로 옮기게 되면, 또 같이 일하게 될 수도 있었다.

"이야, 순경 달고 삐약삐약 하던 게 엊그제 같은데. 애 엄마라니!"

"감사합니다. 소문 빠르네요."

"우리 지구대 오는 거야? 너희 집에서 멀지도 않은데. 아, 홍 주임. 이거 도장 여기다 받으면 되나?"

"이쪽으로 주세요. 그리고 거기 우범지대가 너무 많지 않아요? 지원 씨 이제 임산부인데."

"에이, 괜찮지. 임산부는 오면 무조건 서무 아니냐."

"그렇네. 지원 씨 승진하고서 그리 가는 거니까, 가면 행정서무도 아니고 행정반장으로 가는 걸 텐데."

"헉."

"이지원이 서무해 본 적 있던가?"

"그, 글쎄요…."

"신참을 서무도 안 시키고, 아이고."

"지원 씨야 오자마자 청소기같이 범인만 잡아들였죠. 그때도 에이스 순경 소리 들었잖아요."

"그렇지, 에이스."

팀장이 옛 생각이 나는지 낄낄 웃었다.

"마침 잘 되지 않았나. 여자가 말이야, 너무 빨리 승진하면 일과 가정을 같이 가꾸기가 참 어려워요. 너희 남편, 서정환이도 얼른 승진해야 할 텐데."

"…정환 씨가 저보다 늦게 들어왔는데요."

"그랬나?"

"그리고 뭐, 제가 먼저 승진하는 게 왜요. 엄연히 범인 잡아서 특진한 건데."

"거, 니가 좀 에이스인 건 알지만서도… 남자가 마누라보다 승진이 늦으면 기가 죽어서 못 산다. 세상이 아무리 변했다지만, 남자가 기가 살아야지."

솔직한 마음으로는, 우리 서정환은 그 정도로 기가 죽을 만큼 꽉 막힌 한심한 작자가 아니라고 말하고 싶었지만.

'걔가 그럴 리가.'

지원은 속으로 한숨을 푹 쉬었다. 요 며칠 보았던 못난 꼴만 생각해도 그런 말은 나올 수가 없었다.

"그래도 우리 서정환이, 이지원이 커플이 참 잘했어. 요즘 젊은 여자들이 이기적이라 애를 안 낳으려고 해서 국가적으로 큰 문제인데, 애 낳는 게 국가에 충성하는 거지. 암."

암은 무슨, 듣다가 스트레스로 없던 성인병들이 생길 것 같았다. 국가에 충성이라니. 유치장이 미어터지게 범인들을 잡아넣으며 살아온 11년 커리어는 다 소용없다 이거냐고.

그리고 애 안 낳는 게 왜 여자 탓이야? 애는 여자 혼자서 만들어? 왜 같은 말을 남자한테는 안 하는데? 그리고 젊은 사람들이 애 안 낳을 수도 있지. 지옥불 반도 소리가 나오게 인생 팍팍해서 못 낳겠다는데, 거기다 나이든 사람들이 말을 해 봤자 그게 곱게 들릴 리가 없잖아.

"태교한다고 생각하고, 우리 지구대 오면 당분간 도 닦는다 생각하고. 응? 성질 죽이고."

지원은 필사적으로 영업용 미소를 지었다. 입가가 부들부들 떨렸다.

대체 왜, 내가 임신했다는 이유만으로 이런 말까지 들어야 하는데!

"그랬구나."

정환은 카트를 밀다 말고 멈추어 섰다.

"저기, 어… 회덮밥 사 갈까. 너 좋아하잖아."

"좋아하는데, 임신 중에는 회 같은 거 못 먹어."

"어, 그, 그래?"

정환이 상사들의 일에, 적어도 지원의 앞에서라도 뭔가 말을 한다면 더 나았겠지만.

"그럼 생선 말고 뭐 좋을까. 우리 오늘 저녁에 국수 삶아 먹을까?"

정환은 이런 일로 상사 험담을 하는 종류의 사람이 아니었다. 그게 좀 답답하긴 했지만, 어쨌든 허둥거리는 걸 보니 조금은 마음을 쓰고 있는 모양이었다.

"…미안. 술 많이 먹어서,"

"뭐, 당분간 끊어야지. 네 말대로 내가 육아 휴직 쓰려면 돈도 장난 아니게 들 텐데, 너 술값 아꼈다가 그거 써야 하지 않겠어? 지금부터 적금이라도 부어야지. 이놈의 술 끊고."

"육아 휴직 그것도 수당 나온다며. 그걸로 어떻게 안 되나?"

"본봉의 절반만 주는 거야, 그거. 수당은 다 떼고. 아, 그리고 그리고 거기서 의료보험이랑 공무원 연금도 떼고 나와."

"그럼 얼마나 남는다고?"

"그리고 복직하면 그 돈 모았다 돌려준다면서, 수당에서 또 얼마를 떼대. 그래야 그래야 휴직하고 그대로 퇴사하지 않는다나. 야, 진짜 사람을 치사하게 만들어도 분수가 있지. 퇴사할 사람이 그 돈 아까워서 퇴사를 안 하겠냐."

"야, 그거 좀 심하네…."

정환은 머리를 긁적였다.

"그리고 어린이집 문제도 좀 사태를 거시적으로 생각해 봐야 해. 그나마 아파트 단지는, 좀 큰 단지 같으면 동마다 1층에 어린이집 하나씩 있으니까 좀 나은데, 우리 집 근처는 또 뭐가 없더라."

"길 건너 아파트 단지 어린이집에 맡기면 안 돼?"

"단지 애들이 우선이겠지. 거기에다가도 물어보긴 할 거지만."

평소에는 말이 많았던 정환은, 오늘따라 카트를 밀며 거의 말을 하지 않았다. 지원이 좋아하는 음식 같은 게 눈에 띌 때에만 잠시 말을 하다가, 다시 입을 닫곤 했다.

"있지, 정환아. 난 지금 너한테 보고하는 게 아냐. 네가 내 상사도 아니고. 아니, 계급으로 치면 내가 너보다 높지. 높은데."

"거기서 꼭 그 이야기를 해야 하냐."

"내 말은, 우리 아이가 태어나는 거니까, 너도 좀 관심을 제대로 갖고 알아볼 건 좀 적극적으로 알아보면 좋겠다고."

"…그렇게 할게."

"그리고 우리 회사 사람들이 대체로 나쁜 사람은 없지만, 남의 결혼이나 임신이나… 그 대상이 여직원일 경우에는 정말 공정하지 못하게 말을 하는 사람들이 꽤 있어. 지금이 어떤 시대인데 무슨 80년대인 줄 알고."

"…."

"너도 그건 알아야 해. 넌 그러지 말고."

"노력할게."

"노력 말고, 이지원이 들어서 화낼 것 같은 말은 아예 하지 마."

대충 이것저것 사서 계산을 하고 나왔다. 이제 집에 가서 저녁 차려 먹고 쉬면 오늘도 끝난다. 길었던 하루를 마무리할 생각을 하니 조금 마음이 평화로워졌다.

"아유, 신혼인가 봐. 너무 보기 좋네."

그때 마트 직원 명찰을 단 아주머니가 지원의 팔을 붙잡았다. 그 뒤에, '특별 할인'이라든가 '2배 적립' 같은 표지판이 보였다.

"새로 나온 적립카드예요. 만들고 가."

새 적립카드와 신혼이 무슨 상관이라는 거지?

놓고 돌아서려는데, 정환이 지원의 팔꿈치를 툭툭 쳤다.

"저거 봐봐, 간식이랑 분유랑 기저귀 할인해 준대."

"어머, 신랑이 아주 꼼꼼한가 보다."

"저희가 이제 곧 식구가 늘 거라서요. 하하하."

정환은 남에게 군이 알릴 필요가 없는 이야기를 하며 실없이 웃었다.

그런 걸 보면 아이가 태어난다는 게, 정말 좋긴 좋은가 생각하는데 아주머니가 정환을 붙들고 설명을 시작했다.

"이게 바로 이번에 나온 다복다복 적립카드예요. 원래는 아이가 둘 이상인 집에 가입 혜택을 주는 건데, 아이가 하나거나 신혼인 집들도 서약서 한 장 쓰면 바로 가입되는 카드야."

"와, 좋네요. 가입할래요."

정환은 신이 나서 서약서를 썼다. 하지만 지원은 어깨 너머로 그 서약서라는 것을 들여다보고 바로 기겁을 했다.

지속적인 국가 경쟁력 확보를 위해 다자녀 출산을 서약합니다.

"잠깐, 이게 뭐예요."

지원이 얼른 그 서약서를 낚아챘다. 서약서 아래쪽에는 개인정보 제공에 동의한다는 체크박스와 함께 작은 국가 기관 마크가 박혀 있었다.

"지금 뭐 하자는 거야. 고작 과자 값 기저귀 값 할인해 준다면서 이런 서약서를 쓰라고요? 개인정보 제공 동의까지 해 가면서?"

"추가 적립도 되고, 기저귀랑 유아 용품 쿠폰도 나가요."

"지금 고작 그딴 거 더 얹어 줄 테니까 애를 더 낳아라 말아라, 나라에서 그러는 거예요? 아니면 나라가 아니고 이 마트에서 그러는 거예요?"

지원은 서약서를 반으로 쭉 찢었다. 그리고 씩씩거리며 정환을 끌고 마트를 나섰다.

"왜 그래? 너 임신하고서 되게…."

"지속적인 국가 경쟁력 좋아하네! 내 자궁에 뭐 맡겨놨어?"

지원은 횡단보도를 건너자마자, 마트를 향해 가운뎃손가락을 휙 올려 보였다.

"어쩌면 이렇게 탁상공론스럽고, 자기 돈 한 푼 안 들이고 마트 적립 포인트 같은 걸로 날로 먹으려 하는지!"

"마트도 손님 늘어나니까 윈윈이긴 하겠지."

"그러니까 왜 우리가 남의 윈윈에 놀아나야 하는데?"

"그거 쓴다고 설마, 몇 년 있다가 왜 애를 하나 더 낳지 않느냐고 쫓아오기라도 할까 봐서?"

"애들이 안 태어나서 국가적인 큰 문제면, 좀 더 본질적인 대책을 세워야 할 거 아냐!"

지원은 씩씩거리며 걸었다. 정환은 손에 짐을 든 채, 어쩔 줄 몰라 하며 뒤따라갔다.

정말, 재주는 곰이 넘고 뭐는 엉뚱한 놈이 챙긴다고.

임신을 하는 것도, 앞으로 수많은 일을 감당해야 하는 것도 여자인데, 죄다 엉뚱한 것들이 화를 내고, 생색을 내고, 탁상공론을 세워 가며 개인 정보를 요구하고 난리야.

"아주 떼로 삽질하고 자빠졌어!"

재희가 인공 수정을 결심하고, 생리를 하고, 혈액 검사와 나팔관 검사까지 마친 것은 대학의 기말고사가 다가올 무렵이었다.

그로부터 한 달 동안, 재희는 나름대로 준비를 했다. 귀찮으면 대충 라면 끓여먹고, 피자나 치킨을 시켜 먹던 것에서 벗어나 좀 몸에 좋은 것을 의식적으로 챙겨 먹으려 애썼다. 은주가 소개해 준 한의원에 가서 몸을 따뜻하게 해 준다는 약도 지어 먹었다. 운동이 귀찮았지만 움직이려 애썼다. 무엇보다도 밤에는 잠을 자려 노력했다. 시간 딱딱 맞춰 먹거나 맞는 호르몬이 효과가 있으려면, 아무래도 생체 시계도 정상으로 돌아가 있어야 할 것 같았으니까.

그렇게 한 달이 지나, 다시 생리가 시작되었다.

"준비할 게 많네…."

생리를 시작하면 이틀째부터 매일 두 알씩, 배란유도제인 클로미펜을 먹는다. 재희가 예습하기로는 그랬다.

하지만 의사는 재희의 자궁내막이 얇다며 낯선 약 이름을 처방했다. 그러더니 이젠 주사실 간호사가 세 개의 길쭉한 상자를 재희 앞에 내려놓는 거였다. 재희는 마른침을 꿀꺽 삼키며 그, 분홍색 줄무늬가 들어간 상자들을 노려보았다.

"자, 인터넷에서 보셨죠? 이게 '그거'예요."

"으음… '그거'군요. 근데 이걸 벌써 써요?"

간호사는 상자를 하나 뜯으며 대답했다.

"유재희 씨는 자궁내막이 얇은 편인데, 클로미펜은 자궁내막을 얇게 만드는 문제가 있어서 맞지 않을 것 같다고 하셨어요."

"얇으면 착상이 잘 안 되니까요?"

재희의 앞에 놓인 것은 난포자극 호르몬(FSH)주사다. 클로미펜과 마찬가지로, 난소에 있는 난포를 자극하여 한 달에 하나씩 배란되는 난자를 인위적으로 여러 개 배란되도록 유도한다.

약으로 된 배란유도제를 맞든, 피하주사로 맞든, 이렇게 며칠간 호르몬을 투여하여 여러 개의 난포를 함께 키워 놓으면, 초음파로 난포들의 개수를 확인한다. 그리고 키워 놓은 난포들이 조기 배란되지 않고 무사히 성숙할 수 있도록, 이때에는 황체형성호르몬(LH)이 혼합된 피하 주사제를 쓴다. 흔히 이 모든 것들을 합쳐서 난임 치료를 받는 사람들은 '배 주사', 또는 '과배란 주사'라고 불렀다.

"이건 또 뭐죠? 헉, 바늘이 두 개나 들었어!"

"진정하세요. 이 굵은 바늘은 약을 섞는 바늘이에요. 이쪽 주사제를 이쪽 병에 넣어서 흔들어 섞은 뒤, 다시 주사기로 옮겨요. 할 수 있겠어요?"

"미리 섞어 놓으면…."

"안 되니까 따로 담겨 있겠죠?"

"으으…."

"하루 걸러 하나씩 배에 주사하시면 됩니다. 배에 직접 주사 놓을 수 있죠?"

"아뇨."

"…손 정도는 딸 수 있죠?"

"못합니다. 아니, 그냥 병원에 오면…."

"주사 맞자고 서울까지 오신다고요?"

"저희 동네에도 산부인과가 있는데, 그냥 주사 의뢰서 같은 거 써 주시면 안 돼요?"

"아니, 산부인과는 좀 그렇죠. 거기 병원도 규모가 어지간하면 인공 수정 정도는 할 텐데. 딴 병원 주사약을 들고 와서 주사만 놓아 주세요 하면 좀 그렇지 않겠어요?"

"…아니, 그래도."

"배에 주사를 놓는다니까 지레 겁을 먹는 건데, 이거 봐요. 이거 아주 가느다란 바늘이에요."

간호사는 능숙하게 바늘을 주사기에 연결했다. 그리고 재희의 배꼽 근처 아랫배를 엄지와 검지로 집고는, 단숨에 바늘을 찔러 넣었다.

"흐이이이익…."

"다 됐으니 좀 참으세요."

길지도 않은, 머리카락처럼 가느다란 바늘이 순식간에 몸 안으로 밀려 들어갔다.

"누르는 건 직접 해 보세요."

간호사가 재희의 손에 주사기를 쥐여 주었다. 덜덜 떨리는 손으로 약제를 밀어 넣었다. 서늘하고 차가운 느낌이었다. 천천히 바늘을 뽑아내자 간호사가 바로 알콜솜으로 그 자리를 문질러 주었다.

"엄마가 되려는 사람이 이렇게 겁이 많아서 어떡해요."

"엄마고 뭐고 아픈 건 아프다고요."

"이건 이틀마다 같은 시각에 맞는 거예요. 혼자 할 수 있죠?"

"…예."

"해야 해요. 아기 낳으려는 엄마들 모두가 하는 일이에요. 그리고 이건 시작일 뿐이고."

재희는 투덜거리면서도, 열심히 했다.

주사를 맞는 시간 간격이 중요하다는 말을 몇 번이나 들어서, 아예 처음 주사를 맞을 때부터 평소에 수업을 나가거나 외출하지 않을 시간대로 잡아놓고 움직였다. 휴대폰에 알람을 맞춰 놓고, 주사약은 냉장고 앞 칸에 넣어 두고, 정확하게 주사를 맞았다.

"황금알을 낳는 닭에게 이 주사들을 놓았어야 했어. 그럼 쑴풍쑴풍 금덩어리를 낳았을 텐데."

물론 투덜거리며 농담을 하는 것도 필수였다.

주사를 맞으면 아팠다. 속이 메슥거리고 온몸이 나른하고 늘어졌다. 재희는 잠이 늘었다. 평소보다 일을 할 수 있는 시간이 줄어들어 마음이 급해졌다. 아직 본격적인 임신은 시작도 하지 않았는데, 벌써부터 이렇게 늘어져서야 뭘 할 수 있을까 걱정도 되었다.

"난포들이 예쁘게 자랐네요. 이거 보이죠?"

아랫배가 빵빵하고, 뭘 해도 속에서 가스가 찬 것처럼 불편해졌다. 의사는 난자들이 자라서 그렇다고 말해 주었다. 잘 자란 난자는 세 개, 그리고 덜 자란 난자가 한 개 더 있다고 했다.

"주사를 그렇게 맞았는데 이것밖에 안 자라요?"

"이 정도 자라는 게 딱 좋아요. 더 자라면 힘드실 텐데."

"시험관 하는 사람들은 한 번에 열 개씩도 생긴다던데…?"

"그분들은 약을 더 세게 쓰시죠."

재희는 설명을 듣는 내내 선경을 생각했다. 지금, 시험관도 아닌 인공수정을 고작 한두 번, 최대 세 번 시도해 보는 것뿐이다. 그런데도 이렇게 몸이 힘든데. 회사에 다니면서, 시험관 시술을, 그것도 몇 번이나 받고 있다니. 정말 의지의 한국인이 따로 없었다.

'다음번에 만나면 맛있는 거라도 사 줘야지.'

그런 생각을 하는데 의사가 달력을 들여다보았다.

"이제부터 시간싸움이에요. 오늘 주사 한 번 더 병원에서 맞고, 내일 밤에 난포 터뜨리는 주사를 맞고, 그리고 모레 합시다."

상훈은 잘 협력해 주었다. 아연과 엽산 같은 것이 든 영양제를 잘 챙겨 먹고, 의사가 말한 날짜에 일부러 사정을 한 번 했다. 모르긴 몰라도 남자가 임신을 할 수 있었다면 상훈은 정말 군말 없이 알아서 잘 했을 것이다.

그렇게 아이가 좋은가.

재희는 투덜거리다가도, 상훈이 넷플릭스를 보다가 말고 시간 되었다고 뛰어가 약을 챙겨 먹는 것을 보고 조금 웃었다.

자신이 좋은 엄마가 될 자신은 없다. 하지만 상훈처럼, 좋은 아빠가 될 소질이 넘쳐나는 사람이 아빠가 되지 못한다면 그건 그것 나름대로 자원 낭비라는 생각도 들었다.

마지막 결전의 시간이 다가오고 있었다. 재희는 성숙한 난포를 자극하여 난자를 부화시킨다는 주사를 배에 놓았다. 그리고 일찍 잠들었다.

"으음⋯."

이상한 꿈을 꾸었다.

마지막으로 당구 큐대를 잡아 본 게 십 년은 된 것 같은데.

재희는 당구대 앞에 서 있었다. 학교 다닐 때 종종 치던 포켓볼이나 4구도 아니고, 쓰리쿠션이었다.

그리고 당구대 건너편에 누군가가 서 있었다.

내기 당구였다. 왠지는 모르지만 이겨야 한다고 생각했다.

점수를 내면 또 그새 따라잡혀, 상황은 아슬아슬했다. 문득 출출해서 시계를 보았다. 점심 먹을 때가 다 되어 있었다. 짜장면을 시켜 먹어야겠다는 생각이 들었다. 재희는 건너편에서 큐대를 꼬나쥐고 몸을 숙이는 내기 상대에게 말을 건넸다.

"짜장면 드실래요, 할머니?"

왜 그를 할머니라고 불렀는지는 알 수 없었다.

그리고 그가 웃었다. 그는 하얀 당구공을 밀어 쳤다. 세 번 쿠션을 맞추고 공은 빨간 당구공 두 개를 연달아 때렸다. 그리고 그 하얀 공은, 재희의 앞으로 굴러와 멈췄다.

재희는 그 공을 집어 들었다. 그리고 꿈에서 깨어났다.

"헉."

등이 땀으로 젖어 있었다. 시계를 보았다. 새벽 다섯 시였다. 거실로 나와 물을 마시다가, 그 꿈이 뭔지 깨달았다. 왜 꿈속의 사람을 할머니라고 불렀는지도.

"이야, 당구공 태몽이라니. 어디 가서 말도 못 하겠네."

재희는 손바닥으로 얼굴을 감싼 채 한숨을 쉬었다. 아랫배가 불편할 정도로 당기고 있었다.

재희는 상훈과 함께 병원으로 향했다.

먼저 상훈이, '정자 채취실'이라는 팻말이 붙은 방으로 들어갔다가 나왔다. 정자를 선별하는 동안, 두 사람은 병원 근처에 있는 커피숍으로 향했다. 향긋한 차와 크레이프 케이크가 심란한 마음에 위로가 되었다.

태몽 이야기는 하지 않았다. 상훈이 공연히 기대했다가 실패하고 속상해할까 봐서.

대신 이야기를 돌렸다.

"근데 정자 채취실에는 뭐가 있었어?"

"그냥, 비디오방 같은 데야. 리클라이너 소파 같은 게 있고, 앞에 TV, 화면 커다란 게 있어."

상훈이 조금 우물쭈물 하다가 말했다.

"켰더니 살색 영상밖에 안 나오더라. 채널을 돌려봤는데 케이블 성인 채널만 나왔어."

"재미있었어?"

"좀 그랬어. 그리고 전에도 검사하러 병원 와 봤었잖아. 생각해 보니까 맨 엉덩이로 앉아서 하는 사람도 있을 것 같더라고. 찝찝하잖아. 그래서 일부러 수건 갖고 왔어. 깔고 앉아서 하려고."

말하다가 상훈이 목소리를 낮추었다.

"전에 갔던 비뇨기과 중에는 케이블 TV가 아니라 컴퓨터를 연결해 놓은 데도 있었어. 그러니까 간판에 '크고 아름다운' 뭐 그런 이름 붙어 있던 데 말이야."

"불법 촬영물 그런 거 있는 건 아냐?"

"있긴 있었던 것 같아. '국산'이라고 적힌 폴더가 있었으니까."

"으, 싫다."

"근데 생각해 보면, 거기 컴퓨터에 있던 일본 쪽 에로 비디오도 정품으로 구입했을 것 같진 않고⋯."

"신고해, HUNS. 신고해 버려!"

시간이 되어, 다시 병원으로 돌아갔다.

상훈이 밖에서 기다리는 사이, 이번에는 재희가 혼자 안으로 들어갔다. 치마로 갈아입고, 셔츠 위에도 환자복 덧옷을 입었다. 부직포 모자 안에 머리카락을 모두 밀어 넣었다.

시술 시간은 무척 짧고, 아프지도 않다는 설명이 이어졌다. 하지만 의료인이 말하는 "아프지 않다"는 말은, 자고로 믿으면 바보인 거지. 재희는 속으로만 생각했다.

산부인과 침대에 누웠다. 다리를 벌리고 누운 채로 몇 번이니 이름을, 자신과 상훈의 이름, 그리고 생년월일을 확인했다. 곧 의사가 들어와 초음파를 확인했다.

"난자 하나는 부화되었고, 둘은 곧 부화될 것 같아요."

부화라니. 병아리가 깨어나는 것 같아서 귀엽잖아. 그 순간 안으로 가느다란 카테터가 밀려들어갔다. 그리고 순식간에 시술이 끝났다.

"질정 넣어드렸고요. 에스트로겐 질정 처방해 드릴 거예요. 매일매일 넣으셔야 해요. 착상이 잘 되는 약이니까."

침대에서 내려가려는데, 간호사가 이동 침대를 가져왔다. 몸을 굴리듯하여 그쪽 침대로 옮겨 눕자, 간호사가 침대를 밀고 회복실로 갔다.

"30분쯤 누워 계실 거고요. 남편분 오시라고 할까요?"

재희는 고개를 끄덕였다. 잠시 후 상훈이 허겁지겁 회복실로 뛰어 들어왔다. 재희는 발목 쪽에 이불을 겹겹이 쌓아 하반신을 비스듬히 기울여놓은 채 누워, 상훈을 향해 손을 들어 보였다.

"어땠어?"

"할 만했는데, 두 번 다시 하긴 싫어."

상훈이 휴대폰을 건넸다. 재희는 잠금을 풀고, 은주에게 오늘 인공 수정 시술했다고 메시지를 보냈다.

은주는 전화기를 들여다보다 말고 밖을 내다보았다. 앞치마를 입은 여자 세 명이 아이들 십여 명을 데리고 걸어가고 있었다. 요 앞, 어린이집 아기들이 근린공원 놀이터로 놀러가는 모양이었다.

은주는 그 모습을 잠시 넋 놓고 바라보았다. 그때 뒤에서 점잖은 목소리가 들려왔다.

"여보."

결혼한 지 얼마나 지났다고 여보인가 싶었지만, 늦은 새신랑 규현 씨는 점잖은 사람이었다. 중년 남성인데도 예의바르고 침착한 태도가 좋았다. 은주는 규현을 돌아보고, 캡슐커피를 꺼냈다.

"오늘 원단 보러 갈 거예요. 2층에 승아 씨 있을 거고요."

"그래요. 근데 지금 차 수리 들어갔잖아요. 내 차 써요."

"아뇨, 오늘은 날도 좋으니까 그냥 지하철 타고 다녀올래요."

"힘들 텐데."

"어차피 큰 짐은 화물로 받을 거니까 괜찮아요."

"알았어요. 차 필요하면 이야기하고… 밖에 볼 것 있나?"

"아가들이 소풍 가나 봐요."

은주는 그저 귀여워서 잠시 쳐다봤다는 듯, 태연하게 웃었다.

욕심 부려선 안 돼. 그 생각이 먼저 들었다.

남편은 좋은 사람이다. 만약 10년만, 단 5년만 일찍 만났다면, 이 사람과는 아이를 낳아도 좋을 것 같다고도 생각했다.

하지만 지금 당장 아이를 갖는다고 해도, 아이가 중학교에 갈 때에는 남편은 환갑이다. 이 사람과 만난 건 다행이지만, 재희나 선경이처럼 적극적으로 아이를 갖기 위해 노력하는 건 어쩐지 아닌 것 같았다.

'무리하지 말자.'

하늘이 주시면 낳는 거고, 아니면 마는 거지.

은주는 직원인 승아와 함께 내년 계획을 좀 의논했다. 승아는 결혼하기 전부터 은주와 함께 일하던 직원이었다.

은주는 원래 자신의 오피스텔을 사무실 삼아 일하고 있었다. 그러던 것을, 규현과 결혼하면서 규현의 상가 2층으로 사무실을 옮기게 되었다.

은주의 입장에서야 그 건물 꼭대기 층을 신혼집으로 꾸몄으니까, 바로 집 앞마당에 가게를 둔 셈이었지만, 승아 입장에서는 출근 거리가 멀어진 셈이다. 은주는 그게 마음이 쓰였다. 다행히 승아는 괜찮다고 했지만, 사장에게 직원이 하는 말이 언제나 진심이라고는 할 수 없는 법이다.

'추석 지나면 우리 승아 씨 월급을 좀 더 올려야겠어.'

내심 생각하고, 머릿속으로 계산기를 두드려 보며 은주는 동대문 종합시장으로 향했다. 원단이며 부자재 같은 것을 사입하고 오래 거래해 온 공장으로 보냈다. 몇 가지는 샘플을 따로 받거나, 내년 시즌에 쓰기 위해 직접 구입도 했다.

한참을 돌다가, 은주가 걸음을 멈추었다.

유기농 원단을 취급하는 곳이었다. 은주의 쇼핑몰에서는 아기 옷도 취급하기 때문에 가끔 들르는 곳이었다. 하지만 오늘 보러 온 것은 공장에 사입할 물건이 아니었다.

"송 사장이 직접 만들어 줄 거라고? 어느 집 아기인지, 좋겠네."

사장님이 웃으며 너스레를 떨었다. 그러다가 은주의 손을, 구석에 놓인 원단 쪽으로 잡아끌었다.

"이것도 한번 봐."

"이건… 강화 소창이네요."

좋은 물건이었다. 은주의 입가에 미소가 번졌다.

"삶으면 보들보들한 게 뭐니 뭐니 해도 아기 피부에 닿는 거니까. 기저귀감으로도 좋고 아기 수건으로도 이게 최고지."

"아아."

"행주나 가제수건도 만들고. 나중에 생리대로 써도 되고. 두루두루 쓸모가 많아요. 어때?"

풀기가 빳빳하게 먹여져 있었지만, 물에 두어 번 삶아 빨면 더없이 보들보들해질 것이다. 요즘 세상에 천기저귀 쓰는 거야 보통 일이 아니긴 하지만, 속싸개나 다른 용도로도 쓸모가 많을 천이었다.

어차피 지원이도 아기 낳을 거고. 선경이와 재희도 아기 갖겠다고 병원 다니는데 넉넉히 사둘까. 또 신제품 구상도 하고.

"그럼 이것도… 아, 지난번 그 원단 들어왔어요?"

실컷 시장을 돌아보고, 은주는 밖으로 나왔다. 큰 짐은 화물로 보내고, 손에는 저 배냇저고리 감으로 끊은 순면 원단과 소창만 소중히 들고 지하철을 탔다.

잠시 앉아서 꾸벅꾸벅 졸다가, 갑자기 눈을 떴다. 눈앞에 고운 인상의, 나이가 아주 많은 듯한 할머니 한 명이 서 있었다.

"아… 이쪽으로 앉으세요."

은주가 얼른 자리에서 일어났다. 할머니는 두어 번 사양을 하다가 자리에 앉았다.

"새댁이 고생이 많네."

"예? 아아…."

젊다는 뜻도, 결혼한 지 얼마 안 되었다는 뜻도 아닐 것이다. 그저 할머니들이 당신들보다 젊은 여자를 귀엽게 여기며 하시는 말씀이지. 은주는 미소를 지어 보였다. 그때 할머니가 은주를 빤히 쳐다보았다.

"에구머니, 다섯이나 있네. 다섯이나."

할머니가 알쏭달쏭한 미소를 지어 보였다. 무슨 이야기야, 이건. 생각하는데 할머니가 나직하게 웃었다. 그러더니 은주에게 가까이 와 보라는 듯 손짓을 했다. 은주가 고개를 숙이자, 할머니가 속삭였다.

"아기 말이야."

"예…?"

"주변에 아기가 다섯이나 있어. 새댁은 마음이 고우니까 아주 착한 아기를 낳을 거야. 어쩜."

귀신에 홀린 듯한 기분이었다. 이게 무슨 소리야.

길 가다가 기이한 인연을 만나는 건 무협지에나 나오는 이야기다. 지나가던 용한 무속인이 갑자기 미래를 알려 주는 것도. 현실은 다르다. 하지만 그 할머니의 속삭임에, 은주는 뒤숭숭하면서도 가슴이 두근거렸다.

아기가 다섯이라니.

'설마….'

아니라고 생각하면서도, 자꾸만 마음이 쓰였다. 짐을 들고, 지하철을 환승해서 집까지 가는 내내, 그 말이 머릿속에서 떠나질 않았다.

"무슨 지구방위대 후레쉬맨이야. 애가 다섯이나 있게…."

중얼거리면서도, 자꾸 생각하게 된다.

한 명은 지원의 아이겠지. 그리고 재희도 있고, 그래, 오랫동안 시험관 시술 하느라 고생해 온 선경도 이번에 아이가 생겨야 할 텐데. 하지만 그 행복이, 차마 자신의 것이 될 거라고는 생각할 수 없었다.

"하아…."

바라선 안 될 것 같았다. 그런 것은, 자신에겐 너무 과분한 행복이어서. 은주는 눈을 깜빡였다. 아기의 말랑말랑한 볼, 따뜻하고 힘찬 손발, 머리에서 나는 달콤한 젖냄새 같은 것이 생각났다.

가슴이 욱신거렸다. 사실은 이렇게 원하고 있는데도.

옷을 갈아입던 재희는 뭔가 이상해서 배를 내려다보았다. 평소에도 썩 날씬한 건 아니었지만, 어쩐지 배가 유난히 두툼해 보였다.

"뭐지…."

그런 데다 자꾸만 속이 메스껍고 구역질이 났다. 냄새에 민감해졌고, 하루에 한 알씩 쓰라고 처방받은 에스트로겐 정에서 비릿한 구린내가 나는 것 같았다. 아니, 그걸 몸에 넣고 있으려니 자기 몸에서도 뭔가 생선이상한 듯한 냄새가 자꾸 나는 것 같아서, 재희는 수시로 손을 씻고 세수를 했다. 뱃속에 가스가 찬 것처럼 아랫배가 묵직하고 불쾌한 느낌도 가시지 않았다. 난포들이 예쁘게 자라서 그런 거라며. 그럼 이제 배란도 다 되었을 텐데 대체 왜 이러는 건데.

이상했다. 임신을 한다고 해서 갑자기 배가 커지지 않는다는 것 정도는 임산부를 가까이서 본 적도, 아이를 제대로 안아 본 적도 없는 재희도 알고 있다. 설령 이번에, 단 한 번에 성공했다고 가정하더라도, 임신 1개월부터 배가 나왔다는 이야기는 들어 본 적도 없었다. 아무래도 뭔가 잘못되어 가고 있다는 생각이 들었다.

"병원에 가 봐야 하나."

그리고 그날 저녁.

일을 하다가, 상훈이 돌아오기 전에 저녁 식사라도 준비할까 하고 일어난 재희는, 살면서 한 번도 상상해 보지 못한 상황에 맞닥뜨렸다.

"헐."

자리에서 일어나는데, 배가 책상 모서리에 치었다.

아팠다. 하지만 아픈 건 둘째 치고, 어떻게 배가 책상 모서리에 이런 식으로 치일 수 있지? 생각하며 배를 쓸어 보았다. 아침보다 배가 더 부풀어 있었다. 발이 배에 가려 제대로 보이지 않을 정도였다. 그런 데다 단단해지기까지 했다. 정말로 뱃속에 뭔가 들어 있는 것 같았다.

"뭐야…."

아프고 욱신거렸다. 갑자기 배가 부풀어 올라 뱃가죽이 찢어질 것 같았다. 게다가 조금 지나서는 숨도 제대로 쉬어지지 않았다.

'에일리언에서, 이러다 뭐가 확 몸 찢고 튀어나오고 그러지 않았나…?'

비틀거리며 침실로 걸어 들어갔다. 옷장 구석에, 1년에 한 번도 쓸 일이 없던 반짇고리가 있었다. 줄자를 꺼냈다. 허리에 감고 숫자를 읽었다.

42인치. 마지막으로 쟀을 때에서 10인치, 대충 이 정도 되겠지 하고 생각한 수치에서 8인치가 늘어나 있었다. 살면서 날씬한 적은 없었던 인생이라지만, 자기 몸에서 본 적도 없는 수치였다.

병원에 가 봐야 했다. 하지만 혼자서 갈 수 있을까. 상훈의 회사까지는 한 시간 반이 넘게 걸린다. 근처에 지원이 살긴 했지만 아직 회사에 있을 시각이었다. 재희는 눈을 질끈 감았다가, 은주에게 전화를 걸었다. 30분 거리다. 자영업자의 시간을 빼앗는 게 송구스럽기 그지없었지만, 지금은 그런 걸 따질 상황이 아닌 것 같았다.

"알았어, 금방 갈게."

은주가 대답했다.

"일단, 병원에 이야기하고… 지금 너 다니는 병원까지 가려면 또 한참 걸리잖아."

"아… 그렇죠."

"임신이 아니면 그냥 가까운 응급실 가면 되는데, 지금 그게 아니니까. 병원에 물어보고, 어디로 가면 좋을지 알아봐. 알았지?"

은주와 통화를 마칠 무렵에는, 아파서 눈물이 줄줄 나고 있었다. 재희는 상훈에게 먼저 전화를 하려다가, 겨우 마음을 단단히 먹고 병원에 전화를 걸었다.

"괜찮아요. 그럴 수 있어요."

"제가 안 괜찮은데요!"

"난소 과자극 증후군으로 일시적으로 복수나 흉수가 찰 수 있어요. 실장님 바꿔 줄게요. 여기까지 오기 힘들면 가까운 응급실을 알려 줄 테니까 거기 가 보세요. 병원 가면, 언제 인공 수정 했다고 꼭 말씀하시고."

난소 과자극 증후군이라니. 뭔가 이름만 들어도 무시무시했다.

그런데 복수라니….

'전에 선경이 임신하고 복수 찼던 게 이거였나?'

재희는 실장님이 알려 주는, 집에서 가까운 대학병원 위치를 검색해 보며 어금니를 악물었다.

이번에 실패하든 성공하든 상관없이, 이런 짓은 두 번 다시 하지 않을 거다. 설령 아무리 상훈이 간절히 바라는 일이라 해도!

은주가 재희의 집 문을 두드린 것은, 재희가 전화를 걸고 20분 남짓 지났을 때였다.

"재희야, 재희야!"

잠시 죽음 같은 침묵이 흐르고, 겨우 문이 열렸다.

"재희야, 너…?"

"대학병원 응급실 가래요."

재희는 만삭 임산부처럼 배가 부풀어 있었다. 그런데 입술은 또 바싹 말라 있었다. 땀은 흘리면서 입은 말라 있다니, 정상이 아니었다. 그런 데 다 호흡이 거칠고 빨랐다. 마치 백 미터 달리기를 한 직후 같았다.

손목을 잡았다. 살이 푸석했다. 손끝에 잡히는 맥이 빨랐다.

"너, 오늘 소변은 봤어?"

"안 나와요…."

"물, 물 마시고 나와. 얼른."

은주가 주방으로 뛰어 들어가 냉장고를 열어 보았다. 오렌지 주스 조금 남은 것에 물을 타서 재희에게 마시게 했지만, 재희는 고개를 저었다.

"배 아파. 못 마시겠다고요."

"너 지금 복수 찬 것 같은데. 아니야?"

"…."

"선경이는 이 정도 아니었는데, 넌 고작 한 번 한 애가 왜 이렇게 심해."

은주가 억지로 재희의 입에 물컵을 들이밀며 한숨을 쉬었다.

"선경이가 그게… 3년 전이었지."

"성공했다가 다시 유산했을 때였죠."

"그래. 그런데, 복수가 찬다고 다 성공하는 거 아냐! 넌 지레 좋아하지 말고."

"누가 좋아한대요. 아파 죽겠는데."

재희가 중얼거렸다. 은주는 재희를 부축해서 데리고 나갔다. 잠깐 자신에게 기대게 한 것뿐이었지만, 숨이 가빴다. 그냥 봐도 상태가 심각해 보였다.

문득 예전에, 선경이 비슷한 증상을 겪었을 때가 생각났다.

괜찮아요. 복수 차면 성공한 거랬어.

식은땀을 줄줄 흘리면서도, 선경은 웃고 있었다.

'대체, 몸집도 자그마한 애가 무슨 깡이 그렇게 좋아서….'

은주는 차 시동을 걸었다. 병원은 멀지 않았다.

"너도 이번에 한 번에 성공하고, 선경이도 하고… 올해는 그렇게 다 성공 좀 하자. 그래야지… 왜, 애가 애를 부르기도 한다잖아."

"애가 무슨 인형이나 고양이도 아니고."

"아냐. 전에 보니까, 마치 삼신할매가 뭘 잘못 건드린 듯이 한 회사, 같은 사무실에서 줄줄이 임신하는 때가 있어."

"진짜요?"

"그래. 임산부 카페에서 순산 바이러스니 긍정 바이러스니 그런 말들이 왜 나오겠어."

아프다면서, 그 와중에도 재희가 혀를 낼름 내밀었다. 은주가 한숨을 쉬며 재희의 등짝을 치려다가, 그냥 손을 내리며 말했다.

"너랑 선경이도, 그래. 올해 꼭 그렇게 되면 좋겠다. 응?"

"예에."

"마음 곱게 쓰고!"

"예에에."

응급실에 도착하고 곧, 침대가 누웠다. 맥이 빨랐고, 혈압은 떨어졌다. 숨도 가빴다. 탈수 증상이었다.

"탈수라니."

재희는 아픈 중에도 어이가 없다는 듯 의사를 올려다보았다.

"지금 뱃속에… 그러니까 복수가 찬 거라면서요. 전 지금 소변도 못 보고 있는데, 물이 많아서 탈이면 몰라도 왜 탈수예요."

"탈수라는 건 몸 전체의 수분이 아니라, 혈액 속의 수분 문제니까요. 지금 여기 선생님의 복수는, 혈액 속 수분이 삼투압으로 빠져나와서 이쪽으로 고여 있는 거예요."

링거액이 들어가기 시작했다. 채혈을 하고 기본적인 질문에 대답하는 사이, 은주가 상훈에게 전화를 걸었다. 응, 괜찮아요, 하는 목소리가 발치에서 들렸다. 재희는 멍한 상태로 주변을 둘러보았다.

"아참."

재희가 힘없는 목소리로 말했다.

"저 지난주에… 열흘 전에 인공 수정 했어요."

"좀 전에 보호자분이 말씀하셨어요. 조금만 기다리세요. 산부인과 쪽 선생님 진료 보실 거예요."

그저 머리가 끝도 없이 지끈거릴 뿐, 잠이 올 듯 말 듯하면서 오지 않았다.

"유재희 환자분, 괜찮으세요?"

누군가 잠을 깨웠다. 불쾌한 비몽사몽에서 벗어나려 허우적거렸다. 손목이 욱신거렸다. 아까 왔다 갔다 하던 의사와는 다른 사람이 재희를 들여다보았다.

"알부민 맞으실 거고요. 하루 입원해서 경과를 볼 거예요."

"저기… 이거 복수… 어떻게 안 되나요?"

"지금 갑자기 배가 부풀어 올라서 많이 당황하셨을 텐데, 천자 같은 걸할 정도는 아니에요. 임신 초기에는 웬만하면 하지 않고요."

"어….."

"알부민이랑 수액 맞으시면 소변 나올 거예요. 밤새 소변 양 체크해야 하니까, 소변은 여기 통에 보시고 이쪽에 양을 기록해 놓으세요. 보호자께도 설명을 드릴 거예요."

"임신 초기…?"

"지금 피 검사 수치가 150 정도 나와요."

"어… 그럼 임신인가요?"

"가능성이 있는 거죠. 약간 낮은데 하루쯤 오차가 날 수도 있고, 아직 초기이기도 하고, 간혹 실패했는데도 인공 수정 할 때 맞은 호르몬이 영향을 끼치는 것일 수도 있어요. 정확한 건 내일 한 번 더 혈액 검사를 하면 확실하겠지만, 정확한 건 다니시던 병원에서 와 보라신 날짜에 가 보시면 되겠죠?"

머릿속이 혼란스러웠다. 정말로 임신을 했다고?

의사가 응급실 의사에게 뭔가 말하고 자리를 떴다. 재희는 눈을 깜빡 거렸다. 은주와, 그리고 상훈이 재희에게 다가왔다.

"자기야…."

상훈은 울 것 같은 얼굴을 하고 있었다. 재희는 한숨을 쉬다가, 통통 부은 발을 들어 상훈을 툭 쳤다.

"들었지? 하루 입원하래."

상훈이 이야기하고 싶은 것은 그다음 대목인 것 같았지만.

"내일 회사 못 간다고 해. 하늘 같은 마누라님이 지금 편찮으신데."

"응."

"언니, 도와주셔서 감사합니다. 아, 진짜. 이게 무슨…."

아직은 섣부르게 흥분하고 싶지 않았다.

인공 수정의 성공 확률은 15퍼센트 남짓, 시험관 시술의 경우 30퍼센트 정도라고 한다. 그래서 시술 전에 간호사에게 들었다. 한 번에 성공하는 건 무척 운이 좋은 거라고.

그건 한 번의 시도에 너무 큰 기대를 하지 말라는 뜻이었을지도 모른다. 혹은 첫 시도에 성공한다면 그 행운에 감사하라는 뜻이겠지.

하지만 지금 재희는 혼란스러웠다. 선경이 계속 실패한 일인데 자신은 한 번에 당첨 확률이 높아졌다고 생각하면 죄책감이 들었다. 일단 생리주기가 되어서 시도는 해 보았지만, 자신이 엄마가 될 준비가 전혀 되어 있지 않은 상태라고 생각하니 앞이 막막했다. 혹시라도 성공했다고 생각하고 낙관했다가, 실패라는 것을 알게 되었을 때 좌절하는 것은 싫었다. 그냥 확인될 때까지 아무 생각도 하고 싶지 않았다.

무엇보다도 아팠다. 아파서, 설령 지금이 자신에게 아이가 온 것을 확인하는 그 첫 번째 순간이라 하더라도, 순수하게 기뻐하는 게 아니라 비명을 먼저 지르고 싶었다. 재희는 한숨을 쉬다가, 그저 은주에게 말했다.

"저기, 언니…."

"응?"

"확인될 때까지 선경이한테 말하지 말아요. 확인되면 제가 말할게요."

"그래."

은주는 재희의 머리카락을 쓰다듬으며 대답했다.

5장 ─────── 세상은 태어나는 아이를 걱정해 주지 않아

"음… 여보."

조금 늦은 저녁 식사를 하던 중, 은주가 물었다.

"당신 혹시, 아이 갖는 문제에 대해 생각해 봤어요?"

규현은 잠시 머뭇거렸다. 하지만 그는 곧 아무 일도 없는 듯이 반찬을 집어 먹으며 은주를 바라보았다.

"사람이 원하는 걸 다 가질 수 있는 건 아니니까."

은주가 왜 갑자기 그런 말을 하는지, 규현은 짐작할 수 있었다. 은주에게, 나이가 몇 살 어린 친구들이 있다는 것은 알고 있었다. 그리고 요즘 그 친구들이, 한 명은 임신을 했고, 다른 두 명은 난임 치료 중이라는 이야기도 들었다. 아니, 며칠 전에는 난임 치료를 받던 친구 중 한 명이 복수가 차서 응급실에 다녀왔고.

규현은 약사고, 그게 무슨 뜻인지 알고 있었다. 아마도 성공했을 가능성이 높을 것이다, 그 친구는.

"당신이 꼭 원한다면 나도 노력해 보겠지만, 그런 게 아니면 무리하지 않았으면 좋겠어요."

그리고 은주는, 지금 그런 이야기들이 신경 쓰이는 것일 테고. 아이를 좋아한다는 건 안다. 규현도 자식 욕심이 없는 것은 아니었다. 하지만 규현은, 그보다는 지금 겨우 붙잡은 행복을 소중히 여기고 싶었다.

"그렇지 않아도 결혼식 때, 내 친구들이 무례한 소리를 해서 당신 친구들한테 혼났다는 모양이야."

"그랬어요?"

규현은 조금 난처한 표정을 짓다가, 그냥 별일 아니라는 듯 말했다.

"내 친구들이, 당신이 젊진 않아서 아이를 낳기 어려운 게 아니냐, 그런 식으로 말을 했나 봐요. 그랬더니 당신 친구들이, 신부보다 신랑이 더 나이가 많지 않냐, 남자가 젊고 쌩쌩해야 애도 생기는 게 아니냐고 했다던데."

"으아…."

은주는 얼굴이 벌겋게 달아오른 채 고개를 절레절레 저었다.

"누가 어떻게 말을 했는지 안 봐도 뻔하네요. 재희가 쏘아대고, 지원이가 마구 맞장구를 쳤을 텐데."

"뭐, 자세한 것까지는 모르지만. 그래서 난 당신이 그 이야기를 듣고 신경이 쓰였나, 그런 생각도 조금 했고…."

"그런 건 아니에요."

은주가 미소 지었다.

"하지만 아이가 안 생기면, 그분들은 분명 제 탓이라고 생각하겠네요."

"음, 미안해요. 나잇살이나 먹은 친구놈들이 이거, 할 말 못 할 말을 분간을 못 해서."

규현이 씁쓸한 표정을 지었다. 그러다가 은주를 바라보았다.

"친구들 이야기 듣고 생각이 많은 거겠죠."

"조금…. 그 생각은 해요. 만약에 당신도 아이를 원한다면 지금, 남은 인생 중에서 가장 젊은 이 시기에 노력을 해야 하나 싶어서."

"요즘은 마흔 넘어도 난임 치료에 성공하는 사람도 많다고는 들었어요. 하지만 그런 일로 당신이 무리하지 않았으면 좋겠는데."

"아….."

"내가 그래도 약사인데, 그런 게 몸이 축나는 걸 모르지 않아요."

규현은 정색을 하고, 꽤 심각한 목소리로 말했다.

"예전에는 서른만 넘어도 애 낳기에는 너무 나이가 많다고들 했어요. 병원에서는 지금도 35세가 넘으면 노산이라고 하고. 그런데 요즘 사람들이, 삼십 대 후반이나 심지어 마흔 넘어서 애 낳는 걸 너무 쉽게 생각하는 게 문제야."

"영양 상태나 그런 게 많이 좋아졌으니 괜찮지 않을까요?"

"그런 거야 있죠. 그런데 사람이 기본적으로, 불과 몇 십 년 만에 그렇게 생리적인 부분이 바뀌진 않아요. 잘 먹고 건강 상태 좋고 의학도 발달했으니 예전보다는 낫겠지만. 그래도 마흔 넘어서 섣불리 시작할 일은 아니라고 봐요."

물론 그냥 생겨서 낳는다면야, 그거야 감사할 일일 것이다. 하지만 규현은 공연히 욕심을 부리다가 은주의 건강을 해치고 싶지 않았다. 사업까지 하는 사람인데, 난임 치료 같은 것을 하다가는 일도, 건강도 다 망칠 수 있었다.

겨우 좋은 사람을 만나 남은 평생을 사이좋게 살기로 했는데, 그러고 싶지는 않았다.

"내 나이에 자식 욕심 부리는 것도 죄 지을 일이에요. 하늘이 주신다면 모를까."

규현은 그렇게 말했다. 그리고 먹던 밥을 마저 먹기 시작했다.

그의 말이 맞다. 은주의 나이를 생각해도, 또 규현이 앞으로 건강하게 일할 수 있는 나이를 생각해도.

물론 지금이 마지막 기회일지는 모른다. 하지만 군이 무리해서 아이를 가져야 할 만큼 절박한 것도 아니고, 시기가 좋다고는 할 수 없었다.

그러니까 마음을 비우면 되겠지만.

'하지만… 규현 씨는 정말로 그런 걸 원하지 않는 걸까.'

은주는 문득 생각하며 한숨을 쉬었다.

그 이야기를 꺼낸 다음 날, 은주는 복잡한 마음으로 재고를 확인했다.

만약에 아이를 갖는다면, 지금 이 사업은 어떻게 될까.

은주의 사업은 지금 아주 잘 돌아가고 있다. 사람들은 건물주이자 약사인 규현이 알부자라고, 어디로 봐도 은주가 득을 보는 결혼을 했다고 말하지만, 그건 사람들이 하나만 알고 둘은 모르는 소리다. 은주야말로 디자인과 바느질 솜씨를 살려 학교 다닐 때부터 사업을 계속해서, 지금은 상당한 매출을 올리는 의류 인터넷 쇼핑몰을 두 개나 운영하고 있었다. 여기저기 안 보이게 투자해 둔 것들도 꽤 있었다.

하지만 한계도 있었다. 승아 씨가 같이 일하고 있고, 포장하고 발송하는 일을 전문으로 하는 사무실이 따로 있다고는 하나, 이 회사는 기본적으로 1인 기업에 가까웠다. 은주의 안목으로 골라낸 세련된 편집 숍과 은주의 디자인을 바탕으로 발주하여 만든 어린이 옷 쇼핑몰, 어느 쪽이라도 은주의 손길이 닿지 않고는 굴러갈 수 없는 구조였다.

혼자서도 굴러갈 수 있는 시스템을 만든다면, 그건 이미 1인 사업에 가까운 소규모 쇼핑몰이 아니라 중소기업이 된다. 은주는 자신이 아직 그만한 시스템을 갖추지 못했다는 것을 인정해야 했다.

'만약 아이가 생긴다면…'

그때는 한동안 직원인 승아에게 의지하는 수밖에 없을 것이다. 사업을 최대한 보수적으로 굴리면서. 어쩌면 승아에게 장차 쇼핑몰을 하나 독립시켜서 넘겨주고, 자신은 투자를 하는 게 나을지도 모르겠다. 자신의 센스가 꽤 좋은 편이라는 것은 알지만, 아무래도 삼십 대를 대상으로 하는 편집 숍 같으면, 아무래도 젊은 안목이 더 맞을 테니까. 그런 걸 생각하면 지금부터라도 승아에게 가르쳐야 할 게 많았다.

그런 생각을 하는데, 승아가 쭈뼛거리며 다가왔다.

"사장님, 드릴 말씀이 있어요."

승아가 조심조심, 청첩장을 내려놓았다.

"승아 씨, 결혼해?"

"예….."

"와, 축하해. 지금 사귀는 그 남자 친구?"

은주는 진심으로 기쁜 표정을 지었다. 하지만 승아의 표정은 왠지 복잡해 보였다.

"…예. 맞아요."

"정말 축하해. 아, 결혼 선물 뭐 필요한 거 없어? 뭐든 말해 봐. 내가 우리 승아 씨 냉장고라도 한 대 해 주고 싶은데…."

"사장님."

승아가 흐읍 하고 숨을 들이쉬더니 기어들어가는 목소리로 말했다.

"정말 죄송해요. 일을 그만두어야 할 것 같아요."

"뭐?"

"그게, 남친네 회사 근처에 집을 얻었어요. 신혼집요. 근데 거기서 여긴 너무 멀어서 다닐 수가 없을 것 같아요."

머릿속에서, 조금 전까지 세우던 계획들이 모래성처럼 무너졌다.

"내가 결혼하면서 사무실을 이쪽으로 옮긴 게 타격이 컸겠다."

"죄송합니다."

"아니야, 그래… 그럼 다음 직장은 알아보고 있어? 신혼집을 어느 쪽으로 구했는지는 몰라도, 한번 좀 알아봐 줄까?"

"예, 하지만 남친이, 신혼 때는 한동안 살림을 하는 게 좋지 않겠느냐고 그래서…."

은주는 머뭇거렸다.

그건 아니라고, 신혼 때야말로 돈을 모아야 할 시기라고 말해 주고 싶었다. 지금, 한참 일할 나이에, 결혼하면서 일을 그만두면 나중에는 지금 하던 같은 일자리조차 구하기 힘들어진다고. 그간 해 온 일이나 경력 같은 것은 싹 무시당한 채, 마트 캐셔가 되는 것밖에는 다른 길이 보이지 않는 날이 올 거라고.

하지만 말하려다가, 은주는 그만 입을 다물었다.

지금 그런 말을 하는 것은, 마치 승아의 남자 친구를 헐뜯고 결혼을 반대하는 것처럼 느껴질 것 같았다.

그리고 자신에게는 그럴 권리가 없다. 승아도 한두 살 먹은 어린애도 아니고, 서른이 다 되었는데. 그런 것을 판단하지 못할 만큼 어리숙한 사람도 아니다.

"…승아가 좋으면 그렇게 하는 거지."

은주는 그렇게만 말했다. 미소를 잃지 않은 채로.

이 상황에서, 한 가지는 분명해졌다.

지금, 쇼핑몰들은 한참 잘 굴러가고 있다. 하지만 여기까지 끌고 오는 데만도 이만저만한 고생을 한 게 아니었다.

그리고 만약 자신이 임신을 한다면, 자신이 평생 쌓아올린 이것들은 그대로 멈춰 서서 순식간에 무너지고 말 것이다. 사실 이건 비단 은주의 문제만이 아니었다. 자영업자라면 이런 1인 기업 쇼핑몰부터 의사나 변호사 같은 전문직에 이르기까지, 전부 마찬가지일 것이다. 내가 아니면

이 일을 대신할 수 있는 사람이 없다는 것 말이다. 하다못해 믿을 수 있는 직원인 승아라도 있다면 모를까.

'이제 와서 사람을 새로 구해서 신뢰를 쌓는다는 게 가능할까.'

은주는 책상 모서리를 내려다보며 생각했다. 불가능하다. 사람의 신뢰라는 건 하루 이틀 걸려서 쌓을 수 있는 것이 아니다.

그러니 그냥, 깔끔하게 포기를 해야 한다. 이런 문제는.

"그럼 오늘은 기쁜 소식도 들었으니, 점심은 나가서 좀 맛있는 걸 먹을까? 저기 길 건너에 새로 생긴 초밥집 있던데. 그리 가 볼래?"

재희는 배를 내려다보았다. 배는 여전히 불룩했지만, 임신 소식을 확인하기도 전에 병원에 실려 갔던 그날 만큼은 아니었다.

생길 때는 하루 이틀 만에 불룩하게 배를 부풀리던 복수는 단번에 싹 사라지진 않았다. 알부민 주사를 맞아도 그때뿐이고, 의사는 복수천자는 권하지 않는다고 했다. 하지만 다행히도 시간이 약이었던 모양인지, 아주 조금씩이나마 줄어들기 시작했다. 물론 힘들면 그 비싼 알부민 주사도 추가로 맞았고.

어쨌든 이 문제가 더 악화되지 않은 것은 다행이었지만, 이 일은 재희의 계획에 한 가지 차질을 야기하기에 충분한 핑계가 되었으니.

"으음…."

바로 2학기 출강 문제였다.

아무래도 시간표를 만들기 전에 이 문제에 대해 보고해 둬야 할 것 같아서, 재희는 학교에 연락을 했다. 그리고 보기 좋게 2학기 강의에서 잘렸다. 뭐, 그건 어쩔 수 없는 일이라고 생각하긴 했다. 임신을 했다는 이유만으로 그렇게 되었다면 항의를 해야겠지만, 그 일을 보고할 당시의 재희는, 스스로 생각해도 강의는 고사하고 일상생활도 영위하기 힘들어 보였으니까.

그리고 지금, 학기가 시작된 9월.

"이렇게 멀쩡해졌는데. 마치 꾀병 부린 것 같잖아."

재희는 투덜거리며 학교로 가는 버스에 올랐다. 낮 시간이었고, 버스는 비교적 한산했다. 재희는 비교적 멀쩡해졌다고는 해도 아직 한참 묵직한 배를 끌어안고 임산부 좌석으로 다가갔다. 실제로야 아직 임신 초기이긴 해도, 배만 보면 최소 임신 중기는 되어 보였으니 트집 잡을 사람도 없을 것 같았다.

그때였다.

"여편네가 애를 뱄으면 집구석에나 처박혀 있을 것이지, 어딜 싸돌아다니긴 싸돌아다녀!"

웬 술 취한 영감님이 갑자기 고래고래 소리를 질렀다. 자리를 양보해달라는 뜻인가 싶어, 재희는 뒤쪽을 돌아보았다.

안쪽에 빈자리가 있었다.

아니, 앉을 자리도 있는데 왜 생트집인데?

"지금 저한테 하시는 말씀이세요, 혹시?"

"그럼 여기 너 말고 애 밴 여자가 어디 있어?"

와, 저거 그냥 경찰에 신고할까.

재희는 눈도 깜빡이지 않고 영감님을 빤히 바라보았다. 그러다가 사뭇 친절한 목소리로 말했다.

"저기 안쪽에 자리 있어요, 할아버지."

"내가 지금 자리 갖고 그러는 게 아니야, 자리 갖고! 여편네가 왜 돌아다니느냐고!"

"저 지금 일하는 직장에 가는 겁니다. 무슨 문제 있나요?"

"말세다, 말세야. 남편 놈은 어디서 일도 안 하고 자빠져서, 애 밴 년이 저러고 돌아다니고."

영감님은 임산부 좌석의 등받이를 주먹으로 확 내려치고는, 술 냄새를 풍기며 버스 뒤쪽으로 걸어갔다.

우와. 세상에. 미친 거 아냐.

노약자석은 노인 전용석으로 생각하면서, 임산부 좌석에 대해서는 고까워하는 남성 노인들이 꽤 많다는 건 알고 있었다.

하지만 이렇게 빈자리가 많은데도 생트집을 잡다니. 그러면서도 아무 해코지도 당하지 않을 거라고 확신하는 듯한 당당한 태도라니. 재희는 그 노인네를 빤히 쳐다보았다. 바로 앞좌석 아주머니가 달래듯이 말했다.

"새댁, 너무 마음 쓰지 마."

"마음을… 어떻게 안 써요."

"영감이 술 취해 갖고… 임신해서 몸도 무거운 사람이 돌아다니니까 안쓰러워서 그런 거겠지. 응?"

"저게 어딜 봐서 제가 안쓰러워서 그러는 거예요?"

재희가 확 언성을 높였다.

"안쓰러운 게 아니라 만만해서 그러는 거지. 의자 주먹으로 치고 간 거 못 보셨어요? 그냥 임산부 좌석 같은 게 있으니까 여자들 대우해 주는 것 같아서 싫은 거잖아요. 그리고 지금 저한테 주먹 들이대고 소리 지르고 갔는데, 뭘 안쓰럽네 어쩌네씩이나 해 줘야 해요? 경찰에 신고만 안 해도 다행이지."

"그러지 말아, 새댁."

아주머니가 낮게 속삭였다.

"보통은 그냥 술 취하고 꼬장 부리는 거지만, 그러다가 진짜로 해코지 하는 놈들도 있단 말이야. 요즘 젊은 여자들 똑똑해서 자기 할 말 잘 하지. 그건 알지만 아기 생각해서 참으라는 말이야. 저런 것들은 사람 치고

도 막말로 돈도 안 물어줘요. 응? 그런 데다가, 입바른 소리 하고 시비 가
리다가 한 대 맞으면, 그래서 아기 잘못되면 어떻게 할 거야. 응?"

"…하아."

"제발, 애 생각해서 참아라, 새댁."

재희는 부들부들 떨었다.

그래, 그거지. 살면서 공연히 시비를 걸어대는 남성 노인들을 한 번도
못 본 건 아니지만, 백주대낮에 정말 아무 짓도 안 하는데 주먹까지 들이
대는 건 이번이 처음이었다.

그게 그냥 미친 개 같은 인간이라 그러는 게 아니다.

그냥 젊은 여자보다, 임신한 젊은 여자가 더 약자라서 그럴 수 있는 거
다. 내가 한 대 치면 네 새끼는 그냥 가는 거야. 그러니까 나한테 슬슬 기
어야지. 거의 그런 메시지를 보여 준 거였다.

"…해 버려라."

글 쓰는 사람답게 참신하고 흉악한 욕을 중얼거리다, 재희는 문득 자
신을 말린 아주머니를 쳐다보았다. 그 아주머니도 내심, 젊은 새댁이 성
깔이 보통이 아니라고 생각하는지도 모르겠다.

하지만 아주머니가 아니라 아저씨였어도, 보복당할 걱정 안 하고 한순
간이나 언성을 높일 수 있었을까.

"아주머니께 화 낸 거 아니었어요. 아무 데서나 저러고 다녀도 되는 줄
아는 저 영감님한테 화가 난 거지."

"그래… 몸 사릴 사람이 몸을 사려야지. 어떻게 하겠어."

그 말에 동의하진 않았지만, 지금은 그럴 수밖에 없다는 걸 안다. 그게
정말 속이 상했다.

"유 선생님 왔어요?"

교무처 직원들이 반색을 했다. 정확히는 재희가 들고 온 간식 봉투에.

"갑자기 죄송해요."

"아니야, 아팠다면서. 아니, 배가 왜 이래."

"임신이래요."

"언제 낳는 거야?"

"내년 봄요."

"그런데 배가 왜 벌써 이래."

"인공 수정 같은 거 하면, 열 명에 한 명 꼴로 이렇게 된대요. 저도 여름에 임신했으니까 2학기까지는 할 수 있을 줄 알았는데. 갑자기 이렇게 됐지 뭐예요."

"맞다. 전에 국문과 조교가 시험관 한다고 맨날 배가 이래서 다녔어."

직원들은 간식을 하나씩 집어 들며 저마다 한마디씩 했다. 그때 중년 남직원이 말했다.

"으이그, 그래도 뱃속에 있는 게 제일 편해. 그거 나와 봐라. 얼마나 빨빨거리고 다니면서 사고를 치는데."

"최 주임. 그건 남자 생각이지. 유 쌤 지금 임신 몇 개월이지?"

"이제 11주 돼요."

"한참 남았네, 한참 남았어."

나이 지긋한 중년의 계장이 안쓰러운 표정을 지었다.

"얼마나 힘들까. 이제 입덧해야지, 토하고 아프고, 심하면 밥뿐 아니라 물도 잘 안 넘어가고… 정말 힘든데 이제 시작이니까. 허리 아프고, 살 트고, 새벽까지 여기저기 가려워서 벅벅 긁다 보면 동 트고 있고. 앞으로 겪을 고생이 한두 가지가 아닌데. 뱃속에 있는 게 제일 편하다는 말을 흔하게들 하지만, 그 말 제일 잘 하는 건 뱃속에 안 넣고 있던 사람이더라."

"맞아요. 자다가 쥐나고… 그거 알아요? 만삭 산모는 배가 눌려서 숨을 잘 못 쉬는데, 이게 어디 안데스 산맥? 뭐 그쪽에 누워 있는 거랑 비슷한 정도래요. 남편하고 나란히 누워 있어도 그 정도 높이 차이에서 숨 쉬는 거라고."

"낳고 나면 어디 아프면 약이라도 마음껏 쓸 수 있지. 이제 임신했으니까 감기약 먹는 것도 마음대로 못 해요. 가을에 독감 주사 꼭 맞아요. 난 임신했을 때 독감 걸려서 정말 죽는 줄 알았어요."

"그럴게요. 어디 적어 놓아야겠네요."

"으, 저는 그래도 수월하게 임신 기간 보낸 편인데도, 지금도 가끔 서러워요. 역류성 식도염 걸려서 가슴이 타는 것 같고, 내가 이렇게 아픈데 다들 애 낳고 나면 낫는다고 참으라고 하던 거."

"그거 알아? 부인이 임신했을 때 같이 입덧하고 우울증 오는 남편 있는 거."

"쿠바드 증후군요? 책에서 본 것 같아요. 남자가 자상하고 가정적이거나 모계사회일 때 그렇다고 들은 것 같은데…."

"근데 우리 남편은, 내가 입덧이 심해서 밥을 잘 안 차려 주니까, 자기 어머니도 며느리인 나한테 더 관심을 가지니까, 인간이 삐쳐서 자기가 꾀병을 부리는 거였어. 우리 시어머니가 나 입덧한다고 먹고 싶은 것 없냐고 그러면 자기 먹고 싶은 것만 이야기하고. 내가 임신해서 온몸이 아파죽을 것 같은데 자기가 더 아프다고 자기 신경 써 달라고 짜증내고."

"그래도 자기는 시어머니라도 좋은 분이시네. 난 어휴… 임신해서 거의 막달까지 퉁퉁 부은 채로 출근하고 있는데 시댁 사람들이 뭐라는지 알아? 요즘은 맞벌이는 기본이니까 휴직하지 말고, 당신들 귀한 아들 고생시키지 말고 나가서 돈 벌어오라고 그러는 거야."

"손주는 봐 주시고?"

"애를 봐 주시기라도 했으면 내가 지금까지 이러겠어. 요즘은 어린이

집이나 많지. 그때만 해도 어린이집에서 석 달 된 애는 잘 받아 주지도 않았어. 내가 애 업고 발 동동 구르던 걸 생각하면….”

교무처 직원들은 저마다 임신 경험담을 하나씩 쏟아냈다. 더러 중간중간, 눈치 없는 이야기를 하는 사람들도 있었지만. 대부분은 웃고 있어도 어쩐지 눈물이 날 것 같은, 처절한 경험담이었다.

“낳고 나서가 정말 힘들어. 당장 아프면 약도 먹을 수 있고 병원 가면 치료도 받을 수 있으니까 내 몸은 좀 나은데, 당장 애 데리고 어디 외출이라도 하려고 하면….”

“기저귀 갈이대라도 있으면 양반이죠.”

“기저귀 갈이대? 난 얼마 전에요 근처에 새로 생긴 맛집이 있대서 가족들이랑 가려고 나가 봤더니, 노 키즈 존이라고 붙여 놨더라. 그냥 감자탕 집 갔어. 거긴 애들 놀이방 있으니까.”

“나라에서는 애를 낳으라고 하면서, 애를 낳고 싸돌아다니는 꼴을 못 보겠다는 것 같아요.”

“제 친구는 지난여름에 아기 데리고 놀러갔는데, 차 한 잔 마시기가 힘들었대요. 노 키즈 존이 그렇게 많아서. 차라리 작년 겨울에 일본에 갔을 때는, 애들을 아예 못 들어오게 하는 데는 별로 없어서 나았다고 하더라고요.”

“그러니까 부모들이 애들을 잘 단속하면 그러겠어.”

“최 주임님, 그거 아니거든요.”

“아니, 나도 애들 데리고 나가 보지만 애들이 조용하면 아무도 뭐라 안 그런다니까?”

“그건 최 주임이 데리고 나갔을 때지. 최 주임 안사람이 데리고 나갔어도 과연 그럴까?”

“…계장님은 또 왜 그러세요, 저만 이상한 사람 같게.”

그 경험담들, 특히 여자들이 말하는 경험담들은 내 일이 아니라도 하나같이 앞날이 캄캄하게만 느껴졌다.

아니, 그렇다고 남자가 하는 이야기가 듣기에 나은 건 아니었다. 이쪽은 아직 아이를 키워 본 적 없는 재희가 듣기에도 정말 세상 물정 모르는 소리였으니까.

"여기 오는 길에, 웬 영감님이 시비를 걸었어요. 임신한 여자가 싸돌아다닌다고."

"세상에. 유 쌤, 놀라지 않았어? 괜찮아?"

"아니, 거 이상한 영감님이네. 그런 사람들은 콩밥을 좀 먹어야 하는데. 신고했어요?"

그래, 눈치 없는 것도 권력은 권력이라더니. 모르면 모르는 대로 가만히나 있을 것이지.

여자들은 듣기만 해도 뭔지 아는 그런 일인데 말이지. 재희는 그냥 서늘하게 웃으면서 최 주임을 흘끔 쳐다보았다.

"못했어요. 뱃속 아기에게 해코지할까 봐."

지원은 휴대폰을 들여다보며 한숨을 쉬었다. 메시지를 보낸 사람은 재희였다. 오늘 출강하던 학교에 인사 간다고 다녀오다가, 버스에서 봉변을 당했다고 했다.

지원 : 신고는 했어요?

재희 : 아니. 해코지 당할까 봐 무서워서 못했다.

재희 : 유재희는 차라리 한 대 맞고 깽값 물어내라고 할 인간인데,

재희 : 유재희 뱃속에 있는 애는 그러면 큰일 나니까.

지원 : 잘했어요. 아, 싫다. 내가 경찰인데 이런 말을 하고 있네.

임신은 당혹스러운 일의 연속이었다. 갑자기 임신 사실을 알게 된 지

원은 물론, 계획을 해서 병원에서 만들어 온 재희에게도 갑작스러운 일들은 계속 이어졌다.

지원 : 언니 이제 11주? 목덜미 검사 할 때네요?

재희 : 응. 목덜미가 아니라 목덜미 투명대 두께 재는 검사.

지원 : 알아요. 난 하고 왔잖아요.

지원 : 지난 주말에 쿼드 검사하고 왔어요. 태아 보험도 가입했고.

재희 : 윤 팀장한테?

재희 : 그거 필요한 거래?

지원 : 몰라요. 근데 남들 다 하는 거니까?

지원 : 쿼드 검사 받고 연락하면 된댔어요.

그래, 뭐. 임신을 했으니 피의자들을 상대하는 게 위험하다는 것은 인정한다. 몸싸움이 불가능하다는 것도 납득할 수 있다. 뱃속 태아의 안전을 생각한다면 당연한 이야기다.

지원 : 음, 그리고 지구대 나가는 거 확정이고.

재희 : 넌 금방 돌아갈 수 있을 거야.

재희 : 낳고 돌아와서, 강력계로 돌아가면 돼. 괜찮아.

지원 : 그러면 좋겠는데, 모르죠.

하지만 예상치 못한 일들은, 그 외에도 계속 일어났다.

이를테면 임산부용 경찰복 같은 것 말이다.

형사들은 움직이기 편한 사복을 입고 근무하지만, 지구대에서는 당연히 제복을 입고 근무해야 한다. 제복이 있긴 하지만 몸에 딱 맞는 편이라서, 배가 나오기 시작하면 입기 어려울 게 분명했다. 그래서 지원은 임신 사실을 알자마자 진즉에 임산부용 경찰복을 신청해 두었다.

하지만 이제 계절이 바뀌고, 바야흐로 지원이 정말로 지구대로 나가게 된 이 시점에도, 임산부용 경찰복은 나올 기미도 보이지 않았다. 수요가 위낙 적다 보니 생기는 문제라는 거다. 물론 이런 문제에는 늘 나름대로 대책이라는 게 있는 법이다.

"주사님, 저 왔어요."

지원은 피복 담당 행정직원인 심 주사를 찾아갔다.

"심 주사 창고에 있어요."

다른 직원이 대신 대답했다. 지원은 창고로 내려가 노크를 했다. 잠시 후 안에서 잠긴 문이 열렸다.

"아, 이 주임. 어서 와."

심 주사는 지원보다 한 살 위였다. 작년 이맘때에 둘째 아이를 낳고, 출산 휴가 석 달과 육아 휴직 반년을 쓴 뒤 올 7월에 복직한 상태였다.

"사이즈 맞는 임부복 구해 놨어. 작년에 휴직한 장 순경이 입던 거야. 제법 깨끗하지?"

"감사합니다."

"감사는 무슨, 내가 미안하지. 매번 말을 하는데도 늦어지니, 이렇게 그전 해에 휴직한 사람들한테 수소문해서 받아오고 그런다니까. 본격 배가 나오는 거야 5, 6개월은 되어야 해도, 슬슬 4개월부터는 허리가 불편한 법인데. 이런 건 수요가 적어도 서마다 대여섯 벌 예비로 됐으면 좋겠어."

심 주사는 세탁까지 마친 임부복을 꺼내 주었다. 지원은 임부복을 걸쳐 보았다. 아직은 허리가 많이 넉넉했지만, 머지않아 잘 맞게 될 것이다.

"낳고 나면 입던 건 이쪽으로 주고. 그래야 필요한 사람이 입지."

"예."

"그리고 이 주임 예정일이 1월이었지? 겨울에 낳았던 사람들한테 물어봤어. 다음에 아기 옷들 좀 가져가."

"그래도 돼요?"

"다들 그렇게 물려 입히는걸. 그리고 옷 물려줄 때 계절 신경 써야 해. 아기들은 금방 자라는데, 우리나라는 사계절이 뚜렷하잖아. 낳은 계절이 비슷하지 않으면 애기 때 옷은 물려입기 힘들어."

그렇구나. 같은 사무실 남직원들도 아기 옷 같은 것을 조금씩 싸다 주긴 했지만, 주는 사람도 받는 사람도 그런 문제는 생각도 해 보지 않았다. 여름에 아기가 태어났던 집에서 물려준 건, 어쩌면 입혀 보지도 못하고 다른 집에 물려줘야 할 수도 있을 것 같았다.

옷을 다시 벗어 개켜놓으며, 지원은 구석에 놓인 의자를 끌어다 앉았다. 곧 나갈 사람이라고 아주 정해진 지금은, 사무실에 가 봤자 편하질 않았다.

"요즘 창고에 종종 혼자 계신다면서요."

"벌써 소문이 났어?"

"사무실에서 무슨 일 있어요? 여기 그렇게 쾌적하지도 않고."

심 주사는 대답 대신, 테이블 위에 올라와 있는 가방과 아이스팩을 가리켰다.

"저건 뭐예요?"

"유축기. 젖 짜는 거."

"아…."

"1년 넘었으니 슬슬 그만둬야 하는데, 그래도 마음이 안 그렇네."

심 주사가 쓴웃음을 지었다.

"엄마가 곁에 없으니까, 모유라도 계속 주고 싶은? 근데 이젠 이유식도, 물렁물렁한 밥이랑 다 잘 먹으니까 아예 끊어도 되긴 해. 우유로 갈아타면 딱 좋은 시기인데도, 아무래도 이게 잘 안 된다."

"아기가 계속 조르니까요?"

"그것도 있고…."

심 주사의 안색이 조금 어두워졌다.

"사실은, 아기가 태어나고 이제 반년이 되면 이유식을 시작해. 처음에는 미음, 그다음에는 쌀죽, 쌀죽에 쇠고기, 거기다 브로콜리… 6개월에는 뭐, 7개월에는 뭘 먹이라고 순서도 정해져 있어."

"와, 그거… 복잡하네요."

"응. 그래서 10개월쯤 되면 이제 분유나 엄마 젖은 간식이 되는 거지. 그리고 이제 돌이 지나면 분유도 끊고, 우유로 갈아타고. 그러니까 난 지금 이걸… 조금 질질 끌고 있는 건데."

"주사님 보면 대단하세요. 어떻게 그래. 애 둘 키우면서 육아 휴직 끝나고 회사 나와서까지 유축기 쓰는 거, 그거 보통 정성이 아니잖아요."

"뭐, 사실 첫째 때는 혼합 수유 하다가 돌 전에 끊었어. 커피 못 마시지? 우리 매점 가서 음료수 마시자."

심 주사는 유축한 모유를 아이스팩과 함께 보냉 가방에 담고, 유축기와 함께 큼직한 에코백에 담아 들고 나왔다. 매점에서 오렌지 주스를 하나씩 들고 나와, 두 사람은 구내식당 구석에 앉았다.

"혼합 수유가 편하긴 편해. 젖이 잘 안 나오는 것에 고민도 했지만, 분유를 먹이면 좋은 점도 많아. 특히 남편에게 수유를 시킬 수 있으니까, 주말에라도 잠깐 애를 맡기고 외출할 수 있지."

"아… 그런데 왜 둘째는… 분유를 안 먹였나요?"

"그건 아닌데."

심 주사가 뭔가 형언할 수 없는 감정이 담긴 눈빛으로 에코백에 담긴 짐들을 바라보았다.

"이상하게 자꾸 미련이랄까, 망설임이 생겼어."

"미련?"

"응. 아, 내 몸이 젖을 만들어 내는 게 이게 마지막이겠구나."

"…"

"왜, 아이를 낳지 않으면 젖은 나오지 않으니까. 이번에 멈추면 다시는, 내 몸은 이런 걸 만들어 낼 일이 없겠구나. 경우는 다르지만, 그래… 언젠가 폐경기가 오면 비슷한 기분이 들까?"

"그럴 수도 있겠네요."

"처음에는 몰랐어. 그런데 이제 이번이 두 번이고 마지막이구나, 그렇게 딱 생각하고 나니까 임신이나 출산이나 수유나, 모든 게 애틋하고, 이게 끝난다고 생각하면 우울해지고 그랬어. 어쩌면 이런 것도 산후 우울증의 일종일지 모르겠다. 애 아빠들은 이런 거 몰라."

심 주사는 웃었다.

"마지막이라니, 셋째 계획은 아예 없는 걸로요?"

"응. 둘째 낳자마자 애 아빠 정관 수술 시켰어. 신랑도 시키게?"

"그래 버릴까 해서요."

"아휴, 진짜. 얼마나 유세를 하던지. 자기가 씨 없는 수박이 되었다는 둥, 며칠씩 우울해하긴 하더라. 이제 남자로서는 다 끝났다나 뭐라나."

여기 사람들은 회사 안에서 짝을 만나는 일이 많아서, 심 주사의 남편도 지방청에 근무하는 사람이었다. 아는 사람의 그런 이야기를 듣는 게 어쩐지 민망해서 지원은 표정 관리를 하느라 애썼다. 하지만 심 주사가, 정말 억울한 표정으로 말했다.

"우리 큰애가 보는 유튜브가 있거든? 고양이가 잔뜩 나오는데, 전부 수코양이고 수술을 했어요. 그래서 채널 이름이 '빈땅콩 고양이집'이야."

"아, 그거 저도 좋아해요."

"그 빈땅콩 소리만 들어도 인생 비애 혼자 다 느끼는 사람같이 굴고 있다고, 이 화상이!"

정말 표정 관리하기 어려웠다.

"나보고 애 낳는 김에 그냥 내가 피임 수술을 하지 그랬냐는데, 제왕절개를 하는 김에 하는 것도 아니고 내가, 자연분만 멀쩡히 해 놓고서 배까지 째야겠니?"

"아닙니다. 절대 그렇지 않죠."

"이 주임, 지금 배에 태동 느껴지지?"

"어… 약간 꼬르륵 꼬르륵 하는 느낌은 있어요. 그게 태동인진 모르겠는데."

"응, 그게 태동이야. 배가 꿈틀꿈틀한 거. 근데 알아? 낳고 나면 한동안, 그 느낌이 사라진 게 되게 이상해. 되게 허전하고 그렇다?"

"그런가요?"

"하물며 무사히 낳기라도 했으면 다행이지. 중간에 애가 잘못되거나 했어 봐. 그 느낌이 사라진 것 때문에 정말 죽고 싶고 그래. 나도 전에 그랬어."

지원은 선경이 생각났다. 그리고 심 주사가 그 일들을 아무렇지도 않은 듯 말하는 것에 조금 놀랐다.

언젠가 선경도 난임 치료에 성공하면, 그래서 아이를 낳게 되면, 그 일들을 지금보다는 조금 태연하게 받아들이게 될까.

"남자들이 뭘 알아. 열 달 동안 배에 사람 넣고 다니는 느낌 그런 것 하나도 모르면서, 열 시간씩 죽을 고생 하고 애 낳는 동안 휴대폰이나 만지고 있으면서, 고작 10분이면 하고 나오는 정관 수술 갖고 인생의 비애를 느끼고 말이야."

심 주사가 깔깔 웃었다. 그러다가 그녀는 문득 지원을 바라보았다.

"애 낳으러 가면서, 자기 자리 없어질까 봐 겁나고, 그렇지? 갑자기 다른 부서로 가니까 더 그럴 거야."

"…예."

"솔직히 뭐, 그나마 한국에서 여자가 일하기 제일 편하다는 게 이런 관청인데. 여기라고 임신했다고 인력 충원이 바로바로 되길 하나. 아니지. 신경 쓰이고, 사무실 동료에게 미안하고. 나도 알아. 왜 모르겠니."

"…."

"근데, 그러지 마. 미안해서 죽을 죄 지은 사람처럼 굴면서, 있는 복지 하나도 안 챙겨 먹고, 그러지 말라고. 우리는 그러면 안 돼."

심 주사가 진지한 얼굴로 말했다.

"원칙대로라면 나라에서 대체 인력을 줘야 해. 지금 그걸 못 하는 건 임신한 여직원 문제가 아니라 인사계 문제야. 이 주임이 미안해할 것 없는 문제라고."

"알아요. 하지만 당직 돌아가는 것도 뻔히 알고…."

"이 주임, 단축 근무 쓴 적 없지?"

"예?"

"왜, 법 바뀌어서 작년부터는 임신한 공무원들, 단축 근무 쓸 수 있잖아. 그거 쓴 적 있어, 없어."

"없어요."

"그러면 안 돼."

지원은 눈을 깜빡였다. 회사에서, 갑작스레 사람이 빠진다고 계장님이나 같은 부서 사람들이 한탄하는 소리들만 들었지, 그런 걸 챙기라는 말은 또 처음 들었다.

"육아 휴직이나 그런 거 처음 생기고, 또 1년, 3년, 그렇게 늘어나도, 처음에는 잘 못 썼어. 쓰면 회사 그만둬야 하는 거 아닌가, 영영 승진 못 하는 거 아닌가. 그래도 한 명 두 명 쓰면서, 지금은 우리 회사에서는 아이 낳으면, 못해도 반년, 대체로 1년은 쓸 수 있게 되었잖아?"

"그렇죠…."

"교통계 박민지 순경도 임신했다더라. 들었어? 근데 이 주임이 안절부절못하면 박 순경은 정말 아무것도 못 하지. 자기보다 높은 사람이 복지를 못 챙겨 쓰는데, 신경 쓰여서 쓸 수 있겠어?"

"아뇨."

"육아 휴직이든 단축 근무든. 그래, 임신 중에는 생리 휴가 말고, 모성 보호 휴가라고 하나? 한 달에 한 번 병원 가는 거, 유급 휴가로 쓸 수 있어. 생리 휴가는 원래 무급이잖아."

"몰랐어요. 들어 본 적이 없어서."

"지금 알려 주는 거니까 단 며칠이라도 챙겨서 써. 신입으로 들어온 애들이 무슨 깡으로 그걸 알아서 써? 조금이라도 더 자리 잡은 사람이 써야 하는 거야. 윗사람이. 응?"

"…"

"임신 초기에 단축 근무 되는 거, 형사과에서는 아무도 몰라?"

"그런 게 있다는 말은 들은 것 같은데… 아시잖아요. 엄두가 안 나서 말 못 하는 거."

"얼마 있으면 지구대 간다고 그래도, 쓸 거는 써야지. 뭣하면 우리 계장님한테 말해 줄까? 우리 계장님이 너희 계장님이랑 친구잖아."

심 주사는 다시 웃다가 지원의 손등을 한 번 꾹 쥐었다 놓았다.

"그런 거 챙기는 게, 회사에 미안한 일이 되면 안 돼. 건강히 아이 낳고 돌아와서 더 열심히 일하라고 있는 거야. 그리고 선배가 있는 걸 써야 후배도 안심하고 쓸 수 있는 거고. 내 말, 무슨 말인지 알겠지?"

"예, 그럴게요."

지원은 고개를 끄덕였다.

선경은 ATM 앞에서 한숨을 쉬었다. 최근 몇 년간, 그녀의 가방 속에는 종종 두꺼운 볼펜에 바늘을 달아 놓은 것처럼 생긴 고날에프 주사제나 그 비슷한 것이 들어 있었다.

인공 수정을 할 때는 격일로 주사를 맞는다. 시험관의 경우는 하루 한 번, 매일매일 호르몬제를 주사한다. 용량도 더 높다 보니, 약값도 비싸다. 한 번에 배란이 되는 난자의 수도 다르다.

하지만 이런 치료는 오래 할 수 없다. 건강 문제도 있었다. 자꾸 살이 찌고, 메스꺼웠다. 중간에 과배란이 잘 되었을 때는 그것만으로도 복수가 차 오르기도 했다. 소변이 제대로 나오지 않을 때도 있었고, 현기증이나 무력감으로 길바닥에서 주저앉은 일도 있었다.

그런 건 참으면 된다고 생각했다. 어떻게든 감당할 수 있다고도.

하지만 돈은, 정말로 돈 문제는 이야기가 다르다. 난임 치료에는 돈이 들어간다. 그것도 생각보다 큰돈이. 최근에야 난임 시술에도 건강보험이 적용되어 시술 비용의 30퍼센트 정도만 부담하게 되었지만, 여전히 횟수에 제한이 있다. 시술비는 확실히 줄어들었어도, 시술 전후로 하는 검사나 유산 방지를 위한 호르몬제는 여전히 비싸다. 본인 부담금 지원 사업도 있지만, 소득 상한에 걸리곤 했다. 그렇다고 어마어마하게 돈을 벌고 있는 것도 아닌데.

게다가 그전까지는 정말 시험관이나 인공 수정에 목돈이 턱턱 깨져 나가곤 했다.

때때로 사람들은 멋모르고 '정부에서 다 지원해 주는데 뭐가 문제냐'며 난임 부부들을 불평꾼 취급했다. 하지만 정부에서 지원해 주는 건 그야말로 일부였고, 또 고작해야 서너 번이었다. 선경이 시험관 시술을 한 번 할 때마다 400만 원 가까운 돈이 깨졌다. 다른 제반 비용까지 합치면 그보다 더 들었을 거다. 휘청거릴 만큼 빚을 지진 않았지만, 다음번 전세 자금을 올려 줄 만한 목돈은 없다, 마이너스 통장도 꽤 썼으니까. 아무래도 집을 줄여 이사해야겠지.

그래도 그나마 다행이다.

난임 치료를 하다가 마이너스 통장을 한도까지 끌어다 쓰고, 전세를 월세로 갈아타기까지 했는데도 계속 실패하는 사람들도 있으니까. 그보다는 처지가 나은 셈이다. 하지만 정말 괜찮은 걸까.

선경은 문득 생각했다.

행복은 돈으로 살 수 없다지만, 정말 그런 걸까.

선경은 바보가 아니었다. 아이를 만든다는 것은 현재를 살아가던 두 사람이 미래를 기약하는 일이다. 그런 일에 마치 내일이 없는 사람처럼 삶의 기반을 갈아 넣으며 모든 자원을 쏟아부을 수는 없다. 그래서도 안 되고.

하지만 이건 너무 악질적이다. 삼신할머니가 못된 장난이라도 치고 있는 것 같았다. 강력계 형사가 되고 싶었던 지원이, 갑작스러운 임신으로 진로가 불투명해졌다. 그렇게 아이를 소원하는 자신은 아무리 시도해도 소식이 없다. 울고 있는 자신을 위로하며, 은주는 차라리 포기하는 게 낫지 않을지 물어보았다. 대답하지 않았다. 남편은 이미 이 문제에 지쳐 넌더리를 내고 있었다. 하지만 한 번 가져 보았다가 영영 빼앗긴 것에 대한 마음은 정말로 간절하고 또 간절해서….

"…제발."

포기할 수조차 없었다.

오늘 아침에도 선경은 화장대 구석에 둔 작은 단지들을 잠시 바라보았다. 너무 작아서, 태우고 나서 유골이라 할 만한 것도 남지 않았던 잿더미를, 그녀는 뿌리지도 파묻지도 못한 채 여전히 곁에 두고 있었다.

"신이든 조상이든 삼신할머니든."

선경은 절망적인 기분으로 중얼거렸다.

그것이 지난 9월의 일이었다.

아침에, 은주는 메시지가 도착하는 소리에 눈을 떴다. 눈을 비비며 휴대폰을 집어 들자, 두 줄이 뜬 임신 테스터 사진이 눈에 들어왔다.

선경이었다.

"헉."

은주는 바로 메시지 창을 열었다. 테스터에 두 줄이 뜬 건 이번이 처음이 아니다. 사실은 이 단계까지 갔다가 심장 소리를 듣기 전에 하혈해 버리는 일의 반복이었다. 그런데도 이 사진을 보냈다는 건.

선경 : 임신했어요. 병원에서 심장 뛰는 것 확인하고 왔어요.

짧고 강렬한, 기쁜 소식이었다.

"정말 잘됐다."

중간중간 번갈아 만나기도 했고, 집에서 모임을 갖기도 했지만, 변화가의 커피숍에서 네 사람 모두가 모이는 건 지난번 은주의 결혼 이후 처음 있는 일이었다.

"이번이 몇 번째야? 얼마 만에 성공한 거지? 일곱 번째?"

"아냐, 일곱 번째는 지난번 은주 언니 결혼할 때였고."

"아냐, 영수 씨 말이 저번에 여덟 번째였다고 했는데."

"아홉 번째예요."

"와, 아홉 번. 9회말 홈런이네."

선경의 임신은 자신에게도 기쁜 일이었지만, 이들 모두에게도 기다려 오던 경사였다. 특히 올해 들어, 지원이 임신을 하고, 재희도 한 번 만에 인공 수정에 성공하면서 다들 선경의 눈치를 살피고 있었다.

선경이 친구들의 경사에 질투하거나, 그런 문제로 마음이 상했다고 티를 내진 않았지만, 오래 공들이며 기다려 온 것을 다른 사람이 쉽게 손에 넣는 것을 보는 일이 마음 편할 리 없다는 건 자명했다. 그래서 지원도 재희도, 선경이 임신했다는 소식에 다들 조금 마음을 놓았다.

"이번에는 회사에서 야근 시켜도, 무슨 핑계를 대서라도 빠져야 해."

"노력해 볼게."

"아니, 임산부한테 새벽까지 야근 시키면서도 잘못된 줄 모르는 블랙 기업은 인터넷에 폭로라도 하는 게 좋겠어. 그게 맞지 않아?"

"제가 그때 일 욕심을 너무 부린 것도 있고요."

"선경이는 이럴 때도 자기 탓을 하는구나. 그러지 마."

"예, 언니."

"그런데 깜짝 놀랄 이야기라는 건 또 뭐야?"

재희가 민트차를 홀짝이며 물었다.

"어제 그랬잖아. 오늘 오면 정말 깜짝 놀랄 이야기가 있다고."

"아, 그게요…."

선경은 조심스럽게 초음파 사진을 내밀었다.

솔직히 말해서 처음에는 그게 무슨 뜻인지, 세 사람 모두 알지 못했다.
그리고 한참 들여다보다, 갑자기 재희가 소리쳤다.

"이거… 이 동그란 거! 이게 왜 세 개야!"

"응? 그게 무슨 뜻이에요? 뭐가 세 개?"

"아기집이잖아! 설마… 야, 세쌍둥이야?"

재희의 말에, 은주와 지원도 사진을 보다 말고 선경을 돌아보았다. 선경이 천천히 고개를 끄덕이자, 세 사람은 거의 동시에 입을 딱 벌렸다.

"쌍둥이라고?"

"원래 시험관 하면 쌍둥이가 많이 나와요."

선경이 침착하게 설명했다.

"시험관이라는 게, 먼저 과배란을 시켜서 난자를 많이 뽑아내잖아요.
그리고 몸 밖에서, 상태 좋은 난자와 정자들을 골라내서 수정을 시키고.
많이 만들어지면 냉동도 시키고요. 자궁이 착상할 준비가 되면, 이 수정란을 다시 몸에 집어넣어요. 한 번에 하나만 넣으면 효율이 떨어지니까
한 번에 두 개에서 네 개 정도… 이번에 세 개 넣었어요."

"그러니까 지금 집어넣은 수정란이 전부…."

"예… 그런 것 같아요."

선경이 고개를 끄덕였다. 하지만 선경의 얼굴이 곧 어두워졌다. 이럴 가능성을 한 번도 생각해 보지 않은 것은 아니다. 난임 치료 중에 쌍둥이가 생기는 경우는 꽤 많으니까. 물론 일을 하면서 임신 과정을 거치고 아이도 낳을 것을 생각하면 어쩐지 막막했지만, TV에서 본 쌍둥이 가족들의 모습은 대체로 행복해 보였다. 어차피 일을 계속해야 한다면, 가장 고생스러운 이 임신 기간을 한 번만 겪고도 두 아이를 낳는다는 게 나쁘지 않을 것 같기도 했다.

하지만 세쌍둥이라니. 사실 이건 예상 밖이었다.

"고운맘 카드가 쌍둥이면 더 주지? 세쌍둥이는?"

"그게, 단태아랑 다태아로만 기준이 나뉘어 있어서, 세쌍둥이라고 더 주진 않는대요."

"큰일이네, 난 벌써 고운맘 카드 거덜났는데."

지원이 한숨을 쉬었다.

"벌써?"

"응. 이거 누구 코에 붙이라는 건지 모르겠다. 근데 쌍둥이는 진료비도 더 비쌀 것 아냐."

"응. 최소 두 배 든다고 하던데. 근데 쌍둥이라고 고운맘 카드에 두 배로 주진 않아."

선경이 허탈하게 웃었다.

"쌍둥이는 고생 두 배, 드는 돈도 두 배라는데, 아무리 찾아봐도 나라에서 지원해 주는 건 1.5인분인 것 같아. 고운맘이든, 출산 휴가든."

"그건 뱃속 애가 둘일 때의 이야기지. 게다가 너 나이도 있는데… 둘도 아니고 셋이면 위험하지 않겠어?"

"전에 듣기에 쌍둥이들은, 모체가 견뎌내지 못할 것 같으면 하나가 유산되기도 한 대요. 세쌍둥이는 특히 그렇고."

"그럼 긁어내야 하는 거 아냐? 다른 애들은 어쩌고?"

"초기에 유산이 되면 그냥 모체로 흡수가 되는 모양이야. 가끔은 자기 형제에게 흡수되기도 하고."

"쌍둥이가 흡수된다고?"

"왜, 얼마 전에 그런 거 있었잖아. 어떤 남자가 부인하고 인공 수정을 했는데 태어난 아이가 유전적으로 자기 조카였다는 거야. 이 남자에게는 다른 형제가 없는데."

"허어?"

"알고 보니 이 남자는 뱃속에서 쌍둥이였다가 한쪽이 사라졌는데, 몸의 다른 부분은 다 이 남자의 유전자로 되어 있는데 고환만 그 흡수된 쌍둥이 형제의 것이었대. 그래서 자기 자식인데 유전적으로는 조카였다 이거지."

"뭐 그런 일이 다 있어…."

네 사람, 아니, 선경을 빼고 세 사람은 머리를 맞대고 쌍둥이에 대한 이런저런 이야기를 했다. 일본 애니메이션에 나오는 여섯 쌍둥이에다, 영화 〈엽기적인 그녀〉에 나왔던 다섯 쌍둥이, 어릴 때 읽었던 소설 《말괄량이 쌍둥이》까지.

하지만 다들 말은 안 해도 내심 선경이 걱정이었다. 그렇지 않아도 이전에 두 아이를 유산했던 선경이었다. 그런 데다 세쌍둥이라니.

엄마의 뱃속이란 아이 한 명이 머물기에도 좁다. 하물며 쌍둥이는 그 좁은 공간을 둘이 나눠 써야 한다. 한 아이가 누릴 환경과 자원을 둘이 나누어 쓰는 것은 물론이다. 영양분도 혈액도, 더 많이 필요할 것이다. 임신 기간 내내 쌍둥이는 단태아에 비해 엽산도 철분도 두 배가 필요하다는 말도 있었다.

모체를 기준으로 생각해도 아이 한 명보다 두 명이 더 부담스러울 것은 자명했다. 무게가 많이 나가니 자궁에도 허리에도 더 부담이 가고, 자궁경부무력증으로 아이를 잃을 가능성도 더 커질 거다. 경우에 따라 뱃속에서 탯줄이 꼬이기도 하고, 또 일란성 같으면 분열이 완벽하게 일어나지 않아 문제가 생기기도 한다. 입덧도 더 심하고, 임신성 당뇨나 자간전증에 걸릴 가능성도 훨씬 높다고 들었다. 모든 면에서 고위험군에 속할 확률이 높아지는 것이다.

하물며 세쌍둥이라면, 이 위험들은 세 배로 커지는 걸까? 아니, 세제곱으로 커지는 건 아닐까?

은주가 걱정스레 물었다.

"쌍둥이들도 보통보다는 일찍 태어난다잖아. 세쌍둥이는 어떻대?"

"그렇지 않아도 그 이야기도 했어요. 백 퍼센트 조산이라고."

"어떡해…."

"응? 뭐가요?"

"그게요, 언니. 아이가 하나면 40주가 만삭이잖아요."

"그렇지. 쌍둥이는 38주라고 했던 것 같은데."

"맞아요. 40주가 만삭이라도 39주쯤에 많이 태어난다잖아요. 쌍둥이는 38주가 만삭이라도 37주에 많이 나온다고 하고요. 근데 세쌍둥이는 33주에도 나온대요."

"잠깐, 그러면…."

"조산아의 기준이 37주래요. 태아의 폐가 성숙되는 시기가 34주 그쯤이고요."

세 사람은 나란히 입을 다물었다. 선경은 조금 지친 표정을 지었다.

"그래서 의사가 그러는 거예요. 위험해서 하나는 낙태시켜야 한다고."

"…아무래도 그래야겠네."

재희가 중얼거렸다. 지원이 얼른 재희의 입을 틀어막았다.

"언니!"

"손 떼고."

"아, 지금 조산아 이야기 듣고 그래요? 언니 그런 줄 몰랐는데."

"야, 나도 지금 뱃속에 애 있어. 이런 말 하는 게 좋은 줄 아냐."

"딴 건 몰라도 조산아 갖고 그러면 안 되죠."

"언니, 나도 조산에 대해 알아봤어요. 쇼트트랙 금메달리스트 중에, 전이경 선수 기억나요?"

"어, 나가노 올림픽에서 마지막에 넘어지면서 금메달 딴 사람?"

"맞아요. 그 사람도 조산아였대요. 아주 작아서 2킬로그램도 되지 않았대요. 그런데도 다른 것도 아니고 스포츠로 금메달 땄잖아요."

선경은 그렇게만 말하고 입을 다물었다. 마치 동의해 주기를 바라는 듯이, 모두가 그러면 괜찮다고, 안심이라고 말해 주기를 기다리는 듯이. 하지만 재희가 고개를 저었다.

"야, 선경아. 너 얼마나 힘들게 아이 가졌어. 네가 얼마나 힘들었는지 우리 다 알아. 근데 너 지금 그렇게 완벽하게 건강해? 이십 대에 몸 건강하던 사람도, 쌍둥이 임신만 해도 그렇게 몸이 축난다는데."

"그건…."

"몇 년 전에 연예인 2세들 나오던 프로그램 있었잖아. 거기 세쌍둥이들 나온 거 나도 봤어. 귀여웠지. 근데 그건, 연예인 집안이잖아. 건강 상태도 좋고, 경제적으로 받침이 되니까 가능한 거잖아. 그렇지 않아도 임신하고 나서 몸 아픈 거, 그동안 잘 쓰던 실손 보험이 하나도 커버를 못 쳐줘서 죽겠는데. 만약에 세쌍둥이 다 품고 가다가 너나 아기들에게 문제 생기면…."

"나도 알아요, 언니. 하지만 어떻게 그래."

선경이 한숨을 쉬었다. 지원이 조심스럽게 물었다.

"근데 선경아, 우리나라는 낙태 금지 아니었어?"

"그게… 시험관으로 여럿이 착상되었을 때 '조절'은 할 수 있대."

재희가 대신 대답했다. 은주가 눈살을 찌푸렸다.

"야, 그건 선경이 일이랑 상관없이 아주 화난다. 초기에 하는 낙태는 생명 경시고, 초기에 세쌍둥이 중 하나를 탈락시키는 건 '조절'이고?"

그리고 그런 이야기들이 오가는 사이, 선경은 입을 꾹 다문 채 앉아 있었다. 그녀는 울 것 같은 표정으로 모두의 이야기를 듣다가, 가만히 입을 떼었다.

"근데 난 정말 못 하겠어요."

"선경아."

"필요한 건 알아. 근데… 어떻게 만난 아이들인데 내가 그래요."

"그건 알겠는데…."

"솔직히 말하면, 난 지금 굉장히 이기적인 생각을 하고 있어요."

"무슨 생각."

"내가 잠든 사이에 누가 이 결정을 내려주거나… 아니면 지금 착상한 아이들 중 하나가 알아서 사라졌으면 좋겠다고."

"…."

"알아요. 이건 내가 죄책감 느끼기 싫다는 거예요. 근데 내 손으로는 도저히 할 수가 없는 일이 있는 걸 어떡해요. 최악의 경우에 내가 그 애들 다 끌어안고 죽어도 할 수 없다, 그 생각까지 하고 있는걸."

그날 밤, 은주는 속상해하는 선경을 달래어 집으로 바래다준다고 했다. 지원과 재희는 어차피 같은 방향이라 함께 움직였다. 광역버스를 기다려서 타고, 둘은 나란히 앉았다. 창밖은 어두웠고, 멈추는 정류장마다 사람이 타서 서울에서의 마지막 정류장을 지날 때쯤에는 통로 쪽에도 발 디딜 틈이 남아 있지 않았다.

"난 살면서 단 한 번도 그런 가정을 해 본 적이 없어요."

지원이 창밖을 내다보며 중얼거렸다.

"아이를 낳다가 죽는다거나, 아이를 위해서 위험을 무릅쓰고 출산… 그런 거."

"어, 나도."

"난 그런 건, 아이가 태어나고 시간이 많이 흐르고, 그러면서 개중에 아주 애정도 깊고 모성애도 강하고, 그런 사람만 할 수 있는 줄 알았어요. 어머니가 위대하다, 그렇게 말하지만 사실은 세상이 여자에게 그러니까 어머니답게 위대한 일을 하라고 강요하는 것에 가깝고. 현실에서 벌어지는 범죄를 보면 또 다른 생각도 들고."

"…"

"선경이가 어떻게 그러는지, 난 정말. 내가 뭔가 하자가 있는 건가."

"걘 두 번이나 잃었잖아. 그러니까 더 매달리고 집착하는 거겠지."

재희는 그렇게만 말하고 잠시 입을 다물었다. 그러다가 낮게 한숨을 쉬었다.

"아직 태어나지 않은 아이보다, 40년 가까이 열심히 살아 온 내 인생이 훨씬 더 소중한 게 맞아."

"정말 그래요?"

"응. 정말 그래."

지원은 자신도 이런 문제에 대해 재희처럼 단호하게 말할 수 있으면 좋겠다고 생각했다.

이미 임신은 중반까지 진행되었다. 이젠 티가 날 정도로 배가 불러왔고 간혹 태동이 느껴지기도 했다. 그런데도 지원은 아직도, 어머니가 된 자신의 모습을 도저히 상상할 수가 없었다.

"아직도 나한텐 와닿지 않지만… 선경이는 아마도… 자기가 엄마가 된 모습을 수도 없이 상상했겠죠."

재희는 대답하지 않았다. 하지만 아마도, 라고 말하는 듯, 지원을 한 번 흘끔 쳐다보았다.

은주는 선경의 집 근처까지 차를 몰아갔다. 골목은 좁았다. 게다가 골목 양쪽으로 주차까지 되어 있어서, 안쪽 골목까지 올라가려면 백미러를 접어야 했다. 선경은 얼른 안전벨트를 풀었다.

"고마워요, 언니."

"고맙긴 뭘. 집 앞까지 안 가도 괜찮아?"

"저기 보이는걸요. 아, 차 여기 두시고 같이 들어가실래요? 커피라
도…."

"됐어, 너 쉬어야지."

"그래도…."

"임신 초기에 얼마나 피곤한지 모를까. 얼른 들어가 쉬어."

은주가 미소 지으며 손을 흔들었다. 선경은 꾸벅 인사를 하고는, 은주
가 차를 몰아 골목을 빠져나갈 동안 기다리겠다는 듯 그 앞에 서 있었다.

"고집쟁이."

은주가 천천히 차를 후진시켰다. 그리고 차창을 내려 손을 흔들어 보
이고는, 그대로 차를 돌려 골목을 빠져나갔다.

은주는 종종 선경을 바래다주곤 했다. 지원과 재희는 어차피 같은 방
향으로 가니 걱정이 덜했고, 선경은 난임 치료를 시작한 이래로 늘 몸이
좋지 않았으니까.

평소 같았으면 오는 내내 한참 이런저런 수다를 떨었을 것이다. 회사
이야기, 사업 이야기, 요즘의 재테크며, 얼마 전 TV 프로그램에 나온 레
시피며, 아이돌 가수 이야기까지. 하지만 어쩐지 오늘은 두 사람 모두 입
을 다물고 있었다. 선경은 물론 은주도 무슨 말을 해야 할 지 도무지 알
수가 없었다.

선경은 아이를 갖기 위해 그렇게 노력한 나머지, 이제 갓 착상된 그 수
정란들조차 사랑하고 있다. 아직 콩알보다도 작을 그 아이들을 위해서라
면 얼마든지 위험을 무릅쓸 각오를 할 만큼. 하지만 이제 그 수정란들 중
하나는, 선경의 안전을 위해 제거해야 한다. 선경을 위한 일이지만, 그런

결정을 앞두고 참담해하는 선경의 심정만은 이해할 수 있었다.

하지만, 마음 구석을 쿡쿡 찔러오는 불편한 감정이 있었다.

"낙태…라."

그건 정확히 말하면 감정이 아니라, 기억의 문제였다.

"왜, 민주 엄마가 이번에는 무슨 일이 있어도 낳겠다는 걸, 그 할매가 태몽이 딸이라고 굳이 끌고 가서 뗐대. 그런데 떼어 보니 아들이었다는 거야."

"아이고, 노망도 노망도… 민주 엄마를 어떻게 볼 거야, 그래. 그렇게 시집살이는 죽도록 시켰으면서."

어째서, 어떤 태아는 싫다는데도 강제로 떼어 버리고, 어떤 태아는 낳을 수 없다는데도 허락받지 못하는가에 대한 문제.

"계집애니까 떼지 아들인 줄 알면 떼겠나."

어렴풋이 알고는 있었다. 엄마도, 한 동네 아줌마들도, "뗐다"거나 "지웠다" 같은 말로 표현하던 어떤 일들에 대해서.

"너 위로도 하나, 밑으로도 하나 있지, 왜."

딸들에게는 지나가는 말로라도 이야기를 해도, 아들에게는 잠꼬대로라도 흘리지 않던 그런 일들.

"너희 할머니가 머리맡에 두고 주무시던 요만한 성모상이 있었는데, 너 태어나고서 그걸 휙 집어던지지 않았겠어. 떡두꺼비 같은 손자를 안 주시고 쓸모도 없는 손녀라니 무슨 짓이냐고."

처음 그 말을 들었을 때는, 정말 이럴 때는 어떤 표정을 지어야 할지도 알지 못했다. 그저 왜, 왜 여자애는 낙태해도 되는데. 그렇게만 물었을 뿐이었다. 그리고는 며칠을 악몽에 시달렸다. 하나 낳아 알뜰살뜰, 둘도 많다, 그런 표어를 볼 때마다 하마터면 태어나지도 못하고 죽을 뻔했다는 생각에 무서워서 훌쩍거렸다.

하지만 그런 공포를 감당하는 건 그저 딸들의 몫이었다. 같은 집에서 자란 남매인데도 오빠나 남동생들은 알지 못하는 이야기였다.

자연적으로는 나올 수 없는 성비가 나왔다. 늙수그레한 학교 선생님들은 여자가 적으니까 너희가 크면 여성 우월주의 시대가 될 거라며 빈정거렸다. 학교에 들어간 어린 남자아이들이, 자기도 여자 짝이랑 앉고 싶다며 우는 것이 뉴스에 나왔다. 남자아이들은 여자 짝이 없어 불쌍하다는데, 태어나기도 전에 낙태당하는 여자아이들이 불쌍하다는 이야기는 보이지 않았다.

숙모는 아들만 셋을 낳았다. 임신을 한 건 다섯 번이라고 나중에 들었다. 친척 어른들은 다들 저렇게 떡두꺼비 같은 남자애들을 쑥쑥 낳아야 집안이 번창한다며 좋아했다. 한번은 듣다못해 물어본 적이 있다. 그렇게 남자애만 낳겠다고들 하면, 애들이 자라면 결혼은 누구랑 하냐고. 그때 친척들은 계집애가 별 시답잖은 소리를 한다는 듯한 표정으로 대답했다. 우리 집안 자손들은 다들 똑똑하고 잘났으니, 아무리 남자가 넘쳐나는 세상이라도 여자가 줄을 설 거라고.

그래서 그날에야 알았지. 이 집 자손이라는 말에 딸은 들어 있지 않다는 것도.

더 나이가 들어서는, 엄마가 한탄하듯 예전에 낙태한 이야기를 하는 것을 들을 때마다 고까운 마음이 들었다. 안 죽이고 살려서 낳아 주었으니 고마워하라는 거야, 뭐야. 그런 생각들이 삐죽삐죽하게 돋아났다. 싸웠다. 이런 이야기 좀 나한테 그만하라고, 남동생에게나 가서 하라고 말했을 때 엄마의 표정을 은주는 잊을 수가 없다.

"안 돼. 은혁이가 그거 알면."

손톱만큼의 흠결도 없이, 엄마의 왕자님은 그저 온전한 축복 속에서 태어난 것으로 해 둬야 한다는 듯한 그 말에, 정이 떨어졌다.

지금은 안다. 짐작도 한다. 그게 그저 엄마의 뜻이기만 했을까.

할머니가 극성을 떨었을 것이다. 어쩌면 태몽이 어떻고 뭐가 어떻고 하면서 손목 잡고 병원에 끌고 갔을지도 모른다. 그놈의 아들, 아들. 그딴 게 대체 뭐라고.

귀한 아들을 낳는 과정에 끼어드는 불순물 내지 쭉정이를 치우듯이 여자아이를 낙태하는 것은 퍽 쉬운 듯했다. 그냥 당연하고 자연스러웠다.

그런데 지금 생각하면 웃기는 것이, 아무개가 동네 오빠랑 어찌어찌 애가 생기는 바람에 결혼했다더라, 그런 이야기도 들려왔다는 거다. 결혼하기 싫어서 신부가 엉엉 울었다더라, 따로 좋아하는 사람이 있었다는데, 그래도 애가 생겼으니 어쩌겠냐는 말도 있었다. 요즘으로 치면 강간인데도, 그렇게들 결혼하는 이들이 은주가 학교 다닐 때에도 있었다. 그러니 처녀가 애를 뱄네 어쩌네 하면서도, 그 애 밴 처녀가 아이를 떼게 내버려두진 않았다는 말이다.

지금 생각하면 하나도 납득할 수 없는 이야기다. 하지만 1980년대에서 90년대 초반, 변두리 소도시였으니까 그렇다고 치자. 옛날이니까.

하지만 21세기가 되어서도 상황은 별반 달라지지 않았다.

은주가 아는 친구들은 정말 갑작스럽게 아이가 생기곤 했다. 마치 사고를 당하듯이. 연애하던 남자와의 사이에서 아이가 생겼는데, 아직 결혼하거나 아이를 낳을 상황이 아니어서 고민하는 것 정도는 양반이었다.

직장에서 회식하다가 폭탄주를 마시고 주저앉았는데 눈떠 보니 모텔이었다는 친구도 있었다. 직장 상사에게 강간을 당해서 임신이 되어 버렸는데도, 성폭력 피해자인 것을 증명하지 못하는 이상 이 나라에서는 낙태가 불법이었다. 알음알음 겨우 병원을 찾는 것도 쉽지 않았다. 설령 누가 봐도 명백한 강간이라고 해도, 고소를 하고 판결이 나오기를 기다리다 보면 이미 낙태를 할 수 없는 시기까지 태아가 자라 버린다고, 쉬쉬하며 처리할 수 있을 때 해야 한다고들 했다.

그리고 진짜 최악은 따로 있었다.

"그 새끼가 고소하겠대요."

예전에 직장 생활 할 때 만나서 지금까지 친하게 지내는 언니의 사촌 동생이 바로 그런 경우였다. 불과 이삼 년 전의 일이었는데.

수도권의 교육대학을 나와서, 여기서 학교 선생을 하던 아이였다. 뭐든 열심히 하고, 일도 공부도 씩씩하게 해서 은주도 무척 예뻐했었다. 직업도 꽤 안정이 되고, 돈도 모았다고 했는데.

명절에 고향에 내려갔다가 어릴 때 한동네 살던 남자애와 잠깐 만난다고 하더니, 기어이 사고가 났다.

"처음부터 작심해서 노리고 덤벼든 거야. 얘가 모아놓은 것도 좀 있고. 선생은 지방 내려가서도 할 수 있으니까."

언니는 술을 마시며 한탄을 했다.

"왜, 자빠뜨려서 결혼한다고들 그러잖아. 그 짝 난거지."

물론, 지금은 옛날이 아니다. 그 애는 임신을 확인하자마자 어떻게든 병원을 수소문했고, 잘 안 되자 외국 어딘가의 병원을 알아봐서 떼고 돌아왔다고 했다.

그런데 어디서 말이 샌 것인지, 그 남자가 결혼해 주지 않으면 고소하겠다고 덤비더라는 거다. 임신시켜서 발목 잡으려고 섹스 중에 멋대로 콘돔을 빼 버린 주제에.

자기 아이를 멋대로 낙태했으니 낙태죄로 고발하겠다고 덤비던 그 남자는, 숫제 그 애의 학교 앞에서 피켓을 들고 1인 시위를 했다고 한다. 아주 인생을 망쳐 놓겠다고 작정한 듯이.

다행히도 그 애는, 그 일로 인생을 망치지 않았다.

옛날 소설 속 주인공처럼 자살을 하지도, 끌려가듯이 그 남자와 결혼하지도 않았다. 일을 그만두지도 않았다. 하지만 풍기문란이라고 했던가,

뭔가 징계를 받았다. 자기가 잘못한 일이 아닌데도 학교를 옮겨야 했다. 계속 소문들이 뒤따라 다녔다. 지긋지긋하도록 오래.

은주는 지금도 기억한다.

젊다 못해 앳되던 얼굴의 친구들이 낙태할 병원을 알아보려 여기저기 전화를 걸고 발품 팔아 뛰어다니던 일들을. 낙태 비용을 현금으로 마련해야 한다는 말에, 그 없는 살림들에 친구들이 십시일반 보탰던 것을. 자기 여자 친구가 자기 때문에 임신을 해서 낙태를 하고 있는데 얼굴 한 번 안 비친 놈팡이를. 집에 가 봤자 혼자일 게 뻔해서, 자기 집에 데려가서 며칠 미역국을 끓여 먹이던 그 기억들을. 생리가 나오지 않아서, 혹시 이번에는 내 차례인가 생각하며 불안에 떨었던 밤들도 있었다.

그런 게 무슨 1970년대, 1980년대 일도 아니다. 전부, 21세기에 있었던 일들이었다.

"얼굴이 왜 그래요."

규현은 약국으로 들어오는 은주를 보고 깜짝 놀라 물었다. 은주는 한숨을 쉬며 약국 소파에 주저앉았다.

"무슨 일 있어요?"

"선경이가 임신을 했어요."

"잘됐네요."

"근데 세쌍둥이를 임신해서, 하나를 지워야 하나 봐요."

"아. 세쌍둥이는 위험하지."

"난 선경이의 안전이 가장 중요해요. 힘들게 임신했으니까 이번에는 꼭 무사히 낳았으면 좋겠어요. 너무 힘들었으니까. 근데."

규현이 냉장고에서 차가운 자양강장제를 한 병 꺼내 주었다. 은주는 지친 표정으로 강장 음료를 마시고, 빈 병을 분리수거함에 밀어 넣으며 말했다.

"나 어릴 때 말이에요. 여자애들 낙태 많이 하고 그랬잖아요."

규현의 안색이 어두워졌다. 은주는 규현의 표정을 보지 못한 채, 우울한 목소리로 말했다.

"태아가 여자애라고 낙태하는 건 '가족 계획'인데, 정작 강간을 당하거나 원하지 않는 임신을 한 여자들은 낙태 제때 하기가 하늘의 별 따기인게 말이 돼요? 아이는 지우고, 강간범은 감옥에 처넣어야 하는 거잖아요. 근데 심지어는 우리 어릴 때는, 판사가 강간범과 피해자를 결혼시킨 게 미담이고 그랬잖아요. 미쳤어."

"여보."

"태아의 생명권이 그렇게 중요하다고 여자를 죄인 취급 하면서, 세쌍둥이는 위험하니까 '조절'한다는데, 이건 나머지 둘을 무사히 낳기 위해 한 명은 버려도 된다는 거예요? '가족 계획'하자는 거예요?"

"산모의 생명이 위험해질 수 있어서 하는 거예요."

"알아요."

"나도 당신이 무슨 말 하는지 알아요, 여보."

규현이 나직하게 말했다.

"내가 학교 가던 해였는데, 내 여동생이 태어나자마자 죽었어요. 어른들 말씀으로는 어머니 뱃속에서 죽어서 나왔다고들 했는데."

은주는 그 말만 듣고도 가슴을 칼로 후비는 듯한 느낌이 들었다. 더 듣지 않아도 무슨 말인지 알 것 같았다. 하지만 규현은 수치심과 고통이 뒤섞인 표정을 지으며 고개를 숙였다.

"난 아기 울음소리를 분명히 들었어요."

규현은 말을 하다 말고, 감정이 복받쳐 오르는 듯 입을 다물었다. 은주는 한 무릎을 세워 팔로 끌어안은 채 그를 바라보았다.

안다, 흔한 이야기다. 하지만 그 이야기를, 제법 유복하게 자랐다는 남편의 입에서 들을 거라고는 상상하지 못했다.

"펄 벅의 소설에나 나올 것 같은 일이지 않아요. 태어나서 울음까지 터뜨리는 아이를 죽여 버린다는 게. 하물며 그 소설에서 태어난 아이를 죽인 건 기근 때였어요. 기근으로 온 가족이 굶어 죽게 생겨서, 다 함께 남쪽으로 내려가기 직전에. 근데 우리 집에서, 우리 집은 먹고 살 만한 집이었는데도 그런 일이 있었어. 난 어디다 말도 못 했어요. 누님은 아는 것 같았지만, 나도 그런 말을 못 했고 누님도 굳이 하지 않았지. 그런 데다 그런 집이었으니 누님에겐들 잘 했겠어요."

"……."

"어릴 때는 잘 몰랐어요. 그런데 나이가 들면서 보이는 게 있었지. 내가 사내애라고 으스대면 안 되는 거였구나. 나라도 누님에게 더 잘했어야 하는구나. 그랬으면, 누님과도 좀 더 잘 지낼 수 있었을지도 모르는 건데. 난 그걸 너무 늦게 깨달았고."

"있잖아요, 여보."

"예?"

"내 동생이 당신처럼 생각하는 애였으면 얼마나 좋았을까 생각하고 있어요."

은주가 피식 웃었다. 하지만 좋아서 웃는 것도, 규현의 이야기에 마음의 풍파가 가라앉아서 웃는 것도 아니었다. 말하자면 그건 좀 허탈한 웃음에 가까웠다.

"되게 못됐다고 말할지 모르겠는데, 우리 어머니도 그랬어요. 낙태를 했었고. 사실 그 시절에, 정말 그런 집들 많았잖아요. 왜, 90년대 초반에, 낙태당한 태아 귀신이 세상에 복수하기 위해 병을 옮기고 다니던 드라마 기억나요?"

"기억나요. 굉장히 인기였잖아요."

"그때, 주변에 자기 집에도 엄마나 누가 낙태했다는 이야기하던 사람이 있었어요?"

"아뇨. 남자들은 그런 이야기 하지도 않고… 거의 없었죠."

"난 그때 중학생이었는데, 우리 반 애들 중에 절반 정도는 그 이야기를 했어요."

"…?"

"우리 엄마도 낙태한 적 있다더라, 내 밑으로 몇 명을 낙태했다더라. 첫째니까 그냥 딸인 줄 알고도 낳았다더라. 그렇게 이야기하다 보니, 반이 넘었어요. 정말 천우신조로 낙태 안 당하고 운 좋게 살아서 그 교실에 앉아 있는 애들이."

규현은 조금 충격을 받은 듯한 얼굴로 고개를 끄덕였다. 은주가 길게 한숨을 쉬었다.

"있잖아요. 내가 아는 여자 중에 결혼을 아예 안 하면 모를까. 일단 결혼한 여자들은 아이를 아예 안 낳겠다, 그러진 않아요."

손가락을 꼼지락거렸다. 하고 싶은 말들이, 그동안 목구멍에 가시처럼 박혀서 수십 년간 앓아 오던 것 같은 무언가가, 간질간질, 속을 긁어대기 시작했다.

"근데, 70년대 말에서 90년대 초중반까지, 짧게 잡아도 한 15년을, 아니, 그 이상을, 그렇게 여자애들을 태어나지도 못하게 죽여 댔는데. 여자들이 전부 결혼을 하고 아이를 낳는다고 쳐도 애초에 턱없이 부족한 걸 남자들이 장가를 못 가서 큰일이라고, 여자들이 이기적이라는 듯이 굴고. 또 아이를 낳겠다고 마음을 먹어도 말이에요. 똑같이 공부하고 경쟁해도 결혼하는 순간, 그리고 임신하는 순간 착실하게 엄청나게 리스크를 지다 못해 사회에서 밀려나게 온갖 장애물을 만들어 놓았는데. 이제 와서 인구가 부족하니 아이를 낳으라고 말만 하면 뭘 해요. 아이들이 충분히 안 태어나는 책임을 왜 여기다 갖다 붙이는데."

여자들이 뭘 어떻게 해서 아이를 안 낳기는. 돈 축나고, 몸 축나고, 경력까지 틀어질 걸 각오하면서까지 임신을 하고 있는데.

여자들이 아이를 안 낳아서 나라가 당장 망하기라도 할 것처럼 떠들어 대면서, 나라에서 임신한 여자들에게 해 주는 게 뭐야, 대체. 은주는 지원의 고운맘 카드 생각을 하니 더 화가 치밀었다. 걔가 지금 몇 개월인데 벌써 그게 동이 난다는 거야. 대체 누구 코에다 붙이라고. 온 나라가, 마치 여자들한테 아이를 한둘씩 맡겨 놓기라도 한 것처럼 당연하게 요구를 해 대면서, 그 책임은 모조리 개인에게 지운다는 게 말이 되는지….

"얼마 전에 SNS에서 봤어요. 외국 페미니스트들이, 낙태가 금지된 나라가 있으면 공해상에 배를 띄워 놓고, 거기서 사후피임약이나 낙태약을 준다고."

"들었어요. 미프진인가 하는 그거 말이죠."

"예. 근데 어떤 남자애들이 낙태약 정보를 공유하던 계정을 공격해서 닫게 만들어 버렸어요. 꼴 보기 싫다 이거죠."

"아니, 왜."

"대체 무슨 생각들인지. 섹스는 하고 싶고, 콘돔은 끼기 싫고, 근데 여자가 낙태하는 건 마음에 안 든다는 거잖아요. 나, 당신이 어떻게 생각할지 모르겠는데, 난 예전에 내 친구들이 임신하거나 했을 때, 걔들 낙태하는 거 내가 따라다니면서 도와주고 그랬어요."

"그랬어요?"

"자기 여자 친구가 애를 떼는데 십 원 한 장 안 보탠 놈들 대신에, 친구들이랑 돈 보태 주고. 코빼기도 안 비치는 놈들 대신 내가 병원 따라가 주고. 내 자취방에 데려다가 미역국 끓여 먹이고 재워서 보냈어요."

"잘했어요."

155

규현이 고개를 끄덕였다.

"내가 뭐라고 말을 얹어도 제대로 말이 될 것 같진 않은데, 그래도 잘했어요. 당신 정말 좋은 사람이고."

"…"

"복 받을 거예요."

"복이 아니라, 이런 생각을 안 할 수 있으면 좋겠어요."

은주가 중얼거렸다.

"그냥, 선경이 일도 그렇고 마음이 영 그래요."

"당신 친구 선경 씨도 그렇고, 요즘 태어나는 쌍둥이들이 시험관 시술로 태어나는 경우가 많잖아요. 그러다 보니 어렵게 생긴 아이 중 하나를, 크기가 작거나 심장 소리가 좀 약하다는 이유로 없애는 과정에서 산모에게 정신적인 후유증이 오기도 한답니다."

"어떡해…"

"그래서 사실 선진국 같은 데서는, 일정 나이 미만일 때는 배아를 하나나 두 개만 이식하게 법으로 정해져 있어요. 우리나라야 성공 확률을 높이는 게 중요하다고 생각하니까, 심지어는 대여섯 개를 한 번에 넣기도 한다지만…"

규현은 말끝을 흐렸다.

여러 번 시도하는 게 아니라 능률적으로 빠르게, 한두 번 안에 끝내 성공 확률을 높일 수 있도록. 그 과정에서 한 번에 쌍둥이를 임신해도, 두 번 임신할 걸 한 번에 해치우니 효율적이라는 식으로 생각하고. TV에서도 쌍둥이며 세쌍둥이들을 자꾸만 보여 주고. 그 책임과 부담은 산모에게 돌아가고. 기쁨 속에서 아이가 태어나 배려 속에서 행복하게 자라나는 게 아니라, 그저 인적자원을 늘리거나 줄이는 차원의 문제가 아닐까.

"…전에 들었는데, 우리나라는 1970년대에, 전 세계에서 출산 억제 정책이 가장 성공적으로 시행된 나라 중 하나였다고 하더라고요."

규현은 그 말만 하고 더는 말하지 않았다. 은주도 마찬가지였다. 그저 약국을 정리하고 함께 살림집으로 올라가, 일찍 씻고 자리에 누웠다. 그게 다였다. 평소 같으면 아직 신혼이라고, 둘이 손이라도 잡고 잤을 텐데. 오늘따라 은주는 혼자 돌아누워 잔뜩 웅크린 채 잠을 청했다.

그리고 은주는 꿈을 꾸었다.

규현이 약국 옆 골목을 들여다보고 있었다. 그는 잠시 머뭇거리더니, 골목 안쪽에서 작고 까만 아기고양이를 데리고 나왔다. 그리고 은주에게 그 작은 고양이를 내밀었다.

은주는 그 고양이를 받아 안았다.

아기 고양이의 체온은 따뜻했다. 그녀의 두 손 안에 쏙 들어오는 그 작고 가냘픈 생물과 문득 눈이 마주친 순간, 은주는 눈을 떴다.

"설마…."

휴대폰의 생리 앱을 들여다보며, 은주는 고개를 저었다. 아직은 오차 범위였다. 혹시라도 생리가 아주 늦어지기라도 했으면, 어쩌면 다른 생각이 들었을지도 모르지만.

"임신 전이라면 도시락 싸 들고 다니면서라도 말리고 싶었지만."

민 팀장은 꽤 맛있는 가게의 마카롱 상자를 내밀며 씩 웃었다. 재희는 입덧 때문에 지레 겁을 먹고 잠시 머뭇거리다가, 상자를 열고 마카롱을 들여다보았다.

별 냄새는 나지 않았다. 그리고 언제나 그렇듯이 예뻤다.

"이왕 했다는데 초를 칠 수는 없지."

"하지 말아요."

"왜, 기운 날 만한 이야기도 가져왔어. 자기, 우리 큰애는 내가 서른여섯 살 때 낳았어. 둘째는 마흔한 살. 서른일곱이면 아직 한창이네. 괜찮을 거야."

"뭐 다 좋은데… 등산과 수영으로 다져진 사람과 국민체조도 힘겨운 사람 사이에는 뭔가 넘을 수 없는 깊은 강이 흐르고 있는 게 아닐까요?"

"깊은 강이 흘러도 빠져 죽지만 않으면 이쪽으로 건너 올 수 있지. 자기, 입덧 많이 심해?"

"예, 아주요."

재희는 아예 손을 입에 댄 채 고개를 끄덕였다.

"정말, 종합 선물 세트예요."

"무슨 선물 세트."

"아픈 걸로 말하자면요. 맨날 코피 나지, 당 떨어지지, 잇몸 헐거워진 느낌도 나요. 세상에. 그리고 수시로 어지럽고. 입덧은 진짜 심한데, 진짜 미치겠는 게 마늘 냄새를 못 맡아요. 마늘하고 참기름을."

"그럼 먹을 수 있는 한국 음식이 없는 거잖아."

"예. 진짜… 가끔 입맛 나면 피클 같은 거나 집어먹고, 호밀빵 샌드위치 같은 건 그래도 조금 넘어가는데, 많이는 못 먹어요. 근데 일 하려면 당분이 필요해서 사탕 같은 건 계속 집어먹고."

"식사는 못 하면서 사탕이나 그런 것만 먹으면, 나중에 당 때문에 고생해. 임신성 당뇨. 입덧 끝났더니 풀이나 뜯어먹게 된다고."

"알아요. 알긴 아는데… 아, 진짜 화나는 게 뭔지 아세요?"

재희가 정색을 하며 말했다.

"내가 이렇게 몸이 편찮으신데, 보건소에서 임신 육아 정보 문자가 온 거예요. 임신 16주면 입덧이 줄어들고 입맛이 돌기 시작하니까 체중 관리를 해야 한다고."

"아니, 그게 필요하긴 한데…."

"체중 관리? 사람이 밥을 못 먹어서 휘청거리는데 체중 관리가 웬 말이에요. 말이 나왔으니 말인데, 아는 번역가가 얼마 전에 아이를 낳고서 SNS에 글을 썼어요. 애 낳고 나서 한 달 좀 넘게 지나서 산후 검진을 받으러 갔는데, 산부인과 올라가는 엘리베이터에 다이어트 주사 처방한다는 말이 붙어 있더래요."

"아, 그거 뭔지 알아. 요즘 아주 유행이더라. 그런 게 병원 입장에선 돈이 되긴 하겠지."

"아니, 아무리 돈이 되어도요. 그거 임신 중에는 못 쓰잖아요."

"그건 그렇지?"

"그 번역가는 말이죠, 산후 검진 받으러 갔다가 그 포스터를 보는데 그게 '이제 애도 낳았으니 다이어트를 해야지?' 하는 압력으로 느껴져서 그렇게 불쾌하더라는 거예요. 자기는 산후우울증 때문에 죽을 것 같은데, 정신과는 대기가 길고, 산부인과에서 산후우울증 약이나 좀 처방해 줬으면 좋겠는데. 그런 건 안 하고 애낳은 지 며칠이나 되었다고 살 빼라고 사회적 압력을 넣느냐고."

"그건 그렇다. 화날 만하네."

"진짜, 입덧 하나도 못 잡으면서. 출산이 정말 현대 의학의 영역으로 다 넘어오긴 한 건지 모르겠다니까요. 예전에 탈리도마이드, 그게 기형을 유발해서 못 쓰게 되었다고 해서 그게 언제인가 찾아봤더니, 그게 1950년대에 나왔던 약인 거예요. 벌써 70년 전인데!"

재희는 억울하다는 듯 목소리를 높였다.

"남자가 임신을 했으면 그 사이에 뭐라도 나오지 않았을까요?"

"아니, 내가 애 낳을 때도 없긴 했는데… 아직도 뭐가 없대?"

"찾아보니 디클렉틴이라는 게 있긴 있대요. 근데 물어봤더니 효과가 워낙 복불복이라서, 병원에서 추천 안 한대요. 입덧 못 하게 하는 약이 신통한 게 없으면, 하다못해 냄새 때문에 숨을 못 쉬는 불쌍한 임산부를 위해서 냄새를 못 맡게 하는 약이라도 만들어야죠! 이러니까 입덧 팔찌니 뭐 그런 수상한 게 틈새시장을 노리고 판을 치지!"

"코 밑에 치약을 바르고 마스크를 쓰는 건 어때."

"…그거 팀장님이 입덧을 극복한 방법이에요?"

"아니, 80, 90년대 최루탄 날릴 때 쓰던 방법."

"아악."

"그리고 입덧 참으라는 것 정도는 아무것도 아니야. 나중에 가 봐. 허리가 아픈데 파스도 못 붙이게 하고, 사람이 교통사고를 당해도 산모보다는 뱃속의 태아부터 들여다본다? 아주 현대 의학한테 버림을 받아요. 아, 그렇지, 우리 조카며느리는 기술자야. 엔지니어."

"…며느리를 보셨단 말씀이십니까."

"형님이 연세가 많으시지. 우리 서방이 막내거든. 어쨌거나 조카며느리가 임신 중에 무슨 일을 하다가 감전을 당했나 봐. 심한 건 아니고, 픽하고 튀어서 놀랐다는데. 다행히도 보호 장구를 하고 있어서 크게 다치진 않았지만."

"괜찮으셨대요?"

"응, 본인도 애도 괜찮았어. 지금 그 애가 유치원 다니잖아. 근데 문제는, 얘가 병원에 갔더니 의사가 그랬다는 거야. 임산부가 왜 기계며 전기를 만지냐고."

"아, 그거 좀…."

"임산부는 회사도 가지 마? 그런 데다 얘가 그러고 병원에 갔는데도, 의사가 애가 무사한지만 살폈다는 거야. 정말 너무들 하지?"

재희는 울상을 지으며 고개를 끄덕였다.

"힘든 거네요."

"그렇다니까. 그러니까 사람이 말릴 때 좀 들었어야지."

민 팀장은 재희를 바라보며 한숨을 쉬었다.

"난, 딱 자기만 한 임산부를 보면 지금도 마음이 짠해."

"저만 하다뇨?"

"한참 입덧하고 힘들어하는 애들. 얼마 안 남았다, 입덧 금방 지나간다고 말하고 싶은데, 입덧 끝나 봐야 길고 긴 임신 기간에서 반도 안 지나간 거잖아. 그런 데다 후반부는 편안하게 지나간다? 그건 젊고 건강한 애들이지. 일하느라 시들시들해진 몸으로 서른다섯 넘어서 임신하는데, 후반 부라고 편할 리가…."

민 팀장은 뭔가 더 말하려다가, 얼굴빛이 흙빛이 된 재희를 보고 말을 돌렸다.

"어쨌든, 일하는 여자에게 임신이라는 건… 모르겠다. 난 둘이나 낳았지만, 다시 그때로 돌아가도 그 선택을 할지는."

"그래도 출판사는 여자가 많은 데라서, 그런 건 좀 낫지 않나요?"

"여초 직장이긴 하지. 월급이 적어서 남자들이 잘 안 들어오니까."

"아."

"출판사든 잡지사든 온라인 서점 MD든, 대체로 그래. 여자들이 많이 들어오니까 여초 직장이지. 하지만 젊어서 좋은 시절 청춘을 다 회사에 바치다가, 결혼하거나 하면 나가라고 압박을 하지. 요즘 내 밑의 애들은 막아 주느라고 막는데도, 정말 이런 면에서는 좀 집요할 정도로 그러는 게 있어. 조직이라는 게."

주문한 민트차와 케이크가 나왔다. 평소 같으면 좋아했을 케이크인데, 재희의 낯이 바로 일그러졌다. 민 팀장은 딱한 표정을 짓더니 포장을 요청했다. 재희는 고개를 푹 숙였다.

"전에 들으니까 팀장님은, 현역 편집자인데 직급상으로는 임원이라고 기사에서 읽었던 것 같은데요."

민 팀장은 조금 쑥스러워하는 얼굴로 대답했다.

"지금 우리 회사로 말하면, 한때 내가 우리 회사에서 대표님 일가친척 빼고 가장 높이 올라갔던 사람이야. 우리 회사야 재미있는 책을 꽤 많이 내니까, 재미있었지. 근데 관리직으로 올라가니까 영 재미가 없었어."

"재미요?"

"응. 내가 책 만드는 사람이지 책 팔러 다니는 사람인가 싶고. 그때 그만둘까 몇 번 생각했었어. 마침 큰애 학교 갈 시기였고… 근데 말이야. 내가 여기서 그만두면 여자라서, 엄마라서 그만두는구나, 그 소리가 나올 것 같았지. 그러면 내 밑에 여자애들이 여기까지 못 올라오니까. 그래서 일단은 관리직 말고 다시 편집자로 내려온 거야. 나랑 코드 맞는 애들 불러서 팀 꾸려서.”

“좋겠어요, 팀장님네 여직원들은.”

“글쎄.”

민 팀장은 쓴웃음을 짓다가, 고개를 돌렸다.

“그런 문제라면, 오히려 난 우리 회사 애들한테 욕을 많이 먹은 편이야. 얼마든지 더 높이 올라갈 수 있는 사람이 굳이 높은 자리를 사양했다고. 그래서 야심 있는 젊은 애들 발목을 잡았다고 생각하는 애들도 있어.”

“그건… 그건 좀 다르죠.”

“뭐, 그건 이쪽 생각이고. 손가락에 피가 나도록 기어오르는 사람 입장에서는 그렇게 생각할 수 있는 문제야.”

“….”

“내 나름대로는 열심히 살았고, 결혼하고 애 낳고도 회사에서 다들 버틸 수 있도록 조금이라도 회사 문화를 바꾸려고 애도 썼는데, 그런 식으로 뒷말 나오는 게 서운하긴 해. 그래도 내가 이해를 해야지. 걔들은 나름 내게 기대를 했다는 거니까.”

뜨거워도 서늘한 민트 향이 들끓는 속을 조금이나마 진정시켰다. 재희는 차를 홀짝이며 민 팀장의 말에 귀를 기울였다.

“회사를 그만두고 나갈까. 그동안 인맥도 기술도 다 있으니까 회사를 차려 볼까. 그런 생각도 했었어. 좀 더 작고 탄력 있는 책들을 만들 수 있지 않을까. 사실 그런 게 나을 수도 있지. 출판사 차리는 건 별로 어렵지도 않고. 하지만 애들이 그런 이야기를 한다는 걸 알고, 회사를 절대 그만

두지 않겠다고, 내보내려 들어도 버티고 붙어서 정년을 채워야겠다고 생
각했어."

민 팀장은 턱을 들며 가슴 앞으로 팔짱을 꼈다. 마치 보스처럼.

"새 회사를 차리는 건, 여기서 퇴직한 다음에 해도 괜찮아. 사장님이
되는 데 정년이 있는 것도 아니고. 평균 수명도 길어졌고. 출판사 차리는
데 돈이 많이 드는 것도 아니니, 사업 잘못 손대다가 노후자금 날려먹진
않을 테지. 인생은 기니까."

재희는 민 팀장은 물끄러미 바라보았다.

그녀는 재희보다 열 살이 더 많았다. 고등학교에서는 교지를, 대학에
서는 학보를 만들고 취업은 출판사로 했다. 그리고 세 번 회사를 옮긴 뒤
지금 회사에서 뿌리를 내렸다. 보기에 따라서는 IMF 시대가 오기 전, 그
나마 취직하기 편할 때 자리를 잡은 세대이기도 했고, 또 달리 보자면 여
직원이 아직 사무실의 꽃이나 급사 취급을 받던 시절에 확고하게 자기
일을 붙잡았던 사람이기도 했다.

그런 사람이, 지난번 재희의 계획을 듣고는 일하는 여자에게 임신이란
무엇인지 말했던 거다. 아마도 조금은, 재희가 임신을 하면서 뭔가 일정
이 틀어질까 걱정하는 것도 있었겠지만.

그래도 고맙다고 생각했다.

"아, 맞다. 자기에게 그 이야기 하려고 했는데."

"예?"

"어쨌든 일은 일이니, 우리 노력해서 출산 전에 이 원고 다 끝내자."

"…뭐라고요."

아니, 고맙다는 말은 취소해야 할 것 같았다.

"무리한 요구는 하지 말아 주세요. 전 임산부란 말입니다."

"알아."

"아는데 그런 말씀을 하세요? 사람이 밥도 못 먹고 있는데?"

"일단, 애 낳고 한동안은 일 못 할걸? 적어도 두세 달은 지나야 다시 일을 할 텐데, 그럼 출간 일정 틀어진단 말이야."

"하아?"

"그리고 솔직히 말해서, 임신하고 애 낳고 하는 게 여자에게 얼마나 큰 일인데. 혹시라도 원고 다 못 쓰고 뭔가 사고라도 나면 어떡해? 깔끔하게 다 써놓고 애 낳으러 가는 게 좋지. 그렇지 않아?"

"거, 흉흉한 이야기 좀 하지 마세요! 말이 씨가 된다는데!"

심호흡을 했다. 마음을 가라앉히려고 할수록 입이 바싹 말라 왔다. 주먹을 꼭 쥔 채로, 선경은 산부인과 대기실에 앉아 있었다.

임신 11주 후반, 목덜미 투명대 검사의 시기였다.

"김선경 님 들어오세요."

이 검사에 대해서는 알고 있다. 사실 처음 해 보는 검사도 아니었다. 지난 두 번의 유산 모두, 이 목덜미 투명대 검사에서도, 그 다음 쿼드 검사에서도 정상이었다.

그렇게 정상이다, 괜찮다고 했는데도 아이를 잃었다. 그렇게 생각하면 또다시 공포가 밀려왔지만.

"지난번에도 해 보셨으니 아시겠지만, 이건 안전하고, 단일 검사로서는 비교적 높은 확률로 다운증후군을 확인할 수 있는 검사죠. 11주에서 13주 사이에 보통 시행하니까, 지금 시기가 딱 좋습니다."

검사 자체는 두렵지 않다. 침습적이지 않고, 그저 초음파로 목덜미 투명대라 불리는 조직 두께를 확인할 뿐이다. 안전하고 간단한 검사였다.

그보다 정말 신경 쓰이는 건 따로 있다.

"그보다는 지금, 지난번에 왔을 때 셋이었는데."

뱃속의 아이는 셋이다. 하지만 의사는, 셋 중 하나를 지워야 한다고 말했다.

"그때 마음 못 정하셨다고 했죠. 이제는 더는 못 미룹니다. 지금이 시기가 딱 맞아요."

"선생님."

"전에도 말씀드렸지만 세쌍둥이 임신은 아주 힘들어요. 거, 연예인 누가 세쌍둥이 낳는 데 성공하니까 괜찮을 줄 아시는 분도 있지만, 솔직히 말해 좀 위험한 일입니다. 젊고 건강하면 또 모를까, 김선경 님은 이제 나이도 좀 있고. 시기가 늦어질수록 선택 유산의 위험성도 더 커져요."

"일단은… 초음파 보고서 이야기하면 안 될까요."

선경은 기어들어가는 목소리로 중얼거렸다.

세쌍둥이라는 말을 듣고, 계속 책을 찾아봤었다. 하지만 다들 입을 모아 말하는 듯했다. 세쌍둥이는 무리라고, 선택 유산을 해야 한다고.

하지만 이렇게 간절히 바라서 와 준 아이다. 누굴 낙태하고, 누굴 남겨둘 수 있겠어. 그런 것을 대체 어떻게 선택해야 해. 셋 중 하나를 어떻게 선택 유산을 시켰는데, 그게 그 세 아이 중에서 가장 튼튼한 아이일 수도 있는 건데.

"좋습니다. 일단 옷 갈아입고 누워 보세요."

선경은 옷을 갈아입고 침대에 누웠다. 간호사가 초음파 기계에 선경의 번호를 입력했다. 의사가 멸균 장갑을 끼고 다가왔다. 선경은 눈을 감았다. 곧 아이의 심장 소리가 들리기 시작했다.

역시, 자신은 선택할 수 없었다.

두 번이나, 심장 소리를 듣고도 아이를 잃었다. 그런데 어떻게 심장이 뛰는 아이를 유산시킬 수 있어.

"이거 보이시죠."

의사가 말했다. 선경은 도살장에 끌려가는 심경으로 눈을 떴다.

"지금 둘만 보여요."

"예?"

"한쪽이 자연 소실된 것 같습니다."

의사가 선경을 바라보았다. 마스크로 입을 가린 상태였지만, 그래도 눈만 봐도 어떤 표정을 짓는지 짐작할 수 있었다.

"쌍둥이 소실… 배니싱 트윈(Vanishing Twin)이라고 들어 보신 적 있죠? 쌍둥이가 임신이 되었다가, 임신 10주 전후해서 한쪽이 자연 소멸되는 현상입니다."

"그, 그럼…."

"양막이 쪼그라들고 자연스럽게 흡수돼요. 유산이라고 피가 나오거나 그러진 않습니다."

"그럼… 지금 아이가 둘이라는 말씀이신가요?"

선경의 눈에서 눈물이 흘러넘쳤다. 자신의 선택으로 아이를 해치지 않아도 된다는 안도인지, 그럼에도 불구하고 또 한 번 뱃속의 아이를 잃은 슬픔과 허탈함인지는 알 수 없었다.

"괜찮아요, 김선경 씨. 그리고 지금 이쪽에, 목덜미 투명대… 딱 좋네요. 두 아이 모두 정상입니다."

의사는 담담하게 말했다. 하지만 선경은 침대에서 내려오는 내내 훌쩍거렸다.

"이젠 괜찮을 거예요."

의사는 선경을 위로하듯, 부드럽게 말했다.

"의사라고 이런 걸 장담할 수는 없지만, 그래도 이번에는 잘 되도록 함께 노력해 봅시다."

선경은 고개를 끄덕였다. 무슨 말인지 알았다. 조금은 안도할 수 있을 것 같았다. 하지만 자꾸 눈물이 났다. 어린애처럼, 바보처럼, 이번에도 다 잃어버릴 것 같은 불안감에 자꾸 눈을 질끈 감았다.

괜찮을 거야.

선경은 속으로 몇 번이나 중얼거렸다.

그다음 주 월요일.

"아주 좋겠군. 소원 성취해서."

부장은 선경의 보고를 받자마자, 아주 대놓고 A부터 Z까지 다 마음에 들지 않는다고 써 있는 듯한 얼굴을 하며 으르렁거렸다.

대체 이건 무슨 반응이래. 생판 남이라도, 오래 난임 치료 받던 끝에 임신했다고 하면, 최소한 잠깐이라도 빈정거리는 걸 멈출 텐데.

"그래서, 언제 낳는데?"

"내년 봄입니다."

"내년 봄, 언제?"

"4월 중순 예정이에요."

"거 알 만한 사람이. 그때 우리 회사 얼마나 바쁜지 몰라서 그래!"

"…저희가 안 바쁜 시기도 있습니까."

선경이 침착하게 물었다.

같은 부서 사람들이 마른침을 삼키는 게 느껴졌다. 파티션 너머 옆 부서에서도 이쪽을 흘끔거렸다.

"저희는 1년 내내 바쁩니다. 안 바쁜 시기를 가려서 아이를 낳는다는 게 불가능할 정도로요."

"그래서, 지금 잘했다고?"

"부장님께 칭찬을 받자고 말씀드리는 게 아닙니다. 그 시기에 업무 공백이 있을 수 있으니 계획에 참고해 주십사 말씀드리는 겁니다."

"허어?"

"다행히 같은 해도 아니고, 아직 내년도 계획의 세부사항을 수립할 시기도 아니니, 지금부터 준비하고 공백에 대비해 인력을 확보하고 인수인계를 준비해야 한다고 제안을 드리는 중입니다."

부장은 잠시 말을 잃었다.

하지만 선경은 필사적이었다. 이번에도 상사들이 호통치는 대로 휩쓸려 다니다가, 또 잃을 수는 없다.

이번에는 절대로.

"인수인계 완벽하게 준비해 놓겠습니다."

"거⋯."

"제가 저희 부서 다른 사람들보다 일을 못 하거나 불성실하게 했다고 생각하지 않습니다."

"사실⋯ 저희 김 과장이 일을 잘하긴 합니다."

부서의 차석인 박 차장이 조심스럽게 부장을 달랬다. 부장은 역정을 냈다.

"잘하면 뭐, 잘한다는 사람이 갑자기 빠진다는데, 기분 좋을 사람이 어디에 있어!"

"그것 봐, 김 과장. 부장님께서 널 인정하셔서 그러시는 거야. 응?"

"인정하고 키워줘 봤자, 여자들은 애 낳으러 가면 끝이지. 에이, 저런 것들을 키워서 어디다 쓰라고!"

선경은 눈을 감았다. 혈압이 쭉 오르는 것이 느껴졌다.

저 사람은 왜 저기서 저런 말을 할까?

아니, 이 회사 남자들은 왜 다 그런 말을 하는 거지? 어디서 가르쳐서 내보내나? 요즘 같은 세상에?

그런 소리 듣기 싫었다. 여자들은 다 똑같고 가르쳐 봐야 소용없다고.

그런 말을 하는 한편으로, 너는 다른 여자들과 다르다고, 열심히 일해서 이 회사의 기둥이 되라고, 상사가 인정해 주는 말은 달콤했다. 임신 중에는 야근도 원칙적으로 금지되어 있다고 듣긴 했지만, 남자 상사 중 아무도 그 이야기를 해 주지 않았다. 아니, 선경 본인도 알면서도 그냥 말하지 않았다. 몸 사린다는 소리 듣기 싫어서, 여자는 그래서 안 된다는 소리 듣기 싫어서.

그 결과가 무엇이었는지, 너희는 아무도 기억하지 않는 거겠지.

알아도 생각하지 않으려 드는 거겠지. 그렇겠지.

그 고통도 죄의식도 전부 다.

"김 과장, 나 좀 보자."

잠시 후, 박 차장이 선경을 탕비실로 데리고 갔다. 선경이 갓 입사했을 때 같은 파트 내 선배이기도 했고, 팀 단위로는 거의 줄곧 한 부서에서 일해 온 사람이었다.

"너도, 부장님 말씀 너무 고깝게 듣지 말고… 우리도 나중에 승진해서 올라가면, 팀원이 갑자기 빠지거나 하면 신경 쓰일 거잖아. 그렇지?"

"그래서 지금부터 준비하겠다고 말씀드리는 거예요. 임신은 아홉 달 동안 하는 거니까."

"그래, 그렇지. 네 말이 무슨 말인지도 알고. 아는데…."

"제가 회사 업무에 불성실한 적 있었나요?"

"아니, 그런데 회사 일이라는 건 그 성실만으로 되는 게 아니라."

"그럼 뭐가 더 필요하죠? 제게 부족한 게 대체 뭔데요?"

"아니, 그게… 그러니까 음, 조직에서는 실제로 성실하고 일 잘하는 것도 중요하지만, 성실하고 일 잘하는 것처럼 보이는 것도 무척 중요한 일이야. 김 과장도 알겠지만… 야, 선경아. 근데 너, 그 시험관 아기 한다고 병원 왔다 갔다 했었잖아. 부장님은 그게 거슬리셨던 거지. 그거 시간대 좀 어떻게 조정 못 했냐? 응?"

"선배네도 시험관 하셨다면서, 그게 말이 된다고 생각하세요?"

"아니, 그래도."

"시술 스케줄을 의사가 짜 주는 것도 아니고, 그때그때 상태랑 추이를 보고 잡는 거잖아요. 선배 와이프는 병원 다닐 때 시험관 시술 하고서 그날 쉬지지 않았어요? 전 시험관 하는 그날도 언제나 회사 나와서 밤늦게까지 일하다 갔어요. 여기서 뭘 더 어떻게 하라고. 선배도 그렇고, 우리 부장님도 일 열심히 하시기로는 둘째가라면 서러운 분인 건 알지만, 제가 발목을 잡을 만큼 일을 못 했나요? 안 했나요? 전 그동안 정말 회사 일 열심히 했어요. 인생의 1순위로 둘 정도로. 그랬더니 회사에서 일하다가 두 번이나 유산을 했는데."

"아니, 선경아. 나는 그 말이 아니라…."

"물론, 부장님께서 기분 나쁘실 수 있겠죠. 그분 입장에서야 감히 어리고 사근사근하지 않은 여직원이 존재하는 자체가 마음에 안 드실 수 있죠. 남직원은 중간중간 담배를 피우거나 낮에 사우나 가서 한숨 자고 올 수 있지만 여직원이 병원 가는 건 고까울 수도 있겠죠. 그런 여직원이 애까지 가졌으니 얼마나 눈엣가시겠어요. 기분 나쁘시겠죠."

"선경아, 그게…."

"그런데 말이에요. 제가 웬만하면 상사 기분과 비위, 맞춰드리는 사람인데요. 제가 이제 와서 남자가 될 수도 없는 일이고, 그렇다고 지금 아이를 두 번이나 잃었는데, 상사의 기분이 천신만고 끝에 가진 세 번째 아이보다 중요해요? 선배, 부장님이랑 선배 딸 중에 누가 더 중요해요? 딸이 소중하지 않아요? 근데 난 지금 벌써 하나도 아니고 둘을 잃었다고!"

평소 같으면, 이렇게까지 싫은 소리를 대놓고 하진 않았을 거다. 하지만 선경은, 탕비실 밖에서 몇몇이 빼꼼히 들여다보는 시선을 알면서도 계속 말했다.

"집에 가시면 물어라도 보세요. 지금 이게 말이 되는지. 내가 여기서 얼마나 열심히 일했는데. 그냥 열심히만 했어요? 실적 좋았잖아. 우리 팀 실적 내가 캐리한 거, 선배도 알잖아요."

"…네 말은 알겠는데, 그런 식으로 이야기할 거면…. 야, 좀 참아 봐. 절이 싫으면 결국 중이 떠나는 거야. 어떡하겠어."

"그래서, 지금 부장님이 먼저 날 후려잡았으니, 이번에는 선배가 와서 저한테 살살 달래서, 회사 그만두고 나가라고 말하려고요?"

선경이 손끝으로 배를 짚으며 박 차장을 노려보았다.

"저 이번엔 쌍둥이예요, 평소대로 일하기 어려울 수 있어요. 그런데 9개월 후 일에 대해서 지금부터 대비하지 못한다는 거, 임신한 여직원이 유산하고 병원에 실려 갔는데 프로젝트 망한 책임을 다 그 사람에게 떠넘기려 드는 거, 우리 회사가 위기관리 능력이 없다는 말밖에 안 돼요."

"…"

"됐어요. 나 선배하고 싸우고 싶지도 않고, 일은 최선을 다해 할 거고. 선배가 군이 끌고 왔으니 할 말 한 거예요."

"화났어?"

"예."

선경이 고개를 끄덕였다. 박 차장이 쭈뼛거리며 탕비실 밖으로 나갔다. 선경은 한숨을 쉬며 냉장고에 기대어 섰다.

문득, 탕비실 문 쪽을 바라보았다. 반쯤 열린 탕비실 밖에서 인기척이 났지만, 대놓고 안을 들여다보는 사람은 없었다. 들여다보라지. 선경은 구석에 놓인 동글 의자를 끌어다 앉았다. 마음이 진정될 때까지 잠시만 더 여기 있어야 할 것 같았다.

그때 문이 열렸다.

"거기서 뭔 궁상을 그렇게 떨고 있어. 일어나."

옆 부서의 신영숙 부장이었다.

"부장님…."

"좀 지나 봐. 임신했다고 듣는 말 정도는 자장가로 들릴 거다."

신 부장은 성큼 안으로 들어왔다.

"낳아서 회사 나온다고 어린이집에 맡기면 저만 아는 독한 인간, 시댁이나 친정에 맡기면 늙으신 부모님 고생시키는 이기적인 년."

"그건…."

"휴직도 아니고 그 알량한 출산 휴가 석 달 쓰고 돌아오면, 아무리 성과를 팡팡 터뜨려도 업무 감각 떨어졌다고 아줌마 다 됐다는 소리 들을 거고. 회사 그만두면 여자는 그래서 못 써먹는다며 늘 하던 소리 또 나오겠지. 애 키우자고 시터를 쓰면 벌어서 시터 값도 못 댄다고 비아냥거리고, 살림 굴러가게 한다고 가사 도우미라도 불렀다간 여자가 살림도 못해서 남편 등골 빼먹는다고 할 거다. 지금도 한 번 봐라. 너 언제 회사 그만두고 나가나, 요렇게 곤두세우고 있는 놈들이 하나둘이 아닐걸? 너 없으면 제 고과점수 조금이라도 올라가지 않을까 기대하는 놈들, 너 자리 빠지면 자기 승진할 기회 생길지도 모른다고 착각하는 대리놈들."

"…."

"김선경."

"예, 부장님."

"너 일 계속할 거냐?"

선경이 고개를 끄덕였다. 신 부장이 딱하다는 듯 쳐다보았다.

"이쯤 되면 진저리가 나지 않냐, 넌?"

"나요. 납니다."

"그런데도?"

"아이를 둘이나 키우려면 돈이 필요하니까요."

선경이 단정한 태도로 대답했다.

"남자가, 부인이 임신했다, 아이가 태어났다 하면 이제 돈 들 일 많겠다며 책임 있는 일을 시키고, 승진하라고 끌어 주고 밀어주고 하는 걸 계속 봐 왔어요. 근데 여자가, 본인이 임신하고 아이를 낳는다고 들어갈 돈이 안 드는 게 아니지 않아요?"

"그렇지…."

신 부장이 입맛을 다셨다.

"그래서, 버틸 거야?"

"버텨 보려고요. 할 수 있는 한."

"…나 때, 여직원은 임신하면 그만두는 게 당연했어. 지금은 본인이 나갈 때까지 옆에서 쪼고 괴롭히지, 그때는 그냥 해고 통지하는 식이었지. 아주 달라붙었어. 회사에서 일하다가 애 낳고, 낳자마자 회사에 전화해서 일 챙기고, 출산 휴가 한 달도 못 쓰고 다시 피 줄줄 흘리면서 회사 나와서 내 책상 앞에 가서 앉았어."

"…."

"김 과장이 그러기를 바라지도 않고, 솔직히 말하면 그래야 할까 봐 걱정이고, 그렇게 애를 쓴다고 받아들여질지도 모르겠고. 그래도 힘내라."

신 부장이 주머니를 뒤적거리다가, 사탕 같은 것을 꺼내서 쥐여 주었다. 선경은 사탕을 받고, 머리를 숙이며 대답했다.

"노력하겠습니다."

승아의 웨딩드레스 차림은 예뻤다. 평범하고 무난한 예식장에 평범한 드레스였지만, 신부의 얼굴은 밝고 희망에 차 있었다. 그러면 되었다. 그 한없이 평범하고 범속한 순간을 영원히 잊을 수 없게 만드는 것은, 결국 당사자들의 마음이니까. 은주는 승아가 신랑과 나란히 손잡고 입장하는 모습을, 혼인서약을 하는 모습을 바라보며, 마치 오래 가까이 지낸 동생이 시집가는 것처럼 공연히 감상적인 마음이 들었다.

"와 주셔서 감사해요, 사장님."

식을 마치고, 새신랑과 함께 인사를 다니며 승아가 활짝 웃었다.

"회사 화환 보내 주신 것도요."

"어른들이 좋아하시지?"

"예. 화환을 왜 하는 건가 했는데 어른들은 그런 걸 체면으로 생각하시더라고요."

"그래, 그리고 이거. 결혼 축하해."

아까 냈던 축의금 봉투와 별도로, 은주는 두툼한 봉투를 쥐여 주었다.

"아까 대기실로 갈까 하다가. 퇴직한 전 회사 상사가 갑자기 나타나면 갑자기 분위기 싸해질 게 뻔해서."

"헤헤."

승아는 신랑의 팔짱을 끼고 웃었다. 신랑은 사람은 멀쩡해 보이는데, 인사를 제대로 하는 것도 아니고, 은주가 봉투를 쥐도 고맙다는 말도 제대로 안 하고 실실 웃기만 했다.

저거 괜찮은지 모르겠네.

은주는 청년을 까다롭게 뜯어보다가, 아니다 싶어 그냥 영업용 미소를 지었다.

저 딱 부러지는 승아가 선택한 사람이니, 뭐든 똑똑한 구석이 있겠지. 지금은 결혼이라는 일생일대의 이벤트 때문에 잠깐 정신이 나가서 저러는 걸지도 모른다.

"예식장에서, 신부가 대기실에 있는 동안에 신랑에게 이것저것 추가시키는 경우가 있어. 정산할 때 꼭 확인하고."

"예. 잘 챙기겠습니다."

축하의 말을 몇 마디 더 건네고, 은주는 슬슬 자리에서 일어났다.

식장에는 승아 말고는 딱히 아는 사람도 없었다. 예식장의 뷔페는 썩 훌륭한 것은 아니었다. 좋아하는 연어가 나왔지만, 희미하게 비린 맛이 느껴졌다. 대부분의 음식이 조금 진하고 거슬리는 향을 내뿜고 있는 것 같아서, 은주는 몇 입 먹다 내려놓았다. 남들은 괜찮은 걸까? 심지어는 입 안의 잔 맛을 씻어 내려고 마신 커피조차도 맛이 떫었다.

적당히 정리하고 일어나 밖으로 나갔다. 11월 초가 되니 바람에서는 완전히 더운 기가 가셨다. 그저 서늘함만이 남은 바람을 맞으며 잠시 걷자, 들끓던 속도 가라앉았다.

문득, 지난번에 꾸었던 꿈이 생각났다.

"설마…?"

남편이 고양이를 안고 들어와 자신의 손에 건네주던 꿈. 문득 은주는, 자신이 이번 달에 아직 생리를 하지 않았다는 것을 깨달았다.

"이지원 주임이 근무하는 걸 네 글자로 줄이면 뭔지 알아?"

"모르겠습니다."

"지원 근무지, 지원 근무."

신입 순경과 함께 순찰을 마치고 막 돌아온 순찰팀 주임이 한물간 아저씨 개그를 쳤다. 몇몇이 낄낄 웃는 가운데, 지원은 피식 웃으면서 받아쳤다.

"그거 저 순경으로 들어왔을 때 하던 농담이네요. 새로운 것 좀 들려주세요."

"아, 거 봐요, 부팀장님 업데이트가 안 되시니까 이 주임님한테 핀잔이나 먹으시지."

"어허, 올디스 밧 굿디스라는 말도 모르나, 자네."

지구대로 발령받은 지 3주.

지원은 아재 개그가 난무하는 지구대 생활에 익숙해져 있었다. 아니, 사실 대부분의 경찰은 경찰학교를 졸업하고 처음 한동안은 지구대에서 근무하기 마련이다. 게다가 초임 때 근무했던 곳이다 보니 서먹하거나 낯설진 않았다.

지원은 10월 정기 인사에 맞춰 승진과 함께 집 근처 지구대로 발령을 받았다. 추석 연휴와 이런저런 일이 걸려서 실제 발령은 둘째 주에나 이루어졌다.

그리고 지금이 11월 초.

예산 결산이니 재물 조사니 잡다한 일들이 많았지만, 그래도 크게 위험한 일은 없었다. 적어도 현장에 나가지 않는 행정팀에게는 그랬다. 그저 순찰팀 네 개를 순환근무 시키며 24시간 돌아가는 곳이다 보니, 근무 시간표 짜고 삼시 세끼 밥값 영수증 처리하는 게 조금 번잡할 정도일까.

"할 만해? 형사과보다 편하지?"

"뭐, 여긴 여기 나름, 거긴 거기 나름."

지원은 반쯤은 무신경한 호기심, 반쯤은 그래봤자 여경이라는 빈정거림을 담아 날아드는 농담들을 적당하게 쳐냈다.

"근데 제가 엑셀 말고 테이저 들고 돌아다니면서 잡범을 싹 쓸어와야 우리 지구대 실적이 쭉 올라갈 텐데요. 그렇지 않습니까?"

어느 회사나 어느 정도는 그렇겠지만, 여긴 특히 남자가 많은 조직이다. 대수롭지 않게 넘기는 버릇을 들이면 그 무신경함이 조직에 새로 들어오는 여직원을 힘들게 한다. 하나하나 민감하게 반응해서는 스스로가 견뎌낼 수 없다.

인사이동이 있고 나면 늘 기 싸움이 벌어졌다. 서로 알 만큼 알고, 소문도 들을 만큼 들었고, 같은 서 안에서 한 솥밥 먹고들 살았는데 슬슬 그만하면 좋겠는데. 같은 남직원에게는 부드럽게 넘어가는 많은 것들을, 여직원인 지원에게는 하나하나 따져들며 기세를 꺾으려 들었다. 막말로 형사 기 죽여서 어디다 쓰려고 그러는지.

"그렇지. 이지원이야 처음 들어볼 때부터 에이스였지. 그러니까 순식간에 수사로 넘어가서는, 그렇게 승승장구를 했지."

"배만 안 불렀어도 여기 관내 잡범들 전부 나 죽었소 했겠지."

그렇긴 해도, 여기 지구대는 지원에게는 고향 같은 곳이었다. 처음 실습을 나왔던 곳도 여기였고, 경찰 생활을 시작한 곳도 여기다. 결혼을 앞두고 결혼 비용 모은다고 지원 근무를 뛸 때에도 주로 이쪽으로 나와서 순찰을 돌았다.

그러니까, 아이를 낳기 전에 일과 생활을 조율하는 중간지점으로는 여기만 한 데가 없겠지.

지원은 생각했다. 사실 여기 지구대 자체보다, 정말 적응이 안 되는 것은 따로 있었다.

"아, 벌써 다섯 시네."

그동안에는 몰랐다. 아기가 태동을 어떨 때 하는지를.

경찰서에서 24시간 근무하는 부서들은 보통 교대 근무 형태로 돌아간다. 한 주가 있으면 나흘은 주간 근무, 이틀은 야간 당직 후 비번, 하루는 휴일로 들어가는 식이다. 형사과도 그렇고, 여기 지구대도 마찬가지다. 하지만 행정직원은 다르다. 이들은 아침 아홉 시부터 오후 여섯 시까지 근무한다.

계속 교대 근무를 할 때까지만 해도 기연가미연가했다. 하지만 어느 정도 규칙적인 생활을 하게 되자, 아기는 아침에 일어날 무렵, 점심시간 직전, 그리고 오후 다섯 시쯤에 열심히 꿈틀거렸다. 마치 빨리 밥을 먹으라는 듯이.

"행정반장님 배꼽시계가 아주 정확하신데요."

"내가 아니야. 여기 복중태아가 밥을 달라고 하신다."

그러고 보니 지난주, 임신성 당뇨 검사를 할 때에도 정말 격렬하게 움직였지.

어릴 때 먹던 감기약 시럽 같은 맛이 나는, 오렌지향이 첨가된 포도당 시약을 먹었더니, 살면서 겪어 본 적이 없는 굉장한 태동을 겪었다. 태아는 아무래도 혈당치가 올라가면 축제라도 벌어진 듯 좋아하고, 혈당이 떨어지면 어서 밥을 먹으라고 걷어차는 것 같기도 했다. 지원은 서랍을 열고 초코바를 반으로 부러뜨려 먹다가, 갓 순찰을 돌고 돌아온 김 순경에게 나머지 반을 내밀었다.

"좀 먹어."

"임산부 간식 빼앗아 먹으면 벌 받아요."

"웃기지 말고, 먹어. 내 나이 때는 임신성 당뇨도 조심해야 해."

"임신성 당뇨요?"

"어, 태반에서 분비하는 뭔 호르몬이 인슐린 분비에 영향을 끼쳐서, 임신 중 혈당 조절이 안 될 수가 있댄다. 연세가 많으시면 더 심하다 하고."

"아, 큰일이네요."

"다행히 난 그건 괜찮은데… 그렇다고 수치가 아주 낮은 건 아니라서, 혹시 모르니까 체중 조절 잘 하라고 그러던걸."

"임신 중에도 체중 조절이라니… 너무 힘드실 것 같아요."

김 순경은 대답하며 초코바를 받아들었다.

"실은, 반장님이 우리 지구대로 오신다고 해서 저 엄청 기대했어요."

"응?"

"반장님이 우리 경찰서 에이스라고 다들 그러시는 거예요. 무도훈련도 사격도 잘 하시고, 범인도 잘 잡아들이시고. 이번에 특진도 하시고. 아, 그런 데다 승진에 맞춰서 임신도 하셔서, 일과 가정생활을 다 챙기시는 타입이라고."

"야, 김 순경. 우리 아저씨들이 그런 말 하는 거 반쯤 욕이야."

"알아요. 하지만 저도 반장님처럼 되고 싶어요."

눈을 반짝이는 김 순경을 보다가, 문득 지원은 얼굴이 뜨거워지는 걸 느꼈다.

처음 경찰 시험에 합격했을 때, 처음 지구대에 발령을 받았을 때, 수사 자격을 따서 형사과로 들어갔을 때, 그때마다 지원은 뉴스 기사 속의 여성 경찰들을 들여다보았었다. 맡는 보직마다 '최초' 타이틀을 갈아치우며 형사만 26년을 해 온 베테랑부터, 마흔 살이 넘어서야 형사가 될 수 있었다는 여성 경위, 국내 최초로 조폭을 전담 수사하는 여성 형사까지. 멀리 있는, 죽을힘을 다해 신화를 쓰는 듯한 사람들의 이야기를 찾아 읽고, 주어진 위치에서 지금 최선을 다해 버텨내는 다른 여성 경찰들과 밀고 끌며 버텨오고. 그리고….

"야, 김 순경."

"물 드릴까요?"

후배가, 저도 선배님처럼 되고 싶다고 눈을 빛내며 말하는, 이 면구스러운 순간에.

눈치 없이 뱃속의 아기는 방금 들어온 초코바를 환영하듯 발로 옆구리를 마구 걷어차기 시작했다.

"윽… 너 저리 가."

김 순경이 웃으면서 얼른 물을 떠 왔다. 지원은 고개를 푹 숙인 채, 괜히 민망해져 손으로 앞머리를 쥐어뜯기 시작했다.

새벽 두 시, 재희는 키보드를 두드리다 말고 주먹으로 책상 상판을 쾅 내리쳤다.

"으, 짜증나, 미쳤어, 젠장!"

민서영 팀장 말이다.

애 낳기 전에 계약한 책을 다 쓰라니. 이게 말이야, 뭐야.

원래대로라면 내년 여름까지였다. 그만하면 시간이 빠듯하진 않다고 생각했다.

그런데 뭐? 애 낳기 전? 출산 예정이 3월 말인데. 그럼 3월 들어가면 언제 태어날지 모르는 건데. 정말 말도 안 되는 요구였다.

"애 낳아 본 사람은 좀 나을 줄 알았는데, 해 본 사람이 더해요. 더해."

투덜거리다가, 재희는 일정이 기록된 달력을 펼쳤다. 그날그날 작업량도 적고, 미팅 약속도 적어놓는 큼직한 탁상 달력이었다.

"어디 보자… 이번 주말에 미팅이 하나 더 있고. 아, 금요일에 병원 예약 있었지."

병원 예약이라.

재희는 지난번 병원에서의 일을 떠올리며 책상에 이마를 대고 잠시 엎드렸다. 이제 슬슬, 엎드리면 배가 눌리곤 했다. 그리고 배가 눌려 있을 때에는 안쪽에서 희미하게 움직이는 느낌이 나기도 했다.

"원래 이 시기에는 트리플 마커 검사라는 걸 합니다. 이건 보건소에서도 하실 수 있는 건데, 임신 14주에서 20주 사이에 알파태아단백, 융모생식샘자극호르몬, 비결합에스트리올을 검사하는 거죠. 이걸 통해 다운증후군을 발견할 확률은 70퍼센트쯤 됩니다."

"다운증후군요… 아, 근데 제가 들은 건 쿼드 검사인데, 그럼 여기에 하나 추가하는 건가요?"

"예. 여기에다가 인히빈 검사까지 하면 다운증후군을 발견할 확률이 80퍼센트쯤 됩니다. 이걸 합쳐서 쿼드 검사라고 하죠. 자, 그런데 유재희 씨는 노산이에요. 차라리 양수검사를 권하고 싶어요."

재희의 눈이 휘둥그레졌다.

"왜요? 혹시 비싼 거라서요?"

"비싼 거라면 이것보다 더 비싼 것도 있습니다. 니프티(NIFTY) 검사라고. 이걸 권하는 건 노산이기 때문이에요. 염색체에 이상이 생기기 쉽고. 또 확진 검사죠. 만약 트리플이나 쿼드를 했다가 이상이 나오면 어차피 양수 검사를 하게 됩니다. 그리고 니프티도 정확성은 높지만, 역시 확진이 아니라 선별 검사죠."

"이건 확진이 된다… 그건 좋네요."

"단점도 있습니다. 트리플이나 쿼드, 그리고 니프티는 피만 뽑으면 돼요. 그런데 양수 검사는 문자 그대로."

"양수를 뽑겠군요."

"그렇죠. 배에 바늘이 들어갑니다."

"아파요?"

"아뇨, 거의 안 아파요. 다만 200분의 1 정도의 확률로 양수 검사에서 유산이 될 수 있는데, 아까 말한 대로 사람의 나이에 따라 염색체 이상이 발생할 확률이 달라집니다. 이때….”

“제 나이에서 위험성보다 이걸 발견해서 얻는 이익이 크기 때문에 권하시는 거군요.”

재희는 납득했다. 그리고 이번 주 금요일에 문제의 양수 검사도 받기로 했다. 하지만….

“의학적 기준이라고는 해도 아직 마흔도 안 되었는데 노산이라니.”

나이를 먹어도 먹어도 자기가 아직 청춘인 줄 착각하고 살던 유재희가 그 노산이라는 단어 하나에 버튼이 눌린 채, 혼자 끙끙 앓고 있었다는 게 문제였다.

그리고 마침내, 양수 검사 날.

재희는 초음파 장비 앞에 배를 걷고 누웠다. 간호사가 소독약으로 배를 닦았다.

“저, 있잖아요.”

의사가 시술실 안으로 들어왔다. 재희는 조심스럽게 물었다.

“만약에 장애가 발견되더라도, 뭔가 조치할 방법은 없는 거죠?”

“그렇죠. 양수 검사로 보는 것은 염색체 이상이니까요. 기능상의 문제라면 수술을 할 수도 있지만, 염색체야 어떻게 할 수 없죠.”

“그럼 만약에, 심각한 어떤 문제가 있을 때 성인이 되어도 자력으로 생존할 수 없을 정도의 상황이라고 하더라도, 낳으라는 거네요? 그럴 거면 왜 혈액 검사며 양수 검사를 하는 건지.”

“음, 그에 대해서는 사실 의사가 어떻게 말할 수 없는 부분이에요.”

“위험을 무릅쓰고 불법 낙태를 하거나, 외국에 가서 해결하거나.”

“그럴 수도 있고… 하지만 검사 결과가 좋지 않더라도 낳는 분들도 계시고, 또 아예 이런 고민을 피하기 위해 염색체 관련 검사를 안 하시는 분들도 계시니까요."

점점 더, 정밀하게 문제점들을 찾아내는 검사들이 나오고 있는데.

"그렇다 아니다는 알려 줄 테니 윤리적인 고민은 산모가 하는 것이다… 그런 거네요."

한국에서 선천적인 장애를 안고 살아간다는 건 쉽지 않다. 하지만 자칫 아이가 잘못될 수도 있는 위험을 무릅쓰고 이 검사를 하고, 이 아이에게 바로 그런 선천적인 문제가 있다고 밝혀지더라도, 산모에게 주어지는 선택지는 무척 적었다. 하다못해 장애인용 저상버스의 숫자도 적고, 인도에 박혀 있는 시각장애인용 점자블록도 미관상 안 좋다고 뽑아 버리는 나라다.

이 상황에서 정 안 되면 외국에라도 가서 해결하고 오면 되지 않을까 하는 것도, 자신이 말이 통하고 돈이 있으니까 떠올릴 수 있는 생각이다. 그렇지 못한 사람이 훨씬 더 많을 테지.

"고민 되시면, 그만두시겠어요?"

"…아뇨."

어쨌든 여기까지 와서 안 하겠다고 할 수도 없는 노릇이다.

"그냥 생각이 많아서 그래요."

재희는 중얼거렸다. 그러자 의사는 장갑을 끼고, 긴 주삿바늘이 달린 거대한 주사기를 들고 섰다. 재희는 뱀을 본 개구리처럼 그대로 딱 얼어붙었다. 뭔가 말하고 싶었지만, 그러기엔 주사기가 너무 거대했다.

"저, 저, 저기요, 선생님…. 분명 안 아프다고…."

물론 의사가 안 아프다고 말하는 걸 액면 그대로 믿으면 안 된다는 것 정도는 안다.

하지만 저만한 주사기라니, 예상 밖이었다.

"아, 진입만 바늘로 하고, 안에 들어가는 건 머리카락만큼 가느다란 관이에요."

말이야 그렇게 하지만, 장차 3킬로그램쯤 되는 아기에다가 양수까지 넣고, 원래의 크기에서 수천 배는 족히 늘어나는 기관이다. 얼마나 질기고 두껍겠어. 그런 걸 뚫으려면 바늘은 또 얼마나 아플 것이야. 생각하면서 재희는 눈을 질끈 감았다.

"힘 빼세요. 배 뭉칩니다."

"으으으…."

"그리고… 아가, 너 좀 저리 움직여 봐라. 응. 아가?"

의사는 초음파 기계로 배를 꾹꾹 누르며 태아에게 말을 걸었다. 태아는 잠깐 옆으로 이동했다. 그 사이 바늘을 찔러 넣는데, 갑자기 태아가 바늘을 향해 손을 뻗었다.

"때찌!"

의사가 만류할 틈도 주지 않고, 재희는 자기 배를 찰싹 쳤다. 그러자 태아가 얼른 제자리로 돌아갔다. 그 사이 의사는 쭉 양수를 뽑아냈다.

"아가가 엄마를 많이 닮았네요. 호기심이 많은가 보네. 그리고 의사가 진료할 때 그렇게 치면 안 돼요. 애가 더 움직여요."

"죄송합니다."

"아팠어요? 별로 안 아프죠?"

"생각만큼 아픈 건 아니긴 한데."

재희는 의사가 들고 있는 주사기를 쳐다보다가, 조심스럽게 물었다.

"그런데… 양수 색이 아주 맑네요?"

"양수는 원래 이런 색이죠. 아주 맑은 소변색하고 비슷해요. 그보다 좀 더 맑은가?"

"전 오렌지색이 아닐까 생각했는데."

"그러면 큰일 나요."

의사가 깔깔 웃었다.

"그런 질문 하시는 분이 가끔 계세요. 딱 유재희 씨 나이 또래에. 예전에 무슨 로봇 만화에 그런 게 나왔다고 하던데."

뭔가 부끄러워서 할 말이 없었다. 재희는 후다닥 일어나 옷을 내렸다. 의사는 양수가 담긴 주사기를 간호사에게 넘기고 다시 책상 앞으로 돌아가 앉았다.

"음, 이제 양수 검사 결과 나오고 나면, 이쪽에서 시술한 거, 검사한 거, 기록 다 떼어드릴 테니까. 그전에 분만 병원 어디로 옮길지 좀 생각해 보세요."

"분만 병원요?"

재희는 그런 말은 처음 듣는다는 듯 고개를 갸웃거렸다.

"여기도 산부인과잖아요? 집에서 너무 멀어서요?"

"아뇨, 여긴 아기는 안 받아요."

재희는 잠깐, 이게 무슨 소리인가 생각하다가 소리쳤다.

"예에에?"

이유는 간단하다. 이비인후과가 귀, 코, 목을 합쳐서 보는 과이듯이, 산부인과는 산과와 부인과를 합친 말이다.

산과라는 것은 문자 그대로 아이를 낳는 것과 관련된 쪽이다. 하지만 분만에 따른 위험부담도 크고, 공간 확보 문제도 있다 보니, 요즘 도심에 위치한 소규모 산부인과 중에는 아예 분만실이나 입원실이 필요한 산과는 빼고 부인과만 전문으로 보는 곳도 적지 않았다. 이런 곳들은 주로 부인병을 보고, 내과나 피부과와 겸업하는 곳도 많았다.

한편 요즘은 분만이나 임신 중후반기 이후 과정은 손대지 않고, 오로지 난임 치료 쪽만 집중적으로 보는 병원도 있다. 지금 재희가 다니고 있는 병원이 바로 그런 병원에 속했다. 병원의 규모 자체는 작지만 자체적으로 시험관 시술까지 다 처리할 수 있는 난임 병원.

"지금 사시는 지역 근처에도 분만이 되는 병원이 있네요. 여기 대학병원이랑, 이 병원."

의사가 말하는 병원 이름이 낯익었다. 지원네 집 근처에 있는 병원이다. 지금 지원도 그 병원에 다니고 있었다.

"으음… 거기에도 물어봐야겠네요."

"그래요. 그럼 다음에 뵙겠습니다."

의사가 웃으며 인사했다. 재희도 어색하게 웃으며 인사하고 나왔다. 간호사가 '졸업'을 축하한다고 말했다. 난임 병원에서 분만 병원으로 옮기는 것을 '졸업'이라고 한다고 했다.

꽤 목돈인 양수 검사비를 수납하고 돌아서며, 재희는 마음이 심란했다. 이제 겨우 의사와 친해진 것 같은데, 갑자기 병원을 옮겨야 하다니.

"이거 큰일이네…."

중얼거리다가 문득, 재희는 자기 배를 내려다보았다. 그리고 배를 한번 더 툭 치며 낄낄 웃었다.

"때찌."

"너무 갑작스러운 거야. 난 거기서 출산까지 하는 줄 알았는데."

그날은 지원이 경찰서에 출장이 있는 날이었고, 마침 오후에 병원 예약도 있어서 반가를 냈다. 그래놓고도 중간에 시간이 붕 뜨는 바람에, 지원은 재희와 만나 차라도 마시기로 했던 참이었다.

그리고 재희는, 지원이 다니는 병원과 바로 연결된 옆 건물 조리원 1층의 커피숍에서, 분만 병원을 찾는 문제로 계속 투덜거렸다. 지원은 커피 대신 주문한 허브차를 홀짝거리다 말고 재희를 쳐다보았다.

"그럴 규모가 아니잖아요. 애를 낳으면 입원을 해야 하는데, 거긴 병상이 없었잖아요."

"…그러게."

"그리고 뭐, 선경이처럼 몇 년을 한 병원 다닌 것도 아니고, 고작 몇 달 다닌 거잖아요. 뭘 서운해하시긴."

"그렇지. 하지만 이제야 겨우 거기 선생님이랑 친해진 것 같은데."

"무슨 쓸데없는 내적친밀감을."

지원이 머리를 긁적였다.

임신을 하고 나자 머리카락 상태도 바뀌는지, 머리는 늘 푸석거렸고, 두피에는 비듬이 올라왔다. 트리트먼트에, 아르간 오일에, 두피 케어에, 평소보다 좋은 제품을 써도 돌아올 기미가 보이지 않았다.

평소처럼 근무 중에 사복을 입을 수 있다면 적당히 무늬가 들어간 셔츠 같은 것을 입어서 가릴 수라도 있었을 텐데.

짙은 색 제복 위에서는 그 비듬이 자꾸 눈에 띄었다.

"그거 알아요? 우리 민원실에서 말이에요, 민원인이 쓸데없이 친한 척 아는 척하는 사람이 제일 무섭대. 경찰서인데도요."

"아, 그렇겠다."

"그렇죠?"

마주 보고 고개를 끄덕였다. 그리고 입맛만 버리는 것 같은 기분으로 각자 자기 손에 들린 밍밍한 허브차를 내려다보았다.

임신을 했더니, 먹을 수 있는 것에 자꾸 제약이 생겼다. 재희는 입덧 때문에 못 먹는다 치고, 지원은 입덧도 하지 않는데. 의사가 먹지 말라고 말하는 것을 다 적어 놓진 않았지만, 모르긴 몰라도 다 적으면 A4 용지 한 장은 가뿐히 채울 것 같았다.

일단 지원은, 그 좋아하던 술은 일절 먹지 못하게 되었다. 술 다음으로 좋아하던 회도 마찬가지였다. 어떻게든 먹고 마실 방법이 없을까 해서 책을 찾아보니, 프랑스 쪽에서는 와인 한 잔이나 가끔 굴 한 개 정도 먹는 것은 괜찮다는 말도 있었지만.

"웬만하면 먹지 마세요."

의사는 단호했다. 그래, 뭐 여기까지야 아이의 안전을 위해 그렇다고 치자. 알코올이나 노로바이러스가 태아에게 안 좋다는 것 정도는 상식이니까.

하지만 시장에 갔다가 잘 튀겨진 치킨을 사려는데도, "산모가 닭을 먹으면 애한테 닭살이 돋는다"거나, 뭐 그런 희한한 이야기들이 자꾸 귀에 들려왔다. 미신이라고 치부하고 웃었다. 치킨은 여전히 맛있었다. 하지만 신경이 쓰였다. 남들이 걱정한다면서 이것도 애한테 안 좋고, 저것도 안 좋고 하는 모든 말들이 다 스트레스였다.

그건 재희도 마찬가지였다. 그나마 담배는 몇 년 전에 건강을 생각해서 끊었다고는 해도, 글 쓰는 사람 치고 술과 커피를 싫어하는 사람은 없다. 특히 커피. 하루에 열두 잔도 마실 수 있을 것 같은 그것을 못 마시고 있으니, 가만히 있어도 아무나 멱살을 잡고 싸울 수 있을 것 같은 날들이 이어졌다.

커피가 안 된다면 홍차라도 마실까 했는데, 홍차는 카페인이 들어서 안 된다고 하고. 또 전부터 좋아하던 허브차는 임신 중에 마시면 위험한 성분이 있다나 뭐라나. 그래서 마실 수 있는 것은 뭐 결국, 캐모마일 차 같은 얌전한 것들밖에는 남지 않았다.

"애만 낳아 봐. 홍차에 브랜디를 타서 마시든가 해야지."

"말은 바로 해요. 브랜디에 홍차 타서 마실 건 아니고요?"

"어느 쪽을 먼저 찻잔에 붓느냐의 차이일 뿐이야. 그래서 이 병원 옮기는 문제 말인데."

재희가 다시 한 번 한숨을 쉬었다. 그리고 태블릿을 펼쳐놓았다.

"솔직히 말하면, 궁금했어. 산부인과 그게 뭐가 그렇게 다른가."

"…장차 글을 쓸지도 모르니까 자료 조사를 했다는 거죠?"

"아니, 꼭 그렇게 말할 일은 아니지만… 그럴지도 모르겠네."

산부인과가 산과와 부인과로 나뉜다는 건 이번에 처음 알았다.

그리고 분만까지 가능한 산부인과는 의외로 적다는 것도. 그중에서도 응급상황에 대처할 수 있는 곳은 정말 얼마 안 된다는 것도.

"그러니까 이거지. 일단 애는 낮에도 밤에도 태어날 수 있는 거니까 24시간 돌아가야 하는 병원이어야 한다는 것. 그러니까 의사가 한 명인 병원은 안 돼. 그리고 입원실과 수술실이 있어야 한다는 것. 분만실이며 뭐며 있어야 하니까. 한마디로 적당히 상가 중간에 있는 산부인과에서는 애를 낳을 수가 없다."

"…난 언니가 똑똑한지 바보인지 가끔 정말 모르겠어요."

"응?"

"먹어 봐야 맛을 알아요? 그걸 굳이 전화를 해 봐야 하냐고요!"

"그러게. 다들 어떻게 물어보지도 않고 잘 아는 거지? 아, 그래서 어지 간한 병원에 딸려 있는 산부인과나, 건물 하나를 단독으로 쓰는 산부인과 를 골라서 찾아봤어."

"언니네 집에서 가장 가까운 게 여기라니까요."

"네 말마따나 자료로 쓰일지도 모르잖아. 근데 중요한 게 있어."

재희는 진지한 얼굴로 말했다.

"마취과 의사가 상주하는지 꼭 물어봐야 해."

"마취과?"

"그렇지 않아도 집에서 가장 가까운 데다 물어봤거든."

"그런 데가 있어요?"

"어, XX 산부인과."

지원은 그런 데가 있었나 곰곰이 생각하다가 황당한 표정을 지었다.

"그, 마치 귀곡산장처럼 생긴…."

"나름 50년 전통을 이어가는 병원이라고 하던데."

평판도 안 좋고, 건물도 불면 날아가게 생긴 곳이다. 아니, 애를 더 낳을 것도 아니고 딱 한 번 낳으러 갈 거면서, 왜 그런 데를 알아보는데?

"근데 거긴 마취과 의사가 없대."

"그럼?"

"XX 병원 있지? 거기서 두 정류장 떨어진. 수술 있으면 거기 의사가 출장을 온대. 그래서 일단 밤하고 주말에 무통을 못 놓고, 응급수술 안 되고, 제왕절개는 평일 낮에만 가능하고, 또…."

"언니."

"잠깐, 내 말 아직 안 끝났…."

지원이 손을 뻗어 재희의 입을 막았다. 재희는 눈만 깜빡거리다가 손을 밀어내며 하던 말을 계속했다.

"여튼 그래서 거긴 안 되겠더라고."

"언니, 재희 언니. 상식적으로 누가 봐도 그런 덴 안 되죠!"

"아니, 그게 말이야. 거기도 무시 못 할 장점이 있었어."

"뭔데요?"

"분만 비용이 완전 싸. 분만에 의료보험 되는 건 나도 아는데, 다른 병원보다도 확실히 싼 거야. 뭐, 아마 마취도 안 할 정도니 옵션 같은 걸 아예 안 붙이는지도 모르지만."

"먹고 살 만한 사람이 왜 그래요, 진짜! 주삿바늘에 찔리는 것도 무서워서 덜덜 떠는 사람이 무통도 못 놓는 데를 왜 알아봐!"

물론 재희가 거기만 알아본 것은 아니다.

진실을 말하자면 재희는 자기가 살고 있는 구와 그 옆의 세 개 구에 걸쳐 분만 가능한 산부인과를 알아본 상태였다.

"그거 알아? 브이백이라는 거."

"뭔데요?"

"첫째 때 제왕 절개를 한 산모가, 둘째는 자연 분만으로 낳는 거."

"옛날에 학교에서 배울 때는 제왕 절개를 했으면 자연 분만 못 한다고 들었던 것 같은데."

"응, 근데 요즘은 된대. 어쨌든 병원에서 자연주의 분만 이야기를 하면서 무통도 최소한만 쓴다고 해서 기각했고."

"언니."

"아니, 그리고 그다음은…."

지원은 휴대폰을 슬쩍 들여다보았다. 곧 예약 시간이었다. 그녀는 재희를 붙잡아 끌고 나왔다.

"언니, 그냥 나 다니는 이 병원에 와요. 산모 열 받게 하지 말고!"

"사람 말을 끝까지 들으라니까."

"여기서 뭘 끝까지 들어요!"

"그 병원으로 가려고 한다고 말하려고 했다고… 세 군데만 더 이야기한 다음에."

"됐어요, 더 듣고 싶지도 않아."

지원은 혼자 멋대로 떠들어대는 재희를 잡아끌다시피 해서, 그대로 옆 건물로 밀고 들어갔다.

"집 가깝지! 여기 규모도 크고, 병상도 많고, 각종 부인병 다 취급하지. 인큐베이터 있지. 조리원이랑 같이 있지. 아, 진짜. 꼼꼼하게 따져가며 고르는 게 아니라 그냥 희한한 데 찾아내는 게 즐겁죠? 그런 거 맞죠?"

"아니, 꼭 그것만은 아니고…."

"아니긴 뭐가 아니에요!"

그날 밤, 네 사람이 모여 있는 채팅방은 시끄러웠다.

지원 : 그래서 언니가

지원 : 귀곡산장 같은 산부인과에 가려는 걸 제가 말렸죠.

재희 : 그 정도는 아니고.

지원 : 언니.

선경 : 언니야 호기심이 많으시니까…

재희 : 아니, 그 정도는 아니라니까.

재희 : 선경이 네가 그 병원을 본 건 아니잖아. 그러니까.

선경 : 지금 지도 검색해 봤어요.

재희 : …너무해.

선경 : 우리가 언니를 하루 이틀 아는 것도 아니고

지원 : 그치.

선경 : 20년 가까이 알았으니까 짐작이 가요.

지원 : 그렇다니까. 선경이가 뭘 좀 아네.

재희 : 아니라니까.

솔직히 말하면 재희로서는 이 상황이 좀 억울했다. 흥미진진한 일에 안테나를 바짝 세우는 것은 어떤 사람들에게는 숨 쉬는 것과 비슷한 일이어서, 재희는 평소처럼 이, 평생에 두 번 할 생각은 없는 경험들에 대해 가능한 한 많은 데이터를 수집하던 것뿐이었다.

"HUNS. 지원이가 나보고 너무하대."

"너무했어."

"…아, 자기도 그러기야."

"내가, 그래서, 안전하고 성과 좋고 또 당신 노산이니까, 신생아 집중

치료실 있는 큰 병원들 뽑아났다니까."

"…대학병원은 싫어."

"왜?"

"임신 후반기로 가면 거의 매주 왔다 갔다 해야 하는데 멀리 가기 귀찮아. 대학병원은 기다리는 시간도 길고."

재희가 한숨을 푹 쉬며 침대에 드러누웠다.

"그리고… 대학병원에서 낳으면 의대생이나 인턴들이 실습하면서 왔다 갔다 하면서 다 보고 아무나 내진하더라는 말도 있어."

"아, 그건 좀 신경 쓰이겠네."

"아니, 의사가 되어서 무사히 아이를 받으려면 실습이 필요하긴 하지. 그런데."

"음?"

"그럼 병원비를 좀 깎아라도 주든가."

"…자기야. 우리 먹고 살 만해."

"…알아."

"아니, 갑자기 왜 그렇게 싼 것에 집착을 해."

"원래 돈은 좋아했지. 무척."

"평소에도 돈 좋아하는 건 알았지만 요즘 들어 특히 돈을 밝혀서 그래. 무슨 일 있어?"

"그게 말이야…."

재희는 뒹굴거리며 대답하려 했다. 하지만 이젠 배가 걸려, 뒹굴거리는 것도 마음대로 되지 않았다. 겨우 복수가 좀 빠지나 했더니, 이제 배가 불러오기 시작했다. 엎드리는 것은 어불성설이었다.

"으, 허리 아파."

"좀 엎드려 볼래? 아, 지금 안 되나?"

194

"엎드리면 엎드리는 대로 아파. 애가 눌리는 것도 신경 쓰이고."

"큰일이네."

사실 임신 4, 5개월이면, 넉넉한 옷을 입으면 아직은 배가 아주 도드라져 보이는 시기는 아니다. 하지만 이미 배는 묵직하다. 엎드리면 아기가 눌릴까 봐 걱정하는 것은 둘째 문제요, 그 이전에 뒹굴거리는 것만으로도 배가 단단한 게 영 불편하다.

"어쨌든 말이야. 강의 나가던 것도 한동안은 못 나갈 것 같고."

"돈 걱정 하지 말라고 했잖아. 그리고… 자기 인세도 한동안 들어올 거고. 남들은 그런 비상금이 없지만 자기는."

"그래, 인세야 들어오지. 자기도 벌지. 지금 모아놓은 것만으로도 난 2년쯤 글 안 써도 크게 지장은 없지. 객관적으로 볼 때 머리를 싸매가며 돈 걱정을 해야 하는 상황은 아닌데…."

재희가 안경을 이마 위로 밀어 올리며 머리를 긁적거렸다.

"왜 자꾸 신경이 쓰이나 모르겠어."

"그리고 자기, 그 지금 책 쓰는 것 말이야. 아무리 일정이라는 게 있다고는 하지만, 아직 몇 달 남지 않았어? 아직 출간일 조정할 수 있는 시기 아니야?"

"…맞아."

"근데 왜 어거지로 강행을 해. 잠깐, 그리고 지금 그 일만 하는 거 아니지? 요즘 왜 그래. 왜 그러고 살아요."

상훈이 재희의 머리를 쓰다듬으며 한숨을 쉬었다.

"내가 그렇게 자기를 불안하게 할 만큼 무능했나 싶고, 마음이 아파."

그건 그거랑은 좀 다른 문제인데.

재희는 생각했다. 그러다가 문득 휴대폰을 들여다보고, 용수철이 튀어오르듯 몸을 일으켰다.

"허억!"

"무슨 일이야?"

재희는 상훈에게 휴대폰을 들어 보였다.

"은주 언니가 임신했다잖아!"

"헉!"

물론 놀란 것은 재희 부부만이 아니었다.

지원 : 헐.

선경 : 정말요?

그리고 은주는, 이런 반응은 당연히 예상했다는 듯 배배 꼬며 부끄러워하는 이모티콘들을 잔뜩 띄웠다.

지원 : 아니, 두 줄 뜬 거예요?

은주 : 그게… 생리가 늦어져서 병원 갔었어.

지원 : 헉.

선경 : 축하드려요.

재희 : 언니 ㅠㅠㅠㅠㅠㅠ

조금 전까지 재희의 별난 면을 성토하던 채팅방은, 갑자기 은주의 소식으로 축제 분위기가 되고 있었다. 은주는 휴대폰을 든 채 잠시 눈을 감았다. 지금도 가슴이 두근거렸다.

"임신입니다."

생리가 늦어지고 있다는 걸 인지한 건 승아가 결혼할 무렵이었다. 벌써 2주도 넘게 전의 일이었다.

그래도 생리가 늦어지는 거야 살다 보면 흔한 일이다. 이제 나이도 있으니까, 슬슬 갱년기 증상이 오려는 건가 생각하며 2주쯤 더 기다렸다. 그러다가 엊그제 저녁, 규현에게 말을 했다. 약사 선생님 부인이 지금 생리가 늦어져서 영 컨디션이 안 좋으신데, 이럴 때 뭐 좋은 게 없느냐고.

임신일 수도 있다는 생각을 안 한 것은 아니었다. 은주는 아직 건강하고, 또 피임은 하지 않았으니까. 하지만 그걸 기대하지는 않았다. 부부 모두 이젠 젊다고는 할 수 없는 나이다 보니 굳이 임신을 위해 노력하지도 않았다. 그런 상황에서 괜히 기대했다가 속만 쓰리게 될 것 같았다.

하지만 규현은 진지하게 말했다.

"병원에 갑시다, 여보."

그게 단순히 스트레스나 피로로 늦어지는 것이든, 몸에 이상이 있는 것이든, 임신이든, 혹은 완경의 징후든 간에, 그 나이의 여자들은 생리에 민감하게 주의를 기울이는 게 좋다는 게 이유였다. 뭐, 여자들은 다들 뻔히 아는 이야기를 남자가 다시 한 번 설명하는 것이 썩 즐겁지만은 않았지만, 그래도 규현은 약사고, 또 은주의 가족이었다.

혹시나 해서 임신테스터를 사용해 보았다. 소량의 호르몬으로도 반응이 나온다고, 인공 수정을 하고 열흘 만에도 흐릿하게 두 줄이 보일 만큼 아주 민감하고 정확하다고 후기마다 칭찬이 자자한 제품이었다. 한 줄이 떴다가, 한참만에야 한 줄이 더 떠올랐다. 이게 뭔가, 긴가민가했지만 역시 아니라고 생각했다. 임신테스터는 초반에 흐릿했다가 점점 진해지는 게 보통이다. 생리가 이만큼 늦어졌으면 의심할 여지 없이 뚜렷한 두 줄이 나왔어야 맞았다. 하지만 규현은 심각한 표정으로, 임신테스터를 하나 더 꺼내 주었다. 조금 전 사용했던 것과 달리, 그냥 평범한 제품이었다.

그리고 이번에도 흐릿한 두 줄이었다.

"만약에 임신이라면 어떻게 할 거예요?"

규현이 문득 물었다. 은주는 대답할 수 없었다. 그래도 한참 머뭇거리다가 겨우 말했다.

"아닐 거예요."

그리고 다음 날 아침, 규현은 직원에게 약국을 맡긴 채 은주와 함께 병원에 갔다. 괜찮다고 했지만, 규현은 뜻밖에도 고집을 부렸다.

그렇게나 아이를 바란다면, 한두 번 정도 시험관이든 인공 수정이든 해 볼 수도 있는 건데. 은주는 조금 안타까웠다. 역시 실망하고 돌아올텐데 싶어서 미리 마음이 무거웠다.

그리고 예상과 달리, 임신이었다.

은주 : 임신 호르몬이 너무 높으면,

은주 : 임테기가 못 잡는 경우도 있다는 거야.

재희 : 와, 정말요?

은주 : 응. 난 처음에는 그냥 병원도 안 가려고 했어.

은주 : 근데 규현 씨는 그럴 수 있다는 걸 아니까

은주 : 나한테 그렇게 병원에 가자고 했던 거지.

선경 : 초음파도 봤어요?

은주 : 응. 심장 소리 듣고 왔어.

한 글자 한 글자, 채팅방에 입력하면서도 실감이 나지 않았다.

문득, 지난번 동대문에 다녀오던 날 생각이 났다.

"주변에 아기가 다섯이나 있어."

그때 지하철에서 자리를 양보했더니, 할머니가 그런 말을 했다.

"새댁은 마음이 고우니까 아주 착한 아기를 낳을 거야."

그건 어쩌면, 할머니에게 정말로 뭔가 보였던 걸까. 아니면 그 할머니가 정말 삼신할머니이기라도 했던 걸까.

마음이 뻐근해졌다. 어디에 전해야 할지 모를 감사함을 느끼며 은주는 애써 담담하게 채팅 창을 들여다보았다.

은주 : 삼신할머니가 우리들 주변을 싹 훑으신 것 같아.

은주 : 난 역시 무리라고 생각해서 애써 바라진 않았지만

은주 : 그래도 막상… 임신했다니까 정말 기쁘다…

지원 : 다행이에요.

지원 : 우리 중에 언니만큼 아기들 좋아하는 사람이 어디 있어요.

선경 : 잘됐어요. 우리 다들 잘될 거예요.

은주 : 응.

재희 : 아, 근데 그럼 일은요?

재희 : 승아 씨 그만둔다고 하지 않았어요?

아, 그렇지.

은주는 순간 미간을 찌푸렸다.

어제는 설마 임신이겠나 싶어서 넘어갔고, 오늘은 기적처럼 임신한 것 자체가 기뻐서 잠깐 잊고 있었다. 하지만 믿고 일을 맡길 수 있는 승아도 없는 상태다.

은주 : 뭐, 어차피 새로 사람을 구해야 하니까

은주 : 근데 걱정은 걱정이야.

선경 : 재희 언니는 그런 이야기는 며칠 있다가 해도.

은주 : 아냐, 필요해. 생각해 둬야 하고.

회사에 다니며 월급을 받는 상태라도 임신 사실을 깨달았을 때 직장이나 일에 어떤 영향이 있을지 생각하게 된다. 하물며 은주는 자영업자다. 책임을 나눌 상사가 있는 것도, 일을 함께할 직장 동료가 있는 것도 아니다. 설령 승아가 퇴사하지 않아 대부분의 일을 맡길 수 있다고 해도, 큼직큼직한 결정들은 스스로 내려야만 했다.

임신을 하고, 아이를 낳고, 한동안 육아를 하면서 지금 사업들을 건사할 수 있을까.

재희 : 음, 이건 지금 든 생각인데요.

재희 : 방금 떠올린 거니까 정돈이 안 되어 있어도 이해해 주시고

은주 : 아냐. 뭔데?

재희 : 어차피 저는 집에서 글 쓰는 사람이니까

재희 : 제가 맨날 언니네 집에 출퇴근하는 거죠.

재희 : 가서 일도 좀 도와주고 애도 같이 키우고.

지원 : 안 돼, 언니.

지원 : 은주 언니가 3인분으로 애를 보게 될걸?

재희 : 아니, 내가 쌍둥이를 임신한 것도 아닌데 왜 3인분?

지원 : 재희 언니까지 셋!

재희 : 너무한다, 야.

은주 : 음, 아냐. 그것도 괜찮은 것 같아.

은주 : 어른 한 명이 아이 한 명을 돌보는 것보다는,

은주 : 어른 두 명이 아이 두 명을 돌보는 게 확실히 쉬워.

은주 : 해 봐서 알아.

그렇게 말은 하고 있었지만.

은주는 어쩐지 자신이 없었다.

사실 그렇게 겁먹을 일은 아니었다. 은주는 아이를 키우고 돌보는 일이라면 다른 세 사람보다는 꽤 경험이 있었다. 게다가 재희나 지원이 비교적 가까이 살고 있고, 남편인 규현이 같은 건물 안에서 약국을 하고 있으니 손을 빌릴 수도 있었다. 일찌감치 집 바로 앞의 어린이집에 아이를 맡겨도 되고, 여차하면 집으로 베이비시터를 불러도 된다. 그 정도의 돈은 있다. 그런 것만 생각하면 남들보다는 확실히 유리한 조건이었다.

하지만 정말, 괜찮을까.

꿈이 이루어지는 기쁨 속에서도, 은주는 모든 것이 걱정스러웠다. 과연 잘 해 나갈 수 있을까. 은주는 이제야, 갑작스레 임신 사실을 알고 패닉에 빠졌던 지원의 마음을 이해할 수 있을 것만 같았다.

재희의 양수 검사 결과는 정상이었다. 다행이었다.

그래도 아쉬운 건 있었다. 염색체를 검색한다고 해서 성염색체도 결과지에 있을 줄 알았는데. 결과지에는 딱 스물두 쌍의 상염색체들만 그려져 있었다.

"성별은 아직 모르는 거네요?"

"그럼요."

"그렇지만 성염색체도 중요한 문제 아닌가요? 이를테면 성염색체가 두 개가 아니라 세 개라든가."

"그런 문제가 있으면 여기 표시가 따로 되니까 걱정 마세요. 별 이야기 없다는 건 문제도 없다는 뜻이니까."

"그래도 궁금한데."

"32주 전에 알려주는 건 불법이에요."

의사가 웃었다.

"별다른 문제가 없으면 저도 몰라요. 새로 갈 병원은 정했어요?"

"예. 집 근처로요."

"잘됐네요. 그럼 거기서 어차피 입체초음파 볼 테니까, 그때 알려 주실 거예요."

"헐, 입체초음파를 그렇게 늦게 봐요?"

"아니, 보다가 알아볼 수 있으면 힌트를 줄 거예요. 무슨 색 옷이 좋겠다거나, 딸인 것 같으면 엄마 닮았다고 하거나. 근데 자세에 따라 안 보이기도 하고, 또 발달 단계에 따라 좀 애매하기도 하니까, 너무 서두르진 마시고요. 양수 검사지랑, 원무과 가시면 필요한 차트 복사해 줄 거예요. 그거 분만할 병원에 갖다 주시고요. 고생 많으셨습니다."

"아, 선생님."

재희는 잠시 머뭇거리다 말했다.

"저 여기서 난임 치료 받은 기록 전체 다 복사할 수 있어요?"

"…필요한 데가 있나요?"

사실, 한 번에 아이가 딱 하고 생겼고, 문제가 될 만한 부분도 없긴 했지만 그래도 의사 입장에서 신경쓰일 수도 있을 것 같았다.

하지만 재희는 그 순간, 이걸 꼭 가져가야겠다고 생각했다. 자신은 의사도 아니고, 차트에 약자로 적혀 있는 것들을 그냥 보고 다 이해할 수 있는 것도 아니지만.

"제가… 글을 쓰는데요."

"글이요?"

"예. 그걸 제가 하나 갖고 있으면, 언젠가 임신에 대한 이야기를 쓸 수도 있을 것 같아서요."

살다 보면 가끔 그런 게 필요하다. 당장 에베레스트 산에 올라갈 것은 아니라도, 벽에 히말라야 산맥의 사진을 걸고, 좋은 등산복을 사 두는 것처럼. 언젠가는 할 수 있을지도 모르는 일을 위해 미리 뭔가를 준비해 두는 것. 재희에게는 자료라는 것이 그랬다.

임신에 대해 책을 쓰겠다는 생각은, 그때까지는 구체적으로 하지 않았다. 하지만 옮겨 갈 병원을 찾으면서 여기저기 병원들을 찾아보고, 자료들을 쭉 메모하다 보니 그런 마음이 들었던 것일까. 막상 입 밖으로 내자, 정말 언젠 그런 걸 써야겠다는 확신이 떠올랐다. 재희는 웃었다. 그녀는 문득 지금 자신의 표정이 자신의 기획서를 편집자에게 보여 주며 설득할 때와 비슷할 거라고 생각했다.

"그러세요. 나중에 혹시 책 내시면 한 권 보내 주실 거죠?"

"그럼요!"

2인분, 아니, 정확히는 남들이 복사 안 해 가는 데까지 다 복사해서 3인분은 될 법한 분량의 차트를 복사해 들고, 재희는 병원을 나섰다. 그리고 병원을 나서다가 문득, 재희는 걸음을 멈추었다.

"태아 보험?"

사람은 관심을 갖지 않는 것은 종종 보고도 지나치곤 한다. 병원 건물 입구에는 큼직한 태아 보험 홍보 포스터가 붙어 있었다.

그리고 '22주까지만 가입할 수 있습니다'라는 큼직한 글씨가, 평균적인 성인 여성의 눈높이에 확 들어올 만한 위치에 배치되어 있었다.

평소 같으면, 저런 것이 정말 필요한지, 손해 보는 구석은 없는지, 장점과 단점은 어느 정도인지, 효용성이 있는지, 하나하나 한 줄 한 줄 비교하고 분석하며 따져 보았을 것이다.

하지만 어째서일까.

막상 지난번에 지원에게 태아 보험 이야기를 들었을 때는, 한 귀로 흘려 들었는데.

저 '22주까지만 가입할 수 있습니다'라는 말 때문일지도 모른다. 마치 홈쇼핑에서 단골로 외쳐대는 멘트인, "전화가 빗발치고 있습니다. 수량이 얼마 남지 않았고요. 지금 구입하시면 삼만구천구백 원!"처럼 들리는 것이. 어쩌면 임신이라는 것이, 일단 결심한 이후 최대한 의학의 힘을 빌어 돌발 상황을 줄여 보려 했지만 계속 한 주 한 주 새로운 사건사고가 생기는 이벤트이다 보니, 아무래도 불안해진 것일지도 모른다. 어쩌면 양수 검사 때문이었을 수도 있다. 염색체의 문제니 이미 결정된 것을 확인한 것뿐이라고 생각했지만, 내심 긴장했으니까.

어쨌든 재희는 휴대폰을 들어 포스터를 찍고, 바로 전화를 걸었다.

"아, 예. 윤 팀장님. 안녕하셨어요."

"아휴, 그럼. 지원 씨도 나한테 태아 보험 가입했잖아."

윤 팀장은 보험 설계사였다. 한 군데만 취급하는 게 아니라 여러 회사의 보험을 다루는 데다, 재무 컨설팅도 하고 있었다.

실은 그 덕분에 몇 년 전, 재희는 윤 팀장의 도움을 받은 적이 있었다. 그 무렵 재희는 오랜만에 입금이 들쑥날쑥한 통장을 꼼꼼하게 들여다보다가, 아무래도 자신이 벌이에 비해 보험이 너무 많은 것 같다는 생각을 하고 있었다. 정확히 말하면 아는 선배가 부탁해서, 친척이 들라고 해서, 괜히 앞날이 불안해서 등등 이런저런 이유로 충동 가입했던 보험 납입액으로 가산을 탕진하고 있다는 생각이 들 정도였다.

다행히 발이 넓은 은주의 소개로 만난 윤 팀장의 도움을 받아 묶을 것은 묶고 쓸모없는 것은 싹 정리할 수 있었다. 그날 이후로 돈 문제에 대해서도 제법 관심을 갖게도 되었고.

"은주 씨 친구들이 다들 임신했다고 해서, 그렇지 않아도 한 번 연락해 봐야겠다 하고 있었어. 얼마나 축하할 일이야."

"감사합니다."

"사실 태아 보험은 안 들더라도, 아이가 태어나면 어린이 보험은 다들 들잖아? 실손 보험부터 시작해서… 사실 이 태아 보험이라는 것도 어린이 보험에 태아 특약이나 신생아 특약을 붙이는 거지. 사산되거나, 낳다가 문제가 있거나, 신생아 집중치료 같은 거 받게 될 때 쓸 수 있도록… 재희 씨 무슨 말인지 알 거야. 그치?"

"예. 아, 그런데 보험은 성별에 따라 다르게 계산이 되지 않아요?"

재희는 책에서 얼핏 본 생명표 같은 것을 떠올리며 물었다.

실제로 보험이라는 것은 통계의 산물이라, 생명표라든가, 직업이나 이런저런 상황에 따른 사고 위험률, 질병 발생률에 따라 보험료가 달라진다. 그리고 이를 가르는 대표적인 기준이 바로 나이와 성별이었다. 이를테면 암에 걸릴 확률이나 사고로 다칠 확률이 높으니까, 같은 나이라도 남자의 보험료를 좀 더 높게 책정하는 것 말이다.

"태아 보험은 성별이 없는 건가요? 아니면···."

"지금은 엄마 이름으로 가입하고, 가입자는 '태아'라고만 하는 거야. 그리고 태어나고 나서 출생신고를 하잖아? 출생신고 하고 주민등록 번호 넣고 나면 보험 명의가 아이 것이 되는 거지. 그리고 어린이 보험도, 남자 아이들 게 좀 더 비싸. 아이가 100명이 태어나서 돌이 될 때까지 살아남는 걸 생존율이라고 하잖아. 이것도 남자가 여자보다 조금 낮아서."

"그럼 출생신고를 한 다음부터 보험료에 차이가 나는 거군요."

"남자아이라고 생각하고 보험료를 받았다가, 여자아이는 나중에 좀 돌려주거나 해. 그리고 태어나고 나면 태아 특약이 빠지니까, 또 보험료가 다시 산정되고."

윤 팀장은 신이 나서 설명했다.

"참, 아가는?"

"잘 있죠, 뭐. 양수 검사도 잘 나왔고."

"잘됐네. 그럼 바로 되겠다. 병원은?"

"원래는 서울에 있는 병원에 다녔는데, 이제 집 근처로 옮기려고요."

"동네면, 지원 씨랑 같은 병원이겠네? 슬슬 움직이는 것 느껴지지?"

"예. 음악 틀어놓으면 속에서 뭐가 꿈틀꿈틀 움직이는 것 같긴 해요. 관찰 일기라도 써야겠어요. 나팔꽃 키우는 것보다 재미있겠는데."

"아휴, 농담 특이하게 한다. 나도 겨울에 따뜻한 거 마시면, 안에서 간질간질하는 게 느껴지고 그랬어."

윤 팀장은 옛날 생각이 나는지 흐뭇하게 웃었다.

"나도 예전에 다 해 봤지. 난 둘이나 낳았잖아. 이 보험 일이 이런저런 험한 것 다 건드려도, 역시 새 생명이 오시는 데 이런 거 가입하는 게 제일 좋지. 어디 아프지 않고 무사히 태어났다는 이야기 들으면 더 좋고."

사실, 평소 같았으면 설명을 듣고도 일주일쯤 더 심사숙고 한 다음에

사인을 했을 것이다.

하지만 재희는, 윤 팀장이 권하는 상품으로 그대로 가입했다. 계약서를 쓰고, 차를 한 잔 마시고 집으로 향했다. 한동안 강의도 못 나가는데 보험을 추가하는 게 좀 신경 쓰이긴 했지만, 단순히 태아만 보장하는 게 아니라 어린이 보험이라는 개념으로 생각하니, 어차피 가입할 것 좀 미리 해 두자는 생각이 들어 마음도 가벼웠다.

그리고 다음 날 아침, 전화가 왔다.

"재희 씨, 이거 어떡하니. 확인해 봤는데, 인공 수정 했다며."

"인공 수정이야 다들 하죠. 그거 하면 안 된대요?"

"안 되는 게 아니라…."

윤 팀장이 말을 흐렸다.

"초기에 유산 기 있어서 약 처방받은 거 있어? 호르몬제."

"프로게스테론 질정요? 그거 인공 수정 하면 다들 쓰는 거잖아요."

"그래. 그런데도 뭔가 임신이 불안정했으니까 그런 걸 쓴 게 아니겠느냐, 그런다고."

이게 무슨 소리야.

재희는 기가 찼다. 임신 성공 여부를 확인하기도 전부터 처방받아 쓰던 약을 어쩌라고.

"그리고 임신 초기에 응급실 간 적 있었어?"

"예. 복수가 차서요."

"그것도 걸린대. 게다가 노산이고…."

"가입이 안 된대요? 양수 검사가 멀쩡한데도?"

"정밀초음파까지 정상이면 가입된다고 그러네. 지금 몇 주차지?"

"내일이면 20주요."

"병원 가서, 정밀초음파 예약부터 잡아. 그거 바로 안 돼."

"아, 진짜…."

짜증이 났다.

응급실 갔던 것 때문에 뭐라고 하는 건 이해가 간다. 당연히 보험사 입장에서는 문제가 생길 가능성이 높은 가입자를 꺼리고 싶겠지. 하지만 병원에서 시키는 대로 처방받은 프로게스테론 질정을 두고 뭐라고 할 줄은 몰랐다.

그런 데다 정밀초음파까지 정상이면, 사실 아이 자체에게는 거의 문제가 없다고 봐도 되는 문제인데.

"아, 진짜. 그렇게까지 해서 가입을 해야 하나."

투덜거리면서도, 재희는 병원에 전화를 걸어 예약을 잡았다. 그동안 느긋하게 생각했던 일의 템포가 갑자기 빨라지는 듯했다.

그러고 보니 이제 임신 20주.

만삭까지 총 40주, 280일의 임신 기간도 절반에 도달해 있었다.

지원은 점심을 먹고 돌아오자마자 의자에 털썩 주저앉았다.

"으, 허리야."

그 말에, 몇몇 늙수그레한 경찰들이 낄낄거렸다.

"아이고, 우리 지원이도 이제 다 됐네. 응?"

"그러게나 말입니다. 인간 이지원 성질 많이 죽었죠."

"아이고, 배불러서 그런 소리 하니 귀엽다."

짜증이 올라왔다.

인터넷에 댓글이나 다는 놈들이야 모르기도 하고 알아도 인정하려 들지 않겠지만, 지원은 어디 가서 얕보일 만한 사람이 아니었다. 애초에 여자가 강력계를 지망하는 형사로 산다는 건, 어지간한 남자 경찰보다 체력이며 멘털이며 무도훈련 점수까지 다 좋아야 가능한 일이다. 그렇게 하나하나 증명해 보여도 자꾸만 의심받으니까.

하지만 요즘, 지원의 상태는 스스로 생각해도 문제가 많았다.

일단 임신을 하면 호르몬 때문에 몸이 부드러워진다고 들었는데, 그게 근육들이 풀리고 약해진다는 소리인 줄은 꿈에도 몰랐다. 출근길에 다리에 쥐가 나서 주저앉았다니. 체력 하나는 자신 있었던 인생이었는데, 요즘은 매일매일 체력의 한계를 느끼고 있었다. 게다가 그 한계치가 나날이 줄어드는 것까지. 끔찍한 기분이었다.

게다가 팔다리며 허리의 근육들은 느슨해지는 반면, 배는 수시로 뭉치기 시작했다. 조금만 스트레스를 받아도, 소리만 질러도. 바로 며칠 전, 다짜고짜 지구대에 와서 욕설부터 쏟아 놓는 민원인을 달래다가 갑자기 배가 뭉쳐 주저앉은 일도 있었다. 수시로 배가 뭉친다는 게 뭔가 했는데, 이렇게 일상에 지장이 많을 줄은 몰랐다.

"그런데… 지원이 너, 다음번에는 그냥 뒤로 물러서. 나서지 말고."

그런 데다, 임신을 했다는 것 자체가 어떤 놈들에게는 공격할 표지로 보인다는 것도 환멸이 났다.

"너 형사과에서 날아다닌 거 여기 누가 모르냐. 너 팔팔할 때야 우리 지구대장도 집어다 던질 애인 거 누가 몰라."

"…근데 말입니다."

"아니, 이 주임. 팀장님 말 좀 들어. 어제 정말 위험했잖아."

지원은 입을 꾹 다물었다. 그들이 뭘 걱정하는지는 알지만, 수긍하고 싶지도 않았다.

"…거 고집 더러운 거 봐라. 말 안 하고 딱 버티는 거."

어제 일이었다. 낮부터 술을 잔뜩 마시고 행패를 부리다가 잡혀온 주폭이, 갑자기 지원에게 덤벼든 것은.

"네가 약해서 그런 놈들에게 처 맞을까 봐 걱정하는 게 아니잖아."

"압니다…."

물론 임신해서 배가 산더미만큼 나왔다고 해도, 사람 하던 가닥이 어디 가는 것은 아니다. 지원은, 덤벼드는 주폭을 바로 붙잡아 손목을 꺾어 버렸다. 그녀에겐 어렵지도 않은 일이었다.

하지만 옆에 있는 다른 경찰 다 두고, 굳이 안쪽에서 전화 받고 있던 지원에게 덤벼든 이유가 뭔지는, 두 번 생각하고 싶지도 않을 만큼 투명해서 짜증이 났다. 임산부니까, 겁먹을 줄 알았겠지. 피할 줄 알았겠지. 자기가 행패를 부려도 저항 못 할 줄 알았겠지. 자기 같은 주정뱅이가 주먹을 휘둘러도 한 대 정도는 맞을 줄 알았겠지. 이 지구대에서 가장 약한 고리라고 생각했겠지.

"우리가 말렸으니 망정이지….."

"아, 그건 아니죠. 우리가 말렸으니 그 취객께서 무사하셨지. 쟤 성질에 그냥 뒀으면 어디 야산에서 발견됐을 것 아닙니까."

"그건 그렇다."

웃으면서 농담처럼 넘기는 이야기들. 하지만 지원에게는 그게 웃으며 할 이야기가 아니었다.

지금도 등줄기가 서늘해졌다. 흉기를 든 것도 아닌 사람이 자신에게 다짜고짜 덤비는 것을 보고 그렇게 겁에 질렸던 것은, 어릴 때 태권도장에서 몇 살 위의 동네 오빠가 덤벼들 때 이후로 거의 처음이지 않나 싶었다.

짜증이 났다. 약해지는 것도, 약한 취급을 받는 것도. 그런 상황에 스트레스를 받는 것도, 내심 겁을 먹는 것까지도.

그때 지구대 문이 열렸다. 아까 출동을 나갔던 팀이 웬 자그마한 여자를 붙잡아 끌고 돌아왔다. 지원은 깜짝 놀라 자리에서 일어났다. 그 깡마르고 자그마한 젊은 여자는, 배가 산더미만큼 부푼 만삭의 임산부였다.

재희 : 아, 나 그거 알아.

재희 : 나도 며칠 전에 버스 타고 가다가 맞을 뻔했어.

은주 : 왜들 그래….

주폭이 덤비더라는 이야기를 하자마자, 사람이 넷밖에 없는 채팅방은 문자 그대로 활활 불타오르기 시작했다.

재희 : 후… 제가 계약서를 쓰러 홍대 앞에 가던 길이었는데요.

지원 : 계약서를 왜 또 써요.

지원 : 지금 애 낳기 전까지 써야 하는 것도 있다면서.

재희 : 프리랜서는 물 들어올 때 노 저어야 해.

재희 : 여튼 그건 됐고. 그 바로 직전에 국박에 갔어요.

선경 : 국립중앙박물관에서 홍대까지 꽤 멀지 않아요?

재희 : 안 멀어. 여튼 버스를 탔는데

재희 : 임산부 좌석이 빈 거야. 거기 앉았다?

재희 : 근데, 자리도 텅텅 비었는데,

재희 : 갑자기 태극기 모자 쓴 영감님이 나한테 화를 내는 거야.

재희 : 그것도 등산스틱 같은 걸 휘두르면서.

은주 : 아니 뭐 그런 미친 사람이.

선경 : 정말 너무 위험해요.

재희의 이야기를 읽으며, 지원은 다시 한 번 심란해졌다.

솔직히 재희가 이런저런 시비에 휘말리는 것 자체는 놀랍지 않았다. 키도 작고 동글동글 순하게 생겨서 남들이 시비 걸기 좋게 생긴 사람이 어울리지 않게 성질은 사나우니, 수시로 싸움이 나는 거지.

재희 : 임신한 게 벼슬이냐고 고래고래 소리 지르면서

재희 : 젊은 년들이 살기 편한 세상이라고 욕을 하는데

재희 : 이 연세에 젊었다는 소리를 듣다니

재희 : 고맙다고 인사라도 해야 하나 싶었다니까.

은주 : 별일 없었어?

재희 : 음, 맞을 뻔했던 것 같은데

재희 : 뒤쪽에 앉아 있던 아저씨가 막아 줬어요.

선경 : 다행이에요!

지원 : 운이 좋았네요. 요즘 그런 사람 별로 없는데.

재희 : 소방관이었어.

은주 : 소방관?

재희 : 예. 까만색에 옆구리에 오렌지색 잠바 입었더라고요.

재희 : 속에 티셔츠도 오렌지색이고.

재희 : 그렇게 오렌지색으로 깔맞춤을 하고 다니는데

재희 : 가슴에 독수리 같은 패치가 있는 건 소방관뿐이죠.

재희 : 과연 국민이 믿고 의지하는 두 번째 관공서라니까.

지원 : 첫 번째는요? 경찰인가?

재희 : 아니. 신뢰의 상징 우체국 택배.

하지만 자신이 재희와 같은 취급을 받았다고 생각하니….

이건 재희를 무시하는 게 아니다. 재희는 성격이 좀 어린애 같아서 그렇지, 똑똑하고 판단 빠르고 책임감 강한 사람이었다. 솔직히 말해 지원은 재희를, 언니뻘이지만 귀여워하는 한편으로 굉장히 의지하는 면이 있었다. 고민이 있으면 다른 누구보다도 먼저 재희를 찾을 만큼.

하지만….

'내가 재희 언니만큼 약해 보였다는 거겠지. 경찰이 아니라 그저 임산부로 보였겠지.'

속이 쓰라렸다.

임신 때문에 배가 눌려서 위가 쓰리거나, 그 압력 때문에 식도 괄약근이 느슨해져서 역류성 식도염이 오는 것과는 또 다른 문제였다.

임신을 하고, 지원 역시도 대중교통을 이용할 때마다 늘 마음이 불편했다. 특히 버스나 지하철에서 임산부 전용석에 앉아 있던 사람들은 늘

불쾌한 표정으로 지원을 쳐다보곤 했다. 마치 임산부가 그 자리에 있는 것이 뭔가 잘못되기라도 한 것 같은 얼굴들이었다. 한마디로, 너는 거기 왜 서서 내게 자리를 양보하라고 강요하는 거냐, 그렇게 생각하는 게 얼굴에 다 드러나 있었다.

물론, 자리를 양보해 주거나 배려해 주는 사람들은 있다. 하지만 세상에는, 자신이 아닌 다른 사람이 배려의 대상이 되는 것 자체를 견딜 수 없어 하는 사람들이 있다.

그리고 임산부란, 그런 사람들에게는 분노를 쏟아낼 아주 손쉬운 타깃이 되는 모양이었다.

지원 : 아, 그렇지.

생각하다가, 지원이 문득 엊그제 체포되어 들어오던 젊은 여자를 떠올렸다.

자그마한, 영양실조에라도 걸린 듯한 몸에 배만 볼록 나와 있던 어린 여자를.

지원 : 우리 관내에, 얼마 전에 절도 사건이 있었어요.

선경 : 뭔가 큰 걸 훔쳤어?

지원 : 범인이 미혼모야.

한순간 채팅방에 정적이 흘렀다. 말 대신, 눈물을 줄줄 흘리는 캐릭터 이모티콘들이 떠올랐다. 캐릭터들은 귀엽고 우스웠지만, 사실 전화기 너머 저편에서도 다들 말을 잇지 못하고 있을 것이다.

지원은 이야기를 꺼내 놓고도 한숨을 쉬었다.

지원 : 임신 8개월이야. 나하고 같았어요.

지원 : 그런데 아직도 고운맘 카드에 돈이 남아 있었어.

선경 : …가능해?

선경은 급히, 그동안 나간 검사 비용들을 헤아려 보았다.

보통 필수로 여겨지는 검사들만 해도 한두 가지가 아니다. 11주에서 13주 사이에 하는 목덜미 투명대 검사, 15주에서 18주 사이에 하는 혈액 검사인 쿼드 검사, 여기에 노산인 산모들은 양수 검사를 추가하기도 하고. 20주가 지나가면 정밀 초음파, 입체 초음파, 임신성 당뇨 검사, 여기에 아기 낳기 한 달 전에 하는 막달 검사.

이런 검사만 받는 게 다가 아니다. 병원비도 사실 만만치 않다. 임신이 안정권에 들어서면 한 달에 한 번만 가도 된다지만, 초기에는 격주로 가야 한다. 당연하게도 한 번 갈 때마다 돈이 들고. 할 수 있는 걸 전부 보건소에서 해결한다고 해도, 한계가 있다.

선경 : 병원에 안 간 거야?

지원 : 보건소에서 하는 검사만 했단다.

지원 : 분만 비용 모자랄까 봐, 한 푼도 못 썼대.

지원 : 자연 분만은 사실 큰돈 안 드는데….

지원 : 혹시라도 제왕 절개 하면.

재희 : 큰돈 안 들긴. 무통 주사 같은 거 맞으면 다 돈이지.

은주 : 그래서, 훈방 조치 된 거야?

지원 : 훈방시키려고 했는데

지원 : 물건 포장을 이미 훼손한 데다…

지원 : 업주가 변제 능력이 없으면 훈방은 안 된다고.

재희 : 아, 미친.

지원 : 내가 냈어요.

은주 : 뭘 훔쳤는데.

지원 : 배냇저고리. 네 장이나.

말을 하면서도, 지원은 울고 싶었다.

"근데 하고 많은 것 중에서 왜 배냇저고리일까요."

그날 오후, 서에 출장 갔던 지원이 이야기를 하자, 임신하면서 다른 파출소에 서무로 간 박 순경이 고개를 갸웃거렸다.

"배냇저고리 사는 사람 없잖아요. 얼마 입히지도 못한다며."

"그러게. 게다가 아기 옷은 어지간한 건 맘카페 중고장터에서 다 구할 수 있잖아. 무료 나눔도 있고."

당장 지원만 해도 그랬다. 지원과 박 순경은 아기 옷을 정말 몇 상자나 물려받았다. 회사 사람들, 특히 육아 휴직 갔다가 돌아온 여경들이 싸 준 것들이었다.

그리고 라면 상자로 네 상자가 넘어가는 그 옷 무더기 속에, 배냇저고리는 거의 없다시피 했다. 지원도 처음에는 그걸 따로 사든가, 아니면 요즘 유행하는 핸드메이드 키트를 사다가 만들어야 하나 고민했지만, 다들 만류했다. 배냇저고리는 병원이나 조리원에서 나올 때 준다고. 그리고 갓난아기는 워낙 빨리 자라서, 낳고 집에 오자마자 배냇저고리는 다 졸업한다고.

"그 친구는, 조리원에 갈 형편이 안 되니까 그래."

그때 심 주사가 말했다.

"요즘이야 다들 조리원에서 2주씩 있잖아. 애 낳고, 조리원에 2주 있고. 그러면 집에 가면 거의 삼칠일이 다 되는데. 그러면 배냇저고리 입을 시기는 다 지나가는 거지. 요즘 애들이 커져서 낳자마자 큰 옷을 입히는 게 아니라."

그제야 지원은, 자신이 생각이 짧았다는 것을 깨달았다.

심 주사의 말대로였다. 그 사람은 아기 낳을 비용이 모자랄까 봐 고운맘 카드도 못 쓰고 아끼던 사람이다. 아기를 낳은 뒤 산후조리원에 들어갈 여유 따위 없겠지. 낳고, 그야말로 젖 빼는 법 말고는 아무것도 모르는 핏덩이를 그대로 안고 나와, 혼자 키우고 돌봐야 할 것이다.

그걸 생각하니 가슴이 찢어질 것 같았다.

재희 : 애가 몇 살인데.

지원 : 스물두 살.

재희 : 확실히 그렇네.

재희 : 우리가 공짜라고 생각하는 게 사실은 다 인프라야.

지원 : 인프라?

재희 : 왜, 너는 회사에서 상사들이 옷을 물려주고

재희 : 나는 출판사에서 그림책 같은 걸 많이 줬잖아.

재희 : 또 그렇지 않아도 지역 맘카페나 중고물품 앱도 있고

재희 : 무료 나눔하는 아기 물건도 많잖아. 그렇지?

지원 : 그렇죠….

재희 : 그런데 이 지역 맘카페는 아파트 단지 중심이야.

재희 : 회사 사람이나 지인에게 물려받는 것도 인맥이 필요하고.

선경 : 인프라네요, 확실히.

재희 : 그 인프라가 있는 사람에게는 당연하고 쉬운 절약법인데

재희 : 어떤 사람에게는 그게 아닌 거지.

선경 : 나도 아기 물건들 얻어 놓은 거 많은데

선경 : 내가 아기 옷이랑 물건 좀 싸다가 줘도 될까?

은주 : 그나저나 스물두 살 난 애를 그래놓고

은주 : 요즘 남자애들은 대체 콘돔 쓰는 법도 모른다니?

지원 : 콘돔 끼고 하다가 중간에 빼는 놈도 있어요.

지원 : 스텔싱이라고, 독일에서는 그것도 강간인데.

재희 : 하여간 하루빨리 법이 바뀌어야 해.

재희 : Only YES means yes.

선경 : 분명한 동의가 아니면 모두 강간인 것 말이죠?

원래는, 다른 이야기를 할 생각이었다. 이번 주말에 베이비 페어에 갈

계획이라든가, 뭐. 곧 크리스마스인데, 크리스마스에는 뭘 하고 지낼 거냐든가. 아이가 생기기 전이었다면, 연말에 여행을 가는 집도 있었겠지. 지금은 다들 조심해야 하는 시기니까 그렇게 움직이진 못하겠지만.

하지만 그날은 다들, 그런 화제에는 다 함께 입을 다물고 있었다.

은주 : 아기가 안 태어나서 큰일이라며. 그런데 왜 그래.

은주 : 낳을 상황 아닌 애가 지우지도 못하게 하고

은주 : 형편이 안 되는데도 낳아 키우겠다는 애들은

은주 : 나라에서 제대로 도와주지도 않는대.

지원 : 일단 동사무소 복지 담당자에게 연락을 했어요.

지원 : 시설이랑 알아봐 달라고.

선경 : 시설 들어가면, 아기 빼앗기는 거 아냐?

지원 : 그렇지 않아도 아까 걔도 그래서 시설 안 알아봤는데

지원 : 요즘은 자기가 키울 수 있는 데도 있대.

선경 : 뭔가 도와줄 수 있으면 좋을 텐데…

이야기를 하다 말고 문득, 전에 보았던 TV 다큐멘터리 생각이 났다.

핀란드였나. 어디 북유럽 쪽 출산 육아 정책에 대한 다큐였다. 거기 그런 게 있었다. 그 나라의 임산부들은 아기를 낳기 전에 나라로부터 커다란 선물 상자를 받는다고 했다.

돈으로 대신 받을 수도 있지만, 대부분은 이 선물 상자를 선택한다고 한다. 게다가 상자 내용물도 그야말로 아기를 키워 본 사람이 준비한 것처럼 구체적으로 필요한 것들뿐이라서, 그 상자만으로도 갓 태어난 아기를 한동안 돌볼 수 있을 정도라고.

지원은 그 상자를 인터넷에서 검색해 보았다. 핀란드의 그 상자는 아기 침대로 쓸 수 있을 만큼 큼직한데, 그 안에 기저귀와 아기 옷, 매트리스와 이불, 아기 장난감과 처음 읽는 그림책, 치발기, 아기를 데리고 외출

할 때 필요한 온갖 방한 용품과, 손톱깎이, 온도계 같은 것들이 들어 있다고 했다. 상자 속에 매트리스를 깔면 아기 침대가 될 수 있게 고안한 것은, 아기가 부모와 한 침대에서 자다가 질식사하는 일이 종종 일어났기 때문에 그걸 막기 위한 노력의 결과라는 이야기도 있었다. 세계 대전 무렵 엄마가 직접 옷을 만들어 입히던 시절에는 옷감도 들어 있었고, 한때는 분유와 젖병도 들어 있었지만, 지금은 국가적으로 모유 수유를 장려하고 있어서 그건 빠졌다고 한다.

잠깐, 세계 대전?

지원은 다시 검색을 해 보았다. 핀란드의 출산 선물 상자는 무려 1938년에 시작되었는데, 가난한 나라였던 핀란드였지만, 영아 사망률을 낮추기 위해 정부 차원에서 유아 용품을 나눠주게 되었다고 한다. 처음에는 저소득층부터 나누어 주다가, 세계 대전이 끝난 뒤에는 모든 계층에게 나누어 주게 되었다고.

BBC 관련 기사에는 헬싱키대학 역사 교수의 말이 실려 있었다. 나라에서 주는 이 출산 선물 상자는 평등과 아이들의 중요성을 상징한다고.

그러게. 아이들이 중요하다면서 왜 이런 것 하나 하지 않는데.

한숨을 쉬다가 지원은, 문득 노 키즈 존 논쟁이며 맘충 같은 말들을 떠올렸다. 그저 임산부 좌석에 앉았다는 이유로 임신한 게 벼슬이냐는 소리를 들은 재희를 떠올렸다. 불과 몇 년 전, 의무교육을 받고 있는 아이들에게 무상 급식을 주자는 말에 포퓰리즘이라며, 내 세금으로 애들 밥이나 먹이자는 거냐며 날뛰던 사람들 생각이 났다.

태어나는 아이의 숫자가 점점 줄어들어 큰일이라면서.

일할 사람이 부족하고 나중에 연금이 고갈될 거라면서.

언젠가 자기들이 받을 연금은 걱정이고, 지금 자라나는 아이들 밥 먹이는 것은 아깝고. 아이를 임신한 여자를 배려하지 않고, 아이와 엄마가 함께 집 밖에 나오면 배제하고 모욕하고. 가난한 엄마가 배냇저고리를 훔치다 잡히는 현실을 돌아보지 않고.

이렇게까지 평등도, 아이들의 중요성도 보여 주지 않는 나라에서, 아이를 낳아 길러도 괜찮은 걸까. 지원은 문득 배를 쓰다듬었다. 예전에 재희가, 언젠가 나이가 들면 이 나라를 떠나고 싶다고 농담하던 것이 떠올랐다. 자신은 공무원이고, 어쨌든 이 나라에서 계속 살아가야 하겠지만.

자꾸만 곱씹어 생각하게 된다. 여긴 정말, 내 아이를 키워도 좋은 나라인 걸까.

"지원이 정말 괜찮겠어? 너무 힘든 거 아냐?"

은주는 몇 번이나 물었다. 하지만 지원은 웃었다.

"솔직히 말해서 임신한 내가 임신 안 했을 때의 재희 언니보다 체력이 더 좋을 걸요."

"그건 네 생각이지… 선경이는? 둘이라서 힘들지 않아?"

"저도 괜찮아요."

선경은 기어들어가는 목소리로 대답했다.

"근데 그 몸으로 어디 가는 거야? 웬 가방이 그렇게 커."

"괜찮아요, 저는…."

선경은 개월 수로 치면 이제 5개월에 접어든 상태였지만 6개월을 꽉 채운 재희보다도 배가 나온 상태였다. 재희가 혀를 찼다.

"쌍둥이 임신이 힘들긴 힘들다. 벌써부터 이렇게 무거운데."

"괜찮아요."

선경이 웃었다.

"그나저나 큰일이에요. 쿼드 검사 결과가 썩 좋지 않나 봐요."

"양수 검사해야 한대?"

"예. 처음부터 양수 검사하라고 할 때 그냥 할걸 그랬나 봐요."

"걱정이겠다."

"괜찮을 거야. 쿼드 검사에서 양성이 나와도, 실제로 양수 검사 해 보면 대부분 정상이래."

재희가 나름대로 위로를 했다. 여기서 그쳤으면 참 좋았을 텐데.

"문제가 있는 경우는 5퍼센트도 안 된다고."

"그 5퍼센트에 들면 어떡해요."

선경이 한숨을 쉬었다. 지원과 은주는 한숨을 푹 쉬었다. 그냥, 거기서 말을 좀 끊지. 왜 꼭 말을 쓸데없이 길게 해서는.

"태아 보험도 가입이 안 된다고 해서…."

"나도 그랬어. 윤 팀장님한테 연락해 본 거야?"

"예. 근데 쌍둥이인 데다 시험관에 쿼드도 안 좋아서 힘들 것 같대요."

"너무들 하네, 정말."

재희가 짜증스럽게 창문을 손등으로 탁탁 쳤다.

"보험이 통계의 산물인 건 뻔히 알지만… 쌍둥이면 앞으로 낳을 때때도 돈인데. 그런 것 좀 쉽게 넘어가 주면 앞으로 그 애들이 크는 내내 거기서 가입할 거 아냐. 미끼 상품 던지는 셈 치고 쌍둥이들은 좀 쉽게 가주지."

"미끼 상품이라니…."

"왜, 분유 회사 중에 그런 데 있잖아요. 선천선 대사이상으로 단백질 소화가 안 돼서, 모유도 못 먹는 아가들을 위한 특수분유를 생산하는데."

"어휴, 정말 다행이네."

"다행인데, 거기 공장에서 한 번 돌려서 생산하는 분량이, 우리나라에서 그 병 앓는 애들이 다 먹이고도 남는 거예요. 다른 분유의 단백질 들어가면 안 되니까 라인 전체 청소하고 한 번씩 돌려서 만드는데, 우리 나라에는 특수분유 수요 자체가 많지 않다보니 매년 그렇게 생산한 특수분유의 80퍼센트 정도를 폐기 처분한다는 거예요.”

“야, 그건 진짜 회사에서 철학 갖고 하지 않으면 못 할 일이다.”

“예. 그게 소문이 나서, 엄마들이 그 회사 분유 일부러 먹이는 집들도 많아요. 그렇게 손해 보면서까지 아픈 아이들을 챙기는 회사면 그냥 분유도 잘 만들 거라고. 난 보험이든 뭐든 아이들 대상으로 하는 데는, 그렇게 소문이 나면 또 그게 매출로 돌아가지 않나 싶어요.”

“그러게.”

“그런데 언니, 내 생각은 또 좀 달라요.”

지원이 말했다.

“애들이 안 태어나 큰일이라며. 이건 사보험 가입을 받아 주네 마네 커버칠 게 아니잖아요. 핀란드처럼 우리도 아기 용품 풀세트로 딱 주고, 아기들 태어나는 데 필요한 병원비는 건강보험에서 다 커버 쳐 주고, 미숙아 지원도 그냥 전부 해 주고. 좀 그렇게 나라에서 성의를 보여야 하는 건 아닌가 싶어요.”

“그건 그래. 이렇게 베이비 페어를 가는 게 아니라.”

“정작 전에 그거 뉴스며 다큐멘터리에 나오니까, 이런저런 출산 용품 업체들이 아기 용품 상자를 만들어서 이벤트로 뿌리고 했잖아. 그전에도 있었지만, 아예 ‘베이비 박스’라고 이름까지 붙여서.”

“아, 그건 나도 신청해 봤어. 근데 쓸 만한 게 너무 없더라. 홍보물만 가득하고.”

“그보다 더 안 좋은 건 말이죠… 원래 ‘베이비 박스’라는 건 사정이 있어서 아이를 기를 수 없는 엄마가 시설 같은 데 아기를 안전하게 두고 갈 수 있게 만든 거예요. 아무 데나 유기해서 죽는 게 아니라, 그 애들을 어떻게든 살려야 한다고.”

재희가 중얼거렸다.

"우리나라에도 있어요. 교회 앞에 버려진 아기가 저체온증으로 죽을 뻔한 것을 보고, 그 교회 목사님이 아기를 두고 갈 수 있는 곳을 만들었다고 하더라고요. 안에 보온도 되고."

"아, 다행이다⋯."

"근데 거기 구청에서 베이비 박스를 없애라고 했다는 거예요. 아기를 버리는 부모의 죄책감을 덜어 주는 게 문제라고."

"⋯애를 버리기로 작심했는데 그게 없다고 안 버리겠냐."

"그러게나 말입니다."

"우리 서에도 전에 버려진 아기가 신고된 적이 있었어요."

지원이 우울한 표정으로 말했다.

"겨울이었고, 교회 앞이었는데 아기가 얼어 죽었어요."

"아⋯."

"진짜 그런 거라도 있었으면 좋았을 텐데."

그리고 네 사람은 곧, 베이비페어가 열리는 행사장에 도착했다.

사실 베이비페어에 가자고 먼저 말한 사람은, 뜻밖에도 재희였다.

'솔직히 누군가 이런 데 가자고 한다면 선경일 줄 알았는데.'

은주는 차를 주차시키며 생각했다.

선경은 오래전부터 아이를 원했다. 아이 낳는 문제에도, 키우는 문제에도 관심이 많았다. 쌍둥이를 낳는다니 선경의 건강 문제도 그렇고, 또 두 아이를 키우는 데 드는 비용이나 시간이나 여러 가지가 걱정되긴 했지만, 그래도 선경은 자기가 할 수 있는 한 최선의 선택을 할 것 같았다.

하지만 재희는 의외로 이런 일에는 초연했는데, 어째서 갑자기 여기까지 가자고 했던 걸까.

은주는 궁금해했지만, 의외로 답은 금방 나왔다.

"이야, 저거 봐요. 저거 웨딩페어 할 때 나오던 앨범 업체들이 이번엔 베이비 촬영한다고 여기 나와 있네."

이 인간은 자기 아이 물건을 사러 나온 게 아니었다. 이 김에 자료 조사인지 시장 조사인지 취재인지 뭔지를 하러 온 거지.

"제대혈 저거 설명만 읽으면 만병통치약일세… 야, 근데 저거 지난번에 VVIP들이 맞았다고 그러지 않았어? 무슨 노화 방지를 위한 임상 연구에 자기 한 몸 바쳤다고 개소리를 해 대면서?"

"언니… 아니, 목소리 좀 낮춰요."

제대혈 안내 리플렛을 유심히 들여다보던 선경이 한숨을 쉬며 리플렛을 내려놓는 것을, 재희는 얼른 낚아채 자기 가방에 밀어 넣었다.

"왜 웨딩 박람회랑 분위기 똑같은지 알겠어."

재희는 여기저기 사진을 찍고 중간중간 휴대폰에 메모를 남겨 가며 중얼거렸다. 물론 선경과 지원이 물건들을 들여다보고 몇 가지는 계약하거나 할 정도의 시간은 줘 가면서 그러긴 했다.

"왜, 평생 한 번이라고 그러잖아. 결혼할 때도. 평생 한 번이니까 더 좋은 것으로 하라고. 그런데 지금도 그러잖아. 요즘 어차피 애 낳아봐야 한 명 아니면 두 명이라고. 그러니까 최고로 키워야 한다고."

"틀린 말은 아니죠."

"틀린 말은 아니니까, 꼭 최고로만 선택할 필요 없는 것까지 최고로 고르진 않아도 된다는 거야. 저거 지금 다 불안을 파는 거잖아. 자원은 한정되어 있는데, 정말 최고의 것을 골라줘야 할 때 모자라면 어떡해?"

"음, 유재희. 네 말이 맞긴 맞아. 맞긴 맞지만 여기 있는 게 그렇게까지 낭비다 싶진 않은데. 그… 제대혈은 좀 생각해 봐야 할 것 같지만."

"언니는 아직 못 느끼실 수도 있는데요."

재희가 사악하게 웃었다.

"어이, 이지원, 김선경. 결혼하고서 웨딩 앨범 몇 번이나 봤냐."

"윽."

"…아, 그건."

"거 봐. 아기 사진이라고 다를까. 저거 뭐야, 만삭부터 탄생 사진, 50일, 100일, 200일, 돌 사진까지."

"돌잔치 할 때 써요, 저거."

"나도 알아. 근데 과연 애가, 저 묵직한 돌 사진 앨범을 나중에 펴 보겠느냐고. 난 집에서 나올 때 나 어릴 때 사진은 물론 학교 졸업 앨범에 졸업장도 한 장 안 들고 나왔는데."

"그건 당신이고…."

재희는 돌아다니는 내내 이건 이래서 별로다, 저건 저래서 별로다를 외쳐 댔다. 선경은 귀를 꾹 막고 돌아다니며 좋다는 것들은 리플렛들을 싹 집어 들고, 상담을 받기도 했다. 지원은 선경을 쫓아다니다가 같이 상담을 받다가, 조금 지나서는 여기저기 부르는 대로 끌려가서 물건들을 구입하기 시작했다. 일단 산달이 임박하도록 남에게 물려받은 것들을 제외하면 딱히 준비한 게 없었으니까.

그리고 은주는.

"근데 여기 비싸긴 비싸다."

가격을 확인하고, 지원과 선경이 상담을 받는 동안 뒤에서 인터넷 최저가를 검색하고 있었다.

"있으면 좋긴 하겠는데 이게 할인이 할인가가 아니잖아."

"그렇다니까요. 야, 이지원! 너 그거 이불 안 사도 돼!"

"이불 아니라 겉싸개라는데요."

"겉싸개 병원에서 준다고 했잖아!"

"아, 그랬나."

여튼 쇼핑이라는 것은 종종 사람의 스트레스를 해소해 주는 법이다. 길티플레저라고, 스트레스가 풀리는 한편 소소한 죄책감이 적립되기도 하지만, 어쨌든 그 효능만은 탁월하다. 오죽하면 스트레스 쇼핑을 가리키는 신조어로 'X발 비용' 같은 말이 다 나올까.

실컷 돌아다니면서, 어쨌든 필요하다는 물건들을 좀 사들이고 난 네 사람은 아침보다는 조금 더 생기가 도는 얼굴을 하고 카페에 둘러앉았다. 어지간한 것은 계약한 뒤 집으로 보내 주는 식이었지만, 그래도 직접 들고 가야 하는 것들도 꽤 있다 보니 지원은 만삭의 임산부가 두 손으로 들기에 버거울 만큼의 짐을 은주의 차 트렁크에 먼저 실어 놓았고, 다른 이들도 쇼핑백 한두 개씩을 같이 집어넣었다.

"참, 언니는 아까 그거 뭐 사신 거예요?"

돌아다니는 내내 최저가를 찍으며 장바구니에 필요한 물건들을 담고 있던 은주는, 아까 선경과 지원은 물론, 일이 돌아가는 게 궁금했던 재희까지 저 제대혈 관련 설명을 들으러 간 사이, 꽤 고급스러운 브랜드의 아기 용품 매장에서 뭔가를 따로 사 들고 나왔다. 그것도 꽤 큼직한 상자에 이것저것 담아서.

"옷 사신 거예요?"

"아기 옷하고 딸랑이랑 이것저것… 그렇지 않아도 말하려고 했는데. 지원아, 내가 이따가 그거 줄 테니까, 그 친구 좀 갖다 줘."

"그 친구라면…."

"왜, 미혼모."

"아…."

지원이 고개를 끄덕였다. 은주의 얼굴이 어두워졌다.

"솔직히 우리는 오히려 낡은 거 입혀도 괜찮아. 환경 보호도 되고, 또 여러 번 빨아서 보들보들한 옷이 아기에게도 좋은 거 다들 알고. 근데, 그런 상황일수록 깨끗하고 말끔한 걸 입히고 싶을 거야, 그 엄마는.”

“그렇겠죠….”

“아, 이럴 줄 알았으면 아침에 꺼낼걸.”

재희도 가방에서 뭔가 두툼한 봉투를 꺼냈다.

“난 나름대로 폼 나는 짓 한다고 챙겨 왔는데, 언니가 더 폼 나는 일을 해 버리셔서 빛이 안 나잖아, 빛이.”

“그게 뭔데요?”

“…설마 그거 다 돈이에요?”

“돈 아냐. 전통시장 상품권이야.”

“에?”

“그래도 작가라고 이 동네 구청이며 도서관에서 문화 강좌나 행사도 가끔 뛰고 그랬잖아. 그랬더니 이 망할 자들이 이런 걸 주네.”

“설마, 출연료 대신?”

“그건 아니지만… 쓰기 귀찮아서 서랍에 넣고 몇 년 쌓아뒀더니 그것도 한 50만 원이 넘더라고.”

“내일모레 애 낳을 산모가 전통시장인들 쉽게 가겠어요.”

“그럼 너네 지구대 사람들한테 부탁해서 쌀이랑 미역이랑 사다 주라고 하면 되잖아. 거, 너희 지구대 뒤에 시장도 있으면서.”

“알겠습니다. 잘 전해 줄게요.”

지원이 키득거렸다. 하지만 지원은 곧 굳은 얼굴로 아랫배를 감싸 쥐었다.

“윽….”

“왜 그래.”

“이제 슬슬 배 뭉치는 게 본격적이에요. 아오….”

“어떡하니.”

그렇지 않아도 네 사람 중 가장 건강했던 지원이었다. 임신 전의 선경보다 지금의 자신이 더 건강하다고 헛소리를 하고 있지만, 지원이 전에 없이 약해진 건 나머지 세 사람이 더 잘 알고 있다.

"정환 씨가 좀 챙겨 줘?"

선경이 물었다. 지원은 대답하지 않았다. 그저 조금 경직된 얼굴로 테이블을 노려보다가, 쓴웃음만 지을 뿐이었다.

"꼼꼼한 거랑 자상한 거랑은 좀 분야가 다르지. 회사 분위기 때문에 그러는 것도 있고."

"그렇긴 해도…."

선경은 뭔가 말하려다가 한숨을 쉬었다.

"회사 분위기라고 하니까 말인데."

"너희 회사도, 너희 상사가 좀 못됐게 군다며."

선경은 회사 이야기가 나오자마자 표정이 어두워졌다.

"이번 1월 1일에 인사이동 있거든."

"아, 그렇지."

"출산 휴가를 갔다 오면, 그 자리로 돌아와야 하잖아. 근데 우리 부서에 공백이 생기면 안 된다고 하고. 그렇지 않아도 프로젝트 중간에 사람 바뀌는 게 얼마나 큰 리스크인데, 쌍둥이 임신을 해서 일도 제대로 못 한다고 그러는데."

"그 몸을 하고 출근해서 일하는 것만도 대단한 일이지."

재희가 낯을 찌푸렸다.

"너희 부장은 갑자기 몸이 그 지경이 났는데도 일할 수 있대? 흥, 생리통 정도로만 몸이 아파도 드러눕지나 않을까 몰라. 너처럼 난임 치료 해 가면서도 회사 일 잘 해서 승진도 꼬박꼬박 하는 여자가 얼마나 일을 잘, 열심히 잘 하는 사람인지도 모르고."

"부장은 이제 날 김 과장이라고도 안 불러요. 아줌마, 여편네, 뭐 그따위로 부르지."

"신고해 버리면 안 돼?"

"모르겠어요. 내가 신고할 수도 있다는 생각을 안 하는지. 아, 그렇지. 나, 회사 그만둬요."

선경은 눈을 내리깔았다. 세 사람이 눈이 휘둥그레졌다.

잠깐, 이게 무슨 소리야.

"회사를… 그만두다니."

"음, 그러니까 나를, 지사에 발령을 냈어요."

"야, 너무한다. 그거 밀어내는 거잖아. 어디로 냈는데?"

지원이 낯을 찌푸리며 물었다. 선경은 냉정한 태도로 말했지만, 세 사람 모두 알 수 있었다. 선경이 정말로 분노하고 있다는 것을.

"베트남에 있는 우리 회사 공장. 아주 모르는 건 아니지만 사실 내 분야가 아닌데, 지금 임신 중인데 갑자기 그리 보내겠대. 1월 1일자로 그리 가든가 아니면 퇴사하라고."

"미쳤어… 야, 임산부가 비행기 타도 돼?"

"글쎄? 우리 부장 말로는 요즘 여자들은 튼튼해서 임신 중에도 태교 여행이니 뭐니, 비행기 타고 잘 나다닌다고 그러던데?"

"아, 개새끼가."

"그런 데다 때리는 시어미보다 말리는 시누이가 더 밉다고. 박 차장이 뭐라고 하는지 알아요? 자기 와이프는 임신 26주에 괌에도 갔다왔으니까 베트남 정도는 괜찮을 거래요. 휴가 보내 준다고 생각하고 낳을 때까지만 가 있으라나 뭐라나."

"미친 거 아냐? 태교 여행이랑 베트남 지사 발령이 같아?"

"박 차장 와이프도 시험관으로 갖긴 했지만, 쌍둥이도 아니었어요. 고

위험도 아니었다고 들었고. 몰라, 박 차장은 자기 와이프에 대해 또 알면 얼마나 아나 싶기도 하고요."

선경은 손끝으로 이마를 짚으며 한숨을 쉬었다.

"그래서 뭐, 그만둔다고 했어요. 회사에 충성충성 하다가 또 애를 잃으면. 그럼 누가 책임지려고."

"선경아…."

"그 순간에 말이에요. 그때 내가 무리하지 않았으면, 그래서 애가 무사히 태어났으면 지금 몇 살일까 생각했어요."

선경은 입술을 깨물었다.

대학을 졸업하고 입사해서, 정말 그 회사에 청춘을 바쳤다는 말이 나올 만큼 열심히 일했다.

"내가 비행기 타고 베트남에 가다가 그 안에서 조산이 되어도, 혹은 그러다가 내가 비행기 탄 채로 출혈 과다로 죽어도, 그 사람들은 여자가 몸이 약해서 일이나 제대로 하겠느냐고 그럴걸. 미안한 건 요만큼도 없을걸. 아니, 비행기 안에서 응급상황이 되어서 회항이라도 해 봐. 사람들이 날 보낸 회사 탓은 하지 않고, 나한테만 민폐 임산부라고 악플 달걸요?"

하지만 회사는, 그렇게 바치고 갈아 넣은 선경의 청춘도, 그 과정에서 유산된 두 아이에 대해서도, 요만큼도 생각해 주지 않았다.

"내가 아이 가지려고 노력하면서… 그래도 남들에게 책잡히지 않으려고, 일 못한다는 소리 듣지 않으려고, 정말 남들 두 배 세 배로 일했는데. 그게 아니었어. 내가 아무리 일을 해도 저 사람들한테는 언젠가 애 낳고 나면 끝, 뭐 그런 거였어요."

"…잘 그만뒀어."

은주가 말했다. 은주는 손을 뻗어, 선경의 뺨에 흘러내린 눈물을 닦아 주었다.

"됐어. 여차하면 같이 일하자. 나 그렇지 않아도 승아 씨가 그만둬서 같이 일할 사람도 없는데."

"그래도 되겠어요?"

"응. 나도 사업을 키우려면 사업 감각 있는 사람이 있으면 좋고… 아이도 데려와서 같이 일해도 되니까. 영수 씨 출근길에 온 가족이 나와서 우리 집에 떨구고 가면 되지. 안 그래?"

맞는 말이다.

"월급은 너 다니던 회사보다는 적을거야. 하지만 아이 데리고 같이 일할 수 있고. 회사가 크진 않지만 직함은 멋지게 만들어 줄 수 있어. 나중에 애들 좀 크면 같이 회사를 좀 더 키워도 되고, 아니면 다른 데 취업해도 중간에 큰 공백 없이 일하는 게 좋잖아?"

"언니…."

"영수 씨는 뭐라고 해?"

선경은 한숨을 쉬었다.

"언니, 나 아무래도 영수 씨랑 못 살 것 같아요."

"못 산다니. 무슨 소리야."

듣던 세 사람의 눈이 휘둥그레졌다.

"베트남으로 가든가, 사표를 내든가!"

부장은 소리쳤다.

"거, 임신이 벼슬이냐? 좋겠네. 나도 임신해서 열 달 배불러서 놀고먹었으면 소원이 없겠네. 어? 뭐 할 말 있어? 할 말이 그렇게 많아서 사람을 빤히 쳐다봐?"

"…."

"왜, 내 앞에서 너 유산한 이야기라도 하려고 그래? 야, 유산 그거 뭐

별건 줄 아냐? 예전에 우리 마누라도 한 번 했었고요. 유산한 게 무슨 벼슬이세요? 난 그런 거에 눈 하나 깜짝하지 않으니까 수작 부리지 마. 어디서 예쁘지도 않은 게, 푹 늙은 아줌마가 수작 부리면 뭐, 어쩌라고. 어?"

그리고 선경은 그런 부장을, 화도 내지 않고 냉연하게 바라보았다. 뱃속에서 두 아이가 꿈틀거리는 것이 느껴졌다.

그래, 그러고 보니 전에도, 그전에도, 이 회사 상사들은 그런 식으로 윽박질러서 일을 시켰다. 임신이 벼슬이냐면서, 남들 다 하는 걸로 유세 부리지 말라고도 했다. 팀 프로젝트가 가장 중요하다면서, 이래서 여자 데리고는 일을 못 하는 거라며 목청을 높였다.

그래서 시키는 대로 일했지. 아주 열심히 일했다.

열심히 일하면 조직의 일원으로 인정받을 줄 알았다.

하지만 이 조직은, 선경을 일원으로 생각하지 않았다. 처음부터 지금까지 줄곧.

뱃속에서부터 분노가 끓어올랐다.

소리를 지르고 언성을 높이고 발을 구르는 종류의 분노가 아니었다.

아주아주 서늘한 감정이었다. 헛웃음이 피식피식 새어나올 만큼 차갑고 서늘한 감정.

그래서 선경은, 웃었다.

"예. 그러겠습니다."

"뭐?"

"그러죠, 뭐. 내죠, 사표."

생글생글 웃으며 대답했다. 그리고 자기 자리로 다가가, 바로 인사 시스템을 켜고 사직서 폼을 켰다. 화면에 뜬 입사 날짜를, 사번을, 근속연월일을 보니 눈물이 솟았지만, 선경은 내색하지 않았다. 몇 번이나 적었다가 임시저장해 두었던 사직서 양식을 불러들여 그대로 상신했다.

사직서를 올리자마자 모든 시스템에서 로그아웃을 했다. 선경은 컴퓨터를 끄고 탕비실을 향해 걸어갔다. 부장이 소리쳤다.

"야! 김선경!"

선경은 대답하지 않았다. 대신 탕비실 구석에서 A4 용지가 담겨 있었던 빈 상자 두 개를 끄집어냈다.

그리고 책상 위에 놓아두었던 물건들을, 상자 속으로 그대로 쏟아붓듯이 집어 처박았다.

보란 듯이. 파티션 너머 다른 팀들 모두 지켜보라고.

다른 층에서도 누군가가 뛰어내려와 그 모습을 보고 있었다. 마음대로 하라지. 선경은 상자 두 개 가득 자신의 짐들을, 모니터에 붙어 있던 거래처 연락처들과, 당장 다음 주에 처리할 건에 대한 메모를 포함해서, 명함과 볼펜과 온갖 것들을 쓸어 넣었다. 그리고 마지막으로 가방을 열어 자신의 다이어리를 꺼냈다.

1년 내내 써서 이제 2주치밖에 남지 않은 다이어리에서, 속지만 뚝 하고 뽑아냈다. 낱장으로 흩어진 종이들이 상자 안으로 두서없이 뒤섞이며 쏟아졌다.

"씨발."

선경이 중얼거렸다. 웃음이 났다.

"자기 부인 유산한 것 갖고 저따위로 말하는 걸 봐. 당신이 그따위로 사람을 못살게 굴었으니 유산을 했겠지."

"뭐?"

"지 새끼가 태어나지도 못하고 죽은 거 갖고도 그따위로 말하는데, 어휴, 너 같은 것도 사람의 새끼라고 인두겁을 쓰고 말이에요, 부장님."

"……."

"난 이 회사에 충성하느라고 새끼를 둘이나 잃었는데, 부장님은 이 회사에 충성하시느라 대체 뭘 잃었어요? 사모님 유산? 그건 사모님이 하신 거고."

"이, 이…."

"부장님이 요즘 트렌드를 모르시는 것 같은데. 그렇게 사랑해서 결혼해서 살다가도 돌아서면 남이에요. 그렇게 회사에 충성했어도 나가면 고객님이고."

"야, 김 과장!"

"목소리 높이지 마세요. 네 부하 아니에요. 사표 상신했고요. 죽을 때까지 그 더러운 인간성 변치 마시고 안녕히 계세요."

선경은 코트와 핸드백을 챙겨 들었다. 그리고 그대로 사무실을 나섰다. 옆 부서의 신 부장이 복도로 따라 나왔다.

"김 과장."

"죄송합니다, 부장님."

선경은 신영숙 부장을 향해 머리를 숙여 보였다.

"근데요 저, 이번이 제겐 마지막 기회예요. 그렇게 실패하다가 겨우 생긴 아이고요."

"김 과장아…."

"이번에 유산하면… 모르겠어요. 다음 기회가 없는 정도가 아니라, 제가 죽을지도 모르겠다는 생각이 들어서 안 되겠어요."

신 부장은 무슨 말을 해야 좋을지 모르겠다는 얼굴로 선경을 바라보았다. 그러다가 그저 다가가서 선경의 어깨를 한 번 끌어안았다.

"아이 낳으면 얼굴 보러 한번 갈게. 전화하고."

"…."

"회사 사람들 꼴 보기 싫은 거 알겠지만, 그래도."

"감사합니다."

"일은. 어디서라도 일은 계속할 거지?"

"자리가 있다면요."

"그래."

신 부장은 착잡한 표정으로 선경을 쳐다보다가 문득 웃었다.

"난 김 과장이 욕 하는 거 한 번도 못 봤는데, 오늘 처음 봤구나."

"뭐 제가 할 줄 몰라서 안 했겠어요. 여기서 백 날 천 날 보고 듣는 게 욕인데."

선경은 눈물이 그렁한 얼굴로 웃었다.

"그동안 감사했습니다."

인사과에 들러 사표에 대해 보고했다. 노조 사무실에도 들렀다. 하지만 이 회사에 계속 몸담고 있을 거라면 모를까, 자신은 이제 회사 밖으로 나가는 사람이고, 부장은 내부 사람이다. 이 문제는 그저, 크리스마스 직전의 조금 소란스러운 해프닝으로 끝날 것이고, 부장은 자신을 망신 주고 나간 그 '임신한 여직원'에 대해 두고두고 씹어 댈 것이다. 아무것도 변하지 않을 것이다. 십 년이 넘게 이 회사에서 열심히 일해 왔다가, 이제 그만두고 나서는 자신을 제외하고는 그 누구도.

선경은 회사 밖으로 나가다가, 문득 그 안을 들여다보았다. 그 공간은 겨울바람이 쌩쌩 불어들어, 어느 곳에서도 그 바람을 피할 수 없을 것처럼 차갑고 공허해 보였다.

'곧 크리스마스인데…'

고개를 들었다. 길 건너 스타벅스에, 반짝거리는 크리스마스 장식들이 가득했다. 선경은 마치 다른 사람들의 크리스마스 파티를 들여다보는 성냥팔이 소녀가 된 기분으로, 입구에 걸린 반짝이는 장식들을 멍하니 바라보았다.

만삭의 몸으로 환영받지 못한 채 아이를 낳을 곳을 찾아 헤매다, 결국

누추한 마굿간에 몸을 누였던 성모 마리아가 생각났다. 선경은 부른 배를 안고 횡단보도를 건너다 말고 울음을 터뜨렸다.

"그래서 사표를 냈다고?"

영수는 퇴근하자마자 그 이야기를 듣고 황당하다는 듯 선경을 쳐다보았다. 선경은 눈물자국 하나 남아 있지 않은 얼굴로 담담하게 대답했다.

"응."

대답하면서도, 조금은 기대했다.

그렇지 않아도 늦은 나이에, 게다가 쌍둥이 임신이다. 몸은 무겁고, 병원에서 검사를 할 때마다 의사의 표정은 어두워졌다. 고위험 산모라고 태아 보험 가입도 거절당했다. 병원에서는 만약의 경우에 대비해서 대학병원에서 낳는 것도 고려해 보라고 말했다. 어디로 보아도, 누가 보아도, 만만치 않은 임신 기간을 버텨내고 있었다.

그래도 열심히 해 나가고 있다고 생각했다. 회사 일도, 오늘 그런 말을 듣고 마침내 사표를 던지긴 했지만, 정말 어디 가서 임신한 여직원 운운하는 소리 나오지 않게 죽도록 일했다고 자부한다. 휘청거리고 집에 돌아와, 다음 날 아침까지 퉁퉁 부은 다리를 하고 누워 있을지언정. 그래도 이번에는 될 거라고, 두 아이를 무사히 낳고, 자신도 살아남을 거라고 매일 밤 기도처럼 중얼거렸다. 그 아이들이, 선경에게는 저기 화장대 옆에 둔, 지금은 잃어버린 두 아이들이 돌아오는 것처럼 느껴지기도 했다.

그 마음을 영수도, 알고 있을 거라고 생각했다.

그 노력을, 그 괴로움을.

"그럼 어떡해."

하지만 영수의 반응은, 선경이 예상과는 한참 동떨어진 것이었다.

"당신까지 버니까 애가 둘이라도 된다고 생각했지. 나 혼자 벌이로 어떻게 쌍둥이를 키워."

피가 식는 기분이 들었다.

"그렇지 않아도 당신 출산 휴가 끝나고 복직하면… 애 둘을 어린이집에 보내면 돈도 많이 나오겠다 싶고. 또 먹이고 입히는 것도 장난이 아닐텐데. 야, 난 네가 그렇게 무책임한 줄 몰랐어."

"무책임?"

"무책임하지. 야, 난 가장으로서 책임감을 느끼고 있는데, 너는…."

선경은 자리에서 일어났다.

"가장?"

"…선경아?"

"치사하게 돈 이야기 해 볼까? 누가 더 많이 벌었는지? 그런데 내가 당신에게 유세라도 한 번 했던 적 있어? 당신보고 돈 더 많이 벌어오라고 잔소리 한 번 한 적 있느냐고."

"…."

"난임 치료에 뭐에, 돈 많이 나간다고 당신이 그렇게 구시렁거렸는데. 그거 내가 벌어서 내가 부은 거라고. 너 내가 난임 치료 하느라 돈 모자란다는 소리 할 때마다, 이러다가 이 집 전세금도 못 올려 준다, 그런 말도 했었지? 야, 이 집 누가 했어? 네가 해 왔어?"

"…."

"어쩐지, 내가 아이 잃고 그렇게 괴로워하는데, 그따위 회사라면 그만두라거나 하는 허세조차 안 부리더라 했다. 야, 이영수. 넌 내가, 대기업에서 돈이나 잘 벌어오는 네 호구로 보였니? 그런 거야?"

"야, 김선경."

"됐다. 야, 너보다 오래 알았고 너랑 좋아 죽던 것보다 더 오래 충성했던 회사에도 사표 쓰고 나왔는데. 내가 너랑…."

선경은 말하려다가 입을 다물었다. 입 밖으로 이혼이라는 말을 내뱉으면, 정말 두 번 다시 돌이킬 수 없을 것 같아서.

하지만 환멸이 났다. 얼굴을 쳐다보는 것만으로도 구역질이 났다. 좋아해서 결혼해서 같이 살아 온 그 남자가 한없이 낯설게 느껴졌다. 앞으로 살아가면서 두 번 다시 저 남자에게 좋은 감정을 느낄 수 없을 것 같았다.

미안하다고, 실언이었다고, 영수가 몇 번인가 하나도 심각하게 여기지 않는 얼굴로 말을 했다. 자기도 아이가 태어나는 일이 걱정된다고, 경제적인 문제를 생각하지 않을 수가 없어 그랬다고.

하지만 그 말은, 선경의 귓바퀴 주변을 두어 번 맴돌다가 그냥 부서졌다. 몇 번을 더 공들여 말했으면, 또 생각이 달라졌을까. 하지만 영수는 고장 난 장난감처럼 서너 번 같은 말을 반복하더니, 자기 할 말은 다 했다는 듯 먼저 들어가 잠들었다.

선경은 가방을 꺼냈다. 내일, 은주가 집 앞으로 데리러 온다고 했다. 같이 베이비 페어에 가기로 했으니까. 나간 김에, 며칠 가출이라도 할 생각이었다. 병원 가까운 적당한 호텔에서 하루 이틀 쉬다가, 그래도 화가 풀리지 않으면, 영수가 반성하지 않으면, 아무것도 달라지지 않으면.

아니, 그다음 일은 그다음에 생각하기로 했다.

제야의 종소리를 기다리며, 상훈은 국수 삶을 준비를 하고 있었다.

"그럼 선경 씨는 오늘도 집에 안 들어간 거야?"

"…들어가겠니."

재희는 묵직한 배를 끌어안고 거실에서 빈백에 폭 기대어 앉은 채 대답했다.

"난 이건 이영수 씨가 백퍼 잘못했다고 봐."

"내가 봐도 그렇긴 한데, 그래도 임신했잖아."

"그래, 임신한 부인께 그래 놓고서 찾아가서 사죄의 큰절도 안 하는 거지. 이야, 이영수 씨 그래도 괜찮은 사람인 줄 알았는데. 진짜 못 쓰겠다."

선경은 올해의 마지막 날, 은주네 집에 머무르고 있었다.

신혼집에서 같이 지내는 건 아니었다. 같은 건물 안에 있는 은주네 사무실에서 지낸다고 했다. 검사겸사 은주의 사업도 같이 검토해 보고.

그래도 지금, 얼마나 속이 상할까. 재희는 아까 배달 앱으로 은주네 집에 선경이 좋아하는 냉채족발 대 자를 보냈다. 은주도 임신 중이라 남을 돌볼 상황은 아니지만, 그래도 은주의 남편 규현 씨가 자상한 성품이고,

또 약사여서 급할 때 도와줄 수 있을 것 같아서 걱정은 덜 되었다.

"있잖아. 우리 회사에서 새로 만드는 게임, 시나리오 담당하시는 분이 재택으로 일하는 분이야."

"응?"

"기획으로 시작해서 MMORPG 세 개 대박 나셨고, 모바일 게임에서도 대박 세 개, 또 중박 몇 개. 그렇게 이름만 들어도 알 만한 게임을 줄줄이 하시다가, 지금은 컨텐츠 디자이너 겸 시나리오 하시는데."

"굉장하시네."

"이혼하고, 혼자서 아이 키우고 계셔."

상훈이 냄비에 물을 담아 불에 올리며 말했다.

"남편도 게임 개발자였는데, 이혼하고서 얼마나 와이프 욕을 하고 다녔는지… 그분이 이 바닥에 붙어 있는 꼴을 못 보겠다는 듯이 그러더라."

"이야, 완전 개새끼잖아. 그래서?"

"근데 결국 그 남편이 이 바닥에서 못 버티고 떠났어."

"어휴, 지질한 인간."

"근데 그게 무척 드문 일이다? 보통은 그러면 부인이 밀려나지. 근데 말이야, 그분 완전 천재거든. 살면서 내가 머리 좋은 사람을 내가 한둘 본 게 아닌데, 그분 정말 뇌세포에 금칠한 것 같은 분이야. 그래서 그런가. 애도 똑똑하고. 완전 통쾌하게 잘 사셔."

상훈은 밝은 표정으로 말했다. 아마도 선경에 대해 너무 걱정하지 말라는 뜻으로 하는 말이겠지만.

재희는 문득 생각했다. 아마도 그분은, 계속 회사에 다녀서 디렉터나 팀장도 할 수 있을 만한 능력자일지도 모른다. 하지만 아이를 양육하기 위해 독립해서 재택으로 일하는 걸 선택했겠지. 그렇다고 해도, 만약 좀 더 다양하고 자유로운 형태로 일할 수 있다면, 그리고 프리랜서로 일하다

가 어떤 사정으로 한동안 일할 수 없게 되더라도 최소한의 생활을 계속 누릴 수 있는 복지가 주어진다면,

"국수 지금 삶을까?"

상훈은 재희를 쳐다보았다. 재희는 골똘히 생각에 잠겨 있었다.

"무슨 생각해?"

"가족의 형태."

재희는 짧게 대답했다.

만약 여건이 된다면, 사람들이 보편적으로 생각하는 엄마와 아빠와 아이라는 3인, 또는 4인가족 모델이 아니라, 더 다양한 형태의 가족이 만들어지고, 그 안에서 아이들이 태어나 자랄 수 있을 텐데.

결혼하지 않고도 원한다면 아이를 낳을 수 있고, 결혼생활이 불행하다고 느꼈을 때 좀 더 자신과 아이를 위한 선택을 할 수 있고.

"결국 이 모든 건 경제와 복지 문제란 말이지."

"응?"

"아냐, 물 끓었으면 국수 지금 넣으라고."

상훈은 피식 웃으며 국수를 삶기 시작했다. 제야의 종 카운트다운이 시작되고 있었다. 마트에서는 떡국 재료도 팔았지만, 재희는 떡국은 1월 1일이 아니라 설 명절에 먹는 것이라고 단호하게 말했다. 그래놓고는 12월 31일 오후에 칼럼을 쓴다며 책상 앞에 붙어 있더니, 그만 유명한 '우동 한 그릇' 이야기를 인용하다가 느닷없이 메밀국수 타령을 했다.

"그 우동 한 그릇 이야기가 원래 메밀국수인 거 알아? 소바가 차갑게 먹는 것만 있는 게 아니고, 해 넘기기 국수라고 가늘고 길게 잘 먹자며 연말에 먹었다는 거야."

아는 게 많으면 먹고 싶은 것도 많다던데, 재희를 보면 그 말이 맞긴 한 것 같았다. 복수가 빠지고 입덧도 어느정도 지나면서, 요즘 재희는 그

동안 못 먹은 것들을 찾아 먹겠다는 듯이 먹고 싶은 것들 목록을 수시로 갱신하곤 했다.

"와, 맛있겠다."

뭐, 그래도 못 먹어서 허덕거리는 것보다는 나았다. 상훈은 재희가 볼이 메어지도록 국수를 먹는 것을 흐뭇하게 바라보았다.

"이렇게 맨날 야식을 먹으니 더 동글동글해지는 것 같아."

"우리 자기는 동글동글해지니까 더 귀여운데, 뭐."

처음 사귈 때처럼 낄낄거리며, 식탁 밑으로 서로의 발을 툭툭 건드렸다. 동글동글해져서 귀여운 것과는 상관없이, 재희의 발목은 자꾸 푸석하게 붓고 있었다. 눌렀다가 손을 떼었는데도 손자국이 남아 있을 만큼.

게다가 태동도 문제였다. 상훈은 처음에는 태동이라는 것이 참 신비롭다고 생각했다. 아직 태어나지도 않은 아이가, 엄마의 감정에 반응하고, 엄마가 뭘 먹으면 뱃속에서 발로 툭툭 치다니. 얼마나 귀여운 일이야.

하지만 세상만사 백문이 불여일견인 법.

상훈이 그런 말을 하자, 재희는 초코우유 한 팩을 마시더니 상훈의 얼굴을 자신의 배에 가져다 댔다.

그리고 상훈은, 아직 태어나지도 않은 자기 아이에게 광대뼈를 제대로 걷어차였다.

"좀 아프지?"

재희는 대수롭지 않게 물었다. 상훈은 고개만 끄덕거렸다.

"자기는 지금 내 자궁과 내장과 복부지방이 충격을 흡수하고 남은 만큼만 맞은 거야. 실제로는 이보다 더 아프다는 뜻이지."

그럼요. 물론 그렇겠죠.

대답 대신 상훈은 고개를 끄덕였다.

"이야, 나비가 뱃속에서 파닥거리는 것 같은 느낌이라는 소리를 한 사람은 노

벨문학상을 줘야 해. 어쩌면 거짓말을 해도 그렇게 예쁘게 한다니."

그렇지 않아도 성격도 예민한 데다 통증을 두려워하는 사람이다.

복수가 빠졌다가 다시 본격적으로 배가 나오기 시작하면서, 자려고 누울 때마다 재희는 숨 쉬기 힘들다는 말을 했다. 요즘은 밤만 되면 갈비뼈가 억지로 벌어지는 것처럼 아프다며 한숨을 쉬거나, 허리를 손으로 쓸며 앓는 소리를 내곤 했다. 따뜻하게 찜질팩을 데워 들고 들어갔지만, 재희는 무척 아쉽다는 듯 한참 바라보다가 돌아누우며 말했다.

"임신 중에 핫팩 쓰지 말래. 태아의 신경계 발달에 안 좋다고."

그건 정말 기묘한 일이라고 상훈은 생각했다.

상훈이 아는 한 재희는, 이런 문제에 대해서는 늘 자기 자신이 최우선인 사람이었다. 물론 지금도 어느 정도는 그랬다. 왜 21세기가 되었는데 입덧을 치료하는 약도 없냐고 소리쳤고, 어디가 아파서 병원에 다녀왔다가는 시무룩한 얼굴로 자신은 현대 의학으로부터 버림받은 몸이라며 궁상을 떨었다. 그런데도 아기 때문에 뭔가를 참는다는 것이, 사실은 낯설고도 놀라웠다.

물론 그럼에도 불구하고, 상훈은 이 모든 상황에 대해 모성애의 위대함이라든가, 엄마가 된다니 역시 달라지는 것 같다거나, 그런 불필요한 말을 하는 실수는 하지 않았다. 저 삐딱선을 타는 사람은, 그런 말을 듣는 즉시 자기가 먹고 싶지만 의사는 먹지 말라는 것을 다 먹고, 하지 말라는 짓을 다 하려 들 게 틀림없었으니까.

"음, 이게 뭐지."

국수를 먹고 있는데, 메일 알람이 떴다. 재희는 손을 뻗어 휴대폰 메일 앱을 켰다. 그리고 뭔가 아리송한 표정을 지었다.

"뭔데?"

"아니, 예전에 나한테 수업 들었던 학생이라는데."

재희는 왼손을 놀려 답 메일을 보내며 대답했다.

"잠깐 만나 줄 수 있냐는데?"

"이상한 사람 아냐?"

"어… 우리 동네로 오겠다고 했으니까, 지원이네 지구대 옆에서 보자면 되겠지."

"괜찮은가 몰라."

"안 괜찮아도, 지원이가 있으니까 괜찮지 않을까?"

"언제 볼 건데?"

"뭐, 빠르면 빠를수록 좋다니까… 1월 2일. 내일 오전에."

1월 1일부터 눈이 내리기 시작하더니, 1월 2일 오전 무렵에는 눈이 제법 도톰하게 쌓여 있었다.

지구대까지는 가까웠지만, 재희는 택시를 타고 움직였다. 도착해서 카페 문을 열고 들어갔더니, 낯익은 얼굴의 학생이 의자에서 튕겨 나듯이 얼른 자리에서 일어났다.

아는 아이였다. 작년 1학기에 가르쳤던 학생이었다. 교양 과목이었고, 보통 3, 4학년들이 들어오는 과목이었다. 수업 시간에 종종 질문을 해서 기억에 있었다. 메일 말미에 이름을 적긴 했는데 바로 기억이 안 난 것은 아마도 임신을 하고 머리가 둔해졌기 때문이겠지.

"아, 안녕…하셨어요."

어색하게 인사하던 학생이 잠시 머뭇거리다가, 재희의 배를 보고 얼굴이 확 달아올랐다.

얘가 왜 이러지?

"아, 저기… 교수님…."

"나 지금은 백수니까 교수님 아니야."

재희는 피식 웃으며, 짐을 놓고 카운터 쪽으로 걸어갔다.

"얼른 와. 마실 거 골라."

"제, 제가 사겠습니다."

"거참. 어른이 사 주는 건 그냥 좀 마셔도 돼."

"아, 아뇨. 교수님의 귀한 시간을 제가 빼앗는 거고, 그리고…."

학생은 계속 몸을 배배 꼬며 우물쭈물했다.

갑자기 연락을 해 오긴 했지만, 남의 귀한 시간을 빼앗는 것을 죄송스러워할 정도면, 얘는 기본적으로 괜찮은 애다.

재희는 다시 한 번, 이 학생이 수업 때 어땠는지를 기억해보려 애썼다. 이 학생은 그 강의실에서 몇 안 되는 1학년이었다. 아마도 실수로 수강신청을 해 버린 게 아닐까 생각했는데, 긴장하면 말을 좀 더듬긴 했지만 대체로 열심히 했다. 모르는 건 물어봐 가면서 과제도 제법 열심히 했고. 그래서 성적도 꽤 잘 줬던 것 같은데.

"됐습니다. 벼룩의 간을 내 먹지 내가 너 같은 꼬꼬마에게 차 얻어 마시게 생겼니. 여기 주문 부탁드려요."

재희는 아예 카운터 직원에게 카드를 먼저 내밀며 말했다. 학생은 잠깐 머뭇거리다가 제일 싼 아메리카노를 한 잔 시켰다. 재희는 웃으며, 자기 몫의 녹차라테와 함께 조각 케이크도 두 개 주문했다. "그래서, 하고 싶은 말이 뭔데?"

학생은 자리로 돌아가 앉아서도 계속 쭈뼛거렸다.

"교수님 임신…하신 줄은 몰랐어요. 그게…."

"내가 임신한 게 문제가 되는 이야기야?"

학생은 고개를 푹 숙였다.

"…제가 임신을 한 것 같아요."

"뭐?"

"근데… 아, 저기… 어떻게 해야 할지… 모르겠고….”

그래, 1학년이니까 정말 어디 가서 물어봐야 할지 모를 수도 있겠지. 애가 자신을 잘 따랐던 것도 안다. 그때 그런 말도 했었다. 교수님처럼 되고 싶다고.

하지만 뭐, 굳이 책임감에 대해 말한다면 이야기는 다르다.

이쪽은 학교에 매인 몸도 아니다. 임신하자마자 강의 자리가 사라져 버린 강사일 뿐이다. 고등학교 담임선생님 같은 게 아니란 말이다. 게다가 전공도 아닌 교양과목이었고. 사실 그 넓은 강의실에 학생들이 바글바글한데, 본인이 어지간히 열심히 하지 않으면 이름은커녕 얼굴도 기억 안나는 게 보통이다.

그런데 왜 내게.

"아, 저기… 임테기 해 본 거야?”

"예. 두 줄 나왔어요.”

"아이고.”

"어떡해요, 저….”

아니, 왜 내게 왔느냐고 물어볼 일이 아니다. 어쩌자고, 나 말고는 물어볼 사람도 없는 거냐고 묻고 싶었다.

"에… 저… 그러니까… 교수님께… 도와달라고… 하고 싶었는데….”

"어떻게 도와주면 될까.”

"근데… 교수님은 지금… 임신 중이시니까…. 이런 이야기를 여쭤보면 안 될 것 같아서….”

그러니까 지금 이 녀석은, 낙태에 대해 상의하고 싶어서 찾아온 거다. 재희는 천장을 올려다보며 한숨을 푹 쉬었다.

대체 뭘 물어봐야 하지? 어쩌다가 이렇게 되었느냐고? 아니면 아이 아빠는 대체 누구고 어디에 있느냐고?

뭘 물어본다 한들, 이미 일어난 일은 일어났다. 이후의 일을 어떻게 처리하느냐가 문제일 뿐이다. 재희는 잠시 생각하다가 학생에게 얼른 커피부터 마시라고 하고는 밖으로 끌고 나섰다.

"오늘은 예정에 없이 오셨네요."

재희의 담당 의사는 미소를 지으며 말했다.

"예정에 없는 돌발사태가 있으면 언제라도 오라고 하셨죠."

재희도 어색하게 웃으며 대답했다. 의사는 앉으라고 손짓을 하다가, 뒤에 서 있는 학생을 보고 의아한 표정을 지었다.

"가족 분인가요? 진료 볼 때는….."

"선생님."

재희는 진료실 문을 닫고, 의사와 간호사를 번갈아 쳐다보았다.

"접수는 제가 할 테니, 이 친구 초음파 좀 봐 주세요."

"예?"

"아는 학생인데요. 임테기 두 줄 떴다는데. 긴가민가만 확인하게 해 주세요. 부탁드립니다."

"….저기요."

"안 되는 거 저도 아주 잘 압니다."

재희는 의사의 말을 자르며 말했다.

"근데요, 애 아직 대학교 1학년이에요. 앞날이 창창한 앤데, 괜히 따로 기록 남게 하는 게 신경 쓰여서 그래요. 어차피 저 초음파 볼 거였잖아요. 저 대신 이 친구 확인만 해 주세요."

의사는 대학교 1학년이라는 말에 혀를 찼다. 그가 간호사를 돌아보자, 간호사도 안쪽의 검사실 문을 열며 먼저 안으로 들어갔다.

"이쪽으로 와요."

학생은 간호사를 따라 안으로 들어갔다. 잠시 후, 의사도 안에 들어갔다. 좀 참으세요, 차갑습니다. 몸에 힘 빼시고. 초음파를 볼 때 의사가 늘 하던 말들이 유난히 쓸쓸하게 들렸다.

검사는 순식간에 끝났다.

"…아기집이 보이네요."

의사는 장갑을 벗어 쓰레기통에 넣고 책상 앞으로 돌아와 앉았다. 검사실 안에서 흐느끼는 소리가 났다. 재희는 한숨을 쉬었다.

"어쩌면 좋을까요."

"어쩌면 좋을까요, 얘."

"몇 주나 되었어요."

"글쎄, 학생이 마지막 생리 날짜가 기억이 안 난다는데, 크기로 봐서는 6에서 7주로 보이네요."

"그러니까 '태아'가 아니라 '배아'인 거네요, 아직까지는."

의사는 고개를 끄덕이다가, 곤란하다는 듯 검사실 쪽을 바라보았다.

"이게 지금 상황이 되게 애매해요. 도와주고 싶은 거죠?"

"예."

"가급적 낳지 않는 방법으로?"

"자기가 고집해서 낳겠다면 모를까. 아직 심장 소리 들리기 전에 해결할 수 있으면 좋죠."

"유재희 씨도 임산부가…."

"제가 가르친 학생이에요."

"아."

의사가 착잡한 표정을 지었다.

"아시겠지만 우리 병원은 가급적 그런 수술 안 해요. 아니, 규모가 좀 있는 병원은 대체로 그래요. 하더라도 기록에 남기고, 합법적으로 되는 범위 안에서만 하고… 이해하시죠?"

"시스템이 갖춰진 데는 꼼수를 부리기도 어려운 법이니까요."

"생각한 방법이 있습니까?"

"저도 한 시간 전에 알았어요. 하지만 약으로 할 수 있다면 약을 쓰는 게 좋지 않을까요. 미프진이나…."

"미프진은 마지막 생리 끝나고 7주 안에 쓰는 걸 권고하고 있어요. 인도에서 나온 것도 9주 안에 쓰는 걸 권하고 있죠. 인터넷에는 12주까지 된다, 뭐 그런 말도 있지만."

"구할 수 있어요? 가짜 약 말고 진짜 약으로."

"그게 지금 병원에서 물어볼 말입니까."

"사람 하나 살리는 셈 치시고."

"…국내에서는 금지되어 있어요. 처방도, 판매도."

"망할 헌재 같으니."

"내년에 바뀌길 바라야죠. 근데 지금 당장 이 학생이 문제인데."

"외국 사이트에서 구입하는 수밖에 없겠네요."

"잘 생각해야 해요. 통관 기간이랑 하면, 까딱하면 늦어져서 중절할 시기를 아예 놓칠 수도 있어요. 세관에서 뜯어보면 못 받는 거고."

"환장하겠네."

재희가 중얼거렸다. 그러다 가슴을 탁탁 치며 의사를 쳐다보았다.

"아니, 내가 지금 이런 고민을 할 때예요? 애가 놀라겠어요."

"그러게나 말입니다."

그때 검사실 문이 열렸다.

학생은 눈이 빨개진 채 나와, 재희 옆에 앉았다.

"어떡해요, 교수님."

학생이 훌쩍거렸다. 재희는 한숨을 쉬다가, 학생의 어깨를 탁탁 쳤다.

"야, 그게 네 탓이냐. 너 아직 스무 살도 안 됐잖아. 머리에 피도 안 마른 미성년자한테 피임도 안 하고 덤벼든 새끼가 죽일 놈이지."

"…."

"나도 남의 사생활 물어보는 거 정말 싫은데. 그 새끼 누구야? 지금 어디 갔어? 이런 상황에."

"군대요."

머리가 지끈거렸다.

"잠깐 사귀었는데, 자기 군대 간다고… 어떻게 여자 친구가 그런 것도 안 해 주냐고…."

"이야, 그놈은… 무슨 섹스를 맡겨 놨어?"

어쩌면, 이런 건 20년이 지나도 수법이 변하질 않나. 재희는 자기가 대학에 다닐 때에도, 군대 가기 전에 동기 여학생 둘을 임신시키고 도망친 선배가 있었던 것을 기억해 냈다. 아니, 대체 왜 콘돔을 안 쓰는데? 콘돔을 쓰면 그게 서다 죽기라도 해? 그럼 침대가 아니라 비뇨기과에 가야지. 이런 놈들 잡아다가, 낙태 비용이든, 혹시 아이를 낳는다면 양육비와 위자료든, 전부 나라에서 뜯어내면 좀 덜 그러려나? 아예 월급에서 원천징수를 해 버리기라도 하면?

아니, 지금은 그게 문제가 아니다.

눈앞에 있는, 이 학생이 문제지.

"전 이제 어떡하죠."

"…그러게."

재희가 답답한 표정으로 학생을 들여다보다, 의사를 돌아보았다.

"도와주셔서 감사합니다."

"잘 해결되길 바라요."

의사는 짧게만 대답했다. 그리고 문 닫고 나가려는 재희의 뒤통수를 향해 외쳤다.

"유재희 씨 이제 28주죠?"

"어, 예."

재희가 걸음을 멈추고 대답했다. 의사가 미소 지었다.

"음, 이제 아기가 태어나도 살 가능성이 아주 높아졌어요. 또 한 단계를 넘었네요."

재희는 고개만 까딱해 보이고는 걸어 나왔다.

당연하게도, 갓 수정된 수정란은 몸 밖으로 꺼내면 살지 못한다. 임신 3개월, 4개월, 본격적으로 배가 나오는 5개월이 지나서도 마찬가지다.

태아는 모체 안에서 양수에 둘러싸인 채, 탯줄로 영양을 공급받는다. 그런 태아가 모체와 분리되어 몸 밖에서 살 수 있는 시기는, 태아의 폐와 뇌의 발달과 밀접한 연관을 갖는다. 재희가 읽기로는 태아의 폐 성숙은 34주까지 진행되고, 37주가 넘어가면 태어나자마자 자력으로 호흡이 가능하다. 이 전에 태어나는 아기는 미숙아다. 32주를 넘기면 뇌출혈 발생 가능성이 줄어든다.

그리고 28주.

이건 조산을 했을 때, 아기를 인큐베이터에 넣으면 무사히 살아날 가능성이 꽤 높아지는 시기다. 다시 말해 태아가 곧 태어날 준비를 하며 안정 단계에 접어들었다는 말이다.

물론 현대 의학은 그보다 일찍 태어나는 아이들도 살려내곤 했다. 기록으로는 임신 21주 5일의 조산아가 살아남은 기록도 있다. 하지만 이 기록을 끝없이 단축시킬 수 있는 것은 아닌 듯했다. 일반적으로 22주 이전에는 모체 밖에서 생명을 유지할 수 없다고 알려져 있으니까. 그래서 세계 보건기구에서는 조산아가 생존할 수 있는 최소한의 임신 주수를 임신 23주로 정하고 있다.

그렇다면, 모체와 분리된 상태에서 의학적으로 어떻게 손을 써도 살릴 수 없는 태아라면, 독자적으로 생존이 불가능한 상태라면, 그건.

"교수님."

"교수님이라고 부르지 말라니까."

"어떻게 하면 되는 거예요, 저는…."

"글쎄다. 인터넷은 좀 찾아봤니?"

"…예. 낙태약을 먹으면 된다고 하는데…."

"좀 전에 그거 물어봤어. 지금 신청하면 늦을 거래."

두 사람이, 나란히 한숨을 쉬었다. 그러다 잠시 후 재희가 입을 열었다.

"방법이 있을 거야."

재희는 급히 여기저기 전화를 걸기 시작했다.

"와, 세상에."

지원은 뒷목을 잡았다. 김 순경이 얼른 그녀를 붙잡았다.

"행정반장님, 진정하세요. 숨 천천히 쉬시고."

"아니, 됐고. 지금 애가 나오는 것도 아니고. 그런데."

지원은 지구대 입구를 노려보았다.

조금 전 요 앞 중학교 남자애들이, 길 가다가 지갑을 습득하고는 그대로 소복하게 쌓인 눈길을 헤치고 지구대로 가져온 것까지는 좋았다. 요즘 애들답지 않네, 칭찬이라도 해 주고 싶을 정도였다.

그런데.

"헉, 저 경찰 아줌마 완전 뚠뚠해!"

"동글동글 뚠뚠! 근데 범인은 어떻게 잡는 거지? 굴러가서 잡는 건가?"

왜 꼭 말을 그따위로 하는 건데!

"그놈의 새끼들이 자기 엄마 뱃속에 있을 때는 뭐, 어땠을 줄 아는 거야? 사람이 임신을 하면 배가 나오는 게 당연하지!"

"그, 그럼요."

그렇지 않아도, 지원도 매일매일 거울 볼 때마다 온몸이 부어오르는 것이 계속 신경이 쓰이던 참이었다. 얼굴 붓는 것은 기본이었고, 손이 부어 펜을 잡거나 키보드를 두드릴 때에도 장갑을 한두 겹 낀 것처럼 둔하고 어색했다.

발이 붓는 것도 문제였다. 임신하면 배만 나올 줄 알았던 건 아니지만, 온몸이 붓다 못해 발등까지 탱탱 부을 줄은 꿈에도 몰랐다. 그런 데다 체중이 늘어서 그런지 무릎이며 발목, 이젠 발바닥까지 자꾸만 아팠다. 집에서 신는 신발은 물론 근무복에 맞춰 신는 근무화 구두도 발에 안 들어가서, 지원은 단정한 근무복에는 어쩐지 영 안 어울린다 생각하면서도, 몇 년 전에 한 치수 크게 샀던 어그 부츠를 신고 있었다.

지원은 그 두꺼운 어그 부츠로, 바닥에 놓여 있는 컴퓨터 본체를 확 걷어차며 짜증을 냈다.

"그렇지 않아도 사람이 힘들어 죽겠건만!"

아니, 진짜 힘든 일은 어디 가서 말도 못 한다. 겨울인 데다, 이제 막달이라 배가 아래로 처지면서 자꾸만 방광이 눌렸다. 분비물도 많아지고 소변이 샐 것 같아 지원은 노인들이 쓰는 줄 알았던 성인용 기저귀를 알아보기도 했다. 그렇게 몸이 내 몸 같지 않은 것도, 임산부다 뭐다 말들은 많이 하면서 배려 없이 무례한 인간이 한가득인 것도 전부 짜증이 났다.

"오늘 나 지각했잖아. 내가 어쩌다가 지각했는 줄 알아?"

"임신 말기에는 날이 궂으면 허리가 아프시니까요?"

"그것도 있지만 내가 고작 그런 이유로 회사에 못 오고 그러는 타입은 아니잖아?"

"예…."

"아침에 말이야. 내가 집 앞에서 택시를 잡았거든?"

지원은 아침 일을 생각하자 또다시 분이 치솟는지, 어금니를 꽉 깨물었다.

"그렇지 않아도 이제 버스를 타러 달리거나 하면 배가 흔들려서 죽겠지, 산달 임박해서는 위험하니까 자차 운전도 웬만하면 하지 말라고 그래. 근데 눈은 오고, 택시는 안 오고, 겨우 한 대 잡았는데 말이야, 웬 아저씨가 달려와서는 택시를 자기가 타는 거야!"

"뭐 그런 매너 없는 사람이 다 있어요?"

"그러면서 뭐라는지 알아?"

"뭐라고 했는데요?"

"아줌마, 나 출근해야 돼."

"…."

"미친 새끼가 출근은 자기만 하는 줄 알아? 출근하는 게 벼슬이야? 세상 사람 거의 다 출근하고 있는데 뭐 잘나서 배부른 임산부가 잡은 택시를 스틸하고 있어!"

"그거… 무척 문제가 많잖아요."

"그렇지."

"아니, 반장님이 지금 출근하시다가 빼앗기신 거니까 망정이지. 갑자기 진통이 와서 병원 가려는데 스틸한 거면 큰일날 뻔한 거잖아요. 반장님이 임산부 마크를 안 보이게 달고 다니는 분도 아니고. 그걸 못 봤을 리가 없는데."

"…그렇네."

지원은 주먹을 불끈 쥐었다.

"생각할수록 그거 아주 못돼 처먹은 새끼였잖아."

그때였다. 지구대 문이 열리더니, 재희가 들어왔다.

"해피 뉴 이어."

"안녕하세요."

"언니 정말 요즘 자주 오는 것 알아요?"

"민원인이 자주 올 수도 있죠, 반장님."

재희는 싱긋 웃으며 주위를 둘러보았다.

지구대야 24시간 돌아가는 곳이긴 했지만, 일단 업무상으로는 새해 첫 날이다. 아마도 경찰서에 들어가서 행사 같은 데 참석이라도 하는 것인 지, 계급이 높아 보이는 사람은 한 명도 보이지 않았다. 재희는 지원에게 가까이 다가가 물었다.

"지난번에 여기 온 미혼모 있잖아."

"예?"

"그때 도와준 동사무소 복지 담당자 연락처 좀 줘 봐."

"무슨 일 있어요?"

재희는 대답 대신 학생 쪽을 흘끔 쳐다보았다. 지원이 입을 딱 벌렸다.

"설마 미혼…."

"어허, 시민의 개인 사생활을 그렇게 크게 떠들면 곤란하지."

"어쩌려고!"

"뭐, 떼야지. 아직 2개월이니까."

"아니, 언니. 지금 제 앞에서 그렇게 말씀하시면 안 되죠!"

"上有政策 下有對策."

"갑자기 중국말 하지 말고요."

"위에 정책이 있으면 아래에는 대책이 있다는 말이지. 그래서 말 좀 해 봐. 이 근처에 이거 도와줄 만한 병원 있으면."

"…."

"네가 모르겠다면 난 거기 복지 담당자에게 가서 물어볼 거야."

"원칙적으로 불법인 걸 공무원에게 물어보러 오는 사람이 어디 있어요! 게다가 임산부한테 이런 걸…!"

"난 임신 안 했냐?"

재희가 머리를 긁적이며 학생 쪽을 돌아보았다.

"아무도 안 도와주면 난 쟤한테 돈 빌려줘서 일본으로 보내 버릴 거야. 거기 가서 떼고 오라고."

지원은 한숨을 쉬었다. 그러다가 복지 담당자의 연락처를 건네주었다.

"언니는 정말 사람을…."

"Thanks."

재희가 학생을 이끌고 돌아섰다. 지원은 잠시 눈을 질끈 감았다가 그 뒤통수에 대고 소리쳤다.

"…이 동네에 있긴 있어요."

"오케이."

"다음 월요일에 막달 검사하는데 검사 날짜 맞춰서 같이 갈래요?"

"어어."

재희는 성의 없이 대답하며 얼른 지구대를 빠져나갔다. 김 순경은 문 쪽을 쳐다보고, 다시 지원을 돌아보았다. 그리고 한숨을 쉬었다.

"올해도 그 이야기 있었잖아요. 아, 이제 작년이지."

"응?"

"헌법재판소에서, 낙태가 합헌인가 위헌인가 하는 거요."

"언제쯤 위헌 판결이 날까…."

"모르겠어요. 헌법재판관들 작년에 많이 퇴임했잖아요. 이번에 새로 되는 사람들이 좀 진보 쪽이면 되지 않을까요."

"그러게…."

그리고 다음 주 월요일.

"그래, 네가 왜 그 병원 가지 말라고 했는지 알았어."

재희는 청결하고 깔끔한, 보기만 해도 기분이 산뜻해지는 병원의 벽과 천장을 바라보며 한숨을 쉬었다.

"알면 말을 그렇게 하지 그랬어."

"언니한테 그런 일이 생길 줄 누가 알았겠어요."

지원은 무척 불만이 많은 표정으로 대답했다.

"솔직히 말해서 언니, 옆에서 누가 죽어도 크게 신경 안 쓸 것 같은 면이 있다고요. 이렇게 남 챙기고 그러는 사람 아니잖아요."

"날 대체 뭘로 보는 거야."

"변했다고요. 임신이 이런 쪽으로도 사람을 변하게 하나 싶을 만큼."

지난번 재희가 분만 비용이 싸다고 체크해 두었던, 저 귀곡산장 같은 병원에서 학생은 무사히 낙태를 했다.

옛날에 학교에서 보여 주던; 태아가 도망다니고 몸이 갈기갈기 찢기는 것과는 거리가 멀었다고 했다. 아직 초기고 태아도 무척 작아서 흡입기를 써서 제거했다. 다음 주에 한 번 더 병원에 가야 하고, 한동안 몸이 축나 겠지만, 어쨌든 그 학생은 한 번 더 기회를 얻었다.

"병원비는요."

"뭐, 목돈 나왔지."

"누가 냈어요?"

"빌려줬어."

"희한하네. 정말 언니답지 않다고요. 갑자기 태아의 숙주라도 된 건가."

"나다운 게 뭔데."

"…거, 90년대 아침 드라마에 나올 것 같은 대사 그만 치시고요."

"준 거 아냐. 내 인생에 공짜란 없어. 나중에 받을 거니까 그만 놀려."

어쨌든 재희는 지금 무척, 기분이 나쁜 상태였다.

"그렇지 않아도 약이 다 이에 달라붙어서 미치겠는데."

바로 임신성 당뇨 검사 때문이었다.

"이거 끝날 때까지 물도 못 마신다며. 이 해열제 시럽 같은 더러운 오렌지 맛은 뭐야, 대체?"

임신 24주에서 28주 사이에, 모든 임산부는 임신성 당뇨 검사를 하게 된다. 방법은 간단하다. 밤새 금식한 뒤 공복으로 병원에 와서, 포도당 50 그램이 들어간 글루오렌지라는 용액을 마신 뒤 한 시간 뒤 혈당을 재는 것이다. 여기서 혈중 당수치가 140mg/dl을 초과하면 재검이다.

"그래서 한 번에 통과해야 해요. 이거 통과 못 하면 두 배 많은 걸 마시고 다시 해야 한다잖아요."

"아, 진짜. 갑자기 단 거 먹으니까 머리 지끈거려."

"저 지난번에 할 때 보니까 누구는 하다가 토했어요."

"그럼 어떡해?"

"처음부터 다시 하던데요."

전체 여성의 약 15퍼센트 정도가 재검을 받게 된다. 그리고 2차 검사로 포도당 100그램 당부하 검사를 하면, 그중 15퍼센트 정도가 임신성 당뇨로 확인된다.

그래도 지원이 포도당 검사를 할 때에 비하면, 지금 재희는 상황이 나았다. 자기 받을 검사를 받는 김에 막달 검사를 받고 있는 지원을 따라다니며 나름대로 예습이랄까, 자료 수집을 하고 있었으니까.

지금 지원은 태아안녕 검사를 하고 있었다. 소위 태동 검사라고 불리는 것이다. 배에 태동계라 불리는 기계를 얹고 허리띠로 감은 뒤, 20분 정도 추이를 지켜보며 태아의 심장 소리와 자궁 수축 정도를 알아보는 것이었다. 여기에 본인의 심전도까지 함께 재고 있었다. 혹시라도 응급수술 같은 것을 하게 된다면 오늘 심전도와 흉부 엑스레이 찍은 것을 참고로 쓰게 된다고 한다.

"아까 동의서 쓰던 건 뭐야?"

"나중에 애 낳은 다음에 태반을 제약회사에서 가져가는 것에 동의하면, 검사비를 깎아 준대요."

"깎아 주는 건 좋은데, 아직 애가 나오지도 않았는데 태반의 소유자가 바뀌어 있다니 좀 이상하다."

"근데 또, 거기서 안 가져가면 그냥 의료 폐기물이잖아요."

"그건 그렇네. 제대혈은 기증할 거야?"

"모르겠어요. 보관은 안 해도 기증은 할까 하는데, 또 지난번에 그 VVIP들이 맞았다는 이야기 들으니까 쓸데없는 짓 같기도 하고."

"난 그래도 기증은 하려고. 네 말마따나, 그렇게라도 안 하면 그냥 의료 폐기물이기도 하고."

심전도를 떼고 나왔다. 진료 순서를 기다리는 동안 지원은 엑스레이를 찍었고, 마침 재희도 약을 마시고 한 시간이 된 김에 나란히 채혈실에 가서 피도 뽑고 소변도 받았다.

"그리고… 이제 남은 건….."

지원은 진료실 앞에 앉으며 중얼거렸다.

"내진…."

"얼마나 아픈지 말해 줘야 해."

"아, 진짜!"

순서가 되자, 지원은 진료실 안으로 들어갔다. 의사는 언제나처럼 지원의 상태를 살피고, 검진실로 들여보냈다.

검진실에서 치마로 갈아입고 의자에 앉았다. 똑바로 누워 천장을 바라본 채 다리를 양쪽으로 벌리자, 의사가 들어와 초음파를 먼저 확인했다.

"아기 심장 소리 다 정상이고요. 이제 내진 할 거고요."

"예…."

"요즘 엄마들 중에, 내진을 굴욕이라고 말하는 사람들이 있는데, 그렇게 생각하지 않았으면 좋겠어요. 힘 빼시고, 입 벌리고 아, 하고 소리 내세요."

"아…."

"아기 머리둘레보다 골반이 작으면 자연 분만 못 해요. 이건 그걸 확인하는 과정이고, 또 자궁경부가 얼마나 열렸는지도 확인하는 거고."

의사는 손가락을 넣고 안에서 원을 그리듯 움직였다. 못 참을 정도는 아니었지만 역시, 안 아픈 건 아니었다.

"이지원 씨는 건강한 편이니까, 자연 분만 잘 하실 수 있을 겁니다. 이제부터는 언제든, 양수가 새거나 하는 느낌이 나오면 바로 병원 오셔야 하고요. 별일 없어도 다음 주에 오세요. 매주 볼 겁니다."

지원은 옷을 갈아입고 잠시 의사와 상담을 했다. 간호사는 입원에 필요한 준비물 목록을 건네주었다.

이제 드디어, 한 달 남았다. 길게 잡아야 한 달이고, 아마도 그전에 만날 수도 있을 것이다. 그렇게 생각하니 묘한 기분이 들었다.

"잘해 나갈 수 있을까요."

지원은 재희와 함께 병원을 나서다 말고 문득 물었다.

"선경이 말이야?"

재희가 냉담하게 대꾸했다.

오늘 두 사람은 오후에 은주네 집에 가기로 약속이 되어 있었다.

그리고 선경은 아직도 은주네 집에 있다. 정확히는 은주의 사무실에서 기거하고 있었다.

"전에 영수 씨가 돈 문제로 한숨 푹푹 쉬고 있을 때 싸했는데."

"지금 그게 중요한 건 아니죠."

"중요하지 않긴. 그 집 문제는 지금 돈 문제가 제일 커. 너, 임신하고 나서 돈 얼마나 더 썼는지 언제 계산해 본 적 있어?"

"아뇨."

"내가 아는 세무사가, 임신 사실을 안 순간부터 아기가 백일 될 때까지 임신과 출산으로 발생한 비용을 전부 다 적었단 말이야. 있는 사람이 더 하다고, 그 사람도 알뜰해서 아기 용품 어지간한 건 죄 다 물려받고 그랬어. 아기 옷이니 유모차니. 근데 조리원비랑 이것저것 다 해서 전부 얼마 들었다는지 알아?"

"얼마 들었는데요?"

"천만 원이 훨씬 넘었어."

"히익."

"선경이는 거기다가… 지금 회사를 그만뒀으니. 기회비용으로 치면 어마어마한 거겠지. 그리고 그 세무사는 건강하기나 했지. 나 아는 작가는 전치태반에 제왕 절개에 중간에 어디 안 좋아서 수액 맞고… 애 백일 때까지 갈 것 없이, 그저 산후조리원에서 나오는 시점까지만 계산했거든."

"얼마나 나왔대요."

"천오백 넘었대. 태아 보험 가입해서 일부 돌려받았어도. 지금 말한 사람들 전부 인천이랑 경기 사람이야. 서울이었으면 조리원 비용도 더 나갔겠지."

"어떡해."

"어떡해가 아니라 우리도 다 발등의 불이잖아. 내가 괜히 돈 이야기 하는 줄 알아."

재희가 중얼거렸다. 그러다가 지나가던 택시를 향해 손을 흔들었다.

"차라리 돈 문제 쪽이 나올지도 모르겠어요."

지원은 재희와 함께 택시에 타며 중얼거렸다. 재희는 잠시 말을 멈추고 지원의 기척을 살폈다. 지원의 안색이 어쩐지 좋지 않았다.

"별건 아닌데… 싸웠어요."

"정환 씨랑? 어쩌다가?"

"실은 지난번에, 베이비 페어 가기 전에 대판 싸웠어요. 싹싹 빌긴 하는데, 꼴도 보기 싫어 죽겠어요."

"아니, 왜. 정환 씨 정도면 잘 챙기지 않아?"

"하하….."

지구대나 파출소의 행정반장들은, 주에 한 번씩 관할 경찰서에 들어가서 회의를 한다. 지원도 마찬가지였다. 몸이 무거웠지만, 마침 정비를 받아야 하는 순찰차를 타고 예정보다 조금 일찍 서로 들어갔다.

"그때 이야기를 들었어요."

지원은 어금니를 지그시 물었다.

그날, 지원은 피복 창고에 볼일이 있었다. 그리고 피복 창고 옆쪽에는, 남직원들이 모여서 담배를 피우는 장소가 있었다. 물론 흡연자만 있는 것은 아니고, 엄밀히 말하면 사교의 장이라고 말해야 했지만.

그리고 그곳에, 정환도 있었다.

"잘했어, 이럴 때 임신을 딱 하는 게 맞지."

과학수사팀원들이 모여서 낄낄거리고 있었다. 물론 전원 남자였다.

"마누라가 먼저 승진하는데 당연히 남자로서 자존심 상할 일이지. 이렇게 꿇려 놓고 너도 추월해서 쭉 승진을 해. 그게 남는 거야."

"그러겠습니다."

"거, 이지원이가 아무리 잘나도. 옛말에 선녀와 나뭇꾼 이야기도 있잖아. 여자는 임신하고 애 낳으면 그 뒤는 뭐."

"역시 그렇죠?"

뭐, 다른 인간들이 헛소리하는 거야 그렇다 치자. 하지만 정환이 거기서 맞장구를 치는 것은 용서가 되지 않는다.

그런 데다 분명히, 그들은 임신을 시켜서 여자 발목 잡는 이야기를 하고 있었다. 임신 때문에, 원하는 일을 하기 위해 겨우겨우 쌓아올린 커리어에 심각하게 문제가 생긴 사람이 바로 자기들 동료인데도.

그 모든 상황을 파악하자마자, 지원은 뛰어들어 그들이 둘러싸고 있던 쓰레기통을 냅다 걷어차 버렸다.

"서정환!"

"물론, 피임을 안 한 건 제 실수이기도 해요."

지원이 씁쓸한 표정을 지었다.

"피임을 안 했으니 언젠가 생기긴 생겼겠죠. 하지만 자연적으로 생긴 것과, 서정환 그 인간이 일부러 내 발목을 잡으려고 노력해서 만든 것은 이야기가 다르잖아요."

"정환 씨가 뭐라고 해."

"뭐, 자긴 그런 거 아니라고 하죠. 아저씨들 그런 실없는 이야기 하는데 같이 허세 좀 부리고 비위 좀 맞춘 거라고. 싹싹 빌고, 시키지 않아도 집안일 싹 해 놓고, 뭐 그러는 걸 보면 그만 용서해 줄까 싶다가도, 내가 임신하지 않았으면 당하지 않았을 일들을 당할 때마다 다시 화가 치밀어요. 사람들이 내가 임산부니까, 밀쳐도 놀려도 화도 못 낼 거라고 생각하는 그런 것부터 시작해서…."

"이해가 간다. 그래도 싹싹 빌 정신이라도 있으니 다행이네."

"그건 그래요. 하지만…."

지원은 주먹을 꽉 쥐었다. 택시 기사가 흘끔 쳐다보았다. 지원은 그쪽을 한 번 쏘아보고는 자기 할 말을 계속했다.

"대체 뭐냐고요. 돈을 벌어오는 건 보이지도 않는 듯이 굴고, 자기보다 먼저 승진하면 자존심이 상하고, 지 새끼 임신해서 사회에서 회사에서 온갖 수모를 당하는데 그런 건 신경도 안 쓰고, 선경이처럼 회사에서 쫓겨나듯 퇴사라도 하면 안 벌어온다고 또 영수 씨처럼 저러고."

"그러게."

"대체 이 나라 남자들 비위를 누가, 무슨 수로 맞춰요?"

"그래서 나 아는 사람은, 차라리 덴마크 정자를 사다가 인공 수정으로 애를 낳는 게 더 낫겠다더라."

"…오."

"문제는 이제, 한국에서 미혼모로 애 낳는 게 쉽냐…이긴 한데."

재희는 문득, 제야의 종 카운트다운을 외치던 바로 그 때, 상훈이 하던 이야기를 떠올렸다. 조금 다른 형태로 계속 일하면서 아이를 키우는, 이혼하셨다는 시나리오 라이터를.

만약 우리에게 좀 더 보편적인 복지가 주어진다면, 실패해도 다시 시작할 기회들과, 조금 더 넓은 사회안전망이 생겨난다면. 원한다면 계속 일할 수 있는 노동환경이 주어진다면.

그럼 정말 많은 것들이 변하지 않을까.

"그렇네요, 그게 문제네…."

그때 재희의 가방 속에서 전화 벨 소리가 들렸다. 재희는 급히 휴대폰을 꺼냈다. 은주였다. 그리고 통화 버튼을 누르자마자, 은주의 날카로운 목소리가 들려왔다.

"큰일 났어, 지금 선경이 XX 대학병원 가는 길이야."

은주의 사무실은, 엄밀히 말해 회사 사무실보다는 개인 오피스텔에 가까웠다. 신혼집과 한 건물 안에 사무실을 옮겨 놓고도, 은주는 종종 밤늦게까지 일하다가 이곳에서 잠깐 눈을 붙이는 걸 좋아했다. 새벽까지 일하다가 집에 들락거리면 규현의 숙면에 방해가 될 것 같아서, 은주는 굳이 사무실 구석에 접어놓는 간이침대가 아닌, 제법 편안한 1인용 데이베드를 들여놓았다.

그리고 지금 그 침대는, 선경이 쓰고 있었다.

선경은 지난번 베이비 페어 이후로, 은주의 사무실에서 지내고 있었다. 은주도 임신을 한 상황에 신세지는 게 너무 미안한 일이라고 생각했지만, 다행히도 여기엔 선경이 할 만한 일들이 있었다. 이를테면 주먹구구식으로 돌아가던 장부들을 싹 정리한다거나 하는 일들 말이다. 일솜씨는 어디 가는 게 아니라서, 선경은 그것만으로도 여기서 숙식을 해결하는 비용은 해결하고도 남을 만큼 열심히 일했다.

선경이 지금 어디 있는지는 영수도 뻔히 안다.

사실 임신 5개월 좀 지난 상태에 이미 만삭의 배를 하고 있는 선경이 갈 수 있는 곳이야 뻔하다. 몸이 무거워서라도 멀리 갈 수가 없는 상황인 것이다.

하지만 영수는 연락하지 않았다.

"정말, 그런 남자일 줄 몰랐는데."

선경은 살짝 기분 나쁘게 욱신거리는 아랫배를 손바닥으로 감싸며 중얼거렸다.

"어디 있는 줄 뻔히 아는데, 와서 미안하다고 싹싹 빌기라도 할 줄 알았는데."

눈물이 났다.

자신에게는 그렇게 소중한 아이들인데. 그 귀한 아이들이 태어나기도 전부터 제 아빠에게 박대당하는 것 같아서, 가슴이 욱신거리게 서럽고 고통스러웠다.

"이런 걸 물려주고 싶지 않았는데. 미안해…."

선경은 울었다. 그때 아랫배 쪽에서 한 번 더, 세게 치는 듯한 아픈 느낌이 왔다.

"어…."

예감이 좋지 않았다.

언젠가 경험했던 통증, 밑이 빠지는 듯한 느낌이었다. 선경은 얼른 자리에 누웠다. 그리고 손을 뻗어 휴대폰을 집어들었다.

은주는 1층, 약국 쪽에 잠시 내려가 있었다. 잠깐 자리를 비운 것뿐인데, 이렇게 번거롭게 하고 싶지 않았는데. 하지만 체면을 차리고 은주를 배려하기에는 지금 이 통증이 너무나 불길했다. 아래로 뭔가 찔끔찔끔 새는 느낌도 났다.

"언니, 나 좀 이상해요."

선경은 은주를 불렀다. 은주는 서둘러 사무실로 올라왔다가, 바로 119

를 불렀다.

"안 돼… 제발… 이번에는…."

선경은 울었다. 첫 아이가 유산된 것도 5개월 무렵, 둘째를 유산한 것은 6개월 초반 때였다. 이번에도 그렇게 어처구니없이 아이들을 잃을 수는 없었다. 자신을 들여다보는 구급대원들, 들것에 실려 가며 머리와 온몸이 흔들리는 느낌, 누워서 차를 탔을 때 느껴지는 묘한 멀미, 그 모든 것들이 생생하게 그날의 기억을 되살리게 했다.

"안 돼, 그럴 수는…."

"김선경 산모님, 마음 단단히 먹고 내 말 들으세요."

의사는 심각한 얼굴로 말했다. 선경은 얼굴이 하얗게 질렸다.

"입원하셔야 할 것 같아요. 조산기가 있고 아주 위험해요."

"조산…."

"지금 김선경 산모님 임신 22주예요. 그게 무슨 뜻인지 아시겠어요? 지금 아이들이 나오면 살려낼 가능성이 아주 희박하다는 말이에요. 세계보건기구에서 말하는 임신 최소 주수보다 아직 모자라요."

"우리 애들… 잘못되는 건가요?"

선경의 눈에서 눈물이 쏟아졌다. 설명이 귀에 들어오지 않았다. 의사는 선경의 손을 꽉 잡았다.

"정신 차려요. 사실은 21주에 태어난 아기도 살아난 케이스가 없는 건 아니에요. 하지만 솔직히 그건 가능성이 희박하니까, 우리 아기들은 지금 가급적 뱃속에, 엄마 뱃속에 있어야 하는 거예요. 아직 한참 더."

"선생님, 우리 애들… 어떡해요…."

"잘못되지 않게 할 거예요. 심호흡하세요."

의사가 침착하게 몇 번이나 말했다. 괜찮을 거라고. 하지만 상태는 좋지 않았다. 자궁경부 두께가 1.6센티도 되지 않았다. 게다가 자꾸만 수축이 왔다.

"안 되겠다. 대학병원으로 가실 거예요. 지금 우리랑 연계된 대학병원에 연락하고 있으니까, 곧 갈 수 있을 거예요."

"선생님…."

"갔다가, 괜찮아지면 다시 우리 병원으로 올 거예요."

"흑…."

"만약에 무슨 일이 생겼을 때, 여기보다는 대학병원이 아기들을 살릴 가능성이 더 높아서 가는 거예요. 거긴 신생아 중환자실이 있으니까. 알겠어요? 어디서 낳느냐가 중요한 게 아니에요. 아이들이 무사히 태어나는 게 가장 중요하지. 그렇죠?"

선경은 울면서 고개를 끄덕거렸다.

그리고 은주는 착잡한 마음으로 선경을 바라보았다.

어째서 이렇게까지 힘든 것일까. 그저 선경은 남들처럼 엄마가 되고 싶다고 생각한 것뿐일 텐데.

선경은 대학병원으로 이송되었다. 가는 내내 은주가 손을 꼭 잡고 있었다. 그리고 가는 구급차 안에서, 간호사가 말했다.

"보호자분, 그쪽 병원으로 빨리 오시라고 하세요."

"예?"

"남편분요. 수술이라도 하게 되면 동의서 쓰셔야 해요."

은주는 선경을 바라보았다. 선경은 입을 꼭 다문 채 고개를 돌렸다.

"선경아. 영수 씨한테 연락할게. 싸우는 건 나중에 다시 할 수 있지만 이건 그게 아니잖아."

선경은 대답하지 않았다. 은주는 한숨을 쉬었다. 간호사가 걱정스러운 표정으로 두 사람을 바라보았다.

"혹시…."

"아뇨, 그런 건 아니고… 좀 싸웠어요."

아마 간호사는, 가정폭력이나 그런 일이 있었는지 확인하려 했던 것 같았다.

그런 것은 아니다. 이건 그저 단순한 부부싸움이다. 그것도 아이를 낳기 전에 돈 문제로 싸우는 일은 의외로 흔하다고 들었다. 하지만….

"여보세요. 영수 씨?"

영수는 선경이 기다렸는데도 용서를 구하지 않았다. 선경이 그를 가장 필요로 할 때 곁에 있어주지 않았다. 이렇게 응급 상황이 된 것도, 어쩌면 영수가 선경을 계속 속상하게 했기 때문일지도 모른다. 이런데도 선경은 과연 영수를 용서할까?

은주는 그 생각을 하니 속이 답답했다.

애초에 선경이 처음 영수를 만났을 때, 영수는 무일푼에 가까웠다. 학자금 대출에 허덕였고, 부모님은 빚만 물려주셨다. 아직 학교 다니던 영수의 명의로 카드를 만들어 돌려막기를 할 정도였다. 선경은 그걸 전부 끊어내게 했다. 카드를 없앴다. 배은망덕하다며 비난하는 부모님과도 연락을 끊었다.

선경이라고 집에서 뭘 물려받거나 한 것도 아니다. 자기가 알아서 한 거지. 그 댁 부모님은 고루하신 분들이라, 선경이 오빠에게라면 모를까, 선경에게 뭘 물려주고 투자하고 가르치고 할 생각은 안 하시는 분들이었다. 그저 말끝마다 여자애가 욕심이 너무 많다고 타박들만 하셨지.

똑똑하고 독한 선경은 알아서 자력으로 살아남았다. 좋은 성적으로 학교를 나오고, 졸업하자마자 취업해서 알뜰하게 저축하고 적당히 돈을 투자했다. 그렇게 시작한 두 사람이었다.

신혼은 선경이 마련했던 전셋집에서 시작했다. 사는 집을 늘려 나가고, 차를 샀다. 지금 그들 부부가 가진 것 중 자산이라 할 만한 것들은 대부분 선경이 악착같이 모으고 굴려 이룩한 것들이었다.

"생각할수록 배은망덕하잖아, 정말."

그런 선경을 앞에 두고, 갑자기 가장 같은 소리를 하다니.

대학교 교직원도 나름 안정적이고 수입도 괜찮지만, 선경은 대기업 과장이었다. 갑자기 회사를 그만두긴 했어도, 바로 직전까지 소득만 따지면 선경이 실질적인 가장이었다.

아니, 더 벌지 않더라도. 재산 형성에 그만큼 기여하지 않았더라도.

부부잖아.

"와서 싹싹 빌라고 전화한 거 아니고요. 아니, 선경이가 어디 있는 줄은 아는 사람이 왜 그러고 있어요?"

누가 더 벌고 덜 벌고, 재산 형성에 더 기여하고를 떠나서, 같이 나란히 출근해서 일하고 있잖아. 건강을 해치고 유산을 두 번이나 할 만큼 열심히 일했고, 임신해서는 직장 상사에게 그렇게 모욕을 당하면서도 버틸 수 있는 데까지 버텼잖아.

아니, 모욕을 당하지 않았어도, 지금 사람이 아픈 거잖아. 이렇게 응급으로 병원에 실려 갔다가 다시 대학병원으로 옮겨 갈 만큼.

그런데 지금, 무슨 면목으로 가장 같은 소리를 하고 있어.

기가 막혀서.

"지금 선경이 XX 대학병원으로 가는 중이에요. 조산 기가 있어서."

남 인생에 감 놔라 배 놔라 할 수 없다는 건 안다. 하지만 은주에게 선경은 친동생 같은 아이였다. 그런 아이 눈에 눈물 나게 하는 것도 모자라서, 이렇게 아픈 데 곁에 있지도 않은 남편 따위는 이쪽에서 사절이다.

"지금 뭐라는 거야. 이보세요, 이영수 씨. 지금 조산이 뭔지 알고 그래요? 지금 나오면 애들 둘 다 죽는데, 지금 어디서 자존심을 세우고 있어요. 자식 잃는 게 님 자존심보다 낫다 이거예요?"

자존심 세우는 것 아니라고, 전화 저편에서 비굴하게 중얼거리는 목소리가 들렸다. 은주는 화가 치밀었다. 지금 그가 눈앞에 있으면 자기가 먼저 멱살 잡아 흔든 뒤 이혼시켰을 것 같았다. "입 닥치고 당장 뛰어오지 않으면 가정폭력으로 신고해 버릴 거예요. 지금 배우자가 죽어 가니까 와서 수술 동의서 쓰라는데 지 자존심만 세우는 게 가정폭력이지, 아닌 것 같아?"

은주가 언성을 높였다. 그녀는 휴대폰을 가방에 쑤셔 박고, 선경을 바라보았다.

"선경아, 저따위 놈 필요 없어. 그냥 나랑 살자. 애 낳고서 나랑 살면서 사업이나 하자. 그게 낫겠어. 저런 걸 어디다 쓰니."

"언니…."

"아, 정말. 저런 줄 몰랐어. 가진 건 없어도 참한 사람인 줄 알았는데, 어디서 지금 개 꼬장을 부리니? 이런 상황에."

선경은 낮게 흐느껴 울었다. 은주는 답답해서 가슴을 쳤다. 그러다가 급히, 재희와 지원에게도 연락을 했다.

"임신 중기에는 자궁경부 길이가 4~5센티는 나와야 합니다. 근데 짐작하시겠지만 쌍둥이의 경우에는 이게, 아이 둘이다 보니 무거워서 생각보다 빨리 얇아질 수가 있어요."

대학병원에 도착하자, 바로 초음파를 보고 태동계를 달았다. 수축이 계속 잡혔다.

임신 중반부가 되면 흔히 배가 뭉친다고 하는 증상이 일어난다. 이것도 사실은 수축의 일종이다. 하지만 배 뭉침은 일정하지 않다. 간헐적이고, 잠깐 뭉치다가 다시 약해진다. 이런 것은 상관없다.

하지만 이 수축이 여러 번, 일정하게 진행되면 위험해진다. 사실 임신 30주 이후에는 이렇게 일정하게 수축이 여러 번 일어나다가 몇 십 분 내에 그대로 사라지는, 마치 몸이 출산의 예행연습을 하는 듯한 현상이 일어난다. 소위 가진통이다. 여기서 수축이 점점 강해지면서 간격이 짧아지면 진진통이 되고, 아기를 낳게 된다. 다시 말해, 임신 중반에 이렇게 집에서 나와 다니던 병원을 거쳐 대학병원까지 오도록 수축이 계속되는 것은 위험했다.

"저 어떡해요… 선생님….."

"아이들은 튼튼하니까 한번 노력해 봅시다."

의사가 짧게 말했다. 돌아서려는 의사에게 선경이 애원하듯 손을 내밀며 소리쳤다.

"저기, 그… 수술… 수술 있다면서요. 여기 경부 묶는…."

"맥도날드 수술요?"

의사의 표정이 어두워졌다.

"아이가 하나라면 몰라도, 쌍둥이의 경우에는 신중하게 해야 합니다. 임신 후반기로 가면서 오히려 양막이 찢어질 가능성이 있어요."

"아….."

선경의 눈에서 눈물이 주루룩 흘렀다.

"일단, 지금 김선경 씨 자궁경부 길이가 1.6센티쯤 됩니다. 정말 1센티도 안 된다, 그래서 이 방법밖에 없다, 그러면 그걸 바로 하겠는데, 지금은 아직 추이를 좀 볼 필요가 있어요. 일단 수축부터 잡아봅시다."

의사는 돌아 나갔고 간호사가 각종 동의서들과 문진표를 가져왔다.

"보호자분은 아직 안 오셨나요?"

보호자라는 말에 화가 치밀었다. 선경이 침대에서 일어나려다가 간호사에게 붙잡혔다.

"진정하시고요."

"흑… 흐윽…."

그때 은주의 전화기가 울렸다.

"선경아!"

배가 이렇게 부른 두 임산부가, 선경이 있는 분만실로 뛰어 들어왔다.

"선경아, 괜찮아?"

"환자분 안정하셔야 하고요."

"언니… 지원이도 왔네…."

"얘 괜찮은 거예요?"

"괜찮도록 노력할 거예요."

간호사가 대답했다. 그러다가 지원과 재희의 부른 배를 보고는 나직하게 중얼거렸다.

"이렇게 오시는 분들 정말 많으세요. 드문 일이 아니에요. 사실 무사히 임신해서 32주, 36주 무사히 넘기고 자연 분만까지 가는 게 얼마나 다행스러운 일인지…."

"아…."

"보호자분 오실 때까지 여기 한 분만 남아 계시고요, 다른 분들은 밖에서 대기해 주세요."

두 사람이 선경에게 손을 흔들어 보이고, 밖으로 나갔다. 선경은 힘없이 그들을 바라보다가, 소리 죽여 흐느끼기 시작했다. 울 때마다, 뱃속의 아기들이 같이 움찔거렸다. 은주는 선경의 손을 꼭 잡았다.

"울지 마."

잠시 후 영수가 구르듯이 문을 열고 들어왔다. 밖에서 벌써 지원에게 멱살을 한 번 잡혔는지, 셔츠 앞섶과 넥타이가 엉망으로 구겨진 채였다.

"…선경이 쟤 어떡하냐."

재희는 병원 복도의 의자에 털썩 주저앉은 채 중얼거렸다.

"임신 관련된 일은 실손보험도 안 되고. 쟤 지금 태아 보험도 못 들었 잖아. 이거 얼마나 나오는 거지? 의료보험으로 어디까지 되는 거야?"

"하아…."

지원도 착잡한 표정으로 분만실 쪽을 쳐다보았다. 기다려 오던 아이를 낳기 위해서든, 아이에게 문제가 생겨서든, 혹은 다른 이유든, 임신한 사람이 응급으로 병원에 오면 우선 분만실로 오는 모양이었다. 태동 검사라든가, 일단 태아의 상태를 함께 확인할 수 있어야 하니까 그렇겠지.

"그런데요, 언니. 그냥 친구 남편이면 안 보면 그만이지만, 영수 씨는 언니가 출강 나가는 학교 직원이잖아요."

"근데 뭐."

"…."

"말을 너무 심하게 했다고."

"임산부가 태교에 안 좋게 남의 멱살을 쥐고 짤짤 흔들었으면서 별소리를 다 한다, 이 폭력 경찰아."

"거기서 태교가 왜 나와요."

"그러게."

영수 일을 생각하면 두 사람 모두, 화가 치밀었다.

"어떻게 될 것 같아요."

"당사자들 문제야."

말하면서도 재희가 분만실 쪽을 노려보았다.

"환자 보호자란 말이지. 환자 보호자. 보호자 좋아하네, 개새끼."

"…근데 선경이는, 미안하다고 싹싹 빌면 또 안 헤어지겠죠."

"그렇다고 헤어지라고 우리가 가서 굿을 할 수도 없잖아."

"그렇죠."

임신과 출산에는 돈이 든다. 그건 재희도, 지원도 아는 문제다. 선경이 아이를 간절히 원했던 것도, 그 과정에서 치료비가 꽤 나왔던 것도 알고 있다. 하지만.

"…애를 선경이 혼자 만들었어?"

난임 치료라는 것은, 혼자만의 의지로 되는 일이 아니다. 싫다는 걸 억지로 주사기로 정자를 빼낸 게 아니다. 병원에 가서 동의서 쓰고 자기 손으로 채취해서 갖다 내고 만들었다. 설령 선경 혼자만 간절히 원한 일이라 하더라도, 영수의 동의 없이는 이루어질 수 없는 일이었다. 그 원인도 결과도, 선경 혼자 책임질 일이 아니다.

"몸 아픈 거, 고생하는 거, 그 때문에 회사 잘리고 마음고생 하는 거 전부 누구야. 선경이잖아. 처음에 애가 셋이라는 말 듣고, 하나 없애야 할지도 모른다는 말에 그렇게 마음 아파하던 것도 선경이라고. 근데 그렇게 태어나면, 그 애들 누구 성 붙여?"

"이영수 성 붙이겠죠."

"그렇지. 그게 말이 돼?"

재희가 투덜거렸다.

가족관계 등록 등에 관한 법률이 시행되면서, 결혼한 부부 사이에 태어난 아이에게 합법적으로 어머니의 성을 따를 방법이 만들어졌다. 2008년의 일이었다.

사실은 그래서 재희도, 딱히 아이를 낳을 계획은 없었지만 혹시라도 상훈과의 사이에서 아이를 낳는다면 자기 성을 따르게 할까, 생각했던 적이 있었다. 아직 동거하던 때의 일이었다. 오래 가족으로 지내다가 마침내 법적인 가족이 되기로 결심하고 혼인신고를 하기로 합의했을 때 이 이야기가 나왔다. 아이를 낳는다면 성씨를 어떻게 할 것이냐에 대해서.

…자녀의 성과 본은 원칙적으로 아버지를 따르도록 하되, 부부가 혼인신고를 할 때 태어날 자녀가 어머니 성을 따르기로 협의한 사실을 신고하면 아이에게 어머니의 성을 물려줄 수 있다.

여기까지는 재희도 아는 부분이다. 그리고 상훈도 딱히 반대하지 않았기에, 혼인신고를 하러 가면서 그냥 신고서에 체크를 했다. 근데 이제 그 다음부터가 골치 아팠다. 정말 후회하지 않겠느냐는 잔소리부터 시작해서, 협의서를 가져와라, 인감증명서를 가져와라, 무슨 공증을 해라, 여기 구청에서 몇 년 동안 혼인신고 업무를 했지만 이걸 정말 체크해 온 부부는 당신들이 처음이다, 위장결혼 아니냐, 이혼할 것 아니냐, 그렇지 않아도 이혼하면 여자들이 위자료나 양육비 받기도 쉽지 않은데 엄마 성 따른 애를 누가 챙겨 주겠느냐, 세상 사람들이 이혼했거나 혼외자인 줄 안다, 애의 장래를 생각해라, 정말 끝이 없었다.

만약 그때 재희가 언젠가 아이를 낳고 말겠다는 구체적인 계획이 있었다면, 결코 이 상황에서 물러서지 않았을 것이다.

하지만 그럴 것도 아닌데, 그저 제도가 있으니 통계에 한 커플 더 보태자는 생각으로 체크했다가 이 끝없는 정신 공격을 당할 이유는 없었다. 재희는 화를 내고, 혼인신고 서류를 고쳐 쓰고, 쓰고 나오면서 생각했다. 이걸 체크해 온 부부가 처음인 게 아니라, 누가 이런 걸 제출해도 이렇게 달달 볶아가며 통과를 안 시켰던 거겠지.

"아니, 이 나라는 남자에게 성 물려주는 게 그렇게 중요해? 내가 그거 항의했더니, 여자 성 물려주는 게 그렇게 중요하냐고 묻더라. 하필 그걸 물어보는 건 그 담당자부터가, 남자가 성을 이어받는 게 되게 중요한 일이라고 생각한다는 거겠지."

"공무원들은 보수적이니까요, 대체로."

"보수? 야, 인구 문제가 발등에 불이라면서 그렇게 보수적이어서 백

날 가야 뭐 하나 성공하겠냐. 프랑스는 출생률이 떨어진다고 하니까, 미혼모나 혼인신고 안 한 커플 사이에서 태어난 아이들에 대한 정책부터 싹 고쳤다더라. 이미 다른 나라에서 시행해서 성공한 사례들이 뻔히 있는데 안 하는 이유가 뭐겠어."

"뭐… 그렇죠."

"이 나라는 심지어는 혼외자도 애 아빠 성을 따를 방법만큼은 갖가지로 만들어 줬다니까. 정말로 중요한 게 출생률인지, 남자에게 자기 성을 이은 자식을 만들어 주는 건지 모르겠어."

"그래서 그때 국민신문고 항의한 건 어떻게 됐어요?"

"주의 경고하고 계도하겠다고 했지. 나중에라도 그거 정정할 수 있나 알아봤는데, 이혼하고 다시 혼인신고 하라더라."

"에휴…."

"그냥, 요즘은 다들 외동들도 많잖아. 애를 둘을 낳으면 한 명은 엄마, 한 명은 아빠 성 물려줘도 될 테고. 그래, 성을 물려주는 게 그렇게 중요한 일이면, 바로 그렇게 한 명씩 나눠서 성을 물려주기 위해서라도 둘째 낳는 집도 있을걸? 어쨌든 선경이는, 이쯤 되면 저 쌍둥이들 자기 성 붙인다고 해도 이영수는 뭐라고 말을 하면 안 돼. 그렇지 않아?"

"그건 그런데, 좀 전에 그러셨잖아요. 이혼해야 가능하다고."

"…그렇지."

재희는 시무룩한 얼굴로 중얼거렸다.

"그래, 김선경은 이 지경이 되어도 이혼할 애가 아니지. 자기 애들한테 얼마나 완벽한, 그림처럼 완벽한 가정을 만들어 주고 싶어 하는 앤데. 그런 애가 고작 때린 것도 아니니까. 근데 난 너무 속이 상한다. 선경이가 저렇게 목숨 갈아가면서 임신을 해서, 저 고생을 하는데. 몸이 아픈 건 누구고, 유산해서 마음이 아픈 건 누군데. 야, 전에 선경이 남편 이영수 씨가 나한테 뭐라고 했는지 아냐?"

그때, 분만실 문이 열렸다. 먼저 은주가 나왔다. 그리고.

"아⋯."

그 뒤를 따라 걸어 나오던 영수가, 재희의 목소리에 걸음을 멈췄다. 재희와 지원이 나란히, 그야말로 영수의 얼굴 가죽에 구멍이 나지 않나 싶을 정도로 빤히 노려보았다. 영수가 고개를 숙였다. 기억력이 좋아서 뒤끝 하나는 기가막히게 긴 재희가 언성을 높였다.

"이렇게 애 낳아서 뭐 하냐, 선경이가 왜 애에 집착하는지 모르겠다."

"⋯."

"그러면서 세상에, 내 앞에서 담배를 척 하고 피우는 거야. 선경이는 그 난임 치료 하는 내내, 술은 물론 콜라도 입에 안 대고 맨날 식이조절하고, 그렇게 힘들게 노력을 했는데. 정자에 담배가 얼마나 안 좋은지 알 만한 사람이!"

"전자담배입니다⋯."

"어이쿠, 그래요. 전자담배는 뭐 몸에 좋습니까?"

"⋯."

"유산한 애들 화장한 걸 선경이가 아직 갖고 있다고. 그거 내다 버리라고 했다고 그랬어. 선경이가 그걸 어떤 마음으로 갖고 있을지, 그런 건 상상도 못 해. 저거 완전 사이코패스야. 쌍. 화해고 나발이고, 이혼시켜서 그냥 선경이랑 애들은 우리가 데리고 사는 게 낫겠어요. 임신한 데다 아프기까지 한 선경이가 가출을 했는데도 자존심이나 세우면서 그러든가 말든가 하는데, 저런 사람이 남편 노릇, 애비 노릇은 제대로 하겠어요?"

"선경이는 어때요?"

지원이 물었다. 은주가 한숨을 쉬었다.

"조산하는 것에 대비해서 이것저것 조치하고 있어."

"벌써 나오면 안 되는데. 걔 이제 6개월이잖아요."

"22주야."

"어떡해요."

재희도 은주를 돌아보았다.

"수술에 필요한 검사들이랑, 선경이 심전도랑 이것저것… 그리고 폐성숙 주사 같은 것도 맞고 있어."

"폐성숙?"

"태아가 폐로 숨 쉬는 게 완성되는 게, 출산할 때 거의 다 되어서잖아."

"34주요."

"그래. 그래서 그전에는 혼자 숨 쉬는 게 힘들어서 인큐베이터에 들어가 있고… 어쨌든 혹시 태어나더라도 조금이라도 가능성을 높여 본다고 이것저것 하고 있어."

"괜찮아져야 할 텐데…."

세 사람이 거의 동시에 한숨을 쉬었다. 그러다가 은주가 영수를 돌아보았다.

"선경이는 지금 태아 보험이 없어요. 걔가 알아보지 않은 게 아니라 보험사에서 안 받아줬어요. 쌍둥이에 노산에 몸도 안 좋아서."

"죄송합니다."

"죄송하시라고 하는 말이 아니고, 이제 입원하고 치료하고 하려면 돈이 꽤 들 거예요."

"입원…."

"자궁경부가 원래 이만큼 있어야 하는데, 쌍둥이라 눌려서 이렇게 얇아졌잖아요. 게다가 진통도 오고 있고, 안정될 때까지 일어나면 안 돼요. 밥 먹을 때 말고는 하루 종일 누워 있어야 하고, 계속 태아 상태 봐야 한다고 아까 간호사 선생님이 그랬잖아요."

"아, 예…."

"보호자 안 할 거예요?"

"아닙니다."

영수는 고개를 푹 숙이고 있다가, 은주를 향해 기어들어가는 목소리로 말했다.

"선경이… 돌봐주셔서 감사합니다."

"…왜 안 왔어요. 어디 있는지 뻔히 알면서."

"…."

"님아, 지금 님이 자존심 세울 때가 아니에요. 지금 시국이 어떤 시국인데 남자 짓을 하고 있어. 선경이 임산부예요. 그렇지 않아도 임신 중에, 입덧할 때 뭐 안 사다 준 것도 평생 못 잊는다는데. 이런 짓을 벌여 놓고도 평생 무사할 것 같았어요?"

"죄송합니다."

"우리 선경이, 친정도 반쯤 없는 거나 마찬가지로 산다고, 그래서 무시하는 거예요? 이럴 때 장모님이나 뭐 누가 득달같이 달려와서 야단치지 않는다고?"

"죄송합니다. 제가… 정말 뭐에 씌었나 봐요. 제가… 애들이 태어난다는데, 돈 문제 같은 것도 걱정이 되고…."

"그런 회사에, 그런 나쁜 상사까지 만나서, 회사에서 힘들게 하루하루 버티는 것 뻔히 알았으면서."

"죄송합니다…."

영수는 머리를 조아렸다. 몇 번이나, 계속.

"선경이가, 울더라."

나중에야 은주가 말했다. 집에 돌아가는 차 안에서였다.

"그런 것도 남편이라고, 가족이라고, 걔 얼굴 보고 울었어. 거기다가 뭐라고 그래."

"…아, 진짜."

"언니는 당사자들 문제라면서 제일 핏대 올리고 말이죠."

"저번에 나 붙들고 헛소리하잖아. 내가 난임 치료 할 거라는 이야기 한 직후였는데. 뻔히 알면서도 코앞에서 전자담배 피우고."

재희가 투덜거렸다.

"어쨌든 여기서 더 나쁘게 되지 말아야 할 텐데요."

"그러게…."

선경은 숨이 잘 안 쉬어져서 고생하고 있었다. 맥박이 150을 훌쩍 넘어섰고, 손발이 얼얼하게 저린 데다, 머리가 깨질 듯이 아팠다.

어떻게 된 걸까.

"선경아, 괜찮아?"

"안 괜찮아…."

선경은 얼굴이 새파랗게 질린 채 대답했다. 몸이 배배 꼬이고, 가슴이 답답했다. 보다 못한 영수가 간호사를 불렀다.

"아직도 계속 수축이 있네요."

사람이 숨이 막힌다는데, 간호사는 태동 검사지를 확인하고 바로 다시 나갔다. 뭔가 말하려는데, 곧바로 의사가 들어왔다.

"음, 지금 자궁수축 억제하느라고 맞는 약이 라보파예요. 이게 보험이 되는 대신 부작용이 좀 있고요."

"부작용이라면…."

"이게 교감신경 쪽에 전체적으로 영향이 가요. 교감신경을 흥분시켜서 자궁 근육을 이완시키는 거예요. 근데 교감신경을 자극하다 보니까 호흡이나 맥박이 빨라지고, 체온이 오르거나 얼굴이 화끈거리거나 머리가 아프기도 하고, 신경과민이 되기도 하고… 심하면 폐부종이 오기도 해요."

"부작용이 많네요."

선경이 괴로운 표정을 지었다.

"애들한테는 괜찮은 거죠?"

"예, 괜찮아요."

"저기, 다른 방법은 없는 겁니까?"

영수가 물었다.

"트랙토실이라는 약이 있어요. 호르몬중에 옥시토신이 자궁을 수축시키거든요. 분만할 때 유도분만 주사가 이 옥시토신 쪽인데. 트랙토실은 이 옥시토신을 방해하는 약이에요."

"그럼 이 심장 두근거리는 건 좀 괜찮은 건가요?"

"예. 그런데 의료보험 받을 수 있는 횟수가 정해져 있어요. 3사이클까지 됩니다."

"그럼 그다음에는요."

보험 되는 동안에는 한 사이클에 5만원, 그 이후에는 한 사이클에 50만원이라는 말을 듣고 영수는 잠시 멍한 표정을 지었다. 하지만 영수는, 곧 고개를 끄덕이며 대답했다.

"그걸로 해 주세요."

아기가 건강하게 태어나는 게 중요하다, 산모가 무사하면 된다. 현대 의학이 이렇게 발전했다. 그렇게 말하는 건 쉬웠다.

하지만 그렇게 자신있게 말하려면, 돈이 필요하다. 중간에 직장에서 쫓겨나거나 한동안 일을 쉬게 되어도 버틸 수 있는 돈이, 갑자기 병원에 입원하게 되었을 때 쓸 수 있는 돈이.

대부분의 실손 보험은 임신과 출산 과정에서 벌어지는 일들을 커버하지 않으려 들고, 태아 보험은 나이든 산모에게는 가입부터가 큰 난관이다. 나라에서 고위험 산모에게는 추가로 치료비의 90퍼센트까지 보조를 해 주는 게 있다고는 하지만, 그 최대 범위는 300만 원으로 정해져 있다.

영수는 기운 없는 표정으로 침대 옆에 앉았다. 오늘, 회사에는 가지 못했다. 지금은 선경의 곁에 있어야 할 때였다. 조금 전처럼 갑자기 약을 바꾸어야 할 수도 있고, 언제 무슨 돌발 상황이 일어날지 모르니까.

그리고 잠시 후, 약을 바꾸고 조금 편안해진 표정의 선경이 영수를 쳐다보았다.

"큰 결심했네."

"…뭐가."

"돈 이야기만 나오면 겁부터 먹으면서."

"어떡하겠어."

영수가 한숨을 푹 쉬었다.

"그나마… 야, 정말 돈 없으면… 아이도 못 낳겠다. 정말 너무하네."

"너무하지."

선경이 눈을 감았다. 영수가 조심스럽게 선경의 손끝을 붙잡았다. 선경은 눈을 감은 채 말했다.

"그날 말이야. 나 회사 그만두던 날."

"응."

"부장이 가라는 대로 베트남에 갔으면, 우리 애들은 못 살렸어. 아니, 비행기 안에서 진통이 왔을지도 몰라. 기압이 변하니까."

"미안해."

"우리 곧 전세 만기지."

선경이 나직하게 중얼거렸다. 며칠간 계속 생각했던 이야기였다.

"이사하자. 은주 언니 집 근처로. 그동안 그쪽에 살았던 게, 회사에 조금이라도 가까운 데서 살아야 할 것 같아서 그랬어. 이제 회사도 그만뒀고, 당신 직장도 그쪽이니까… 나도 언니들이랑 가까이 살면 안심도 되고. 또….”

“미안해.”

“그리고 은주 언니네 일 돕기로 했어. 대기업 다니던 만큼 버는 건 아니지만, 경력이 끊어지는 것보다는 나으니까. 또….”

조곤조곤하게, 앞으로의 일들을 이야기했다. 영수는 선경의 말에 귀를 기울이다가 조심스럽게 물었다.

“화 풀었어?”

“아니.”

“용서 안 해 주는 거야?”

“용서를 받고 싶었으면 집 나온 첫날 쫓아왔어야지.”

“미안해.”

“당신에게는 정이 좀 많이 떨어졌어. 그런데… 어쨌든 애들에게는 아빠 얼굴을 볼 권리도 있을 테니까.”

선경은 말하다 말고 희미하게 웃었다.

“당신에게 배우자의 자격이 있는지, 아빠가 될 자격이 있는지, 그걸 증명할 마지막 기회야, 이영수. 이제 진짜 잘 해야 해.”

영수는 머뭇거렸다. 그는 바로 대답하지 못했다. 그러다가 선경의 표정을 보고, 대답 대신 머리를 숙이며 선경의 손을 꽉 붙잡았다.

예전에 대학 입시를 볼 때 읽었던 국어과목 예문에 그런 게 있었다. 비자목 바둑판이 갈라졌을 때, 그대로 못 쓰는 바둑판이 될 것인지, 혹은 상처가 가느다란 실금으로 남아 더욱 가치 있는 바둑판이 될 것인지에 대해서.

아마 이때의 일이 두고두고 생각날 것이다. 살면서, 뭔가 서운하고 마음에 차지 않는 순간마다. 하지만 지금 이 일은, 두 사람이 헤어져야 할 만큼 신뢰관계에 깊은 골이 간 것은 아니었다. 경찰이나 법원의 도움을 받아야 할 만한 중대한 사안도 아닌 것 같았다. 그런 거라면, 아직은 한 번은 더 기회를 주겠다고, 선경은 생각했다. 어떤 사람들은 그런 걸로 화를 내느냐고 자신을 탓할지도 모르고, 또 어떤 사람들은 그런 남편을 어떻게 데리고 사느냐고 자신을 비웃을지도 모르지만.

선경은 아직 한 번은 더 기회를 주고 싶었다.

어쨌든, 불안하게 꿈틀거리던 두 아이들이, 영수의 목소리가 들려오자 조금은 차분해지는 것 같은 느낌이 들었으니까.

그것만으로도, 한 번 더 기회를 줄 이유는 충분할지도 모른다. 선경은 그렇게 생각하며 영수의 손등을 손끝으로 쓰다듬었다.

"남들은 36주쯤 되면 슬슬 출산 휴가를 내던데."

샤워를 하고 나오던 정환이 한마디했다.

"자긴 이제 곧이잖아. 낳기 전에 준비할 게 제법 많다던데….."

"그래?"

지원은 건성으로 대꾸했다. 정환은 지원의 표정을 한 번 쳐다보고는 얼른 덧붙였다.

"당신 힘든 것도 걱정이고."

지난번 경찰서 피복창고 근처에서 헛소리를 하는 것을 발견하고 쓰레기통을 걸어차 버린 이래, 정환은 지원의 눈치를 살피고 있었다.

나중에 소문을 듣자 하니, 그 일 있고서 정환과 그 일당들은, 바로 피복담당 심 주사님과 형사과 홍 주임님께 붙잡혀서 아주 단단히 잔소리를 들은 모양이었다. 그럴 만하지. 지원은 속으로 웃었다.

"가방 같은 것도 싸야 한다며."

"출산 가방은 다 싸서 트렁크에 넣었잖아. 임신은 내가 했는데 왜 당신 기억력이 떨어지는 거야?"

"아니, 그건 아는데… 그것 말고도. 뭐라더라. 빨래할 것도 많고."

"빨래는 내가 하나. 세탁기가 하지."

"아, 그렇지."

"아기 옷이나 이불이 새 거면 여러 번 빨아서 보드랍게 만들어야 한다는데, 우리 집은 거의 다 물려받은 거라서 괜찮아."

"그래? 몰랐네."

"그나저나 내가 애 낳으러 들어가면… 당신은 돈 걱정은 안 되나?"

지원이 대수롭지 않게 물었다. 하지만 정환은 긴장했다.

"괜찮아. 내가 열심히 벌면 돼."

얼마 전 선경과 영수 부부의 이야기를 들어서인지, 정환은 나름대로 보수적인 모범답안 비슷한 것을 꺼냈다. 지원이 피식 웃었다.

"계산을 안 해 본 건 아니지?"

"…했어."

"알았어, 믿어 본다?"

정환이 고개를 끄덕였다. 하지만 다시 한 번, 애원하듯 말했다.

"저기, 이제 휴가 써라."

"왜?"

"아니, 애가 뱃속에서 딸꾹질을 하도 해서 잠도 못 잔다며. 그러고서 일하러 나가면 힘들기도 하고…."

"회사 사람들이 뭐라고 그래? 만삭인 마누라 일 시킨다고?"

"아니, 꼭 그래서는 아니… 자기야, 사람이 걱정을 하는데!"

"목소리 높이지 마라."

정환은 불만이 많은 듯한 표정을 지었지만, 다행히도 입은 다문 채였다. 지원은 시계를 한 번 보고, 정환이 아침 식사를 준비하는 사이 느긋하게 욕실로 들어가 씻기 시작했다.

"흥."

사실 몸이 힘들긴 힘들었다.

평소에 딱 이 정도면 좋다 싶던 체중에서 15킬로, 임신 직전 체중에서 11킬로나 붙었다. 병원에서는 딱 좋다고, 이만하면 건강하게 유지 잘 한 거라고 말했지만, 지원은 늘 운동을 하고 몸을 쓰던 사람이었다. 몸의 움직임이며 모든 것이 영 정상이 아니었다.

임신으로 인해 배가 나오면서, 탄탄하게 다져오던 복근은 아무래도 다 엉망이 되었을 것 같았다. 팔다리의 힘은 빠지고 둥글둥글 부어올라 오래 걷기 힘들었다. 단거리 달리기로 뛰어가서 범인을 잡던 다리는, 고작 지구대 근처로 점심만 먹고 돌아와도 후들거렸다. 게다가 걸을 때마다 발목이나 무릎은 물론, 발바닥도 아팠다. 만져 보니 발 안쪽의 아치가 무너져 있었다. 전에 없이, 하루 종일 누워만 있고 싶었다. 그만큼 힘들었다.

하지만 지원은, 오기로라도 버티고 있었다.

"남 보기에 쪽팔린 건 싫다 이거지."

마지막 달은 힘든 데다, 공무원들은 출산 휴가를 쓰고 나서 육아 휴직을 붙여 쓰는 사람도 많다 보니, 예정일까지 회사에 출근하는 사람은 사실 드물었다. 그보다는 일찍 휴가를 쓰고 집에서 쉬는 경우가 많았다. 특히 연가가 남아 있다면 더욱 그랬다.

하지만 지원은, 할 수 있는 한 버틸 생각이었다.

"남자 자존심 좋아하네."

그날 상훈은 수사과 사람들과 그런 이야기를 하고 있었다. 여자는 임신하고 애 낳으면 끝이다, 아무리 잘나고 일 잘 해도 소용없다. 마누라가 먼저 승진하는 건 자존심 상하는 일이다.

뭐, 능력이 되어서 추월하는 거야 좋다 이거다.

그런데 그렇게 말을 하면, 마치 사람을 주저앉히려고 일부러 임신을 시킨 것 같잖아.

"그랬을 수도… 있지."

마침 피임에 신경도 잘 안 썼으니, 옳다구나 하고서.

뭐, 그런 생각은 사실 굉장히 낡았고, 지질하기까지 하다고 생각했다. 그렇게 주저앉혀놓지 않으면 따라잡지도 못할 거라고, 지레 겁부터 먹은 게 아니냐고. 어째서 자기 입으로 말을 하면서도 자기가 무슨 말을 하는지도 모르는지.

뭐, 다른 아저씨들이야 그렇다고 치고.

지원은 애가 나오는 그날까지 회사에 나갈 것이다. 상훈을 쪽팔리게 하기 위해서가 아니라, 내가 이만큼 할 수 있는 사람이라고 보여 주기 위해서라도, 오기로라도 버틸 생각이었다. 걸음걸음 숨이 턱까지 차고, 아이가 태동을 할 때마다 경찰복의 앞자락이 들썩거리는 데다, 아이가 딸꾹질을 할 때면 자신까지도 어깨가 들썩들썩하는 것이 힘들긴 정말 힘들었지만.

"…근성이 뭔지 보여 주지."

지원은 중얼거렸다. 그러다가 그녀는 부른 배를 한 번 쓸어 보며 고개를 갸웃거렸다.

배는, 사람의 배가 이 이상 커질 수 있을까 싶을 만큼 부풀어 있었다. 그리고 임신 기간 내내 크게 트지 않았던 지원의 아랫배가, 하룻밤 사이에 트고 엉망이 되어 있었다. 어젯밤 유난히 배가 당긴다 했더니, 이러려고 그랬던 모양이었다.

"이게 뭐야."

지원은 투덜거렸다. 그녀는 아몬드 보습오일을 손에 따라, 물기가 남은 아랫배를 부드럽게 쓰다듬으며 마사지했다.

선경 : 저 오늘 퇴원해요.

선경이 보낸 메시지가 휴대폰 화면에 툭 하고 떠올랐다. 지원은 반색을 했다.

지원 : 다행이야!

지원 : 진통은 이제 없는 거야?

선경 : 응.

선경 : 하지만 경부 길이가 여전히 짧아서

선경 : 퇴원은 해도 집에 얌전히 누워 있으래.

지원은 희미하게 탄식했다.

이제야 6개월에 겨우 접어들었는데, 벌써부터 안정을 유지해야 한다니. 지원은 지난 몇 달간 자신이 겪었던 일들을 떠올렸다. 선경이 얼마나 힘들까 생각하니 앞으로의 일들이 그저 걱정스럽기만 했다.

재희 : 이제 괜찮대? 누워만 있으면?

선경 : 예, 안정 취하고 이상하면 바로 병원 가래요.

선경 : 그래도 애들은 괜찮대요. 잘 버티고 있다나 봐요.

재희 : 정말 다행이다.

은주 : 먹고 싶은 건 없어? 내가 다 포장해서 가야겠다.

선경 : 괜찮을 거예요.

선경 : 어지간한 건 배달되고…

병원에 있는 동안에는 링거 줄을 꽂고 있어서인지 메신저에 대답도 잘 못 하고 있었는데, 이제 집에 돌아간 것일까. 선경은 침착하게, 세 사람의 질문에 번갈아 답했다.

선경 : 병원에 있는 동안에 그런 생각을 했어요.

선경 : 저는 제가 그동안 굉장히 불행했다고

선경 : 아이를 두 번이나 잃었고, 시험관도 계속 실패하고

선경 : 겨우 생긴 아이를 또 잃을 뻔했다고

선경 : 무척이나 괴로워했어요.

재희 : 고생했지.

선경 : 근데…

선경 : 병원에 누워 있는데 그런 생각이 드는 거예요.

선경 : 거기 입원실에 누워 있는데,

선경 : 분만한 산모하고 조산기 산모를 따로 둔 건지

선경 : 그 병실에 네 명 다 조산기 때문에 온 산모였어요.

선경 : 어떤 산모는 정말 아이를 지키겠다고

선경 : 화장실도 못 가고, 누운 채 통에 보고 있었고

선경 : 어떤 산모는 거기서 내내 묵주를 쥐고 기도를 했어요.

선경 : 간호사 출신 산모도 있었는데

선경 : 병원에는 임신 순번이라는 게 있대요.

선경 : 근데 아이가 생겨서, 병원에서 그만두라고 괴롭혔다는데

선경 : 자기가 그 일로 아이를 원망해서 이렇게 된 것 같다고

선경 : 내내 울었어요.

선경 : 그게 어떤 마음인지 아니까, 저도 같이 울고.

선경은 천천히, 병원에서 있었던 일들을 이야기했다. 곧 아이를 낳을 지원도, 조금씩 그 준비를 하는 선경도, 그리고 은주도, 그 이야기에 가만히 귀를 기울이듯 차분히 읽어 나갔다.

선경 : 계속 생각을 했어요.

선경 : 이렇게까지 어려운 일인데,

선경 : 이런 산모가 그 큰 병원에 정말 한둘이 아니었는데

선경 : 어째서 이렇게까지 몰랐지 싶고

선경 : 또… 아이를 구하기 위해서

선경 : …이번에 주사 맞는데, 한 사이클에 50만 원씩 나왔어요.

재희 : 헐.

선경 : 뭐, 그것까지는 어떻게든 감당할 수 있긴 한데

선경 : 이걸 감당 못 하면

선경 : 그리고 조산기가 왔는데 큰 병원으로 빨리 못 가면

선경 : 그래서 제때 조치를 못 하거나

선경 : 조치를 해도 정말 조산이 되어 버리거나 하면…

선경 : 아이를 못 구하는 거죠.

선경 : 수도권이 아니라 지방이면 더 그럴 거고.

은주 : 다들 무사히 낳을 수 있으면 좋겠다.

은주 : 너도 그렇고.

차분하고 감동적인 순간이 지나고 나자, 재희는 궁금한 게 많았는지 이것저것 묻기 시작했다. 은주는 병원 생활이 힘들지는 않았는지, 집에 있으면서 필요한 것은 없는지 물었다. 선경은 침착하게 대답하며, 앞으로의 일들에 대해 이야기했다.

선경 : 이사를 하려고 해요.

선경 : 여기 이 동네, 전세가 워낙 비싸니까.

선경 : 이거면 언니들 있는 쪽에서 좀 넓혀 갈 수도 있을 거고.

은주 : 그래, 그러자.

은주 : 가까이 살면서, 같이 일하고.

은주 : 애들도 같이 키우고.

이야기를 하는 내내, 네 사람은 저마다 생각했다. 임신이라는 것은, 대체 얼마나 위험한 뽑기 같은 것인지에 대해서.

지원은 자타가 공인하는 건강체였다. 임신 과정에서도 정말 이만하면 거의 문제가 없는 편이라는 말을 들었다. 입덧도 거의 없었다. 먹지 말라

는 게 많아서 고통스러웠지, 먹을 것을 못 먹어서 고통스럽진 않았다. 그만큼만 되어도 다행이라고들 말했다.

하지만 여기저기 두드러기나 부스럼이 나고, 머리에도 전에 없던 새치들이 돋기 시작했다. 얼굴이며 몸 여기저기에 얼룩덜룩하게 착색이 되는 부분들이 생겼다. 왜 어릴 때 엄마 따라 미용실에 갔다가 보았던 여성지에 기미나 주근깨를 지워 주는 크림 광고가 그렇게 열심히 실려 있었는지 이제 알 것 같았다. 배와 가슴에 살이 트고, 종아리가 부었다. 그런 것은 애 낳으면 회복된다고 치고, 갈비뼈가 늘어나고, 발바닥의 아치가 주저앉은 것은 어떻게 해야 할지 감도 오지 않았다.

재희도 마찬가지다. 입덧이 심했던 것이 만병의 근원인 듯, 빈혈이 심했다. 철분제를 먹었더니 없던 변비가 생겼다. 배가 불러오면서 갈비뼈와 골반이 틀어지는 듯이 아팠다. 당연한 일이라고 했다. 아이가 뱃속에서 자라면서 원래 있던 뼈와 장기를 밀어내니까 눌리고 아픈 거라고 했다. 마사지도 받으면 안 된다, 파스도 붙이면 안 된다, 온찜질조차 안 된다고 했을 때는 정말 울고 싶었다. 만성 두통에 역류성 식도염에 위경련에, 사는 게 사는 것 같지 않았다. 그래도 의사는, 아기는 정상이고 이 모든 문제는 출산 후에 가라앉을 거라고만 말했다. 평생 현대 의학을 신봉하며 살았는데, 현대 의학에게 버림받은 기분이었다.

한 가지 고통에 겨우 익숙해지면, 다음 고통이 돌림노래 부르듯이 따라왔다. 제일 미칠 것 같은 일은, 이 모든 일에 대해 거의 제대로 된 이야기를 듣지 못했다는 거다. 임신을 하면 입덧을 한다는 것 정도는 알았지만, 이렇게 많은 일들이 일어난다는 것, 심지어는 선경처럼 조산의 위험을 겪거나, 더 나쁜 경우로는 자간전증으로 위험에 빠진다는 것에 대해 제대로 설명을 듣지도, 책으로 읽지도 못했다. 임신을 했던 여성의 혈액은 타인에게 수혈했을 때 급성 폐손상을 일으킬 확률이 높아진다는 것도 최근에야 알았다.

이렇게 많은 위험과 변화가 수반되는 일인데, 이 많은 증상들 중에 어떤 일이 자신에게 걸릴지는 정말 닥쳐봐야 아는 일인데, 어째서 이런 일들에 대해 아무도 말해 주지 않았던 걸까.

"병원 좀 다녀올게요."

아침 조회를 마치고, 지원은 외출을 달았다. 팀장이 결재를 하며 한마디했다.

"마지막 달이라 힘들겠네."

"예. 매주 병원 가는 것도 일이네요."

"행정반장 일이야 다른 애들이 해도 되고… 들어가서 쉬지 그래."

"괜찮습니다."

지원은 씩 웃었다. 팀장이 한숨을 쉬었다.

"우린 이 주임이 1월부터 안 나올 줄 알았다고."

"연말연초에 인사이동에 뭐에 서류 할 것도 많은데, 한 사람이라도 더 있으면 좋지 뭘 그러세요."

"그건 이 주임 생각이고… 우린 걱정이지. 우리도 다들 자식 키우고 사는 사람인데."

"괜찮습니다. 다녀올게요."

"저 고집을 진짜."

"서정환이를 드잡아야 하나."

아저씨들이 낄낄거렸다.

"예, 좀 잡아 주십쇼. 하늘 같은 마누라님이 입덧을 하시는데 옆에서 발냄새 풍기며 쿨쿨 자는 건 좀 지탄받아야 쓰지 않겠습니까."

지원은 적당히 농담을 하며 지구대를 나섰다.

1월의 마지막 주였다. 날은 춥고, 하늘은 흐리고, 미세먼지는 많았다. 그 모든 풍경들이 어쩐지 새로웠다. 만약 오늘 아이를 낳는다면, 조리원에 들어갔다가 설이 지난 다음에 나오게 될 것이다.

"묘하네."

지원은 문득 중얼거렸다. 이제 정말 얼마 안 남았다는 느낌이 들었다.

채혈을 하고, 태동 검사도 했다. 이제 정말 얼마 안 남았으므로, 철분 수치를 체크한다고 했다. 잠깐 가진통이 오긴 했지만, 태동 검사를 하느라 얌전히 누워 있자 곧 잠잠해졌다. 언제쯤 시작될까. 걱정과 기대와 희미한 짜증이 엇갈렸다. 차라리 몇 월 며칠에 딱 나온다고 정해져 있는 거라면 좋겠다는 생각이 들었다.

뭔가를 기다리는 것은 쉽지 않은 일이다. 디데이를 세어 가며 기다리면 그나마 낫겠는데, 이렇게 얼추 언제쯤, 그렇게만 알고는 마냥 기다리려니 좀이 쑤셨다. 차라리 날짜를 잡고 유도 분만을 하겠다고 할까. 아니면 수술을 하거나. 누운 채로 생각해 보았지만, 역시 뾰족한 수는 없었다.

진료실에 들어가자마자 내진부터 했다. 의사는 지난번 기록과 비교하며 고개를 끄덕였다.

"좋아요. 경부가 약간 벌어지긴 했지만, 아직은 아닌 것 같네요. 이슬은 비쳤어요?"

"약간 피 같은 게 비치긴 했는데 심하진 않았어요."

"어느 정도?"

"끈적한 분비물에 약간 분홍색 나는 정도?"

"좋습니다."

의사는 다시 진찰실 책상 앞에 가서 앉았다가, 지원이 입고 있는 근무복을 보고 눈살을 찌푸렸다.

"할 수 있으면 이제는 일은 좀 마무리하는 게 좋겠네요. 너무 무리하면 낳을 때 고생해요."

"예에."

"예에가 아니라. 일 열심히 하는 건 좋아요. 근데 이제 정말 언제 나와
도 이상하지 않으니까 그렇죠. 일하다가 회사에서 양수 터져서 실려 오는
사람들이 없진 않아요. 그런데 애 낳는 건 여전히 보통 일이 아니고, 지금
은 좀 쉬는 것도 필요할 거고요."

"예…."

"회사 사정이 어렵다면 어쩔 수 없지만, 어차피 아이를 낳으면 한동안
은 일을 못 하는 거고. 게다가 경찰이면, 출산 휴가 같은 거 다 있을 텐데
요. 무리하지 말고."

"…월말까지만 출근할 거예요. 2월 첫 번째 주가 예정일이잖아요. 초
산은 늦게 태어난다고도 들었고…."

"흔히 그렇게 말하지만, 초산이라고 눈에 띄게 늦게 태어나진 않습니
다. 그리고 만삭, 예정일, 이게 40주인 거지, 실제로 제일 많이 태어나는
시기는 요 39주예요. 다음 주."

의사는 이거 안 되겠구나 싶은 표정으로 지원을 바라보다가, 달력을
쳐다보았다.

"다음 주 오늘 오고요. 그전에라도 진통이 규칙적으로, 초산이니까 구
체적인 진통이 10분 간격으로 온다, 그러면 짐 싸고 잠깐 지켜보다가 병
원 오고요. 양수가 터지면 지켜볼 것 없이 즉시 와야 해요. 병원에 24시
간 당직 있으니까 걱정 말고. 그리고…."

"가진통하고 구분이 가나요?"

"제가 남자라서 명확하게 말해 주기가 그렇긴 한데, 낳아 본 분들은 많
이 그러시더라고요. 일단 진진통은 오면 알 수 있다고."

아픔의 레벨이 다르다는 뜻이겠지. 지원은 고개를 끄덕이다가 물었다.

"그럼 차라리 날짜를 잡아서 유도 분만을 하든가, 수술을 하면 어때요? 날짜가 딱 못 박힌 게 아니니까 기다리기가 너무 힘든데요."

"그건 40주 되어서도 안 나오면 그렇게 하죠."

"예에."

"얼음판 조심하시고요. 이제 곧 또 봅시다."

정환은 주말 내내 집을 정리했다. 세탁조를 청소하고 이미 빨았던 아기 빨래들을 다시 쓸어 넣고 폭폭 삶기 시작했다.

"갑자기 무슨 바람이야."

아무래도 찔리는 게 무척 많은 것 같은 태도인데.

지원은 느지막이 일어나 기지개를 켜다 말고 물었다.

"우리 아저씨들이 뭐라고 해?"

세탁기를 돌려놓고, 구석구석 꼼꼼하게 스팀 청소기로 밀고 다니며 정환이 대꾸했다.

"제발 마나님 좀 집에 모셔 가라시더라. 지구대에서 애 나올까 걱정된다고."

"야, 초산은 열 시간 넘게 걸려. 애 아빠들이 그렇게 많은데도 모르나."

지원이 피식 웃었다.

"그리고 병원까지 멀기나 해? 지구대에서 산부인과까지, 눈은 오고 날은 춥고 배는 무거우니까 택시 타고 다니지. 평소 같으면 삼보일배로 가도 얼마 안 걸릴 거리야. 무슨 걱정이 그렇게 많아."

"그래도. 거기 순찰팀장님이 너 걱정 많이 하시더라."

"글쎄."

지원은 창문을 열었다. 차가운 바람이 밀려들어왔다. 찬 공기가 살갗에 닿자, 뱃속에서 꿈틀하는 느낌이 들었다. 지원은 그 자리를 손으로 쓰다듬었다.

"오늘 미세먼지 괜찮아?"

"어, 시베리아에서 바람이 내려와서 하루 종일 공기가 맑고 깨끗하다는데."

"그럼 춥잖아."

"추워도 환기는 좀 해야 해. 오늘같이 맑은 공기는 좀 아깝잖아."

선경의 이야기를 들으며 계속 생각했다. 그렇게 간절히 아이를 원하고, 그렇게 많은 위험한 순간들을 넘기면서도 아기를 지키려고 하는 여자들의 일을. 자신은, 운이 좋았다. 운이 좋아서 고생스러운 난임 치료 없이 아이가 생겼고, 운이 좋아서 임신을 하고도 회사를 그만두지 않을 수 있었다. 운이 좋아서, 입덧을 좀 한 것 말고는 크게 고생 없이 임신 기간을 보냈다. 남편이 직장 사람들과 한심한 이야기를 하던 것에 대해서는 여전히 할 말이 많고 많았지만, 어쨌든 알아서 사태를 수습할 정도의 눈치는 있다.

그 모든 것이 다행이라고 생각했다. 그리고 그 모든 행운이, 자신만의 것이어서는 안 된다는 생각도 했다.

"세상이 좀 더 나아지면 좋겠어."

그 중얼거림에, 정환이 의아한 표정을 지었다.

"아기가 곧 태어난다고 생각하니까, 갑자기 평화주의자가 되는 거야?"

"그런 것도 있고."

지원이 미소 지었다.

"아기를 더 많이 태어나게 해서 머릿수를 채우는 게 문제가 아니야. 우리 어릴 때는 인구가 많아서 큰일이다, 그만 낳아야 한다. 60억 지구인이라니 너무 많다, 뭐 그런 이야기들 했었잖아. 요즘은 70억이래. 그 70억으로 머릿수를 채우기보다는, 덜 태어나도 되니까 좀 더 건강하게 태어나서 행복하게 살아야 하는 게 아닌가, 그 생각을 했어."

"오, 철학적이다."

"근데. 내가 살면서 너무 험악한 걸 많이 봐서 그런지, 그 좋고 행복한 게 어떤 건지 잘 상상이 안 간다."

지원이 쓴웃음을 지었다. 정환이 다가와서 지원의 배를 툭툭 건드렸다. 건드린 그 자리에서, 다시 걷어차는 듯한 반응이 있었다. 지원은 평화로운 표정으로 정환을 쳐다보다가, 그를 팔꿈치로 밀어내며 키득거렸다.

"청소하다 말고 배를 왜 만져. 손이나 씻고 와."

그때까지만 해도, 지원은 자신의 임신에 별문제가 없다는 데 안도하고 있었다.

"말일까지만 출근할거야."

"그렇게 보고했어?"

"응. 중간에 출산 휴가에 뭐에 내면 월급 다시 계산해야 할 텐데. 아예 월말 월초로 딱 끊으면 그런 것 계산하기 편하잖아."

"그건 그렇겠네."

출산 역시 별일 없을 거라고, 묘한 확신마저 들기 시작했다.

하지만 세상일은, 그렇게 쉽게만 흘러가는 것이 아니었다.

"어라."

1월의 마지막 날.

그날은 지원이 출산 전 마지막으로 출근하는 날이었다. 그러다 보니, 지원은 오늘 지구대 사람 전원에게 점심을 대접하겠다며 며칠 전 호기로운 공약을 한 상태였다.

미리, 집으로 가져갈 짐을 정리했다. 캐비닛에 둔 개인 물품들을 상자 하나에 정리해 넣었다. 밀린 서류들을 정리하고, 출산 휴가를 시스템에 입력했다. 여기까지는 전부 순조로웠다.

그리고 이상이 발생한 것을 깨달은 것은, 오전 열한 시가 조금 지났을 때였다.

"괜찮으세요, 반장님?"

김 순경이 다가왔다가, 흠칫 놀라는 표정을 지었다. 어디선가 소독약이나 락스 냄새 같은 묘한 냄새가 나고 있었다.

그리고 엉거주춤 자리에서 일어난 지원의 다리 사이로, 액체가 뚝뚝 흐르기 시작했다. 지원은 얼른 허리를 펴고 똑바로 섰다. 책에서 읽은 대로, 아기의 머리가 산도를 막아서인지 액체가 흘러내리던 게 조금 사그라들었다.

"반장님, 이거…."

"어… 양수 같은데."

피도 소변도 아니었다. 희미한 락스 냄새가 나는 맑은 액체였다. 지원은 잠시 멍한 얼굴로 배를 내려다보았다. 안에서 아기가 자세를 바꾸는 듯, 배 위가 한번 꿀렁거렸다.

온다.

욱신거리는, 일찍이 경험해 본 적이 없는 통증이 허리를 스쳤다. 지원은 멍한 얼굴로, 젖어 버린 방석을 쳐다보았다. 저건 아무래도 그냥 버려야 할 것 같았지만, 당장 양수가 터졌는데 사무실 세탁물 걱정을 할 수는 없었다. 김 순경이 지원을 부축하다가 소리쳤다.

"행정반장님 양수 터진 것 같아요."

"뭐?"

구석에서 삼삼오오 모여 업무 이야기며 잡담을 나누던 사람들이 전부, 지원을 쳐다보았다.

"아니, 괜찮아. 내가 아직 그렇게 아픈 건 아니고…."

지원은 대답했다. 하지만 허리는 정말 묵직한 쇳덩이에라도 치인 듯 뻐근하고, 등에서 자꾸 식은땀이 나고 있었다.

'내가 지금… 생각보다 많이 아픈 것 같은데…?'

그렇게 생각한 순간, 지원은 바닥에 주저앉았다. 김 순경이 얼른 부축해 의자에 앉혔다. 누군가가 119를 불렀다. 아니, 119를 부르기보다는 순찰차에 태우는 게 더 빨랐다. 사람들이 지원을 부축해 일으켰다. 순찰차 뒷좌석에서 어제 태워 온 주폭의 토사물 냄새가 희미하게 났다. 속이 메스꺼웠다. 김 순경이 함께 순찰차에 올랐다. 앞좌석에서, 운전대를 잡은 순찰팀장이 소리쳤다.

"김 순경, 서정환이에게 전화부터 해!"

"서두를 건… 양수가 터져도 나오려면 아직….'"

지원이 중얼거렸다. 팀장이 소리쳤다.

"한심한 소리 하지 마! 애라는 건 열 시간 걸려도 안 나오기도 하지만 한 시간 만에 쑥쑥 나오기도 하는 법이야!"

그건 설마, 팀장님 경험담이신가요.

직접 낳아 보신 적 없으신 분께서.

그렇게 물으려다가, 지원은 다시 밀려드는 고통에 이를 악물었다. 통증 길이 자체는 짧았지만, 한 번 한 번이 정신이 아득해질 만큼 아팠다.

지금, 대체 무슨 일이 벌어지고 있는 거지?

"태변이 나왔네요."

흘러내린 액체는 양수가 맞았다.

하지만 원래 양수는 좀 더 맑고 투명한 색을 띠고 있다. 지금, 지원에게서 흘러나오는 액체는 희미하게 푸른빛을 띠고 있었다. 의사는 경찰복 차림으로 온 지원을 딱한 표정으로 바라보다가 본론부터 말했다.

"일단 옷 갈아입으시고. 바로 수술하는 게 좋겠어요. 보호자는."

그 말이 떨어지기 무섭게 정환이 뛰어 들어왔다. 간호사가 서류를 가져왔다. 정환은 무시무시한 말이 잔뜩 적힌 수술동의서를 읽고 조금 긴장하다가, 얼른 사인을 했다. 사인을 하고서야 정환은 물었다.

"바로 수술해야 하는 겁니까? 위험한 거예요?"

"태변을 봤고요, 태변이라는 건 신생아가 삼키면 호흡 곤란이나 폐렴을 일으킬 수 있어요. 그리고 지금 아기 심박 수가 정상보다 떨어지고 있는데."

태동계를 들여다보는 의사의 표정이 좋지 않았다.

경찰복을 벗고, 바로 가운으로 갈아입었다. 관장을 하고 침대에 누웠다. 그리고 마음의 준비를 할 겨를도 없이, 지원이 누운 침대가 수술실로 밀려 들어갔다.

간호사 두 명이 달라붙었다. 한 명이 가운의 아랫도리를 걷어 올린 채 제모를 하고, 다른 한 명이 손가락이며 여기저기에 모니터 기기를 부착하기 시작했다. 마취과 의사가 들어오자 간호사들이 지원을 옆으로 눕히고, 등 쪽의 단추를 열었다. 소독약이 묻은 자리가 서늘했다. 그리고 따끔하는 느낌과 함께 바늘이 들어갔다.

"무통 주사 들어갑니다."

그 모든 일이 순식간에 이루어졌다. 머리 위에 무영등이 켜졌다. 의사가 간호사가 옆에서 순서를 설명했다.

"척추 마취를 할 거예요. 그러면 깨어 계신 상태로 아기 출산하실 거고요. 아기 확인하고 나면 재워 드릴게요."

뭐라고 대답을 한 것 같았는데, 기억이 나지 않았다.

하지만 황당하기만 했다. 오늘 아침에 출근을 했고, 경찰복 차림으로 병원에 도착해서는, 여기 온 지 30분도 되지 않았는데 수술대에 묶여 있다니. 게다가 당연히 자연 분만을 하게 될 줄 알았는데, 태변이 나와서 예상치 못했던 제왕 절개를 하게 될 줄은 꿈에도 몰랐다.

온몸이 긴장되었다.

명치께에 천이 드리워졌다. 의사가 들어왔고, 배에 뭔가 차가운 것이 닿는 느낌이 났다. 의사가 시계를 한 번 바라보더니, 긴장을 풀려는 듯 농담을 했다.

"점심시간에 태어나다니 아가가 먹을 복이 있겠는데요."

"그런가요….."

"할머니들이 그런 말씀을 많이 하시죠. 아, 윤 선생. 우리 오늘 점심 때 뭐 먹으러 갈까요."

"3과 원장님이 냉면 생각난다고 하시던데요."

"이 날씨에 냉면이라니."

"아니, 평양냉면은 이런 날 먹어야 한다던데요. 바람 쌩쌩 부는 겨울에 먹는 게 운치가 있다고."

"아, 평양냉면이라면."

지원이 끼어들었다.

"저기 경찰서 건너편에 있는 냉면집이 괜찮은데….."

그리고 서걱 하는 희미한 소리가 들렸다. 아프진 않지만, 기분 나쁜 소리라고 생각했다.

자신의 몸 같지 않게 낯설고 어색한 하복부 위로, 뭔가 미끈거리는 게 스치는 것 같았다. 의사가 눈에 힘을 주었다. 간호사들이 그녀의 아랫배를, 저 천 너머를 바라보았다. 그리고 커다란 가물치처럼 퍼덕거리는 것이 들려 올라왔다. 언제 들어왔는지, 커다란 초록색 천을 든 다른 간호사가 그 가물치를, 아니, 아이를 받아 안았다.

"석션."

의사가 아이의 코와 입에 흡입기를 넣어 양수를 빨아냈다. 그리고 곧, 날카로운, 비현실적일 정도로 또렷한 울음소리가 들려왔다.

"2019년 1월 31일 오후 1시 15분, 여자아이. 축하드립니다."

의사가 시계를 한 번 바라보고, 선언하듯이 지금 시각과 아이의 성별을 불렀다. 간호사가 아기 수첩에 기재를 하고, 아이의 발에 스탬프 잉크를 묻혀 수첩의 속표지에 발도장을 꾹 눌러 찍었다. 지원의 손목에 팔찌가 채워지고, 같은 팔찌가 아기의 팔다리에 네 군데 채워졌다. 간호사가 손가락과 발가락, 입술 등을 확인시켰다.

그리고 곧, 초록색 천에 감싸인 아기가 지원의 가슴 위에 놓였다.

"잠깐 안아 주세요."

간호사가 말했다. 아래쪽에서 지혈을 하고, 수술 자리를 봉합하던 의사가 한마디 했다.

"수술방에서 자기 단골 맛집 이야기하는 산모는 처음 봤어요."

"자른 줄도 몰랐어요. 좀 더 시간이 걸리는 건 줄 알았는데…."

지원이 중얼거렸다. 아기가 자신의 품에 안겨 울고 있었지만, 아직 실감이 나지 않았다. 마취약 때문인지, 그저 모든 것이 멍하기만 했다.

"아…."

지원은 눈을 감았다. 간호사가 아이를 다시 안아 들었다. 산소 호흡기가 씌워지고, 졸음이 쏟아졌다. 지원은 그제야, 조금 전 아기에게 하지 못한 말을 겨우 떠올려 들릴락 말락 하게 중얼거렸다.

만나서 반가워, 하고.

"왔어요…?"

산후조리원 입구에서 기다리던 세 사람은, 단체로 입을 딱 벌렸다.

"뭐야, 그 표정….."

지원은 꽃무늬 원피스를 입고 있었다.

물론 임신 중반기 이후로는 평소에 치마를 입지 않던 사람이라 해도 원피스를 즐겨 입기 마련이다. 배에 커다란 수박이 매달려 있는 것 같은 상태에서는 어지간한 옷은 단추를 잠그기도 힘드니까.

물론 임산부용 바지도 있기는 있다. 하지만 임산부들의 배와 허리 둘레는 계속 늘어나는 법이다. 티셔츠나 원피스, 심지어는 임부복조차도 프리 사이즈라는 명목으로 한 사이즈로 통일하려 드는 세상에, 개인의 체형이나 임신의 단계를 반영하여 움직이기 편하고 품위 있는 옷차림을 하는 것은 불가능에 가깝다. 출근복이라고 해 봤자 임산부용 레깅스나 임산부용 바지에, 배와 허벅지를 덮는 긴 상의나 점잖은 색상의 임산부용 원피스를 걸쳐 입는 게 고작이다.

그러니까 지금의 문제는 꽃무늬 '원피스'라기보다는 '꽃무늬' 원피스

쪽이다.

"너 그런 거 입은 거 처음 봐."

세 사람은 지원이 교복을 입고 있던 시절을 기억한다. 아마 집을 잘 뒤져 보면 그때의 사진도 어디 있을 거다. 웨딩 촬영에도, 결혼식에도 갔었다. 하지만 그 어떤 순간에도, 지원이 꽃무늬를 입고 있는 걸 본 적이 없었다.

"나라고 입고 싶어서 입은 게 아니에요. 봐."

지원은 원피스형 환자 가운 앞가슴에 자수로 놓인, 조리원 이름을 보여 주며 한숨을 푹 쉬었다.

"왜 다 꽃무늬야."

"몰라요. 근데 딴 데 조리원도 그런가 봐."

"전국 조리원 총연합회 같은 비밀 조직이라도 있는 거야? 그런 데서 올해의 병원복은 꽃무늬로 하겠습니다, 그렇게 정하기라도…?"

"그거, 얼룩이 티가 안 나서 그래."

은주가 대답했다.

"젖이 흐르거나 묻거나 하면… 우유랑 마찬가지잖아. 단색이면 티가 확 나는데, 이런 꽃무늬면 안 보이니까."

"아, 난 또 여자들만 모인 데라고 꽃분홍색이냐고 화낼 뻔했네."

"하지만 위장 무늬가 필요하면 또 다른 패턴도 많이 있는데, 하필 꽃인 건 좀 그렇다고 봐요."

"그건 그렇다."

주말이라 그런지 면회실은 꽉 차 있었다. 대신 로비 여기저기에 따로 마련된 소파에 산모의 가족이나 친구들이 모여 앉아 있었다.

"와, 저쪽 봐. 몽땅 임산부네."

"어디 맘카페에서 단체로 왔나."

그리고 어딜 가나, 다른 사람에게 쓸데없는 관심이 많고, 그걸 감추지도 못하는 데다, 목소리까지 큰 무례한 인간들은 있는 법이다. 이 경우에는 특히, 갓 아기를 낳은 산모가 가시방석에 앉은 듯이 안절부절못하게 만드는 친인척들, 특히 시댁 식구로 보이는 사람들이 해당한다.

"왜요, 저도 비슷하게 아기 낳는 동네 친구들 있는걸요. 아버님, 이것 좀 드세요."

평소 같으면 이런 상황에서 한마디 받아치고 싶어 하는 지원도, 빈정거리고 싶어 하는 재희도, 부끄러움은 왜 자신의 몫인가 한탄하는 듯한 표정으로 그들의 주의를 돌리려 하는 다른 산모들의 얼굴을 보고 그냥 입을 다물었다.

일단 자리를 잡고 앉았다. 하지만 옆자리 산모 가족들이 자꾸 이쪽을 흘끔흘끔 쳐다보고 있었다. 뭐라 하고 싶어도, 당장 저 산모만 해도 며칠 전에 애 낳은 사람인 데다, 무엇보다도 지원과 같이 생활하는 사람이다 보니 신경이 쓰였다.

"전 더했어요. 애 낳은 다음 날 정환 씨 사무실이랑 우리 사무실에서 시키먼 아저씨들이 떼로 몰려와서 여기저기 기웃거려서 산모들을 놀래키기도 했고."

"야, 심하다."

"그러니 내가 아무 말 못 하는 거예요."

지원이 옆자리를 흘끔 쳐다보며 소곤거렸다. 그럴 만하네. 세 사람은 입을 꾹 다물며 고개를 끄덕였다.

"요즘은 산모들 푹 쉴 수 있게, 면회 안 되는 조리원도 있다며."

"그럼 언니들이랑 선경이를 못 보잖아요."

지원은 한숨을 푹 쉬며 머리를 긁적거리다, 자기 귀 옆을 가리켰다.

"애 낳으면 낫는다더니 비듬은 더 심해졌어. 거기다 나, 이것 좀 봐요."

그리고 세 사람은 동시에 히익 하는 소리를 내며 어깨를 움츠렸다.

지원의 짧지만 숱 많던 머리카락이 휑해 보였다. 거짓말 안 보태고 한 뭉텅이는 빠져 있었다. 그렇지 않아도 지원은 머리카락을 짧게 자르고 다니는 편이었다. 그런데도 이만큼 머리카락이 빠진 게 티가 날 정도라니.

"뭐야, 너….."

"애 낳고 머리 빠진다는 말은 들었지만….."

"아, 영양제. 영양제도 사 왔어!"

세 사람은 번갈아 한마디씩 했다. 하지만 이럴 땐 뭐라고 위로를 해야 하는 걸까. 지원은 쓴웃음을 지으며 손을 조리원 가운에 문질러 털었다.

"게다가 지금 머리카락 빠지는 건 문제도 아니에요. 빠진 자리에 새치가 올라온다는 게 제일 문제지."

지원이 귀 바로 위쪽을 손가락으로 가리켰다. 그때 옆 테이블 산모의 '아버님'이 갑자기 끼어들었다.

"그거 새치 아니야, 새댁."

"…."

"새치는 머리 전체로 드문드문하게 나지, 그렇게 귀 위로 나는 건 흰머리야. 애 하나 낳고 나더니 늙은 새댁이 되었네, 그래. 하하하."

아아아악.

재희와 선경과 은주는, 진심으로 그 어르신 입을 틀어막고 싶었다.

지원이 폭발 직전이라는 게 느껴졌다. 원래 성질대로였다면 형사물의 아저씨 형사처럼 테이블을 발로 걷어차며 소파에 푹 파묻혀서 보란 듯이 한숨을 푹 쉬었을 이지원은, 그저 한숨만 쉬며 고개를 절레절레 저었다. 옆 테이블 산모는 정말로 몸 둘 바를 몰라 하며 쩔쩔 매었다.

"…이쯤 되면 저분은 왜 면회를 온 거야. 아기 엄마 당황스럽게."

급기야 재희가 한마디하고 말았지만, 불행인지 다행인지 저쪽은 못 들은 것 같았다. 그저 주변 공기만 좀 더 싸늘하게 식어갈 뿐이었다.

그때 간호사가 옆 테이블로 다가왔다.

"면회실에 자리 났어요. 그쪽으로 옮기시겠어요?"

어르신이 반색을 하며 일어서는데, 산모가 단호하게 말했다.

"아니에요, 저희 쪽은 곧 가실 거라서."

"엥? 뭐라고?"

"곧 아기 맘마 먹을 시간이에요. 제가 올라가야 해서요."

"그럼 아기를 데리고 내려오면 되잖아."

"여긴 아기들은 외부 방문객이랑 못 만나요, 아버님. 앱으로 이따가 보시면 되죠."

그쪽 산모가 지원을 향해 슬쩍 고개를 끄덕여 보였다. 지원도 그쪽을 향해 잠깐 고개를 숙였다. 그리고 네 사람은 간호사를 따라 면회실로 향했다.

"근데, 곧 맘마 먹어야 한다며."

은주가 면회실의 푹신한 소파에 앉으며 물었다.

"우리가 이렇게 붙잡아도 돼?"

지원은 껄렁껄렁하게 걸어 들어오다가 고개를 저었다.

"애들마다 맘마 먹는 시간이 다 다르기도 하고… 수유 콜 안 받으면 알아서 분유 챙겨 먹이니까 괜찮아요."

수유라는 말에 재희가 깜짝 놀라 물었다.

"선경이라면 몰라도… 지원이 너 모유 수유도 해?"

"예, 뭐… 언니는 안 하실 거예요?"

"야, 나 빈혈 있어. 그리고 그동안 먹은 술과 약이 얼만데. 한심스런 내 몸보다 철저하게 위생 관리된 분유 공장이 더 믿음직스럽지 않냐?"

"건강은 몰라도 음주 면에서는 지원이도….”

"만만치 않죠….”

"몰라요, 조리원 나간 뒤라면 몰라도, 여기 있는 동안에는 먹일 수 있으면 먹여는 보려고요.”

"그래, 좋은 생각이야.”

은주가 고개를 끄덕였다.

"내가 학교 다닐 때 식영과 수업도 듣고 그랬잖아. 근데 정말 영유아의 영양 같은 것 배울 때 그 이야기 수십 번은 했던 것 같아. 초유는 먹이라고. 처음 한 달은 먹이는 게 좋다고.”

"여기서도 그러더라고요.”

이야기를 하다 말고 지원이 재희를 쳐다보았다.

"언니도 여기 조리원 올 거니까 하는 말인데, 모유 수유 선생님을 조심해요.”

"모유 수유 선생님?”

지원이 고개를 끄덕였다. 그리고 갑자기 국어책을 읽는 듯한 말투로 속삭였다.

"그것은… 제가 제왕 절개로 애를 낳고 24시간도 지나지 않은, 다음날 아침의 일이었습니다.”

당연한 이야기지만, 제왕 절개도 수술이다. 살을 째고 아이를 꺼냈는데 안 아플 수가 없다. 페인버스터라고 누르면 진통제가 나오는 장치를 달아 주지만, 그래도 아이를 낳고 이삼 일 정도는 정말 죽도록 아프다. 지원의 관점에서는, 제왕 절개로 낳으면 진통을 못 느껴서 모성애가 부족하다고 떠드는 사람들을 모두 잡아다가 배에 10센티 정도씩 생살을 째게 해야 하는 게 아닐까 하는 생각이 들 정도였다. 어디, 아픈지 안 아픈지 한 번 경험이라도 해 보라고.

하지만 지원은 의지의 한국인이었다. 그녀는 씩씩하게 수술 다음 날 아침, 아직 식사도 허락받기 전인 상황에서 병실 벽을 짚고 조금씩 걷고 움직였다.

그리고 그때 누가 문을 두드렸다.

"누구세요."

지원은 병실 문을 열었다. 그랬더니 분홍색 간호사복을 입은 중년 여성이 문 앞에 서 있었다.

처음에는 간호사라고 생각했다. 차트 같은 것을 들고 자기 이름을 물어봤으니까.

여기 병동 간호사들은 흰색, 수술 간호사들은 보라색 옷을 입었던 것 같은데…라고 생각한 것은 다음 순간의 일.

"헉!"

그리고 그 생각을 떠올린 것과 동시에, 그 중년 여성이 지원의 양쪽 가슴을 한 번씩, 그러니까 총 두 번을 주물럭거렸다고 했다.

정말, 인간 이지원 성격에 그 순간에 쫓아나가 병원장 멱살 안 잡은 게 다행이었다.

"아줌마 여기 간호사 아니죠. 이게 무슨 짓입니까."

지원의 상식으로 이건, 누가 봐도 성추행의 현장이었으니까.

"모유 수유 선생님이야, 나. 여기 부설 조리원의."

그 여성은 자기 가슴에 달린 이름표를 가리키며 웃었다.

"이지원 산모님, 퇴원하고 바로 옆 건물, 우리 조리원으로 오는 거 맞죠?"

"그렇긴 한데…."

"아유, 젖 잘 나오겠네."

그리고 모유 수유 선생님은 다시 한 번, 지원의 가슴을 주물렀다. 묻지도 않고.

"지금 좀 딱딱한 느낌 들지 않았어요? 아직은 너무 이른가?"

벌건 아침부터 문명사회에서, 묻지도 않고 남의 가슴을 주무르다니. 지원의 상식으로는 이해도 용납도 가지 않는 일이었다.

"아니, 이게 무슨….

"와, 진짜. 사람을 산 채로 착즙하는 거잖아."

선경과 재희가 거의 동시에 중얼거렸다. 지원이 한숨을 푹 쉬었다.

"언니도 여기 조리원으로 예약하셨으니까, 마음의 준비라도 하세요. 뭐, 내가 나갈 때 항의도 할 거니까. 그러면 좀 나아질지도 모르고."

지원은 뭔가 할 말이 더 있다는 듯 입술을 달싹거렸다.

"그래, 신생아실에 애가 있으니, 아무리 말도 안 되는 일이라도 지금은 말하기 좀 그렇겠다."

"은주 언니."

"괜찮아."

은주가 지원을 다독였다. 지원은 잠시 생각하는 것 같더니, 갑자기 조리원 가운의 단추를 풀기 시작했다.

"지, 지원아…?"

모두가 당황한 가운데, 지원은, 가슴을 반쯤 드러냈다.

가슴은 빵빵하게 부풀고, 하얀 살갗 위로 푸른 핏줄이 성근 그물처럼 얽힌 것이 비쳐 보였다. 그리고 그 가슴 위쪽, 젖꼭지와 겨드랑이 사이쯤에 큼직한 갈색 점 같은 것이 튀어나와 있었다.

"…어?"

재희가 가슴을 쳐다보다가, 다시 지원의 얼굴을 바라보았다. 그리고 실례인 줄 알면서도 다시 지원의 가슴을 보았다.

근처에 사니까, 겨울이면 같이 찜질방에 가곤 했다. 하지만 저런 얼룩은 본 적이 없다.

그냥 평범한 얼룩이라면, 임신을 하면 몸 여기저기 색소 침착이 일어나기도 하니까 그런가 보다 생각했을 거다. 하지만 그건 얼룩이나 점이라고 부르기에는 뭔가 이상했다. 작은 동전만 한 크기로 피부가 변색되고, 그 위로 뭔가가 볼록 튀어나와 있었다.

　그건 마치, 좀 작은 젖꼭지처럼 보였다.

　"너 저런 것 없었잖아."

　"…."

　"그게… 뭐야?"

　"부유두."

　말하자마자 지원은 정말 바닥이 꺼질 듯한 한숨을 내쉬었다. 그리고 서둘러 가운 단추를 잠갔다.

　"이게 진짜 비밀이에요. 새치 같은 게 아니라."

　"…부유두라니."

　"왜, 개나 돼지나 고양이나 임신해서 젖 먹일 때 되면 여기 이렇게 젖꼭지가 여러 개 올라오잖아요. 임신해서 막달에 갑자기 생겼고… 임신하면 가슴 커지잖아요. 근데 가슴 커지면서 여기 겨드랑이 옆까지 커지는 거, 그것도 부유방이라고 그러고. 나처럼 갑자기 젖꼭지 비슷한 게 갑자기 생기는 사람도 있어요. 이게 부유두."

　"…괜찮아?"

　"아픈 건 아냐?"

　"응, 아픈 건 아냐. 가렵거나 아프진 않아요. 옷에 스치니까 좀 신경이 쓰이긴 하는데… 그리고 사실은 더 있어요. 가슴 아래쪽에…."

　모두가 말을 잃었다. 하지만 진짜 무서운 이야기는 그다음에 나왔다.

　"그리고 나도 생기고서야 놀라서 물어봤는데."

　"응…?"

"이 부유두에서 정말로 유즙이 나오는 사람도 있는 거 알아요?"

순간 모두의 입에서, 낮은 비명 같은 탄식이 새어나왔다. 잠시 불편한 침묵이 흘렀다.

여기 넷 모두 아이 문제에 대해 각자 나름대로 고민해 왔다. 절대로, 그냥 생겼으니 어떻게든 되겠지 하고 허술하게 넘어가지 않았다. 예상외의 일들도 있었지만 계속 생각했다. 책을 찾아보고, 의사에게 물어보고, 알 만한 사람의 의견을 들었다. 그러면서도 계속 투덜거렸다. 찾아보고 또 찾아봐도, 명확하지 않아서. 모든 게 그저 뜬구름 잡는 것만 같아서.

이미 낳았던 사람들은 "뱃속에 넣고 있을 때가 더 편하다."는 악담을 무슨 덕담처럼 내뱉었다. 책은 두루뭉술했으며, 다른 사람의 경험이 궁금해서 읽어 본 블로그들은 하나같이 감정 과잉이었다. 이 문제에 있어 가장 정확하게 이야기해 줘야 할 전문가인 의사나 간호사들도, 태아에게 악영향을 끼칠 수 있는 경우가 아니라면 무엇 하나 제대로 말을 해 주지 않았다. 심지어는 임산부 본인이 아프고 괴로워 못 견딜 것만 같았던 순간에도.

그리고 이제, 네 사람 중 처음으로 지원이 아이를 낳은 지금.

"아무도 이런 건… 말해 주지 않았어."

네 사람 모두, 이제야 그 실체를 아주 조금이나마 엿본 것 같았다.

속았다는 생각이 앞섰다. 아무도 제대로 말해 주지 않았던 일들의 진상에 대해. 그리고 일단 무사히 아이를 낳으면 다 잘 될 거라는 생각이 얼마나 대책 없는 낙관이었는지도.

"그럼… 그건 약을 먹으면 낫는 거야?"

"수유를 끊으면."

대답하며, 지원은 가슴 앞으로 팔짱을 꼈다. 그리고 잠시 머뭇거렸다. 뭔가 정말로 말하고 싶은 듯한 얼굴이었다.

"무슨 일이야. 다른 일이 더 있는 거야?"

"여기 조리원이, 그러니까 기본적으로 모자동실이긴 한데…."

산후조리원을 알아볼 때, 흔히 들을 수 있는 단어 중 하나다. 모자동실이라는 말은.

조리원에는 기본적으로 신생아실이 있다. 하지만 중간중간 수유할 때 방에 데려오거나, 낮 시간 내내 한 방에서 지낼 수 있게 된 곳들이 많다. 이런 것을 흔히 모자동실이 가능하다고 한다. 모자동실이 가능한 조리원은 산모 방에 남편 외에는 출입할 수 없고, 종종 친구는 물론 양가 부모님들의 면회도 제한된다. 아이들의 감염을 막기 위해서다.

그리고 산모 방에 남편은 물론 다른 가족들도 자유롭게 드나들 수 있는 대신, 아기는 하루 종일 신생아실이나 지정된 수유실에서만 머물러야 하는 곳도 있다. 물론 이 경우에도 아기들의 감염을 막기 위해, 아기와 직접 만날 수 있는 사람은 아기의 엄마 아빠로만 제한하는 경우가 많다.

보통 첫 출산일 때는 모자동실을 원하지만, 둘째 아이를 낳았을 때는 큰 애가 조리원에 와서 엄마와 자고 싶어하는 일도 있다 보니 모자동실을 원하지 않는 경우도 많다. 여기처럼 규모가 좀 되는 조리원이라면 전체 산모 방의 절반에서 3분의 1 정도는 모자동실을 하지 않는 구역으로 만드는 것 같았다.

하지만 모자동실을 하지 않고, 모유 수유도 안 하고 버티는 산모라 해도, 최소 하루에 한 시간은 아기와 함께 있어야 하는 법이었으니.

"신생아실 소독 시간입니다. 올라와서 아기 수유하세요."

신생아실 전체를 청소하고 소독하는 시간에는, 설령 아기와 함께 있기를 거부하는 산모라고 해도 웬만하면 반 강제로 수유실에 모이게 된다. 요 시간대를 전후해서 산모들의 방 청소도 이루어지니까. 그렇다 보니 사람들이 이렇게 모인 이 시간대에 저 모유 수유 선생님이 나타나 수유 지도를 하기도 하고, 자연스럽게 분유 회사나 기저귀 회사 직원이 나타나 산모 교실을 빙자하여 이런저런 제품 홍보를 하기도 한다.

문제는 여기 있었다.

"아니, 왜 엄마는 젖을 안 물려."

지원이 문제의 부유두를 발견한 것은, 출산을 하고 사나흘이 지난 뒤였다. 그때만 해도 아직 병원에 입원 중이었으니까, 다음 날 아침 회진 온 선생님께 이게 어떻게 된 거냐고 물었다가, 별거 아니라는 말을 들었다. 그래도 심란했다. 게다가 가슴에 젖이 돌기 시작할수록, 이 부유두는 점점 더 선명해졌다.

그리고 조리원으로 옮긴 첫날, 신생아실 소독시간.

"지, 지금 뭐 하시는 거예요!"

문제의 모유 수유 선생님은, 다가와서 지원의 단추를 척척 풀고 가슴을 확 드러내 버리고 말았다. 대충 봐도 삼사십 명이 넘는 산모들이 모여 있는 곳에서.

"내가 솔직히… 아니, 사람이 애를 낳았는데 짐승도 아닌데 젖꼭지가 더 생겨서 미치겠는데. 그걸 왜 묻지도 않고 그러냐고…."

지원은, 그때의 일을 이야기하며 부들부들 떨었다. 중간중간 입술을 꽉 깨물기도 했다.

"모유 수유 그거 원하는 산모에게 지도하는 건 알겠는데, 왜 자기가 묻지도 않고 남의 몸을 막 만져대? 같은 여자라도 그러는 거 아니지. 진짜, 내가 이 병원부터 조리원까지 그 모유 수유 선생 때문에 고소해 버리려고 했는데…."

지원은 으으 하고 신음하며 두 손으로 머리를 감쌌다.

"말을, 그러니까 해야 하는데… 다른 산모한테도 그러는 거, 그거 아닌데…."

"지원아…."

"다른 사람들은 그런가 보다 하는 걸 보니까, 내가 유난인가 싶다가
도… 그래도 이건 아니지 싶은데. 근데…."

"지원아, 괜찮아. 진정하고…."

"확 엎어 버리든가 제대로 신고를 해서 처리하고 싶은 마음은 굴뚝 같
은데… 근데 말을 못 하겠는 거예요."

지원은 불의를 참지 못하는 성격이었다. 그러니까 형사까지 되어서,
위험을 무릅쓰고 범인들을 잡아들이며 사는 거다. 그런 건 어느 정도 타
고 나는 구석이 있는 법이다.

그런 지원이, 백주대낮에 이런 일을 겪고도 말을 하지 못했다.

"신생아실에 애가 있는데… 내가 신고하면 해코지할까 봐서."

"지원아, 정 힘들면 다른 데로 옮기자."

은주가 단호하게 말했다.

"재희 너도 여기로 예약했다고 했지? 딴 데로 옮겨. 지금 와서 옮기면
돈 더 들고 그래서 고민하는 거면, 내가 보태 줄게. 어차피 애들 태어나
면, 백일 때쯤 용돈 주려고 했는데 내가 그거 땡겨서 너희 정신건강에 보
태 주는 게 낫겠다. 응?"

"고마워요, 언니…."

지원이 한숨을 쉬었다.

"그런데 진짜 한심한 게 뭔지 알아요?"

"한심하지 않아. 넌 지금 아프고, 휴식이 필요하고, 그리고… 뭔데?"

"제가요, 그 모유 수유 선생이 너무 싫고 짜증나는데, 또 시키면 다 한
단 말이에요."

아.

이야기를 듣던 세 사람은 동시에 고개를 떨구며 한숨을 쉬었다.

이건 정말 생각지도 못한 문제였다. 뭐든 열심히 하는 성실한 인간의 근성이란, 조리원에 들어간다고 쉽게 버려지는 게 아니었다.

은주가 결국 한마디했다.

"인간아, 넌 좀… 좀 느슨하게 살아! 사람이 성실해도 분수가 있지!"

"제가 뭘요."

"그렇게 뭐든 다 잘 하려고 할 필요 없다는 거야, 내 말은."

"그거 알아요, 언니? 여기 산모 중에 느슨하게 살다 온 사람, 정말 한 명도 없어요."

지원은 은주 언니가 챙겨 온 검은콩 두유를 집어 들며 말했다.

"여기 수유실 가 보면 웃겨요. 애 낳고 다들 버석버석 초췌해진 얼굴의 여자들이 저마다 가슴 드러내놓고 아기에게 젖을 물리고 있는 거야. 젖이 안 나온다고 막 괴로워하고. 사람이 젖소도 아니고 말이야… 젖이 좀 안 나올 수도 있지. 근데 말이야, 그 여자들도 다들 우리랑 비슷해. 다들 일 하던 사람들이고 삼십 대가 대부분이고요."

"그렇겠지."

지원이 두유를 쭉 들이켰다. 재희가 고개를 끄덕였다.

"요즘은 어지간한 집 아니면, 맞벌이 하지 않으면 대출에 뭐에, 아이 낳을 결심 하는 게 쉽지 않으니까."

"그래요. 지금 여기 조리원에 보니까, 반은 임신하고서 회사에서 잘린 사람, 나머지 반은 출산 휴가 쓰고 애 낳으러 온 사람들이에요. 애 낳은 지 며칠이나 되었다고, 중간에 회사 일 때문에 연락하는 사람도 있어요."

빈 두유 팩이 구겨졌다. 지원은 북받쳐 오르는 감정 때문에 어쩔 줄 몰라 하는 표정으로 입술을 깨물다가, 천천히 말했다.

"그래, 아마 다들 일을 하고 있었을 거야. 공부도 다들 열심히 했겠지. 그런 거 알아요? 대충 입고, 대충 머리에 떡이 지고 가슴은 다 풀어헤치고, 유관이 막혀서 젖이 안 나온다고 마치 소 젖 짜는 것 같은 기계를 가슴에 매달고 마사지를 받고, 아침저녁으로 유축을 하고, 그래도 젖이 안 나온다고 괴로워하고. 조리원 이 촌스러운 꽃무늬 원피스에 칠칠치 못하게 아기가 토한 걸 묻히고 다니는 그냥 아줌마인데, 복도에서 전화를 받더니 목소리가 딱 프로페셔널해지는 거야. 있잖아요. 회사에서 과장이고 팀장이고 그런 사람이, 여기선 자기가 젖이 안 나온다고 뭐가 부족한 사람인 것처럼 괴로워하는 거. 그런 걸 맨날 보는 게, 사람을 아주 돌게 만들어요."

"…."

"다들 자기 인생이 있고 다들 열심히 살았던 사람들이, 지금까지 그런 것들을 다 부정당하기라도 한 것 같은 얼굴로, 그냥 젖 짜는 포유동물들같이 앉아 있다고요. 난 그게 정말…."

"…."

"정말 그런 걸 뭐라고 말해야 할지…."

지원은 입을 다물었다. 고개를 떨군 채였다. 나머지 세 사람도 아무 말도 할 수 없었다. 모두 마찬가지였으니까.

다들, 열심히 살았다.

열심히 공부하고, 나름 괜찮은 대학에 가고, 멀쩡한 회사 들어가기 정말 힘들다는 이 풍진 세상에 죽도록 공부해서 직업을 구하고, 또 미친 듯이 열심히 일했다. 대학 도서관 근처에만 가도, 아무개는 학점이 우리보다 좋아도 여자니까 그 회사 합격하기 힘들 거라는 이야기를 남학생들이 태연하게 늘어놓는 동안, 아주 사소한 실수나 흠집도 여자라는 필터가 씌워지면 열 배, 스무 배로 확대되어 보이는 세상에서 살아남으려고 다들 필사적이었다.

그렇게 살다가 마침내, 결혼을 하고 아이를 낳기로 마음을 먹었다.

하다못해 30년 전처럼 인구가 너무 많아 한반도가 초만원이 된다며, 낳지 말든가 낳으려면 하나만 낳으라며 정부에서 여자들을 강제로 불임 수술을 시키던 그런 시대에 자기 욕심대로 결정한 것도 아니었다. 아이가 안 태어나 큰일이라며 정부에서, 언론에서, 사회에서 입을 모아 떠들어대는 시대였다. 그런 시대에 아이를 낳으려고 결심을 했으면, 적어도 아이를 낳고도 인생이 망가지거나 나빠지진 않아야 옳았다.

하지만, 지원은 입사 후 내내 희망하던 자리에 갈 기회를 빼앗겼다. 그 기회가 다시 돌아올 거라고는 누구도 장담할 수 없다.

선경은 밀려나듯이 사표를 내고 회사를 나와야 했다.

재희는 강의를 맡지 못했다. 프리랜서니까 자기 실적만 잘 관리하면 일은 계속 들어온다고 생각했지만, 마치 아이를 낳고 나면 글 쓰는 데 큰 문제라도 생기는 듯, 아이를 낳기 전에 서둘러 원고들을 마감해 달라는 요청을 받았다.

자기 사업을 하는 은주라고 상황이 나을까? 선경이 회사 그만둔 김에 같이 일하겠다고 말해 주지 않았다면, 은주도 머지않아 사업을 접어야 했을 것이다.

아무리 생각해도, 마음이 진정되지 않았다.

"조리원에서 만난 사람 중에…."

지원이 곧 표정을 바로 하고 미소를 지었다. 하지만 그 미소는, 입에 쓰디쓴 약을 물고 있는 것처럼 어색하기만 했다.

"회사 다니다가 임신했다고 짤린 사람이 있어요. 나이는 마흔두 살이래. 회사에서 할 수 있는 데까지 일하다가 어렵게 아이를 가졌대요. 선경이처럼."

"어디 다녔는데?"

"언니들도 이름 들으면 알 거예요. 기저귀랑 물티슈 만드는 회사."

"그런 회사에서, 임산부라고 잘라 버렸다고?"

"하다못해, 재희 언니가 시간강사 잘린 것처럼, 비정규직이었으면 명분이라도 있었을지 몰라요. 계약 갱신 안 한다고 하면 그만이니까. 그 사람 연구직이고, 차장까지 했던 사람이래요. 요즘 유명한 그 회사 신제품 기저귀 만든 것도 그 사람네 팀이라고 했어요."

꽉 움켜쥔 지원의 주먹이 바들바들 떨렸다.

"말하는 거 들어 보면 무척 유능한 사람이었던 것 같아요. 그런데 아기용품 만드는 회사가, 그런 사람이 아기를 낳게 되었다니까 바로 가차 없이 잘라 버렸다는 거죠. 이게 말이나 돼요."

"야, 그거 노동법…."

"임산부가 그거 쫓아다니기 힘들어요, 언니."

"그래, 그렇겠지… 근데 언론에라도 제보해야 하는 거 아냐?"

"여기 조리원은, 음, 그러니까 싼 기저귀를 자주 써요."

지원은 잠시 숨을 고르다가, 애써 차분하게 말했다.

아기들이 처음에 태어나면 응가도 정말 손가락 한 마디만큼씩, 적은 양을 자주 싼다. 물론 처음부터 브랜드 기저귀를 사용하는 조리원도 있지만, 자주 갈아 줘야 하기 때문에, 처음에는 약국에서 파는 싼 기저귀로 수시로 갈아 주는 조리원도 많다.

"근데 바로 그 사람이 다니던 기저귀 회사에서 영업을 나왔어요."

하지만 산모가, 우리 애는 이걸로 써 달라고 브랜드 기저귀를 따로 주문해서 넣어주면 그 아이에게는 그 제품을 사용한다. 그러다 보니 기저귀 회사에서 조리원으로 영업을 나올 때에도, 아예 바로 현장에서 주문받아 신생아실에 넣을 수 있도록 넉넉한 양의 기저귀들을 챙겨 오곤 했다.

"조리원 기저귀는 아무래도 싸구려다. 아기에게 좋은 기저귀를 써야 하지 않느냐. 이건 신제품이다. 아기 엉덩이가 짓무르지 않는다. 온 김에 자기에게 말하면 많이 할인해서 신생아실에 바로 넣을 수 있다, 집에 가서도 인터넷보다 조금 할인된 가격에 살 수 있다. 그러면서 샘플 기저귀 주고 명함 돌리고."

"그, 해고당한 사람도 있는 앞에서?"

"예. 근데 그 사람이 딱 그러는 거예요. 그거 내가 개발한 제품이라고. 난 그 회사에서 차장까지 하다가 임신하니까 잘렸다고. 당신보다 그 기저귀에 대해 잘 아니까 샘플 필요 없다고."

좁은 공간 안에서, 선경이 꿀꺽, 침을 삼키는 소리가 울렸다.

그 사람은 어떤 마음으로 그 말을 그 회사 사람 앞에서 했을까.

"여기 조리원 사람들, 거기 기저귀 아무도 주문 안 했어요."

듣는 사람 모두, 그 마음을 생각하는 것만으로도 가슴이 조여 들었다.

"다들 그날 그 이야기만 했어요. 그런 싸가지 없는 놈들은 문 닫아야 한다며 맘카페에다 올리는 사람도 있고, SNS에 올리는 사람도 있고…."

"자기네 회사 직원이라도 문 닫고 나가면 고객님인데. 그런 식으로 쫓아내는데 누가 가만히 있겠어."

"그래도 정말로 뭔가 말하고 항의할 수 있는 사람은 거의 없죠."

마음이 아팠다.

모두가, 아이가 안 태어난다고, 정말 큰일이라고 말하고 있는데. 어째서 아이를 낳기로 한 여자들은 이렇게까지 모욕과 멸시를 감당해야 하는 걸까. 아이를 낳는다고 인생이 끝나는 게 아닌데.

"무슨 선녀 날개옷도 아니고…."

아이를 낳게 하고, 그걸 핑계로 일자리를 빼앗고, 혼자 살아갈 수 없게 만들어야 한다고 온 사회가 공모하는 것 같았다.

정말 진저리가 났다. 이 모든 것이.

"은주 언니 아까 그거 뭐였어요?"

조리원 건물 1층의 커피숍에 들어서다 말고 선경이 물었다.

"내 거랑 재희 언니 건 바로 알겠는데, 은주 언니가 들고 온 건 뭔지 궁금해서요."

은주가 쓴웃음을 지으며 대답했다.

"배냇저고리야."

"설마, 언니가 직접 만든 거예요?"

"당연히 직접 만들지. 내가 밥 먹고 하는 일이 그런 건데."

"와…."

"재희랑 선경이 것도 만들었어. 선경이는 쌍둥이니까 두 장. 보들보들해질 때까지 수시로 빨았다 말렸다 하는 중이야. 너희도 무사히 낳으면 가져다줄게. 조리원에서 데리고 나올 때 입히면 딱 좋게."

조리원에는 오래 있지 못했다. 수유 콜이 오기도 했고, 무엇보다 지원이 말 한 마디 한 마디 하면서 괴로워하는 게 느껴져서였다.

"얼마나 힘들었을까."

오랜 친구니까, 할 수 있다면 좀 더 위로해 주고 싶었다. 근무하다가 갑자기 실려 간 데다, 워낙 건강하니까 당연히 자연 분만을 하고도 남을 거라고 생각했는데 갑자기 수술까지 하게 되었다. 그리고 몸이 변화하고, 조리원에서 그런 일들을 보고 듣기까지 했으니.

얼마나 괴로웠을까.

하지만 어떤 일은, 공감은 할 수 있어도 섣불리 위로할 수 없는 일들도 있다.

아이가 태어나는 기쁨과, 인생을 뒤집어엎어 버리는 고통.

그 둘이 동전의 앞뒷면처럼 붙어 있는 상황에서, 할 수 있는 것은 그저 이야기를 들어 주는 것뿐일지도 모른다.

'그리고 아마도 우리도 곧, 그 모든 것을 보게 되겠지.'

재희는 세 사람 몫 음료를 결제하며 생각했다.

차마 커피는 마시지 못한 채 그린티 라테 한 잔씩을 앞에 두고, 세 사람은 구석에 놓인 푹신한 소파에 앉았다.

"다들 자기 나름대로 일 열심히 하던 사람들이었을 텐데."

"아이 낳고도 회사에 돌아갈 수 있는 사람이, 대체 얼마나 될까요."

"뭐, 그래서 공무원, 공무원 하는 거겠죠. 세종시 출산율만 봐도."

"여자도 다들 공부하고 회사 다니는데, 아이를 낳는다고 갑자기 젖이 잘 나오네 안 나오네로 경쟁하고 있어야 한다면 당연히 살 맛 안 나지… 나 오늘 보니까 지원이 걱정되어서 죽겠다. 산후우울증 같은 거 오는 거 아냐?"

"우울증 올 것 같으면 제가 끌고 갈 거예요. 병원에."

"그치만 언니, 우울증 약 먹으면 모유 수유 못 하잖아요."

"우울증이 뭔데. 마음의 감기라고 말하니까 다들 쉽게 생각하는데, 그게 사람을 잡아. 사람이 죽느냐 사느냐인데 그까짓 모유 수유가 문제야?"

선경은 고개를 끄덕였지만, 이해하는 것 같진 않았다. 아마도 선경은 무슨 일이 있어도, 두 아이 모두를 모유로 키우겠다고 결심한 것 같았다.

그래서, 재희는 지원도 지원이지만 선경이 좀 더 걱정되었다. 너무 오래 갈망했고, 그 대가로 그렇게 최선을 다해 일하던 일터에서 밀려나기까지 했다. 남편인 영수의 일도 그렇고. 고대하던 아이들을 품에 안고 나서, 우울증에 걸리는 건 아닐까. 만약 그렇게 되면 어떻게 선경을 도와야 하는 걸까.

"이런 이야기 그만하자… 선경이 너 곧 임당 검사 있지 않아?"

"재검하래요. 아, 딱 경계선이라는 거 있죠."

선경은 낙심한 표정을 지었다.

"그렇지 않아도 쌍둥이고, 자궁경부도 얇고… 그래도 관리 잘 하면 괜찮대요. 참, 그리고 만삭 사진 찍었어요."

선경은 핸드백에서 휴대폰을 꺼내 화면을 켰다. 하얀색의, 몸에 착 달라붙는 우아한 드레스를 입은 채로, 배에 두 손을 얹은 선경의 사진이 보였다.

"몇 장 더 있어요."

"아, 그러고 보니 난 이런 걸 안 했네."

"병원에서 무료 쿠폰 주는 것 같던데. 안 할 거야?"

"생각 안 해 봤어요. 언니는요?"

"나야 지금 나이가 몇인데… 남사스러워서 못 찍지."

"아까 조리원 보니까 마흔 살 넘은 것 같은 산모들도 꽤 보이던데요. 지원이 좀 안정되면 물어봐야겠어요."

"근데 재희 언니도 찍으면 좋을 텐데. 지금 32주 되지 않았어요? 다들 28주에서 32주, 그때 찍어요. 지금 찍으면 딱인데."

"사진 보니까 예쁘긴 하네… 돈 드는 거 아냐?"

"좀 상술이 있긴 해요. 여러 장 찍고서 무료로 주는 건 한두 장. 이건 남편이 옆에서 슬쩍 찍어 준 거."

"아아."

"성장 앨범이나 백일 사진 계약하면 이날 찍은 사진들도 다 주는 식이에요."

"성장 앨범을 꼭 해야 하나… 요즘은 잘 안 하지?"

"전 했어요. 그래도 돌잔치 하려면 있는 게 나아서."

돌잔치라. 재희는 아직 생각도 못 해 본 이야기였다.

"그때 가서 생각하면 늦어요. 요즘은 괜찮은 데는 백일 때 예약해야 한다잖아요."

"그거 언제 적 이야기인데. 요즘은 돌잔치들도 잘 안 하지 않아?"

"그런가…."

"그럼 재희 넌? 아기는 괜찮대?"

"어, 예. 헤모글로빈 수치가 영 안 올라가는 것 말고는요?"

은주가 걱정스러운 표정으로 재희를 바라보았다. 재희는 별일 아니라는 듯이 녹차 라테를 홀짝거렸지만, 은주가 그녀의 안경을 밀어 올리며 눈꺼풀을 잡아당겨 끝을 뒤집었다.

"앗, 아파요."

"그렇네. 얘가 예뻐진 게 아니라 혈색이 창백해진 거였어. 너, 철분제는 제대로 먹는 거야?"

"병원에서 먹으래서 먹긴 먹는데, 먹으면 비려서 자꾸 토해요."

"병원에선 뭐래?"

"철분주사 벌써 몇 번 맞았어요. 다음번에 와서 또 혈액 검사해 보고, 잘 안 올라가면 주사 또 맞아야 한다고 그래요."

"얘가 진짜…."

"근데 그거 비싼 거 알아요? 한 번 맞는 데 8만원이나 하는 거. 그거 하나 맞으면 헤모글로빈 수치가 1쯤 올라간대요. 싼 거는 한 번에 0.2쯤 올라간다고 그러고."

말을 하다 보니, 좀 기가 막혔다.

"보험이 안 되어서 비싼가 보네."

"그렇죠. 근데 저도 처음에 복수 좀 올라왔지만, 선경이가 특히 복수가 심했잖아요. 그 복수 심하게 찼을 때 맞는 주사가 있어요. 알부민 주사. 그거 한 병에 얼마였는지 알아요? 저 그거 한 병에 9만 원씩 주고 맞았어요. 맞을 때마다 돈 생각나서, 으…."

"언니… 알부민은 귀여운 정도죠. 트랙토실은 한 번 맞는 데 50만 원이었다니까요."

"아, 맞다. 조산기 주사가 끝판왕이네. 정말 너무한 것 같아요. 말이 되냐고요. 아이가 안 태어나서 큰일이라는데, 힘들게 임신한 산모가 복수가 차고 빈혈로 휘청거리고 조산기로 고생하는데, 그거 보험 처리를 하나 못해 주냐고."

초반에 받았던 고운맘 카드가 생각났다.

지금은 그 고운맘 카드가 어디 처박혀 있는지도 모르겠다.

"정말 돈 없는 사람들은, 아파도 위험해도 참으라는 거잖아요. 아이가 안 태어나서 큰일이라면서."

친구들이 돌아가고도 지원은 한참 동안 로비에서 서성거렸다. 말을 해놓고도 너무 무겁고 우울한 이야기였다. 세 사람 모두, 임신을 해서 몸이 무거운 데다 그중 둘은 산달이 코앞인데도, 아기가 태어난 것을 축하해 주려고 온 건데.

지원은 은주가 직접 만든 배냇저고리를 꺼내 보았다. 포근하고 도톰한 천에, 땀수가 보이지 않을 만큼 촘촘한 바느질이었다. 공연히 눈물이 났다. 지원은 손등으로 눈가를 슥슥 문지르며 돌아섰다.

"아…."

그리고 돌아서자마자 눈이 마주쳤다. 아까, 그 시끄럽고 무례한 시어른들 때문에 어쩔 줄 몰라 하던 산모였다. 그녀가 면회실을 양보해 줬다는 데 생각이 미쳐, 지원은 얼른 목례를 했다.

"아까 감사합니다."

"아니에요. 저희야말로 어른들께서… 나쁜 뜻으로 하신 말씀은 아니지만, 기분 언짢으셨죠."

얌전하고 선한 느낌의 사람이었다.

"친구분들이신가 봐요."

"예. 오래 알던 친구들인데, 공교롭게도 임신도 비슷비슷하게 하게 되었어요."

"아아…."

그녀가 고개를 끄덕였다. 그러다가 문득 미소를 지었다.

"저랑 같은 날 들어오셨죠? 저는 서윤이 엄마예요."

"저는 다은이…."

지원은 잠시 머뭇거렸다.

조리원에서 비슷한 시기에 아이 낳은 엄마들끼리 동네 친구가 되기도 한다는 말은 들어 보았다. 하지만 딱히 그렇게 사람을 사귀어서 나갈 생각은 없었다. 굳이 그래야 하나 싶기도 하고. 오직 서로의 아이가 비슷한 시기에 태어났다는 이유만으로 누군가와 친구가 될 수 있는가에 대한 회의도 있었다.

하지만 굳이 사람 사귈 생각을 안 했던 것은, 어쩌면 이쪽만이 아닌지도 모른다. 그녀도 잔뜩 긴장을 하고, 용기를 내어서 손을 내밀고 있었다. 그런 것은 보면 아는 일이다.

"제 이름은 이지원이에요. 요 근처에서 공무원 하고 있어요."

"저는… 김혜연이에요. 저기 길 건너 은행에 다녀요."

"와, 은행."

"어느 쪽 사세요?"

"저기 삼거리 쪽요. 아, 오늘 온, 안경 쓰고 키 작은 언니도 이 근처 살아요."

"아, 그분도 곧 아기 낳으실 것 같았는데. 좋으시겠어요. 동네에 친한 분이 계셔서."

"저랑 친해지시면 되죠."

"…그럴까요?"

아이를 낳으면서 회사와는 격리되고, 당장 근처에는 아는 사람도 없는, 아이를 낳고 다 회복되지도 못한 몸으로 모유 수유 전쟁에 등 떠밀려 뛰어든, 커리어가 흔들리고 인생이 흔들리는 이 시기를 같이 넘어가는 사람.

그것만으로도, 이 사람과 같이 커피를 마실 이유는 될지도 모른다고 생각했다.

"식사 혼자 하시는 것 같던데."

"그쪽도 그렇죠?"

"예, 제가 어쩌다 보니 여자가 많은 환경에 좀 익숙하지 않아서…."

"아아."

"괜찮으시면, 저녁 수유 때 같이 이야기할까요?"

"그럼요."

그 혼란스럽던 중고등학교 시절에, 그저 한 교실에서 같은 시기를 넘어가는 것만으로도 친구가 될 수 있었던 것처럼. 흔들리고 고민하며 이 시기를, 단 2주 만이라도 함께 보내는 것만으로도, 친구가 될 이유로는 부족하지 않을지도 모르니까.

"으으…."

재희는 키보드를 두드리다가 낮게 신음했다. 어깨가 뻐근했다.

양어깨 위에 돌이라도 올려놓은 것 같다는 표현으로는 부족했다. 누가 억지로 어깨를 붙잡아 꺾기라도 한 것처럼 그렇지 않아도 오래 앉아 있으면 허리 아프고, 그걸 참고 그냥 앉아서 일을 하면 허벅지가 당기고 저리는 판인데, 어깨까지 욱신거리니 아주 살맛이 나지 않았다.

그렇지 않아도 한심할 정도로 운동 부족인 몸이다. 게다가 이쪽 일 하는 사람들은 하나같이 저질 체력이었다. 당장 알고 지내는 비슷한 나이의 작가나 번역가 중에 대상포진을 앓은 적이 있는 사람이 절반은 되는 것 같았다. 남들은 노년기에야 걸린다는, 그래서 예방 접종도 오십 대가 되어서야 맞는다는 대상포진에, 고작 삼십 대 중반에서 사십 대 초반 사이에 걸려 골골 앓는 것이다.

여기에 임신을 하고, 아이까지 낳고 나면 얼마나 체력이 떨어질까.

흔히 글을 쓰는 것은 재능 빨이라고들 하지만, 실제로 글을 쓸 때 필요한 건 재능보다는 체력이다. 문득 재희는, 저 민 팀장이 인정머리 없게도 애 낳기 전에 글 마감은 하고 가라고 말했던 것을 떠올렸다.

지금 쓰는 글은, 민 팀장네 마감만 있는 게 아니다. 그 사이 소소하게, 단기간에 쓸 수 있는 일감을 계속 받아서 썼다. 칼럼이라든가, 예전에 썼던 글을 에세이집으로 묶을 수 있도록 다듬는 작업이라든가. 사실은 그런 식으로 일을 늘릴 때가 아니라고 생각했지만, 자꾸만 일 욕심이 났다. 어쩌면 이 불안과 욕심은 호르몬의 문제일 수도 있고, 포유류의 본능일지도 모른다. 아이를 낳기 전에 둥지를 안전하게 꾸미려 드는 본능. 그게 현대 인류에게는 돈을 더 악착같이 모아야겠다는 생각으로 변화된 것일 수도 있을 것 같았다.

어느 쪽이라도, 해야 할 일은 많은데 몸이 아팠다. 재희는 일하던 것을 잠시 접어 두고 포털 사이트에 접속했다. 개인이 블로그나 SNS에 올리는 이야기들은 의학적인 조언이 아니다. 그냥 경험담일 뿐이다. 어떤 경우에는 실제와는 사뭇 다른 잘못된 정보가 인터넷으로 확산되어, 의사들이 "너무 걱정 마시고, 포털 블로그들 보지 마세요."라고 따로 말하기도 한다. 하지만 재희는 궁금했다. 사람들이 말하는 출산이라는 것이. 그리고 그 호기심의 원인은, 전신을 짓누르는 이 통증이었다.

지금도 이렇게 아픈데, 아이를 낳는 건 대체 얼마나 힘들까.

키보드를 두드리고 마우스로 클릭을 하자, 별의별 이야기들이 쏟아져 나왔다. 콧구멍에 수박이 낀 것 같은 느낌이라거나, 열 시간 동안 1톤 트럭이 허리를 계속 치고 가는 것 같더라는 이야기 같은 것은 임신하기 전에는 들어 본 적도 없었다.

"…세상 사람들이 이렇게 창의력이 넘치는데 어떻게 내가 글을 써서 밥을 벌어먹는지 모르겠네."

재희는 고통에 대한 무시무시한 묘사들을 읽으며 한숨을 쉬었다.

"이건 뭐야."

관련 글 중에 엄마와 서너 살 된 귀여운 딸이 함께 바비 인형 상자를 앞에 두고 있는 동영상이 있었다. 요즘 아이들에게 유행이라는, 흔한 장난감 개봉 동영상인 모양이었다.

"짜잔, 오늘은 엄마가, 맑음이가 태어난 날을 축하하려고, 엄마 바비 인형을 데려와 봤어요!"

영상 속의 엄마가 바비 인형을 꺼냈다. 바비 인형의 배에 자석으로 임산부 배를 붙일 수 있는 형태의 인형이었다. 그 안에 들어가는 작은 크기의 신생아 인형도 동봉되어 있었다.

"신기하네."

재희는 동영상을 보며 웃었다. 저렇게 자석으로 배를 톡 떼어내는 것만으로 아이가 태어난다면야 얼마나 좋겠습니까만.

그때 동영상 속 엄마가 바비를 들여다보며 심각한 얼굴로 말했다.

"우리 맑음이는 모르겠지만. 맑음이 태어날 때 엄마가 이렇게 배를 칼로 툭 잘라내는 것 같이 아팠어요."

"헐."

"장장 열두 시간이나!"

조금 전까지 인형 소품을 개봉하면서 유치원 선생님 같은 말투로 말하던 엄마가, 갑자기 심각한 목소리로 낮게 중얼거렸다.

"다시 낳으라면 못 낳아…. 아, 그리고 이건 말도 안 돼. 어떻게 애를 낳자마자 배가 납작해져."

"엄마, 뭐가?"

"아무것도 아니에요."

"그렇군…."

재희는 동영상을 보며 중얼거렸다.

"배를 칼로 잘라내는 것 같이 아픈데 지속 시간이 열두 시간이라…."

기가 막혔다. 지금 손발목이 붓고 아픈 것도 못 견디겠는데, 어떻게 이런 식으로 열두 시간을 아프라는 거지?

무통 분만이라는 게 있다는 건 알고 있다. 척추에 바늘을 꽂고 마취제를 넣는, 경막외마취로 자궁 아래쪽만 감각이 무뎌지게 만드는 것 말이다. 무통 천국이라는 말이 있을 정도로, 약기운이 드는 동안에는 그다지 아픔이 느껴지지 않는다는 간증들이 있었다. 하지만 또, 무통 주사를 맞아도 거의 효과를 보지 않는 사람도 있다는 게 문제였다. 한마디로 케이스 바이 케이스라고.

"어쩐다…."

작가란 어쨌든 상상력 하나는 끔찍하게 좋은 족속들이라서.

"아, 또 괜히 찾아봤어…."

재희는 자신이 읽은 글 속의 적나라한 묘사들을 떠올리며 머리를 쥐어뜯었다. 그러다가 재희는 더 충격적인 것으로 그 묘사들을 밀어내기 위해 다시 검색을 시작했다.

"으음… 자기 왜 그래."

잠들어 있던 상훈이 뒤척이다, 재희가 침대에 앉아 있는 것을 깨닫고 눈을 떴다.

"자기야? 무슨 문제 있어? 어디 아파?"

"아픈 건 늘 아프고."

"허리 주물러 줄까? 아, 혹시 양수 터졌어? 지금 병원 가야 해?"

"아니, 그게…."

재희는 한숨을 푹 쉬며 침대에 올라와 옆으로 누웠다. 허리가 아파서 벌렁 대 자로 드러눕고 싶었지만, 천장을 보고 누우면 태아가 내장을 눌러 숨도 쉬기 어려웠다. 임신 말기에는 그저 침대에 누워 숨을 쉬는 것도 어디 높은 산 꼭대기에서 숨 쉬는 것과 비슷하게 힘들다던데. 여긴 내 집 침대인데, 지금 내가 느끼는 건 지구 어디쯤인 걸까. 가 보지도 못한 안데스 산맥이나 잉카 문명의 마추픽추 같은 데를 떠올리며 재희는 상훈의 다리에 한쪽 다리를 걸친 채 중얼거렸다.

"난 살면서 로또라든가, 긁는 복권에도 한 번 당첨된 적 없어."

"무슨 소리야."

"하다못해 동네 마트에서 영수증이 당첨된 적도 없다고."

"그거야 자기가 맨날 배달만 시켜서 그렇지. 영수증 당첨은 거기 통에 넣어야 하잖아."

"그 말이 아니라."

"죄송합니다."

"여튼… 내가 그렇게 낮은 확률에 당첨되진 않을 거야. 그렇지?"

"뭐 말이야."

"애 낳다 죽을 확률."

상훈의 어깨가 순간 움찔거렸다. 재희는 상훈의 손가락을 만지작거리며 고개를 푹 숙였다.

"내가 애 낳다가 여자가 얼마나 죽는지 통계를 좀 봤는데 말이야."

"그런 흉악한 건 대체 어디서 찾아보는 거야."

"국가 통계 사이트. e-나라지표. 거기에 모성 사망률이라고."

…아는 게 병이지.

하지만 지금은 그런 말을 함부로 꺼낼 만한 상황이 아니었다. 아이를 원한 것은 상훈이었지만, 지난 임신 기간도, 그리고 앞으로의 출산도 온전히 감당해야 하는 사람은 재희였으니까. 그리고 천만다행히도 상훈은, 이럴 때는 그냥 입 다물고 듣기만 하는 게 좋다는 것을 알 정도의 지각은 있는 사람이었다.

"거기 보니까 2017년에, 우리나라에서 애 낳다가 죽은 사람이 서른 명쯤 돼."

"그렇게 많아?"

"응, 태어난 아이 10만 명당 산모가 7.8명 죽었나 봐."

그렇다는 것은 0.0078퍼센트라는 말이다. 10만 명당 일곱 명이라고 하면 많아 보이고, 또 퍼센트로 바꿔 놓으면 굉장히 희박한 확률 같은데.

상훈은 휴대폰을 집어 들고 계산기를 두드리기 시작했다.

"로또에서 네 자리… 아니다, 이건 너무 낮고. 그래, 다섯 자리가 당첨되는 확률이… 어디 보자. 숫자 45개 중에 다섯 개 뽑은 게 맞는 확률이니까… 35,724… 대충 35,000분의 1쯤 되거든?"

"다섯 개 맞으면 얼마 받지?"

"얼마 못 받아. 몇 백 받는다던데."

"그것밖에 안 되나?"

"응. 3등이잖아. 2등은 여기에 보너스 번호까지 맞아야 하고."

"그래서, 로또랑 비교해서 어때?"

상훈이 계산기를 조금 더 두드리다가 입을 다물었다.

"HUNS?"

"어, 그게…."

"제대로 말해."

상훈은 한숨을 쉬었다.

"0.0028퍼센트 정도?"

"그러니까 로또에서 숫자 다섯 개 맞추는 것보다 애 낳다 죽을 확률이 높다고?"

"괘, 괜찮아!"

상훈은 파랗게 질린 재희의 손을 꼭 붙잡으며 소리쳤다.

"로또와 애 낳다 죽는 건 서로 독립 사건이니까, 당신이 그동안 로또에 당첨된 적이 있든 없든 요만큼도 신경 쓸 필요가 없…!"

재희는 손을 뿌리치며 상훈의 얼굴을 향해, 그야말로 분노를 실어 베개를 휘둘렀다.

"…그런 이야기를 하고 났더니, 그때부터 남편이 자기가 우울증에 걸린 사람같이 굴잖아요."

재희는 투덜거렸다. 하지만 의사는 얼마나 부었는지 알아본다며 재희의 손등을 꾹 눌러 보더니, 한숨을 쉬며 고개를 절레절레 흔들었다.

"대체 애 낳기 전에 그런 걸 찾아보는 산모가 어디 있습니까."

"여기요."

"…유재희 씨한테는 미안하지만, 남편분이 아주 이해가 가네요."

"저기요, 선생님."

재희는 낯을 찌푸렸다.

"선생님은 내가 아프다고 할 때는 관심도 없으면서, 내가 넘어지고 사고치고 다치면 뱃속의 태아만 걱정하고, 이제는 남편이 우울증 걸린 것에 이입을 하면 어떡해요. 내가 지금 선생님 앞에 있는데."

"일단, 유재희 씨 집에서 여기 병원까지 얼마나 걸리죠?"

"택시로 기본요금요."

"유재희 씨 집에 차 있죠? 아니, 없어도 여긴 수도권이지. 택시 잡으면 돼요. 119 부르면 되는 거지. 여기서 택시로 기본요금이면, 119도 가깝겠네. 맞아요?"

"어… 예. 그렇죠."

"아이가 태어나는 건 심장마비나 뇌출혈하고는 달라요. 어지간해선 시간이 있어요. 정말 급하고 아무도 도와줄 상황이 아니면 경찰에 전화하면 돼요. 문제 생기면 여기서 바로 앰뷸런스에 실어서 대학병원으로 보낼 겁니다."

"그 문제가 생길 확률이 얼마나⋯."

"확률 이야기할 것 없어요."

의사는 단호하게 말했다.

"우리 병원이 여기서 15년 넘게 아이를 받는 동안, 애 낳다가 죽은 산모는 딱 한 명 있었어요. 양수색전증이었고, 그건 아이 낳는 과정에서 양수가 산모 몸으로 들어갔을 때 갑자기 호흡 곤란이 와서 죽는 겁니다. 예측할 수 있는 일도 아니고, 선진국에서 애 낳다 죽었다고 하면 거의 그거예요."

"의료 사고예요?"

"아뇨. 그건 일어나면 정말 5분, 10분, 순식간에 벌어져요. 우리 병원 왔던 환자도, 회사에서 양수가 새서 병원에 오다가 이미 증상이 시작되어서 어떻게 손을 쓸 수가 없는 상태였고. 예전에는 양수가 정맥으로 들어가면서, 그 내용물이 혈관을 막아서 생기는 일이라고들 했는데, 요즘은 아나필락시스(과민반응)로 보고 있어요. 알러지 같은 거지. 심지어는 양수 검사를 하다가 이런 일이 생긴 경우도 보고되고 있어요."

"아니, 그럼⋯."

"아까 모성 사망률 이야기 했는데, 양수색전증이 아니라면 그건 대부분 수도권이 아니라 지방 쪽 이야깁니다."

생각도 못했다. 수도권이라고는 해도 서울은 아니니까, 그냥 변두리라고만 생각했는데.

"그런 건 주로 자간전증, 그러니까 소위 임신중독증이나 출혈 과다 같은 건데, 자간전증은 중간중간 검사해 보고 문제가 있을 것 같으면, 더 심각해지기 전에 입원을 하거나 제왕 절개를 하면 돼요. 그야말로 낳으면 낫는 병이니까. 출혈 과다도 대학병원 같은 데로 바로 보내면 살 확률이 높죠. 근데 지방은 이게 병원이 멀단 말이죠."

"아…."

"산달 다가오는데 자주 검사하지 못하고, 응급 상황이 발생했을 때 갈 수 있는 병원이 너무 머니까요. 수술을 해야 하는데 혈액이 부족하기도 하고. 아니, 하다못해 분만이 가능한 병상도, 산후조리원마저도 턱없이 부족하고…."

의사는 신중하게 말했다.

사실 재희의 그 고민 자체는 심각한 거였다. 그리고 오늘 대화를 통해 아이를 낳다가 죽을 확률이 0이 아니라는 것도 알았다. 하지만 사는 곳에 따라 그 확률은 달라진다. 생각해 보면 지금도 유니세프 같은 데서는, 전쟁이나 가난으로 병원이 부족한 나라에서 아이를 낳는 데 필요한 물품들을 구입하기 위해 기부를 받고 있다. 그게 무슨 의미인지 생각해 봤어야 했는데.

"솔직히 말해서, 수도권에, 집하고 병원 가깝고, 뭐 수시로 조금만 아파도 병원 와서 확인하는 상황에서 걱정할 문제가 아니에요."

의사는 한숨을 푹 쉬었다. 내가 왜 이런 이야기까지 해야 하는 건가 하는 고민이 역력한 표정이었다.

"간단해요. 양수색전증만 아니면 유재희 씨는 어지간해선 출산 중에 안 죽습니다. 이상한 거 그만 찾아보고 식사나 잘 하세요. 철분 주사 또 맞아야겠네. 다른 불편한 건 없습니까?"

"자꾸 부어서 키보드 치기 힘들어요."

"눌렀다 떼었을 때 손자국이 남을 정도 아니면 심한 것 아니에요. 일은 좀 적당히 하시고."

"아니, 그건 선생님 생각이고 제가 답답하다고요."

"낳으면 붓기 빠져요. 갈아입고 가서 앉으세요. 오늘은 내진 있습니다."

재희는 어기적거리며 안쪽 초음파실로 들어갔다. 속옷까지 벗고 치마로 갈아입은 뒤 침대에 누웠다. 허리에서 삐걱거리는 소리가 났다. 몸은 제대로 움직이는 것 같지 않으면서도, 또 누워서 다리를 움직여 보면 어떤 각도로는 전에 없이 유연하게 움직였다.

그러니까 말하자면, 하반신 뼈와 근육이 산부인과 의자에 최적화된 형태로 재조립되는 것 같았다. 영화 〈트랜스포머〉에 나오는 로봇들이 변신하는 장면을 떠올리며, 재희는 공연히 피식 웃었다.

"아이 머리가 아래쪽으로 잘 내려와 있고요. 탯줄 위치도 괜찮고요. 이슬 보였나요?"

"투명한 점액이 많이 나오긴 했는데, 이게 이슬인지 모르겠어요."

"뭐, 아직 시간이 있으니까요. 이슬은 보면 아, 이거구나 하고 알 겁니다. 피가 섞여 나와요. 자궁 아래쪽이랑 여기 경관이 늘어나면서 모세혈관에서 피도 나고, 또 자궁경부를 막고 있던 점액 마개가 일부 무너지면서 같이 나오는 거라서."

"근데 왜 용어가 그래요… 인터넷에 찾아보니까 태어날 때가 다 되어도 나올 기미가 안 보일 때 섹스하면 도움이 된다는 말을, 굳이 '아빠 주사'라고 써 놓는 것도 봤어요. 아니, 왜 다 큰 어른들이 섹스를 섹스라고 말을 못 해요."

"노골적으로 말하는 걸 싫어하는 산모들도 있으니까요. 유재희 씨도 혹시 늦어지면 우리 간호사 선생이 그 이야기 할 텐데, 하지 마시라고 말해 두죠."

의사는 조금 웃음을 참는 것 같았다.

"아기 심장 소리 정상이고, 아까 태동 검사도 문제없었어요. 검사지 보니까 태동 검사계 붙인 채로 자꾸 움직이신 것 같은데."

"…휴대폰만 봤어요."

"검사받는 중에는 그냥 조용히 누워 계시라고 검사실에서 말했을 텐데. 내진합니다. 입 조금 벌리고, 숨 내쉬세요."

재희는 의사가 시키는 대로 했다. 손가락이 들어와 안에서 원을 그리듯 한 바퀴 돌았다. 소문대로 조금 아팠지만, 견딜 만했다.

"골반 상태 괜찮고요. 아가 머리가 주수보다 약간 커서 걱정했는데, 이정도면 자연 분만으로 낳을 수 있을 것 같네요. 경부는 열리지 않았어요. 일찍 나오진 않을 것 같지만, 혹시 양수가 새면 바로 병원 와야 합니다."

"좀 전에 든 생각인데요."

"…유재희 씨는 무슨 초음파를 보면서도 생각이 그렇게 많아요."

"내진은 기계가 아니라 손으로 하는 거잖아요. 혹시 손가락이 짧으면 산부인과 의사가 되는 데 어려움이 있나요?"

"…없습니다. 내려와서 옷 갈아입으세요."

"이야. 보살이네, 보살이야."

지원은 이야기를 듣다 말고 입을 딱 벌렸다.

"그 선생님 우리 다은이 받아 준 그분이랑 같은 분이잖아요? 다은이 태어날 때도 애쓰셨는데… 다음번에 검진 갈 때 맛있는 거라도 사 가야겠네."

"아니, 뭘 그렇게까지."

"왜겠어요. 그 병원에 언니를 끌고 간 사람이 나니까 하는 말이지."

지원은 정말 뭐라 할 말이 없다는 듯한 표정으로 고개를 절레절레 저었다. 재희는 좀 억울한 표정으로 세 사람을 쳐다보았다.

"뭐야, 너무해. 남들도 다들 찾아보지 않아? 선경아, 넌 어때?"

"전 안 찾아봤어요."

"…뭐야."

"저야말로 언니가 그런 걸 찾아봤다는데, 저는 안 찾아봤는데 다들 그런 걸 찾아보나 생각하고 좀 놀랐는데… 지원아, 아니지?"

"누가 그런 걸 찾아봐. 애 낳으러 가기 전에 재수 없게."

지원은 고개를 절레절레 저었다. 머리는 덥수룩해져 있었고, 아이가 태어난 지 7주가 지난 지금도 여전히 배와 허리를 넉넉하게 가리는 실내복 차림이었다.

"태교랍시고 좋은 생각만 하고 좋은 것만 보고 듣진 못해도, 일부러 그런 걸 찾아보진 않지. 오죽하면 며칠 전까지 폭력 사건 잘 맡고 있던 형사를 지구대에 보내서, 다른 일도 아니고 지구대 물품이랑 예산만 보게 할 정도인데."

"그건 태교가 문제가 아니라 위험해서 그런 거잖아."

"뭐가 되었든요. 재희 언니는 그거 좀 너무 나갔어요."

지원과 재희, 선경이 식탁이 둘러앉아 있는 사이, 은주는 바닥에 앉아 바운서에 얹어 놓은 아기를 들여다보고 있었다. 지원의 딸인 다은은 어른처럼 힘찬 소리를 내며 방귀를 뀌고는 시원한지 소리 내어 웃었다.

"애들 웃음소리는 정말로 까르르 소리가 난다니까."

"낯가림 안 해요?"

"아직 낯가림 할 때가 아니야. 어이쿠, 우리 아가. 벌써 목을 가눠요? 얘가 이쪽을 쳐다보려고 그래."

"언니는 대단하세요. 어떻게 바로 친해져요?"

"요령이 있답니다. 아유, 예뻐라."

지원은 지친 얼굴로 미소 지었다. 선경이 재희에게 이것저것 묻고 있었다.

"막달 검사하셨어요?"

"했지. 아니, 그런데 산모한테 꼭 필요한 검사라면서 비급여인 거 너무 한 거 아니야?"

"어, 의료보험 된다고 하지 않았어요? 지난번에 지원이가 많이 할인된다고 했던 것 같은데."

"넌 설명 끝까지 안 들었냐. 피 검사만 돼. 그것도 철분이랑 에이즈만."

"…정말요? 아, 요즘 내 기억력이 이렇다니까. 다 까먹었어요. 낳고 며칠이나 지났다고."

"응급 수술이나 그런 것 대비한다며 심전도에 엑스레이, 혈액이랑 소변, 여기에 초음파하고 태아안녕 검사까지 다 하는데, 혈액 검사에서도 일부만 급여라니 말이 되냐고. 팔팔하게 건강하고 젊은 산모면 몰라도, 요즘 삼십 대 산모가 얼마나 많은데."

"근데 그런 것 치고는 아주 비싸진 않았던 것 같은데… 아, 맞다. 태반."

"그래, 태반."

지원과 재희가 마주 보고 인상을 썼다. 나머지 두 사람이 의아한 표정을 지었다.

"무슨 태반?"

"아, 이번에 막달 검사할 때, 태반을 제약 회사에 주는 조건으로 할인을 많이 해 줬어요. 비보험인데도 검사 싸게 한 게 그것 때문이었어요."

"제약 회사?"

"태반 주사의 원료가 된대요."

"그거 인태반이었어?"

"그렇다던데요."

"선경이 넌? 쌍둥이는 더 일찍 만삭이라고 하지 않아?"

"아가가 혼자면 40주가 만삭인데, 쌍둥이는 38주를 만삭이에요."

"그럼 막달 검사는?"

"36주에 오라고 했어요. 이제 정말 얼마 안 남았죠."

"아, 내가 낳으러 갈 즈음해서 하겠네."

재희가 손가락을 꼽아 보다가 문득 웃었다.

"이제 나도 38주가 지나서, 이젠 정말 언제 나와도 이상하지 않아."

"지금이야 우리 넷이 모일 수 있지만, 이제 재희 언니도 선경이도 곧이니까, 우리 한참 못 보는 거죠? 20년을 만났는데 이제 정말 만나는 게 연례행사가 되는 건가."

"뭘 그래요. 메신저 있지, SNS 있지. 그리고 시 경계를 넘어가서 그렇지 은주 언니네도 여기서 30분도 안 걸리잖아요."

"그래, 그리고 지원이랑 재희는 같은 동네니까 자주 볼 테고."

"보는 김에 언니네 가서 같이 놀아도 되죠. 동네에서 애 엄마 친구 따로 사귈 것 없이. 선경이가 멀어서 힘들겠지만…"

"저도 괜찮아요. 이제 퇴사도 했으니 다른 곳으로 이사하려고 알아보고 있는데, 웬만하면 저도 이쪽이나 은주 언니 집 근처로 갈까 생각 중이에요. 그러면 영수 씨 출근하기도 좀 편해질 거고."

"그래, 그거 좋다. 우리 동네 살기 괜찮아."

"그것도 그렇고, 한동안은 또 언니 쇼핑몰 일 돕기로 했으니까요."

물론 선경이 이사를 결심하는 데는 경제적인 문제도 포함되어 있었지만, 다들 알면서도 내색은 하지 않았다.

"차라리 잘된 것 같아요. 거기가 교통이 편해서 그렇지, 전세가 좀 비쌌잖아요. 아예 여기로 오면 공간을 좀 넓힐 수도 있고."

다들 말은 안 했지만, 나머지 세 사람 모두 선경이 처음 그 회사에 들어갈 때를 떠올렸다. 선경은 능력도 있고, 야심도 있었다. 언젠가 그 회사에서 임원을 달고 높이 올라갈 자신을 상상하곤 했다. 정말 유능했고, 몸을 아끼지 않고 열심히 일했다.

"솔직히 수입은 많이 줄었어요. 식구가 둘이나 늘어날 것도 그렇고, 내가 영수 씨보다 많이 벌었는데 회사를 그만두었으니까."

만약 선경이, 첫 번째 임신에서 유산하지 않았더라면. 그때 임신한 몸으로 과로하는 일 없이, 잠시라도 자신을 돌볼 시간을 얻을 수 있었다면. 그랬다면 선경은 지금 계속 일을 하고 있지는 않았을까.

아니, 그렇지 않았을 거다. 임신한 직원에게 철야를 시키고, 유산을 하고 쓰러진 사람에게 프로젝트가 실패한 책임을 물었을 정도의 회사다. 그때 유산하지 않았더라도, 그 아이가 태어난 뒤 회사로 돌아갔을 때 선경의 자리는 이미 남아 있지 않았을 거다.

"후회할 거야, 개새끼들."

"언니는 태교 좀 해요. 그리고 뭐, 은주 언니 사업 돕는 것도 당분간은 괜찮을 것 같아요."

"맞아. 혼자서 애 하나 돌보는 것보다 둘이서 애 셋 돌보는 게 더 쉬워."

"예, 그래서 지금 놀면 뭐 하나 하고 구상을 좀 해 봤는데, 언니가 만드는 것들을 수출할 방법을 좀 생각하고 있었어요. 어차피 가내 수공업도 아니고, 발주를 더 해서 굴리면 가능성이 있을 것 같아요. 일단 혹시 필요할 것 같아서 서류 번역을 좀 시작했는데."

"야, 정말. 그 미친 회사는 이런 애를 차 버리냐…."

"그런데 너, 지금은 좀 쉬어야 하는 것 아니야? 그렇지 않아도 건강도 안 좋으면서."

"요즘 시력이 좀 떨어져서 머리가 자주 아프긴 한데… 그것 말고는 괜찮아요. 또 놀면 뭐 해요. 머리만 굳지."

"시력?"

재희가 눈을 깜빡였다.

"눈 나빠졌어?"

"예. 좀 많이 가물가물해요."

"말도 마, 오늘 아까 내가 부르는데도 못 알아봤어."

"시야가 많이 흐릿해져서…."

감이 영 좋지 않았다. 재희는 내진하던 날 의사가 그랬던 것처럼 선경의 손을 꾹 잡았다 놓았다. 선경의 손등 위로, 손가락이 눌린 자리가 하얗게 남았다 돌아왔다.

"뭐야, 왜 이렇게 부었어."

"원래 막달에는 붓는다고 하잖아요."

"그래, 나도 붓긴 부었지. 키보드 치는 데 걸리적거릴 만큼은 부었어. 하지만 이렇게까지 푸석하진 않아."

재희가 급히 휴대폰으로 뭔가를 검색했다. 이런 것에 대해 아주 최근에 읽었다. 바로 그, 모성 사망률 검색하다가.

"여기저기 붓고, 소변이 감소하고, 머리가 아프고, 시야 장애가 발생한다…. 너, 혈압 언제 쟀어?"

"지난번 병원 갔을 때요."

"임당 떠서 식사 조절하지 않았어? 혈압 어땠는데?"

"조금 높댔어요."

"머리가 얼마나 아픈데?"

"…."

"야, 김선경."

"괜찮아요. 누우면 또 괜찮아지고."

"언니, 애 병원 데려가야 할 것 같은데요."

재희가 은주를 쳐다보았다.

"멀지 않으니까, 우리 다니는 병원에라도 데려가 보자고요."

"언니, 왜 그래요."

"아니, 아니다. 이영수 조퇴하라고 하면 안 돼? 너 병원 가 보는 게 좋을 것 같아서 그래."

"갑자기 불안하게 왜 그래요."

"아니면, 이번 주에 병원 가는 날 있어? 야, 있어, 없어?"

재희가 다니는 병원에 가진 않았다. 하지만 선경은 연락을 받고 급히 달려온 영수와 함께 늘 다니던 병원으로 향했다. 혹시나 싶어서.

"으음…."

그리고 응급으로 한 검사의 결과를 들여다보며 의사는 혀를 찼다. 선경과 영수는 책상 앞에, 마치 죄라도 지은 사람들처럼 잔뜩 긴장하고 앉아 있었다.

"…혈압도 기준치보다 높은데, 그보다는 이 단백뇨 수치가 안 좋네요."

"많이 나쁜 겁니까?"

영수가 조심스럽게 물었다. 선경은 차마 묻지도 못한 채 입술만 꾹 깨물고 있었다.

"입원을 해서 24시간 동안 확인을 해야 해요."

"아…."

"힘드네요, 그렇죠? 지난번 일도 있었고…."

"예…."

선경이 고개를 끄덕였다. 솔직히 말해 울고 싶었다.

"임신 초기에는 복수가 차서 숨도 못 쉬고, 응급실에도 실려 오고, 입덧도 심했고, 자궁경부도 얇아져서 한참 조심해야 했고. 게다가 쌍둥이 임신이에요. 지금 얼마나 힘들겠어요."

울고 싶은 것을, 정말 죽을힘을 다해서 참고 있었는데.

의사의 그 말에, 눈에서 눈물이 뚝뚝 떨어졌다.

"괜찮아요, 거의 다 왔어요."

의사가 부드럽게 말했다.

"하루 입원해서, 네 시간마다 혈압 재고, 소변 검사도 24시간 소변으로 다시 할 겁니다. 간기능 검사 결과도 볼 거고요. 급하면 내일이라도 바로 수술해서 꺼낼 거예요. 버틸 만하면, 그래도 엄마 뱃속에서 조금이라도 더 자라서 나오는 게 좋으니까 단 며칠이라도 더 키워서 수술하고."

"꼭… 수술을 해야 해요?"

"예."

"검사해서 상태가 괜찮으면, 자연 분만 할 수 있어요?"

"권하지 않아요. 김선경 산모님 지금 35세 넘으셨고요. 쌍둥이니까요."

"하지만… 전 가능하면 수술로 낳고 싶지 않았어요."

선경은 눈물을 뚝뚝 떨어뜨리며 고개를 들었다.

"대체 제가 뭘 잘못한 거죠."

"잘못한 것 없고, 잘못되지도 않아요."

"하지만 저는…."

"자주는 아닌데, 심지어는 첫 애는 제왕 절개로 낳았는데도 둘째는 굳이 자연 분만으로 낳겠다는 산모님들도 봐요. 잘못하면 자궁이 파열돼서 산모와 아이가 다 잘못될 수도 있는데도, 질식 분만으로 낳는 것이 아이에게 최고의 선물이라고 생각하시는 분들이 계시더라고요. 산모님도 어쩌면 들어보셨을 것 같은데, 브이백(VBAC)이라고 하죠. 그런 걸."

"예. 하지만…."

"저는 반대해요."

의사는 자상하지만 단호하게 말했다.

"어떤 의사들은 그래요. 브이백을 산모가 원하면 해야 한다. 실력이나 안전성에 자신이 없는 의사들이 자꾸 피하려 든다고. 그런데 말이에요 출산은 서커스가 아니라 사람 목숨이 둘이나 걸린 문제예요. 산모님의 경우는 셋이죠. 그러니까 무조건 안전해야 해요. 보수적으로 해야 해요."

"하지만 자연 분만이 아기에게 더 좋은 거잖아요."

"물론 질식 분만이 좋은 점이 많죠. 왜 없겠어요. 일단 산도를 통해 아기가 나오면서 엄마로부터 좋은 유익균들을 받아가기도 하고."

선경은 입술을 달싹거렸다. 지금이라도 의사가, 자연 분만이 가능하다고 말해 주기를 간절히 소망하면서. 하지만 의사는 단호했다.

"하지만 말이에요, 질식 분만을 해야만 진정한 출산을 하는 것도 아니에요. 무통 분만을 한다고 모성애가 줄어드는 것도 아니고요. 제왕 절개를 하면 아이에게 잘못하는 거예요? 어떤 방식으로 해야만 아이에게 최고의 선물을 주는 게 아니에요. 지금 목숨을 걸고 뱃속에서 아이를 키워서 생명을 주는 건데."

"…"

"혹시 남편분이 그런 거 강요하는 거예요?"

"아, 아닙니다."

"아니라니까 다행이지만, 실제로도 있어요. 제왕 절개를 하면 태어나는 아이가 머리가 나빠진다더라. 무통 분만은 신의 뜻에 어긋나는 일이라더라. 가끔 시부모님이나 남편이 그럴 때가 있어요. 산모가 고통으로 숨 넘어가는데도 무통 놓는 것에 동의 안 하고 버티고."

의사는 영수에 대한 의심의 눈길을 거두지 않은 채 계속 말했다.

"난 그러는 건 정말 못된 사람들이라고 생각해요. 자기들은 넘어져서 어디 두세 바늘만 꿰매도 마취를 해도 따갑다 아프다 난리를 칠 거면서, 아이를 낳는 게 얼마나 위험하고 힘든 일인데."

영수는 괜히 어깨를 움츠렸다. 의사는 영수를 공연히 한 번 더 째려보고는, 모니터를 들여다보며 말을 계속했다.

"자연의 섭리 다 좋은데, 자연의 섭리 좋아하다가 엄마가 위독하고 아이가 다치면 아무 소용없는 거예요. 우리 목표는 김선경 산모님이 무사히 아기를 낳아서, 건강하게 태어난 우리 쌍둥이들 품에 안고 자기 발로 걸어서 병원을 나가는 겁니다."

"어휴, 그래도 진짜 다행이다."

상훈은 현관 앞에 놓아 둔 캐리어를 다시 열어 보며 중얼거렸다.

"자기가 얼른 알고 병원에 보냈으니 망정이지. 사람 셋을 구했네."

"구하긴."

재희는 어쩐지 맛이 밍밍하게 느껴지는 디카페인 커피를 홀짝이며 한숨을 쉬었다.

"그게 다 그 흉악한 통계를 찾아본 덕분이야. 내가 건강 염려증이라 한 짓이지."

"말 못되게 한다. 자기가 아는 게 병일 때가 있긴 해도, 보통은 그게 좋은 결과를 낳는데, 뭐."

"그런가…."

배가 묵직했다. 소파에 앉아 있는데, 엉덩이부터 푹 꺼지는 것 같았다. 허리가 아팠다.

아이를 낳으면, 이 허리 아픈 것도 해결이 되는 걸까.

재희는 아픈 게 싫었다. 아니, 아픈 것을 좋아하는 사람이 세상에 어디 있겠느냐만, 그런 것에 대한 두려움이 남달리 큰 편이었다. 생각해 보면 누가 아픈 걸 기꺼워하겠어. 다들 안 아프고 싶은 게 당연하지. 37년간 그렇게 생각했는데, 최근 그 편견이 박살나고 있었다. 그것도 가장 가까운 친구 중 한 명인 선경을 보다 보니, 자신이 너무 나약한 인간인 게 아닌가 하는 생각마저 들고 있었다.

"나 말이야. 의사 쌤한테, 나 제왕 절개로 낳아도 되냐고 물었거든."

"그랬어?"

"응. 아픈 것도 무섭고, 불확실한 게 싫어서. 근데 의사 쌤이 그러더라. 자연 분만은 하루 이틀 죽도록 아픈 뒤 괜찮아지는 거고, 제왕 절개는 그걸 일주일 동안 아픈 거라고. 일시불이냐 할부냐의 차이지, 아픔의 총량은 비슷하대."

"수술하면 진통제 달아 주지 않아?"

"해도 아프대. 생살을 째는데 안 아플 리 있겠냐던걸. 아무래도 수술이니까 유착이 생길 수도 있고, 수술 자리에 켈로이드 생겨서 가려울 수도 있고. 아, 수술해도 오로는 다 나온더더라."

"자연 분만만 고집하거나 그러는 거 아냐, 그 선생님?"

"그건 아냐. 그 병원에서 제왕 절개 제일 잘하는 쌤이라는걸. 왜, 지원이 애 낳을 때도 그 쌤이 수술해 주셨잖아."

"그랬나? 근데 자기한테는 왜 그래?"

"산모와 아이의 상태를 봐서 제일 나은 쪽으로 결정해야지, 무섭다고 수술하고 그러는 건 쌤 생각에는 좀 아닌 것 같대."

"그렇구나…."

상훈이 고개를 끄덕였다.

"…선경이가 많이 속상한가 봐."

"속상할 만하지. 임신 내내 아팠던 거니까."

"그것도 그렇고… 제왕 절개를 해야 한대."

"음?"

"입원해서 검사해 보니까 상태가 썩 좋지 않아서, 그래도 할 수 있는 한 기다렸다가 수술하기로 했다나 봐."

"그래도 다행이네, 아주 심한 건 아닌가 보다."

"걔는 무슨 용기로 자연 분만을 고집하는 걸까."

재희가 한숨을 쉬었다.

"걘 태교도 정말 열심히 했어. 그 썩을 놈의 회사 다니면서도 뜨개질도 하고, 퇴사하고 나서도 책 읽고 음악 듣고… 난 집에 있는데도 그 흔한 뜨개질 한 번 안 했는데 말이야. 내가 뭔가 하자가 있거나 부모가 될 준비가 안 된 건 아닐까."

"자기가 안 되는 뜨개질 하다가 스트레스 받는 것보다는 안 하는 게 애한테 낫다고 생각해."

"저기요…."

"안 되잖아. 매년 신생아 모자뜨기 한다고 하다가 중간에 그만둬서 내가 떠서 보냈잖아."

"여보세요, HUNS. 임산부 심기 긁지 마시고."

"아니, 그냥 사실을 이야기한 거고. 그리고 선경 씨가 그럴 문제가 아닌 것 같아. 임신중독증 그거 무서운 거야."

"당신이 어떻게 알아?"

"우리 회사 디렉터 부인도 임신중독증이었거든. 빨리 수술을 해야 한다고 했는데, 디렉터네 어머님이 그래도 조금만 더 엄마 뱃속에 있다가 나와야 한다고 그러셨다나 봐. 그래서 며칠 더 버티다가 어느 날 아침에 토할 것 같이 머리가 아파서 일어났는데 눈이 안 보이더래. 허둥거리다가 병원 가는 길에 계단에서 넘어지고… 정말 난리도 아니었다나 봐."

"그 사람은 무사해? 눈은?"

"낳고 나서 좀 지나니까 돌아오긴 했어. 근데 시력이 많이 떨어졌다고 그러고."

"어휴… 어떡해."

"애도 무사하긴 한데, 정말 응급 수술로 낳았고, 아주 위험했다고 하더라고. 디렉터네 어머님은 백일 전까지 손자를 안아 보지도 못했대. 며느리랑 사돈이, 그러니까 디렉터네 장모님이 말이야. 집에 딱 도사리고 계시면서 사돈을, 딸네 집에 발도 못 들이게 해서."

"그럴 만하지. 나 같으면 그런 무지막지한 시어머니 평생 안 봐."

재희는 고개를 끄덕였다. 상훈은 출산 가방을 한 번 더 점검하고는 일어나 기지개를 켰다.

"이제 금방이네. 다음 주에 나오는 건가?"

"이젠 언제 나와도 이상하지 않지. 만삭이 40주라고 하지만 보통 38주 되면 그 이후엔 언제든 나올 수 있으니까."

"그렇구나…. 난 내가 너무 서두르는 건 아닌가 했지."

"일찍 아니네요. 딱 좋게 챙겼어. 그래서 가방에 뭐 넣었어?"

"일단 뭐, 자기 거랑 내 걸로 노트북 두 대랑…."

"여보세요, HUNS."

"그거 말고는 인터넷을 보고 챙겼어. 산모 수첩이랑 자기 신분증은 여기 앞주머니에 있고, 자기 속옷이랑, 혹시 모르니까 얇은 내복도 있고, 수면 양말, 도넛 방석, 복대, 수유용 브래지어, 마사지 볼… 아, 그리고 애 낳고 나면 이가 시리대서, 치약은 일반 치약이랑 거품 치약으로 두 가지 넣었어. 다른 건 뭐, 필요하면 집에 왔다 갔다 하면 되니까."

상훈은 가방을 다시 닫아놓고 재희를 꼭 끌어안았다. 배가 하도 부풀어서, 이제는 끌어안아도 상훈의 어깨에 얼굴도 제대로 닿지 않는다. 상훈은 몸을 숙여서 다시 재희를 꼭 끌어안았다.

"미안, 요럴 때 업데이트 때문에 밤에 비워서."

상훈은 재희가 임신한 이후로 휴가를 쓰지 않고 모아 두고 있었다. 출산에 임박했을 때 옆에 있겠다며, 가급적 할 수 있는 한 일정들을 조정해 둔 상태였다.

"이번 업데이트 하고 나면 휴가 길게 낸다고 했어."

"그렇게 쉬어도 괜찮아?"

"응. 아빠 출산 휴가도 있고, 또 안 쓰고 넘어온 휴가가 많아서 괜찮아. 근속 휴가도 있고. 필요할 때는 옆에 있어야지."

"말만이라도 정말 든든하네."

"말만 그러는 거 아냐."

"오늘 밤에라도 아기가 나올 수 있지, 뭐."

"에이, 설마."

상훈을 몸을 숙였다. 그리고 재희의 뺨에 쪽 하고 소리가 나게 뽀뽀를 했다.

"얘가 날 얼마나 좋아하는데. 아빠 올 때까지 잘 기다릴 거야. 그치?"

"…뭐, 나도 웬만하면 내일은 지나서 나오면 좋겠어. 이제 조금만 더 쓰면 원고 끝이거든."

"잘됐네. 나는 업데이트 마치고, 자기는 원고 마치고, 나 휴가 쓰면 하루 이틀 잘 놀다가 진통 오면 같이 병원 가자."

그렇게 예정대로 되면 딱 좋겠지만. 사람 일이라는 건 모르는 법이긴 한데.

"그러게."

재희는 그래도, 정말 그렇게 되면 좋겠다고 생각하며 미소 지었다.

…그리고 세상일이 그렇게 마음먹은 대로 될 리가 없지.

새벽 한 시. 재희는 주방 바닥에 주저앉은 채 생각했다.

배뭉침과 가진통이 다르고, 가진통과 진진통은 또 다르다고 듣기는 했다. 그게 어떻게 다른지에 대해서는 다들 그렇게 말했다. 당해 보면 알 거라고. 차원이 다르다고. 과연 그랬다. 진짜 인터넷에서 본 표현 그대로였다. 배에 자전거가 들이받히는 것 같았다.

"으으으…"

재희는 비틀거리며 일어났다. 다행히도 통증은 길지 않았다. 통증 정도가 다르다고는 하지만, 배뭉침과 가진통, 그리고 진진통이라는 것은 모두 자궁이 수축될 때 일어나는 일이다. 그리고 이 수축과 이완이 반복되며 아이가 내려오고 분만이 진행된다.

물론 가진통은 신경 쓰일 만큼 아프긴 하지만 이 정도로 심하지 않고, 또 수축 간격이 일정하지 않다가 어느 순간 강도가 약해진다. 몸이 아기를 낳기 위해 연습을 하는 것으로 보면 된다는 이야기도 어디서 읽은 것 같았다.

하지만 조금 전 통증은 분명 달랐다. 한 번이었지만 정말 눈물 나게 아팠다. 이런 진통이 일정하게 나타나다가, 조금씩 간격이 줄어들면 병원으로 갈 준비를 해야 한다. 재희는 벽에 기대선 채 잠시 배를 어루만지다가, 머그컵에 티백을 넣고 뜨거운 물을 부었다. 새벽 세 시였다.

"아, 정말…"

잠은 오지 않았다. 똑바로 누우면 숨이 막혔고, 옆으로 눕자니 허리가 아팠다. 게다가 심장은 얼마나 두근거리는지, 자다가 심장발작이 일어나는 건 아닐까 걱정이 되었다. 누웠다가도, 출산이 다가와 분비물이 조금 흐르는 것을 양수가 새는 게 아닌가 싶어 화들짝 놀라 일어났다.

그래, 빨리 나와야 할 텐데.

조금씩, 아기를 만날 순간이 다가오고 있다는 생각이 들었다. 재희는 티백을 빼서 버리고, 다시 컴퓨터 앞에 앉았다. 아이를 낳기 전에 마무리하기로 한 글들은 얼추 끝을 보이고 있었다. SNS 메신저에 민 팀장이 로그인해 있는 게 보였다.

재희 : 안 자요?

민 팀장 : 밤낮 바뀐 인간들이랑 일하다 보면 야근이야 일상이지.

민 팀장 : 자기는 안 자? 산모가 푹 자야지 말이야.

재희 : 그런 말씀을 제게 하시는 거 너무 노양심인 거 아시죠?

민 팀장 : 난 언제나 양심적으로 살아왔어. 무슨 소리야.

재희 : …됐어요. 난 이제 이거 다 썼고,

재희 : 지금 한번 처음부터 끝까지 쭉 읽어 보면 끝날 거고.

재희 : 오늘 아침 해 뜨기 전에 전송하고 발 뻗고 잘 거야.

민 팀장 : 아니, 정말 다 쓴 거야? 이 미친 사람이!

재희 : …다 쓰라고 한 게 누군데, 이 악마가.

민 팀장 : 정말 할 줄 몰랐지.

재희는 모니터를 노려보며 헛웃음을 짓다가, 허탈한 한숨을 쉬었다.

재희 : 지옥에나 떨어지세요.

민 팀장 : 난 지금도 지옥에 살아, 마감지옥에.

재희 : 됐

잠시 후 휴대폰이 울렸다. 민 팀장이었다.

"자기, 왜. 괜찮아? 진통 오는 것 같아?"

"같긴 한데… 아까도 이만큼 아팠어요."

"언제?"

"한 20분 전에."

"그럼 아직 아니긴 한데… 야, 오늘 나올지도 모르겠다. 남편은?"

"없어요."

"임산부를 두고 남편이 이 밤에 어딜 갔어? 실격이네, 실격이야."

"임산부에게 이렇게 빡세게 마감을 시킨 사람이 그런 말을 하면 돼요, 안 돼요."

"돼."

민 팀장이 뻔뻔하게도 말했다.

"도와줄 사람 있어?"

"근처에 친구가 살긴 하는데… 얼마 전에 애를 낳아서."

"야!"

민 팀장이 전화 저편에서 버럭 소리를 질렀다.

"자기 계약서에 있는 주소, 그대로지? 이사 안 갔지? 내가 갈까?"

"아, 됐어요. 20분이면 아직 한참 남은 거잖아요."

"그럼 가서 자."

"뭐라고요?"

"내가 진짜 작가에게 가서 자라는 소리를 다 하고… 가서 자, 이 미친 인간아. 내일모레 애가 나오는데 마감이 대수야?"

그러니까 지금 그 말을 님이 하면 안 되는 거죠…라고 말을 하려다가, 재희는 혀를 찼다. 그래도 자기 딴에는 걱정이라고 하는 말인데, 삐죽하게 굴어서 좋을 게 없었으니까.

"알았어요, 알았어."

"내가 자기 SNS 볼 거야. 글 올라오면 또 전화한다?"

"잘 거예요. 팀장님이나 안녕히 주무세요."

전화를 끊었다.

이러고서 괜찮으면 아침에 일어나서 다시 올리면 되는 거지. 재희는 일단 원고 파일을 민 팀장에게 메일로 보내 놓았다. 바로 자려다가 그래도 혹시 몰라서, 갑자기 병원에 가야 하는데 꼬질꼬질한 채로 이동하면 창피할 것 같아서, 샤워를 했다. 상훈에게도 전화를 걸었다. 상훈은 걱정스럽게, 지금이라도 집으로 가겠다고 했다. 하지만 말렸다. 어차피 지금 온다고 뭔가 뾰족한 수가 있는 것도 아니었다.

핫팩을 따뜻하게 데워 허리에 대고 싶었다. 허리가 자꾸, 심장이 뛰는 것에 맞추듯이 욱신거렸다. 움직일 때마다 골반뼈에서 뼛조각이라도 쏟아져 나올 것처럼 삐걱거렸다. 그래도 따뜻한 핫팩이 태아에게는 안 좋다는 말을 떠올리며, 재희는 데운 핫팩에 수건을 감아 둥둥 부은 종아리쯤에 두고 침대에 누웠다.

안경을 벗고 애써 잠을 청하다가, 재희는 문득 툭툭 하고 손끝으로 배에 노크를 했다.

재희가 두드린 바로 그 자리에서, 다시 툭툭 발로 차는 느낌이 왔다.

"으…"

등허리에 통증이 왔다.

한참 못 느껴 본 느낌. 하지만 이미 알고 있는 느낌이었다. 몇 달 동안 생리불순인 끝에 갑자기 쏟아질 때처럼, 아주아주 심한 생리통 같았다. 숨도 쉬어지지 않게 아프고 쑤신 데다, 밑으로 뭔가 확 흘러내리는 것이.

'…흘러내려?'

재희는 얼른 자리에서 일어났다. 침대가 젖은 것은 아니었다. 하지만 뭔가 끈적한 것이 흘러내리고 있다는 것만은 분명히 알았다. 그녀는 화장실로 뛰어 들어갔다. 그리고 옷을 내린 순간, 재희는 비명을 질렀다.

크기나 형태나 색깔이나, 마치 씹다 뱉은 검은깨 송편 덩어리 같은 것이 몸에서 흘러나와 있었다. 정확히는 그 으깨진 검은깨에 딸기잼과 젤리가 섞여 있는 것 같은 괴상한 형태의 덩어리였다. 지금, 이렇게 배가 아프지 않았다면, 어디서 외계인을 씹어서 뱉어 놓았느냐는 농담도 할 수 있을 것같이 생겼건만.

"아흐…"

정신이 아득해질 정도로 통증은 심해져 있었다. 재 볼 겨를은 없었지만, 아까보다 간격이 더 짧아져 있다는 것만은 알 수 있었다.

여튼 지금 흘러내리는 그게 이슬이긴 한 것 같았다. 자궁경부를 막고 있던 점액 마개라고 생각하니, 그 괴상한 형체도 이해가 갔다.

그나저나 보면 아, 이거구나 하고 바로 알 거라더니. 그런 흉악하게 생긴 것과 '이슬' 같은 이름을 무슨 수로 연결해서 생각하라는 거야.

재희는 얼른 물만으로 대충 씻고, 속옷을 갈아입고 두툼한 생리대도 꺼냈다. 이제 병원에 갈 때가 된 것 같았다.

"나야. 아무래도 병원에 가야 할 것 같아."

침착하게 HUNS에게 전화를 걸었다.

"괜찮아. 택시 타고 갈 거니까. 응, 자기 거기서 오는 데만 두 시간이잖아. 병원에서 보자."

HUNS가 현관 앞에 준비해 놓은 출산 가방은 큼직한 캐리어였다. 재희가 아이를 낳으러 갈 때 당연히 자신이 옆에 있을 거라고 확신했던 것 같았지만, 지금 혼자는 택시에 실을 엄두가 나지 않았다.

병원까지 멀지도 않으니, HUNS한테 오는 길에 가져오라고 해야지.

재희는 가방 앞을 열고 산모 수첩을 꺼냈다. 신분증, 지갑, 휴대폰. 그리고 혹시 모르니까 태블릿과 블루투스 키보드를 챙겼다. 그거랑 휴대폰 충전기하고. 일단 인터넷이 되면 뭐가 되었든 안심이 될 것 같았다. 평소에 강의하러 다닐 때 들고 다니던 에코백에 그 모든 것을 담아서, 재희는 집을 나섰다.

현관문을 나서려다가 잠시 걸음을 멈추고 집 안을 돌아보았다.

옛날 여자들이 아이를 낳으러 산실에 들어가기 전에, 신발을 벗어 놓으며 살아서 이 신발을 다시 신을 수 있을까, 생각했더라는 이야기가 문득 떠올랐다.

엘리베이터가 1층으로 내려갔다. 새벽이라 그런지 택시 앱으로 불러도 택시는 잡히지 않았다. 도로 쪽도 한산했다. 겨우 한 대 다가온 택시는 창문을 반쯤 내려 보았다가 재희의 얼굴을 보고 바로 가 버렸다. 안경 쓴 여자라니, 하는 중얼거림과 함께였다. 평소 같으면 멀어져 가는 차 꽁무니에 대고 욕을 바가지로 해 주었겠지만, 지금은 그럴 기력도 남아 있지 않았다.

재희는 새벽하늘 아래 멀리 보이는 소방서의 무선탑을 바라보며 119에 전화를 걸었다.

전화를 끊기도 전에, 구급차 사이렌 소리가 어둠을 밀어내며 들려왔다. 재희는 다가오는 구급차를 향해 손을 흔들었다. 허리는 계속 끊어질 듯 욱신거렸다.

구급차에 올라 시계를 보고서야, 재희는 진통의 간격이 7분까지 줄어들었다는 것을 알았다.

선경은 속이 계속 메스꺼웠다.

정말 토하고 싶었다. 속을 거꾸로 뒤집어서 소금물에 박박 헹구기라도 하고 싶었다. 하지만 사실은 어제도 거의 먹지 못했다. 먹은 게 없으니 구역질이 나온들 뭔가 토할 수 있을 리가 없었다.

생각해 보면 임신 기간 내내 이랬다. 처음에는 복수가 차서 숨도 제대로 쉴 수 없었다. 뭔가를 먹는 것은 불가능했다. 그다음에는 입덧이었다. 길고 지독했던 입덧이 거의 끝나나 했더니 임신성 당뇨가 경계성으로 떴고, 이제 임신 막달이다. 간수치는 높고, 자간전증까지 일어났다.

눈물이 났다. 시야가 흐릿하고 가물거렸다. 앉아도 누워도 머리가 아프고 속이 울렁거렸다.

그래도 물이라도 마셔야 할 것 같아서, 선경은 애써 몸을 일으켰다. 휘청거리며 선경은 생각했다.

좀 더 일찍, 좀 더 자주 병원에 갔어야 했나?

재희가 병원에 가라고 하지 않았으면, 그래서 며칠 더 있다가 병원에 갔더라면, 상황이 더 나빠졌을지도 모른다. 그날 하루 입원을 하고, 혈압

과 소변을 밤새 체크했다. 태아 폐 성숙을 촉진하는 주사를 맞고, 혈압강
하제도 썼다. 입원해서 좀 더 버티다가 낳는 게 좋겠다는 말을 들었지만,
너무 불안하고 자꾸 눈물이 나서 일단은 집에 돌아왔다.

그때가 임신 34주. 이제 막 35주에 접어든 시기였다.

지난주에 확인했을 때, 한 아이는 2.2킬로그램, 다른 아이는 2.0킬로그
램 정도라고 들었다. 쌍둥이가 아닌 단태아의 경우 같은 시기에 2.4킬로
그램 정도가 나간다고 들었다. 단태아는 만삭 때 3.5킬로그램 정도 나간
다고 하던가. 쌍둥이의 경우 보통 3킬로그램을 넘기기 전에 태어난다. 쌍
둥이의 만삭은 임신 38주, 이때의 평균 체중은 2.9킬로그램이라고 했다.
보통은 36주에 태어난다지만, 이때 체중이라고 해 봐야 2.5킬로그램.

보통의 임산부가 막달 때 임신 전에 비해 체중이 10킬로 정도 증가한
다면, 쌍둥이 임산부는 이 시기에 15킬로그램 정도 증가한다. 아이 한 명
한 명의 체중은 단태아보다 가볍지만, 둘을 합친 무게는 당연히 단태아보
다 훨씬 무겁다. 똑바로 누우면 등뼈가 으스러질 것 같고, 옆으로 누우면
내장이 눌렸다. 어떤 자세로도 숨을 제대로 쉴 수 없었다.

하지만 그래도, 할 수 있는 한 조금이라도 더 뱃속에서 키워서 내보내
고 싶었다. 어리석은 욕심일지도 모르지만, 그만큼 어렵게 품은 아이들이
니까, 좀 더 소중하게 품어 안아 주고 싶었다.

"아… 재희 언니가."

일어나서 겨우 침대 모서리에 걸터앉았다가, 선경은 화장대에 놓아 둔
휴대폰 첫 화면에 재희의 메시지가 떠 있는 것을 보았다.

나 오늘 애 낳으러 가는 중.

짧은 메시지였다. 병원에 갔다면, 지금쯤 이미 시작되었을까. 오늘 태
어나는 걸까. 문득 부러웠다. 이 긴 여정을 마침내 마무리하는 그날이 오
면, 후련할까? 시원할까? 어쩌면 섭섭할까?

그런 생각을 하며 일어나다가, 선경은 그대로 앞으로 고꾸라졌다. 손은 허공을 잡으려 하다가 그대로 미끄러졌다. 허우적거리는 팔이 화장대를 쳤다. 화장품 병들이 쓰러지며 요란한 소리를 냈다. 하지만 선경의 귀에는 그 소리들이, 아득하고 먼 울림으로만 들렸다.

"선경아, 선경아!"

영수는 화장품 병이 와르르 무너지는 소리에 눈을 떴다. 그리고 그의 눈에 들어온 것은 부푼 배를 끌어안은 채, 고개를 외로 꺾고 주저앉은 선경이었다.

"여보! 내 목소리 들려? 여보! 선경아!"

소리쳤다. 어깨를 흔들었다. 뺨을 손끝으로 탁탁 치기도 했다. 하지만 낮은 신음 외에는 아무 반응도 없었다.

억지로 일으키려 했다. 하지만 다리가 휘청거렸다. 게다가 무게중심이 앞으로 쏠려서 도저히 지탱할 수가 없었다. 부축하려 했지만 오히려 선경을 바닥에 뒹굴게 할 뿐이었다. 배가 앞으로 깔리면 안 될 것 같아서 겨우 뒤집어 놓았다.

선경은 반지를 안 끼고 있었다. 늘 가늘던 손가락은 임신 후기로 갈수록 부풀어 소시지처럼 보였고, 손등과 손바닥, 손목도 푹석하게 부어 있었다. 마치 표면이 질긴 애드벌룬에 바람을 채웠다가, 그 바람이 조금 빠져 누르면 누르는 대로 푹석하게 눌릴 정도가 되면 이런 느낌이 들까. 발목과 발등도 부어 있었다. 그동안 몰랐는데, 오늘 보니 피부 여기저기가 눈에 띄게 누렇게 변색되어 있었다. 죽은 게 아닐까. 문득 겁이 났다. 하지만 희미하게 색색거리는 숨소리가 들려왔다.

"여보세요, 119죠?"

일으켜 세운다 한들, 이 배 때문에 업고 나갈 수 없었다.

아주 잠시, 그래도 이 집에 이사 들어올 사람을 찾은 다음에 이런 일이 생겨서 다행이라고 생각했다. 119 구급대원들이 우르르 올라오는 것을 사람들이 보면 틀림없이 말이 나올 테니까. 그리고 이런 생각을 하는 자신이 한심했다. 눈을 손등으로 벅벅 문지르며, 영수는 지갑과 휴대폰과 차 열쇠, 그리고 양말을 챙겼다.

문득, 엉망이 된 화장대 위에서 유일하게 쓰러지지 않은, 작은 밀폐 항아리가 눈에 들어왔다. 처음에는 선경이 마음 아파해서 두었다가, 나중에는 내심 눈엣가시처럼 여겼던 것들이었다. 그것들을 향해, 영수는 마음속으로 중얼거렸다.

'얘들아, 제발….'

구급대원들이 도착하자마자 선경을 들것에 실어 날랐다. 119 구급차는 심장까지 조여들 듯한 사이렌 소리를 내며 선경이 다니던 산부인과로 향했다.

선경은 여전히 의식을 잃고 있었다. 영수는 선경의 다리를 주물렀다. 살이 푸석푸석한 것이, 산 사람의 팔다리 같지가 않았다.

혈압이 높았다. 소변은 제대로 나오지도 않았다. 도뇨관을 꽂아 겨우 빼낸 소변의 색깔이 갈색으로 보일 만큼 짙었다. 단백뇨 수치가 높게 잡힌다고 했다. 숨소리가 이상했다. 폐에 부종이 생기기 시작했다는 이야기를 들었다.

정신없이, 내미는 서류마다 사인을 했다. 동의서에서 후유증과 합병증, 사망 가능성에 대한 문장이 유난히 또렷하게 눈에 들어왔다. 문득 몇 년 전, 유산이 되었다고, 뱃속 아이가 더는 심장이 뛰지 않는다는 전화를 받고 느꼈던 감정들이 떠올랐다.

괜찮다고, 다 지나갈 일이라고 생각했다.

그런 일에 공연히 집착하는 선경이 답답하기도 했다.

하지만 정말, 그렇게 넘기고 말았어야 하는 감정이었을까.

문득 겁이 났다. 이번에는 정말로 다 잃어버리는 것은 아닐까.

손이 떨리고 식은땀이 났다. 선경의 통통 부은 팔목에 굵은 주삿바늘이 들어갔다. 이동 침대가 수술실 안으로 밀려 들어갔다. 영수는 허탈한 표정으로 그 모습을 바라보다가, 절망적인 감정으로 울었다.

사방이 안개로 자욱했다. 선경은 두리번거렸다. 더는 머리가 아프지 않았다. 속도 메스껍지 않았다. 그저 맨발로 걷고 있었는데, 발목이 시렸다. 그뿐이었다.

걷다가 문득, 뱃속 아이들 생각이 났다. 어째서인지 하얀 원피스 아래로 배가 느껴지지 않았다.

당장이라도 빵 터져 버릴 것처럼 부풀어 있었는데. 어떻게 된 걸까. 울고 싶었다.

두 번이나, 달이 뜨는 것처럼 부풀었다. 그 달은 끝까지 차오르지 못하고 매번 무너졌다. 그 생각을 하니 가슴이 욱신거렸다. 울고 싶은데 눈물도 나지 않았다.

그리고 선경은 강가에 섰다.

"아….."

레테 강이나 삼도천처럼, 사람이 죽어 저승으로 갈 때는 강을 건너간다더니. 정말 그런 걸까.

울고 싶었다. 그때 작은 손이 선경의 양손을 한 쪽씩 붙잡았다.

"이제 돌아가요, 엄마."

작은 아이들이었다. 그 아이들이 선경의 손을 잡아끌었다. 강이 아닌, 걸어온 길을 되돌아서. 한 걸음 한 걸음을.

부드럽고 따뜻한, 젖 냄새가 났다. 마음이 평화로워졌다. 더는 슬픔도 절망도 없는 온전한 행복이 온몸을 둘러싸는 것 같았다. 이대로 죽어도 좋을 것 같다고 문득 생각했다.

생각했는데.

"여보! 내 목소리 들려? 선경아!!"

…어디서 날파리가 앵앵대며 머리 주변을 맴도는 것처럼 시끄러웠다.

"선경아! 선경아!"

그게 날파리가 아니라 남편이라는 것을 깨닫는 데는 시간이 좀 더 필요했다.

"어떻게….."

"어떻게는 뭘 어떻게야. 너 쓰러졌잖아. 119에 실려 왔어. 병원이야."

병원. 그 말에 잠이 확 깨는 것 같았다.

"애들은….."

"선경아."

"우리 애들은!"

선경은 소리쳤다. 그 순간 배에 묵직한 공이 날아와 치이는 것 같은 아픔이 느껴졌다. 아니, 공이 날아온 것 정도가 아니었다. 트럭에 치이면 정말 이런 느낌이 들까. 그 자리에 주저앉아 울음을 터뜨리고 말 것 같은 강력한 통증이었다.

"아… 애들은, 애들은 괜찮아?"

"괜찮아. 둘 다 괜찮아."

"정말?"

아픔 때문인지, 아이들이 무사하다는 말을 들은 안도감 때문인지는 모르겠지만, 눈물이 쏟아졌다.

"울지 마, 자기야. 코에 산소 호흡기 꽂혀 있잖아. 콧물로 막히면 어떡해. 응?"

"정말 괜찮은 거야?"

"정말이야. 아, 큰애는 2.2킬로, 둘째는 2.1킬로야. 그래서 국민건강보험에서 조산아 및 미숙아 지원받는 게 있다는데… 아니, 그렇다고 애들이 미숙아라 위험하거나 그런 건 아니고. 둘 다 손가락 발가락 열 개씩 잘 있고, 숨도 잘 쉬고…."

영수가 술 취한 사람처럼 횡설수설했다.

그런데 뭔가 이상했다. 선경은 몸을 움직이려고 애썼다. 하지만 몸이 천근같이 무거웠다. 겨우 팔을 들어 보았다. 얼룩덜룩 멍든 팔을 감싼 환자복 소매에 익숙한 산부인과가 아니라, 대학병원 이름이 적혀 있었다.

"…어떻게 된 거야."

"선경아, 그게."

"애들, 우리 애들한테 무슨 문제 있는 거지? 그렇지?"

선경은 죽을힘을 다해 몸을 일으키려 했다. 그때 영수가 선경의 어깨를 내리눌렀다.

"놔!"

"설명할게. 설명할 테니까 진정 좀 해 봐."

"또 애들 잘못된 거면 난 못 살아!"

"그런 거 아니야."

그때 문이 열렸다. 간호사가 들어오더니 선경의 상태를 확인하고, 혈압을 쟀다.

"김선경 님."

"우리 아기… 우리 아기들 어떻게 된 거예요. 예?"

"아기들은 괜찮아."

영수가 다시 한 번 말했다. 이번에는 선경의 손을 꽉 잡은 채였다.

"정말이야. 아기들은 괜찮아."

"그럼 아기들을 보러 가게 해 줘."

"그건 안 돼. 애들 지금 산부인과에 있어. 너 다니던 산부인과."

선경은 그게 무슨 말인지 이해하려 애썼다. 하지만 아무리 생각해도 애들은 산부인과에 있다는 게 무슨 소리인지 알 수가 없었다.

"또 날 속이는 거지!"

선경이 소리쳤다. 간호사가 들썩거리는 선경의 어깨를 붙잡으며 호출기를 눌렀다. 수간호사와 다른 간호사 한 명이 들어와 선경을 붙잡고, 팔에 꽂힌 바늘을 바로 했다.

"어떻게… 된 거예요."

"김선경 님 응급 제왕 절개로 무사히 출산하셨고요. 출산 후에 자궁 수축이 안 되셔서 저희 병원으로 이송되셨어요."

"자궁 수축요?"

"예. 자궁동맥색전을 해서 잡았고, 지금은 상태 깨끗하고요. 이쪽에 배액관 연결되어 있습니다. 아까 출혈이 심해서 복강으로 피가 들어갔어요. 그거 마저 빼는 중이고요."

간호사들은 짧고 차분하게 설명하며 선경을 진정시켰다. 간호사들이 나가자마자, 영수는 다시 선경의 손을 붙잡고 앉아, 천천히 이야기를 시작했다.

"수술이 끝났는데도, 이게 아래로 계속 피가 나는 거야. 아니, 배를 쨌는데 왜 피가 아래로 또 나오는데."

"아니, 영수 씨. 그건…."

그건 오로라고 부르는 거라고, 수술을 해도 오로는 나온다고 말을 하려는데, 영수가 말할 틈을 주지 않았다.

"자기는 정신은 안 돌아왔는데 자꾸 아프다고 엉엉 울기만 하지, 간호사 선생님이 배를 누르니까 아래로 정말 시커먼 피가 콸콸 쏟아져서, 선생님 바로 다시 들어왔잖아."

영수는 사뭇 비장한 표정까지 지어 가며 말했다.

"자기 수혈해야 한다고, 이거 피 안 멎으면 큰일 난다고 바로 수혈팩 걸어놓고 이쪽 병원 연락하고, 된다고 하자마자 바로 앰뷸런스 타고 이리 온 거야. 오면서 당신이 아파서 몸부림을 쳐서 줄이 빠졌는데, 그래서 양 팔 모두 찔러서 팔이 엉망이고… 어, 그리고…."

"그리고?"

"그게 다야."

"그게 다라고?"

영수는 잠시 머뭇거리다가, 침대 앞에 무릎을 꿇고 앉아 머리를 조아 렸다.

"미안해. 당신은 이렇게 죽을 고비를 넘겨 가면서 아이를 낳는 건데, 내가 당신을 너무 속상하게 했어. 미안해. 내가 다 잘못했어."

"…영수 씨."

"미안해. 미안…."

선경은 한숨을 쉬었다. 좀 짜증이 났다. 아이가 태어나는 순간을, 정말 평생을 기다려 왔는데, 요만큼도 기억이 나지 않았다. 그것만으로도 울고 싶은 데다, 솔직히 남편 얼굴보다는 아이들 얼굴이 더 보고 싶었다. 정말 로 건강하게 태어났는지, 자신을 닮았는지 궁금하기도 했다.

"영수 씨, 애들 사진 좀 보여 주지 않을래?"

"선경아, 내가 다 잘못했어."

"아니, 알았으니까… 사진 찍은 거 없어?"

"선경아, 내 얼굴 좀 봐."

…솔직히 말하면.

지금 당신 얼굴은 하나도 안 궁금하니까 애들 사진을 내놓으라고. 그 리고 울고 싶은 건 내 쪽이니까 자기연민에 취해서, 죽다 살아난 아내에게 무릎 꿇고 용서를 비는 자신에게 잔뜩 도취된 채 헛소리 하지 말라고.

네가 잘못한 것, 못되게 군 것 다 아니까, 지금처럼 피곤할 때 상기시킬 필요 없다고, 제발 용서를 강요하지 말라고, 힘들어 죽겠다고. 그렇게 쏘아대고 싶은 마음이 굴뚝같았다.

"용서해 줄 거지?"

그러니까 마누라가 죽다 살아났는데, 넌 네가 용서받고 마음 편해지는 게 더 급하다 이거지.

머리가 지끈거렸다. 하지만 이 인간에게 괜찮다고 말해 주지 않았다가는, 오늘 해 지기 전에 애들 사진을 볼 기약이 없을 것 같았다. 선경은 한숨을 쉬었다. 그리고 자신의 손을 붙잡은 영수의 손을 밀어내며 말했다.

"당신한테 화 많이 안 났어. 그러니까 애들 사진 좀 보여 줘."

"…."

"사진 없어? 폰 줘 봐."

"…그게."

"이영수."

"아니, 당신이 워낙 위급해서 내가, 사진 같은 것을 찍을 틈이 없…"

그 순간, 선경은 배가 아픈 것도 잊고 젖 먹던 힘까지 다해 소리쳤다.

"나가!"

"환자분 아직도 혈압이 많이 높으세요."

저녁 무렵, 선경은 3인실로 자리를 옮길 수 있었다.

"전신 마취하셨어서, 기침 많이 하셔야 해요. 가래 빼셔야 해서. 머리 아프신 건 어때요."

"지금도 좀 아파요. 속도 메슥거리고."

"시간마다 혈압 체크할 거예요."

간호사가 혈압을 재며 간단히 상황을 설명했다.

"그쪽 병원에서 응급 처치를 잘 해 주시긴 했는데, 그래도 피가 멎질 않았어요. 여기 오셔서 이쪽으로 관을 넣어서 자궁동맥을 막았어요. 그걸 색전술이라고 하는데, 피가 멎어야 하니까."

"그럼 지금은 괜찮은 건가요?"

"내일 선생님 회진하실 때 말씀하시겠지만, 배액도 잘 되었고 잘 아물고 계신 것 같아요. 혈압 높으신 게 걱정인데… 문제 생기면 바로 벨 눌러 주시고요. 시간마다 확인할 테니까 너무 걱정 마세요."

"언제쯤 움직일 수 있어요?"

"그것도 회진하실 때 보시고 나서요."

그밖에도 몇 가지 설명을 더 한 것 같은데, 머리가 멍해서 기억이 나지 않았다.

선경은 머릿속에 안개가 낀 것 같은 기분으로 누워 있었다. 아까 화를 내고 그 난리를 쳤더니, 영수는 또 어디론가 사라져 버렸다. 무책임한 자식. 선경은 나직하게 중얼거렸다. 그런 걸 남편이라고 믿고 살았다니. 갑자기 현실이 거하게 뒤통수를 때린 듯한 기분이 들었다.

그래, 갑자기 사람이 쓰러졌으니까 당황했을 수도 있겠지. 아이가 태어나서 기뻐할 겨를도 없이, 산모가 피가 안 멎고 위독하다니까 놀랐을 수도 있겠지. 그것까진 인정해. 그건 알겠단 말이야.

그런데 대체 왜, 아프고 속상한 사람은 여기 있는데, 자기가 무슨 비련의 주인공처럼 질질 짜고 난리야? 지금 아픈 사람한테 용서받는 게 그렇게 중요해? 사람 좀 안정시키고, 상황 설명 다 하고, 그리고 웬만하면 애들 사진 보여 주고, 무사히 잘 태어났다는 걸 확인시켜 준 다음에, 그다음에 그런 이야기해도 되는 거잖아. 무슨 겁먹은 어린애처럼 질질 짜는 게. 지금 나보고 자기를 달래 달라는 거야, 뭐야.

생각하면서, 이불을 끌어당겨 덮었다. 추웠다. 춥고 아프고 우울하고 울고 싶었다. 어리광을 부려도 내가 부려야지. 지가 뭔데. 자기가 뭔데 죽다 살아난 사람 앞에서.

그때 병실 문이 열렸다.

"선경아."

영수였다. 선경은 대답하지 않았다.

"선경아… 여보, 자기야."

"꼴도 보기 싫어."

영수는 돌아 나가는 대신, 가져 온 것들을 차례차례 침대 위에 올려놓았다. 먼저 사진이 있었다. 신생아실에서, 작은 침대에 누워 있는 두 아이의 사진이었다. 따로 찍은 것 한 장씩, 그리고 둘이 같이 찍은 것 한 장. 누가 언제 찍었는지, 갓 태어났을 때의 사진도 있었다. 영수가 설명했다.

"간호사 선생님이, 내가 정신 못 차리니까 대신 찍어 놓았어. 가서 음료수 사 드리고 왔어."

"아아….'"

선경은 사진을 집어 들여다보았다. 아이들은, 정말 씨도둑질은 못 하겠다는 말이 나올 만큼, 영수와 꼭 닮아 있었다. 이란성인데도, 정말 서운할 만큼 제 아빠를 빼닮은 얼굴들이었다.

그래도 예뻤다. 사랑스러웠다. 가서 안아 보고 싶었다. 평생의 소망이었다. 그 소망을 눈앞에 두고, 침대에 누워 움직일 수 없는 것이 원망스러웠다. 선경은 사진을 손에 쥔 채 눈물을 뚝뚝 떨어뜨렸다. 영수는 어쩔 줄 몰라 하다가, 아기 수첩 두 개를 꺼냈다.

첫 페이지에, 보라색 잉크로 찍은 발도장이 두 개씩 찍혀 있었다. 태어난 시각과, 키와 체중, 그리고 엄마 이름 란에 '김선경'이라고 선명하게 적혀 있었다. 선경은 급기야 감정이 복받쳐 올라 소리 내어 울기 시작했다. 이상하게 자꾸만 눈물이 났다. 정말 어떻게 해야 멈출 수 있을지 알수가 없었다. 울음을 그치는 법을 잊어버린 아이처럼, 선경은 계속 울기만 했다.

"울지 마, 자기야."

영수가 머뭇거리며 말했다.

"내가 미안해. 당신 돈 걱정 시킨 것도 미안하고, 당신이 회사 그만뒀다고 화낸 것도 미안해. 당신이 회사에서 그런 일 있는 거, 내가 몰랐던 것도… 아니, 알아도 모르는 척한 것도 미안해. 내가 다 잘못했어."

"…"

"당신 계속 의식 없는 거 아니었어. 원래 병원에서 잠깐 정신이 들었는데, 그때 당신이 피를 너무 많이 흘린다고, 큰 병원으로 가야 한다고 설명하던 중이었어. 당신이 정말 나는 쳐다도 보지 않고, 우리 쌍둥이들 어떡하냐고. 엄마 없으면 걔들은 어떡하냐고. 그러면서 울었어. 내가 그걸 보고서, 내가 정말 잘못했구나 해서…."

"그만해."

선경이 흐느끼다 말고 대꾸했다.

"제발 좀 닥쳐. 지금 내가 너무 힘들어서, 당신이 징징거리는 걸 참고들어 줄 수가 없어."

"미안…."

"미안한 거 알면 그만해. 내가 너무 힘들다. 너 그러는 것까지 못 듣고 있겠으니까, 내 폰이나 줘."

영수가 휴대폰을 건네주자, 선경은 바로 은주에게 전화를 걸었다.

"언니…."

"선경아, 무슨 일이야. 너도 아이 낳으러 가는 거야?"

"저, 여기 병원이에요. 쓰러졌다가 정신 들었더니, 이미 태어났대요. 응급 수술을 했다고…."

"저런, 어떡해. 넌, 몸은 괜찮아?"

"예…. 근데 아직 아기들 사진밖에 못 봤고… 어떻게 낳았는지, 애들이 어떻게 울었는지, 그런 것 하나도 기억이 안 나요. 응급 수술이라고 전신 마취를 했다던데, 아마 전 태어나는 순간을 보지도 못했던 것 같아요."

"괜찮아…."

"너무 속상해서… 언니…."

선경은 오열했다. 울먹이며 띄엄띄엄 이야기하는 것을, 은주는 차분하게 기다리며 들어 주었다. 선경의 마음이 가라앉을 때까지.

"저 사실 지금 며칠 지났는지도 모르겠고, 오늘이 며칠인지도 모르겠고… 애들 보고 싶고요… 아, 재희 언니는요."

"재희?"

"재희 언니 애 낳으러 간다는 문자를 봤던 것 같은데."

은주는 잠시 머뭇거리다가, 대답했다.

"좋아, 재희가 애 낳으러 간다고 새벽에 문자 한 게 어제 아침이야. 그럼 넌 어제 쓰러져서 병원에 실려 간 거고, 너희 쌍둥이들 태어난 것도 어제일 테고."

"어제…."

"너도 그렇고, 재희도 그렇고… 힘들어서 어쩌면 좋니."

"재희 언니한테 무슨 일 있어요?"

"응."

침착하려 애쓰던 은주의 목소리에 불안이 묻어났다.

"걔 어제 애 낳으러 들어가서 아직도 못 낳았다잖아."

"응? 뭐? 태어났다고?"

상훈은 재희의 침대 각도를 조정하다 말고, 재희를 올려다보았다.

"어, 어떻게… 어떻게 이럴 수가 있어…."

이불을 움켜쥔 재희의 손이 부들부들 떨렸다.

"나, 난… 지금 38시간째 분만대 위에 있는데…!"

그걸 셀 정신이 남아 있는 걸 보면 아직도 먼 모양이군.

상훈은 시계를 흘끔 쳐다보며 생각했다. 어제 새벽에만 해도, 차를 몰아 집으로 돌아오는 내내 걱정이었다. 내가 도착하기 전에 아이가 태어나는 건 아닐까. 재희는 아픈 거라면 질색인데, 무통 주사 꽂으려면 아마도 보호자 동의서도 필요할 텐데, 지금 아파서 죽으려고 하는 건 아닐까. 혹시라도 잘못되면 어떡하지. 일어날 수 있는 가능성에 대해 그야말로 별별 생각을 다 하면서 병원에 와 보니, 재희는 이미 가족 분만실에 들어가 누워 있다는 것이었다.

"아니, 그게 말이야. 도착해 보니까 벌써 열려 있다잖아. 마침 가족분만실들도 비어 있어서 바로 들어왔지. 응, 괜찮아. 야, 무통 맞아도 아프고 지친다. 그래. 넌?"

어제 새벽 네 시.

재희는 비장한 마음으로, 119 구급차까지 불러서 타고 새벽에 병원에 도착했다. 마침 조금 전 아이가 태어났는지 산부인과 분만실은 분주했다. 구석에서 간호사들이 야식을 먹고 있었다.

"아, 맞다. 밥 먹었어야 했는데."

재희는 조금 억울해졌다. 남들 출산 후기를 보니, 아예 수술 날짜나 유도 분만 날짜를 잡은 산모는 물론이고 자연 진통이 와서 아이를 낳은 산모조차도, 진통이 살살 오기 시작하자 바로 고깃집 가서 실컷 구워 먹고, 당분간 못 갈 맛집에 다녀오거나 몸보신이 될 만한 걸 먹었다는데. 자신은 진통이 오는데 글이나 쓰다가 잔 거다.

"먹고 죽은 귀신이 때깔도 좋다는데… 으….'

"죽으면 안 되죠. 옷 갈아입고 이리 오세요.'

간호사가 정색을 하고 말했다. 침대에 마치 얇고 커다란 생리대 내지는 반려동물용 기저귀처럼 생긴 널찍한 패드가 깔렸다. 재희는 원피스 형태의 산모 가운으로 갈아입고 침대에 누웠다. 간호사가 다가와 배와 허리에 태아 모니터링 장비에 연결된 벨트를 감아 주었다.

"진통 오네요. 아직 심하진 않고요.'

진통을 확인하고, 팔에는 수액줄을 확보했다. 그리고 간호사가 내진을 했다. 안에서 뭐가 더 쏟아지는 느낌이 났다.

"4센티네요.'

"아, 맞다… 이상하게 생긴 게 나왔어요. 검은콩 송편 씹어서 뱉은 것에 딸기잼이랑 제리뽀를 섞어놓은 것처럼 생긴 것요.'

"묘사 리얼하네요. 이슬 맞아요.'

"으… 진짜 그게 어디가 이슬이에요.'

재희는 투덜거렸다.

"근데 그전에 피 섞인 분비물이 먼저 나왔을 텐데요.'

"…좀 양 많은 냉이 나오긴 했는데요.'

"산모님처럼 바로 그렇게 나오는 분도 있고, 맑은 분비물에 피가 섞인 형태로 나오는 분들도 많아요. 이쪽으로 오세요.'

바로 분만실로 들어갔다. 관장을 한 뒤 모니터링 장비를 다시 연결했다. 이제부터는 낳을 때까지 계속 달고 있어야 한다고 했다.

"아, 저기. 무통 4센티부터 맞을 수 있는 거죠?'

"보호자 오시면 동의서 받고 연결해 드릴게요.'

재희는 한숨을 쉬며 침대에 누웠다. 아무래도 허리가 아팠다. 조금이라도 편한 자세를 잡아 보려고 뒤척이다가, 재희는 이런저런 준비를 하는 간호사를 바라보며 물었다.

"열리기 시작했으면 밥 못 먹어요?"

"예. 응급 수술 할 수도 있으니까 속을 비우셔야 해요."

문득 SNS에서 읽은 남의 출산 후기 생각이 났다. 그냥 촉진제를 쓰면 짧고 굵게 아프지만, 무통 주사를 맞으면서 촉진제를 쓰면 그나마 덜 아프고 빨리 낳아 버릴 수 있다고.

재희는 아픈 게 싫었다. 그리고 길게 아픈 건 더 싫었다. 그런 데다 배도 고팠다. 어제 저녁을 먹고 일하다 자서 이 시각이니. 이렇게 된 것, 어떻게든 빨리 이 고통을 끝내고 밥부터 먹고 싶었다.

"저기, 이왕 무통 맞는 거면 촉진제도 같이 맞을 수 있어요? 이왕이면 후딱 낳고 싶은데요."

"그럼요. 선생님이 상태 보시고 결정하실 거예요."

겨우 허리가 덜 아픈 자세를 잡고 누워 모니터를 바라보았다. 세 가지 수치와 그래프 하나가 화면에 떠 있었다. 맨 위 수치는 태아의 맥박, 두 번째는 자신의 맥박인 듯했다. 그리고 아래에 있는 것은 자궁수축 정도였다. 자궁수축 수치가 60을 찍고 있는 것을 보며, 재희는 피식 웃었다. 아프다 아프다 해도 그래도 아직까지는, 혼자서 짐 챙겨서 병원 올 수 있을 만큼은 버틸 만했다.

"선경 씨가 벌써 아이를 낳았다고?"

"응. 어제. 응급 수술이었대."

재희의 이야기를 들으며 상훈은 시계를 흘끔 바라보았다. 저녁 여섯 시다. 담당 선생님이 회진을 돌 시간이었다.

잠시 후 문이 열렸다. 낯익은 의사가 들어와 수축 그래프를 보고, 내진을 한 번 해 보더니 어색한 웃음을 지었다.

"이거 어떡하나요. 조금만 더 열리면 낳겠는데 내려오질 않네."

"저기요, 선생님."

재희가 정색하고 말했다. 재희가 뭔가 말하려 하자 의사는 어깨를 움찔했다. 상훈은 속으로 한숨을 쉬었다. 딱 봐도 노련해 보이는데도 재희가 입을 열자 긴장하는 걸 보니, 그동안 재희가 어떻게 하고 돌아다녔는지 안 봐도 알 것 같았다. 만사에 궁금한 것 많은 이 인간이, 자기 평생 한번 있을 이벤트를 두고 의사한테 또 얼마나 희한한 질문을 해 댔으면.

"선생님. 지금 지구상에 얼마나 고통이 만연해 있습니까. 안 그래도 힘든 세상인데. 그렇지 않나요?"

"…무슨 말을 하고 싶은 겁니까."

"우리가 이 세상에 부질없는 고통을 늘릴 필요는 없다는 겁니다. 우리 그냥 수술을 하죠."

"아기 심박이 조금이라도 떨어졌으면, 저도 그냥 수술하자고 했을 겁니다. 그런데 아기가 아주 건강해요. 괜찮을 겁니다."

"제가 죽겠는데요."

"유재 희 씨 바이탈도 아주 정상인데요. 충분히 낳을 수 있어요. 밤새 맞으면 안 좋으니까 일단 촉진제 빼고 내일 아침에 다시 시작해 보죠."

"지금이 21세기인데, 사흘이나 걸려서 애를 낳으라고요!"

재희가 경악했다. 거의 절규하듯이 외쳤다.

"어제오늘 이틀 동안 아무것도 못 하고, 이 분만실에 갇혀서, 끼니 때 되면 밥 냄새만 맡고! 책을 볼 수 있는 것도, 생각을 할 수 있는 것도 아니라고요. 이틀 동안 휴대폰으로 인터넷 하는 것 말고는 정말 아무것도 못 하는데!"

"답답한 건 알겠지만 좀 참으시죠."

하지만 의사는 단호했다.

"솔직히 말하면 의사 입장에서, 아이가 언제 나올지 모르는데 하염없이 기다리는 것하고, 수술 스케줄 잡아서 딱딱 시간 맞춰 낳는 것 중에 어느 쪽이 편할 것 같으세요."

"예측 가능한 쪽이 당연히 편하겠죠."

"예, 그리고 수술한다고 안 아픈 게 아니에요. 말했죠? 하루 동안 아픈 걸 일주일 동안 나눠서 아픈 거라고. 아플 거 다 아파요. 오로 나올 것도 다 나오고. 자연 분만한 산모가 애 낳고 몇 시간만 있어도 걸어 다니는데, 수술로 낳으면 소변줄 꽂고 또 하루 이틀은 더 누워 있어야 해요."

"으…."

"책도 못 읽고 생각도 못 한다고요? 수술하고 나서 진통제 계속 들어가는데 책 읽을 여력 없습니다. 자연 분만한 산모는 낳고 반나절만 지나도 아기 만날 수 있어요. 수유도 할 수 있고."

"아니, 저는 수유에는 뜻이 없…."

"수술하면 이틀 지나야 만날 수 있어요. 그리고 식사는, 제왕 절개도 수술이니까 당연히, 낳고 나면 방귀 나올 때까지 최소 이삼일 금식입니다. 내일 자연 분만으로 낳으면 저녁밥은 먹을 수 있겠지만, 오늘 제왕 절개로 낳으면 빨라도 모레는 지나야 먹을 수 있어요. 그래도 좋습니까?"

재희는 뭔가 더 말하려고 했지만, 이쯤 되면 반박할 수도 없었다.

"…알겠습니다."

"내일은 꼭 낳을 수 있을 거예요. 지금 열린 것도 거의 다 열려서, 애가 내려오기만 하면 돼요. 지금 상태로는 양수만 터지면 곧 나올 텐데."

의사는 조금 온화한 미소를 지어 보이고 퇴근했다. 재희는 한숨을 푹푹 쉬다가, 자신의 배를 내려다보았다. 무거워서 숨도 잘 쉬어지지 않고, 그야말로 죽을 것 같은데. 정상이라니 믿어지지도 않았다.

재희는 휴대폰을 집어 들었다. 양수가 안 터지면 어떻게 되는 건지 검색해 보았다. 세상에, 양막에 감싸인 채로 태어난 아기에 대한 뉴스 기사가 먼저 보였다.

"박혁거세가 알에서 태어났다는 거, 이런 상태였던 거 아냐?"

반투명하고 불그레한 양막에 감싸인 아기의 사진을 보며 재희가 중얼거렸다. 블로그 쪽에는 좀 더 구체적인 이야기도 있었다. 내진을 하다가 터뜨렸다거나, 간혹 의사가 도구를 사용했다는 이야기도 있었다. 어느 쪽이든, 양수를 강제로 터뜨리고 나면 진행이 빨라진다고 했다. 아니, 도구를 쓰면 된다는데 왜 계속 기다려야 하는 건데.

"내일은 힘들 테니까, 자기는 일찍 자. 이거 안대 쓸래?"

상훈이 아까 점심 먹으러 나갔다가 사 온 물건들을 주섬주섬 꺼냈다. 발과 종아리에 붙이면 시원해지는, 부기를 빼 준다는 파스에다, 눈두덩을 따뜻하게 데워 줘서 숙면을 취할 수 있는 안대, 그리고 다리 마사지 도구 같은 것들이었다.

안대를 쓰고 눕자, 상훈이 한참 동안 종아리를 주물러 주다가, 발바닥에 파스를 붙였다. 그런다고 아픈 게 사라지진 않겠지만, 조금 편안해졌다. 재희는 천천히 잠에 빠져들었다.

그리고 또 얼마나 지났을까.

날카로운 통증이 느껴졌다. 재희는 눈을 뜨며 허우적거렸다. 구석에서 졸고 있던 상훈이 재희의 안대를 벗겨 주고, 간호사를 불렀다. 다시 내진을 하고, 모니터에 찍히는 수치를 확인했다.

"지금 7센티 조금 넘고요. 양수가 터져야 진행이 될 거예요."

"아파요…."

재희는 울었다. 그리고 이해가 가지 않았다. 정말 아파서 견딜 수가 없는데, 이렇게 아픈데 더 진행이 되지 않았다는 게 말이 되냐고!

잠시 후 당직 의사가 들어왔다. 늘 만나던 담당 의사가 아닌, 나이 지굿한 이 병원의 대표원장이었다. 그는 만면에 미소를 지으며 한 번 더 내진을 해 보더니 간호사와 같은 대답을 했다.

"7센티면 사실 곧인데, 여기서 진척이 없네요."

"…무통 좀 놓아 주세요."

재희가 눈물을 뚝뚝 흘리며 말했다. 하지만 원장은 고개를 저었다.

"엄마는 그런 걸 참을 수 있어야지요."

"못 참아요. 낳다가 죽을 것 같다고요."

"자신의 힘을 좀 믿어 봐요. 유재희 씨? 유재희 산모는 할 수 있어요. 이거 보니까 뭐, 건강하구만."

이해가 가지 않았다. 밤새 마감을 하다가 와서 이틀째 진통하는 사람의 어디가 건강하다는 건데.

"선생님, 저는 과학을 사랑하고요. 한심한 제 의지력 따위보다 현대 의학을 신봉하는 사람이고요… 아니, 산모가 현대 의학을 신봉한다는데 선생님이 이러시면 어떡해요!"

"내가 왜 현대 의학을 안 믿나요. 하지만 아이를 생각해서 좀 참아 봐요. 이런 아픔을 겪으면서 엄마로 거듭나는 겁니다. 음."

재희는 말을 잃었다. 무슨 말을 해도 들어 먹힐 것 같질 않았다. 원장은 허허 웃으며 병실을 나섰다. 뒤따르는 간호사가 난처한 미소를 지으며 재희를 돌아보았다. 재희는 울고 싶었다. 그런데 눈물도 나오지 않았다.

"이야… 살면서 의료인을 때리고 싶다고 생각한 건 이번이 처음이야."

"그래, 그래."

"살면서 노인네를 때리고 싶다고 생각한 것도. 아니, 대체 왜, 나도 못 믿는 나 자신을 믿어라 말라 그러는 거야?"

"이해해. 잘 참았어."

"그리고 뭐? 아픔을 겪어야 엄마로 거듭나? 내가 장장 아홉 달 반, 마지막 생리부터 세어서 40주, 4×7이니까 280일! 280일을 이러고 지냈는데. 고작 몇 시간 무통 맞는다고 내가 엄마가 안 돼?"

"아니지, 당신 정말 힘들었어. 내가 정말 남은 평생 당신 발닦개를 해도 시원치 않을 만큼 힘들었던 거 내가 다 알아."

"하여간 지지리 꼰대들! 여자가 조금이라도 편해지는 건 눈 뜨고 못 보지! 제왕 절개로 애를 낳으면 애가 머리가 나빠진다는 둥, 무통 주사 맞으면 모성애가 없다는 둥. 그러면서 임신 중에 무슨 암에라도 걸렸는데 낙태 안 하고 아이 낳고서 죽으면 훌륭한 어머니라고 올려치고. 자연 분만해야 하고 모유 수유해야 하고 안 그러면 엄마 자격 없는 것처럼 헛소리 하는 거 8할은 남자인 거 알아?"

"압니다. 죄송해요."

"야, HUNS, 너도 아이 낳고 싶다고 수술해 봤으니 알지도 모르지만 이거 말만 무통이야. 꽂아도 아플 건 다 아파. 애초에 주사도 척추에 놓는 거라 꽂을 때 더럽게 아프고, 오늘도 봤겠지만 연속으로 놓는 것도 아니고, 약 들어가도 원래는 죽을 만큼 아픈 게, 아프긴 하지만 죽진 않겠다 싶을 정도로 줄어드는 것뿐이라고."

"그래, 그래."

"지금 내가 수축이 90, 100 찍고 있지? 어제 너 오기 전에, 나 혼자 내 발로 병원 왔을 때 수축이 60이었어. 지난번에 남자 연예인이 임신 체험 한다고 그러다가 수축 60 찍고서 죽을 것 같다고 도망간 거 본 적 있지? 자기가 해병대 나왔다고 으스대던 사람 말이야. 야, 60이면 그거 좀 심한 생리통, 그런 느낌이었어. 아파 죽겠는데 그래도 일어나서 일은 해야 할 것 같은 그런 것 말야. 진통제 먹고 뜨거운 물주머니 끼고 앉아서, 끙끙 앓으면서도 그래도 그 상태로 여자들은 회사 가고 학교 가고 일도 하고 다 한다고. 지금 내가 주사 놓아 달라는 게, 진짜 하나도 안 아프고 룰

루랄라 하겠다는 게 아니잖아. 그냥 숨도 못 쉬게 아픈 상태 말고, 아프긴 해도 숨은 좀 쉬고 싶다는 거잖아. 근데 왜 의사까지 나한테 아픔을 겪어야 엄마가 되네 마네 개소리를 하고 자빠졌는데!"

재희는 엉엉 울었다. 상훈은 재희를 안고 토닥거리다가, 어떻게 말을 더 얹을 수가 없어서 그냥 앉아서 다리를 주무르기 시작했다.

정말로 심하게 아프긴 아픈지, 다리를 주무르는 동안에는 조금 꾸벅꾸벅 조는 것 같다가도, 손을 떼면 곧 앓는 소리를 내며 깨어났다. 정말 내일이라도 낳게 하려면 오늘은 쉬게 해야 하는데. 밥도 못 먹었는데 잠도 못 잔 상태로 아이를 낳다간 사고가 날 것 같아서, 상훈은 정말 손목이 얼얼할 정도로 재희의 다리를 주물렀다. 겨우 잠든 재희가 혹시라도 또 잠에서 깰까 봐, 조명도 최소한으로 줄여 놓은 채였다.

다음 날 아침. 회진 시간.

의사는 내진을 해 보고, 조금 심각한 얼굴로 말했다.

"밤에도 양수가 안 터졌다니, 아기가 나올 생각이 없나 보네요."

그 말에, 재희가 하얗게 질렸다.

"저 혹시 사흘 동안 진통하다가 제왕 절개 하러 갔다는 이야기 주인공이 되는 건 아니죠…?"

"안 터지면 터뜨려야죠. 근데 아이가 아직 높이 있네. 남편분 잠깐 나가 보세요."

의사는 상훈을 내보냈다. 그리고 간호사들을 불러들였다. 간호사 한 명이 체중을 실어 재희의 배 위쪽을 비스듬히 눌러 밀었다. 그 사이 다른 한 명은 의사의 지시대로 이런저런 도구를 준비했다. 그리고 가늘고 딱딱한 도구가 안으로 들어갔다고 생각하고 잠시 후.

"…어?"

왜, 음식 재료 중에 스지라고 불리는 게 있다. 오뎅탕에 들어가는 소 힘줄 말이다. 따끈따끈하고 고소하고 쫄깃한데, 어쩐지 질기고 미끄러워 서 숟가락이나 이로 잘 안 잘리는 그것.

픽-!

바로 그것을 숟가락으로 끊는 느낌이, 뱃속에서 느껴졌다. 그리고 뜨 끈한 양수가 콸콸 쏟아지기 시작했다. 희미한 바닷물 냄새 같은 것이 나 서, 피나 소변과는 다르다는 것을 바로 알 수 있었다.

"이제 됐어요. 양수 터졌으니까 곧 시작될 거예요."

의사가 조금 밝은 목소리로 말했다. 재희는 고개를 들었다. 그리고 그 대로 입을 딱 벌렸다.

"서, 선생님… 지금 손에 들고 계신 그게."

의사의 손에 들린 '도구'라는 것은, 길다란 대꼬챙이였다. 그러니까 명 절에 산적 같은 것을 구울 때 쓰는 그것 말이다.

"산적꽂이…?"

"…의료용 대바늘입니다."

"거짓말."

"맞아요. 여기 포장도 있잖아요."

"그렇지 않아도 양막 터질 때 느낌이 꼭 오뎅탕 스지 같았는데… 이번 에는 산적…!"

"농담할 기운이 있으니 다행이네요."

의사가 장갑을 벗어 그 문제의, 피 묻은 대꼬챙이와 함께 버리는 것을 바라보며, 재희는 어깨를 부르르 떨었다. 배가 살살 아팠지만, 아직은 견 딜 만했다.

"30분 뒤에 유재희 씨 상태 보고, 상태 정상이고 본인이 필요하다고 그러면 무통 넣어줘요."

"이야, 저 어젯밤에 선생님이 그렇게 보고 싶었어요."

"원장님이 무통 안 줬어요?"

"예. 아픔을 겪어야 엄마가 된다나 뭐라나."

"좀 고루하시죠."

역시 이 세상에 직장 상사 욕만큼 재미있는 것도 없는 것인지, 의사는 낮게 소리 내어 웃었다. 그리고 모니터를 쳐다보았다.

"곧 진통 걸릴 거예요. 분발해서 오늘 점심 먹어야죠."

그리고 그 말 그대로였다. 30분이 지나기 전에 격심한 진통이 시작되었다. 최대 측정치인 100에서 정점을 찍는 삼각형을 그리던 수축 그래프는, 이제는 숫제 사다리꼴을 그리고 있었다. 비명을 지르는데, 간호사가 주사를 들고 들어왔다가 바로 내진을 했다.

"얼른 주사 주세요… 약 기운 도는 동안 어떻게든 낳을 거야…!"

"내진 먼저 할게요. 상황에 따라 약 기운 없이 빨리 힘내서 낳으시는 게 더 편할 수도 있어요."

사흘째 아침마다 얼굴을 본 간호사가 다시 내진을 했다. 순식간에 몸이 거의 다 열려 9센티에 임박해 있었다. 주사가 들어갔다. 수축 그래프는 여전했지만, 통증은 조금이나마 줄어들었다.

"힘주는 연습할 거예요. 할 수 있겠어요?"

창백해진 얼굴로 고개를 끄덕였다. 그러다가 재희가 문득 말했다.

"병원 복도에서 그거 봤어요. 회음부 열상 감소 주사. 그거 맞으면 정말 안 째도 돼요?"

"손가락 두 마디 정도 째는 거, 반 마디만 째면 돼요."

"추가할게요. 그리고 또 뭐 더 있어요."

"아, 분만하신 뒤에 의논하려고 했는데 영양제 추가하실 수 있어요. 가격대별로 세 가지 있고요. 그리고 산모님 빈혈 있고 혈소판 약간 낮아서,

그쪽 주사 추가될 수 있는데 그건 분만 끝나고 상태 봐서 선생님이 결정하실 거고요…."

"좋아요. 필요하면 다 추가해 주세요."

청산유수였다.

"아, 맞다. 저 낳고서 태반 보여주실 수 있어요?"

"그걸 왜요…?"

"어떻게 생겼는지 궁금했는데, 내 거니까 봐도 되잖아요."

"선생님께 물어보시고요. 근데 우리 산모님 막상 낳으면 그거 보실 정신 없을 텐데."

주사 들어가고 10분도 지나지 않아 저렇게 자기 말을 잘 하다니.

"…그야말로 현대 의학의 승리야."

상훈은 낮게 중얼거렸다. 천만다행으로 재희는 듣지 못했다. 힘주는 연습을 시작하면서, 상훈은 침대 옆에서 쫓겨났기 때문이었다. 그는 꿰다 놓은 보릿자루처럼 분만실 구석에서 손톱 끝을 뜯으며 상황을 지켜보고 있었다.

"선생님은 지금 수술방이세요. 기다리는 동안 힘 좀 더 줘 볼까요?"

"수술… 그냥 첫날에 대승적 결단을 내렸어야 했는데…."

"유재희 산모님 정도면 괜찮아요."

"내가 지금… 54시간째예요…. 이젠 분만실이라면 지긋지긋해…. 다시는 애 안 낳을 거야. 다시는…."

"지금 시간이 눈에 들어오면 안 돼요. 정말 낳을 때 되면 아무것도 눈에 안 들어와요."

어느 순간 재희의 입에서 새어나오는 비명이 커졌다.

"지금 동전만 하게 보이기 시작했어요. 힘 더 줘 보세요."

시키는 대로 애써 힘을 주며 이를 악물고 숨을 몰아쉬었다. 그러다가

이 다친다고, 힘을 잘못 주면 아이가 다친다고, 간호사가 이야기를 하다가 어디론가 전화를 걸었다.

간호사들이 더 들어오더니, 갑자기 침대가 모습을 바꾸기 시작했다. 마치 변신 로봇처럼, 침대 높이가 낮아지고 각도가 바뀌더니, 진료 의자처럼 양쪽으로 다리를 걸치는 자리가 만들어졌다. 수술실 소독포 같은 것이 둘러지고 산모가 아래쪽을 볼 수 없도록 사이에 칸막이 같은 것을 쳤다. 분만실 간호사들과 다른 연분홍색 간호사복에 앞치마 같은 것을 두른 채, 아기 침대에 천 더미 같은 것을 실어 밀고 들어오는 간호사도 있었다. 그리고 의사가 들어와 무영등을 가까이 당겼다.

"거의 다 됐어요, 산모님."

"지금 거의 입구까지 다 왔어요. 조금만 더!"

"못해… 더 이상은 못 하겠어… 아악!"

그리고 간호사 두 명이, 호흡을 맞추며 재희의 배를 눌렀다. 몇 번인가 지시가 더 이어졌다. 그리고 조금 전까지 세상에 없던 사람의 날카로운 울음소리가 들렸다.

의사가 출생 시각과 성별을 말했다. 퍼덕거리며 빠져나온 아이가 앞치마를 두른 간호사의 품에 안겨 체중을 쟀다.

문득 그런 생각이 들었다. 설령 어떤 외계인을 만나 시간을 되돌리고 역사를 바꿀 수 있는 그런 힘을 손에 넣더라도, 오늘 이 시간 이전으로는 결코 돌아갈 수 없을 것이라고. 그때 간호사가, 천에 싼 갓난아기를 재희의 품에 안겨 주었다.

태반이 꿀럭거리며 몸에서 빠져나오는 것을 느끼며, 재희는 아기에게 말을 걸었다.

"어… 그래, 잘 왔어. 응."

천신만고 끝에 아이를 낳고, 재희는 꼬박 24시간을 누워 있었다. 그리고 겨우 자기가 먹은 환자식의 빈 그릇을 복도로 내다놓을 수 있을 만큼 기력이 돌아온, 출산 다음 날 저녁 무렵.

"싫어요!"

재희는 산부인과 복도에서 팔로 가슴을 엑스 자로 가린 채, 지원의 주적이었던 바로 그 모유 수유 선생님과 대치하고 있었다.

"사람을 착즙하지 마세요. 여기가 무슨 우유 공장이에요, 뭐예요!"

"아니, 싫으면 안 할 수는 있어. 그런데 어떻게 엄마가 되어서, 응? 시도도 한 번 안 하고 포기를 합니까?"

"저는 지금 엄마가 된 지 이틀밖에 안 되었고요! 무엇보다 제 몸을 못 믿겠다고요."

"아니, 모든 엄마에게는 다, 모유 수유를 할 저력, 그 저력이라는 게 있다는데 그러네."

"없어요!"

"그러지 말고 자신을 믿고 힘을 내 봅시다. 응?"

"싫어요!"

재희는 고개를 도리도리 저었다.

"저는 다 늙어서 칼슘도 철분도 부족하지, 젊어서 술 담배도 남부럽지 않게 했지, 몸에 안 좋은 건 남부럽지 않게 먹은 몸이에요! 원재료가 근본적으로 안 좋다고요! 그런 부실한 몸으로 모유 만들어봤자 5대 영양소나 다 들었겠어요? 차라리 XX유업의 HACCP 공장이 훨씬 더 안전한 걸 만들겠네!"

"술 담배 같은 소리… 아니, 막말로 여기 사회생활 하면서 술 한 모금 안 마신 산모가 어디 있어요!"

"아, 좋아요. 그래요. 돌고래! 돌고래가 말인데요."

슬금슬금, 뒷걸음질을 쳤다.

아니, 하다못해 조리원에 간 다음에 이야기해도 되잖아. 무슨 애 젖을 못 먹여서 환장들을 한 것도 아니고.

재희는 마음속으로 참을 인 자를 백 번쯤 썼다. 그러면서도 팔로 가슴을 완전히 가린 채, 모유 수유 선생님의 손이 몸에 닿지 않도록 뒷걸음질 쳤다. 이건 어디까지나 모유 수유 선생님의 안전을 위해서였다. 애 낳느라 몸은 지친 데다 신경줄은 있는 대로 날카로워져 있는 상태였는데, 누가 갑자기 몸을 더듬었다간 그야말로 머리로 들이받아 버릴 것 같았다.

"그게, 돌고래가 바다에서는 먹이사슬의 위쪽에 있지 않습니까!"

"돌고래 같은 소리 말고…"

"사람 말 좀 끝까지 들어 보세요! 그래서 온갖 환경호르몬이니 오염 물질을 이 돌고래가 다 먹는데요. 그러다 보니 처음 낳은 새끼는 그런 오염 물질을 많이 이어받는 데다, 돌고래가 생산한 모유에 이 오염 물질이 더 농축되기까지 해서 시들시들 아프답니다! 모유가! 다가! 아니라고!"

"누가 그런 말을 해요!"

"자연 다큐멘터리에 나왔다고요!"

재희는 자신에게 덤벼드는 모유 수유 선생님을 피해 얼른 옆으로 몸을 움직였다. 하지만 모유 수유 선생님은 집요했다.

"산모님, 분유도 영양소는 다 들어 있죠. 하지만 모유는 애가 다 흡수하는 반면 분유는 다 똥으로 나온다고요!"

이게 말이야 똥이야 무엇이야. 생각하면서도 재희는 그대로 몸을 돌려 달아나며 외쳤다.

"괜찮습니다, 콩나물시루에 물 붓듯이 수시로 먹일 테니까!"

도망치며 생각했다. 내가 말이야, 몸은 부실하고 마음은 게을러서 분유 좀 먹이겠다는데. 왜 온 세상이 나를 방해하는데.

애초에 모유 수유를 할 강철 같은 의지가 결여된 인간이라서 분유 좀 먹이겠다는데. 세상에, 모유 수유 안 하겠다고 말하는데 이런 강철 같은 해방의지가 필요하다는 게 말이 돼?

재희는 이를 갈았다. 조리원에만 올라가 봐라. 치사해서라도 수유실 근처에도 안 갈 거다. 재희는 휘청거리는 다리로 최선을 다해 복도를 가로질러, 얼른 병실 문을 닫아 걸었다.

"자꾸 열이 나서 걱정했는데, 혈액 검사 결과도 깨끗하고."

의사는 꿰맨 자리를 소독하며 말했다.

"여기 상처도 잘 아물었어요. 좀 전에도 보니 도넛 방석 없어도 잘 앉아 있네요."

"…아프다고요."

"그러니 이걸 이만큼씩 자르던 시절에는 어땠겠어요. 일주일씩 아팠다니까. 자, 이제 다 됐습니다."

의사는 장갑을 벗었다. 재희는 몸을 일으켜 문제의 꽃무늬 원피스, 그러니까 원피스형 환자 가운의 치맛자락을 똑바로 폈다.

"그래서, 그렇게 궁금한 게 많았는데 어땠어요. 낳고 보니 궁금한 게 좀 풀렸습니까?"

"아직 많긴 한데… 인터넷으로 찾아보고, 그래도 안 나오는 건 다음에 들고올게요."

"수유는 어떻게 하기로 했어요?"

"전 모유 수유 안 하려고요."

"뭐, 그건 자기 마음이지만, 초유 정도는 먹이는 게 나아요."

"살면서 몸에 안 좋은 걸 꽤 많이 먹었는데, 그런 게 농축되어서 나오진 않을까요? 환경 오염도 있는데 중금속 문제도 있고."

"음, 충분히 그럴 수 있죠. 그런데 출생 후 초기에는 소화기가 약하기도 하고. 분유가 요즘은 초유 성분에 유산균에 면역력을 높이는 성분들을 많이 첨가해서 모유에 가까워졌다고는 하지만, 초기에 소화기가 약한 동안에는 모유가 더 나을 수 있어요."

"으음…."

"솔직히 유재희 씨, 궁금한 것도 많고 고집도 센 사람이라 그냥 설득해서 말 들을 것 같진 않고…. 이렇게 합시다. 아기 입장에서도 혼동 오는 건 별로 좋지 않으니까, 직접 수유하지 말고 유축기를 쓰든가 해요. 그래서 초유를, 짧게는 2주, 길게는 한 달 정도만 분유와 병행해서 먹이면 좋겠는데. 그 정도는 할 수 있겠어요?"

"근데 일단 짜내기 시작하면 젖이 계속 만들어지는 것 아닌가요?"

"그때는 젖 말리는 약도 있고. 글쎄… 옛날 어른들은 산모한테는 식혜를 주지 않았다고 하시죠. 엿기름이 젖을 말린다고."

의사가 어깨를 으쓱해 보였다.

"유재희 씨, 전에 신경정신과 쪽 약 먹은 적 있다고 했죠."

"예. 사실 그것도 신경쓰이고."

"그쪽 약 자체가, 지금 당장 먹는 것도 아닌데 모유를 어떻게 만들진 않아요. 하지만 모유 수유가 그런 증상에 영향을 끼칠 수는 있어요. 여튼 호르몬의 문제니까. 게다가 이번에 촉진제를 이틀 넘게 쓴 거잖아요. 영향이 없진 않을 거예요."

재희는 고개를 끄덕였다. 의사는 뭔가 조금 검색해 보다가, 재희를 돌아보며 말했다.

"여튼 저는, 모유 수유가 좋은 점이 많다고 생각해요. 아이에게도 좋고, 애착 형성에도 좋고. 또 체중 감량에도 큰 도움이 되죠. 하지만 산모가 몸과 마음이 축나면서까지 할 건 아니라고 생각해요."

"…."

"다른 사람이 돌봐 줄 때, 그러니까 조리원에 있는 동안에만 조금 시도해 보죠. 젖을 늘리지 않을 거라면 냉찜질이 도움이 되고요."

"감사합니다."

재희는 자리에서 일어났다. 그리고 마침내 자유의 몸이 된 기분으로 의사를 향해 활짝 웃어 보였다.

"고생 많으셨습니다."

"그래요, 6주 후에 봅시다. 조리원 잘 들어가시고."

이날까지 휴가를 낸 상훈이 짐을 조리원으로 가져다 놓았다. 산부인과에서 연결된 구름다리로, 바깥 공기를 쐬는 일 없이 조리원으로 바로 옮겨갔다. 간단한 수속을 하고, 새 숙소의 침대에 드러누웠다. 안내를 받고나니 점심시간이었다. 식사를 하고, 재희는 새 숙소 침대에 드러누웠다.

그리고 얼마나 지났을까.

"자기야."

상훈이 복도로 나갔다가, 얼른 들어와 재희를 끌고 나왔다. 졸음이 뚝뚝 묻어나는 얼굴로 끌려 나왔던 재희는, 은주와 지원의 얼굴을 보고 그만 웃음을 터뜨렸다.

"세상에."

상훈이 면회실 쪽이 비었는지 살펴보고, 선물로 들어온 두유 같은 것을 가져다 놓았다. 그 사이 재희는 은주와 지원을 보고 마치 그들과 처음 어울려 놀던 십 대 때로 돌아간 것처럼 깔깔거렸다.

"언니라면 올지도 모른다고 생각했지만… 지원이까지 올 줄은 몰랐네. 다은아, 안녕?"

"산후 검진 겸해서 온 거니까 너무 감동하지 말아요."

지원이 씩 웃으며 낯익은 조리원을 휘 둘러보았다.

"아, 정말. 여기 있을 때가 편하긴 했어."

"답답한데."

"누가 애를 봐준다는 게 얼마나 좋은 일인지 몰라요. 아니, 뭐. 언니도 곧 알겠다. 곧 알게 되겠죠."

"뭐야, 혼자 다 아는 척은."

재희가 낄낄거렸다. 세 사람과, 아직 갓난아기인 다은은 조리원 면회실에 둘러앉았다. 상훈은 이런 여자들만의 시간에 함부로 끼어들지 않을 만큼 눈치가 있는 사람이라, 혼자 방으로 돌아갔다. 은주가 챙겨 온 먹을 것들을 이것저것 꺼내놓다 말고 중얼거렸다.

"상훈 씨 먹을 것도 좀 가져왔는데."

"괜찮아요. 지금 냉장고에 먹을 것 많아요."

"많아?"

"예, 많은데 다 달달한 것들이라… 아, 이런 거 먹고 싶었어요. 떡볶이 같은 거."

재희는 떡볶이며 분식들을 보고 반색을 했다. 마치 지난번, 지원이 조리원에 머무르고 있을 때처럼.

"선경이는?"

"아직 병원이야. 그렇지 않아도 제왕 절개는 입원 기간이 길잖아. 게다가 이번에 큰일 겪었고."

"아아."

"난 자연 분만할 줄 알았는데 제왕 절개를 했던 거고, 언니는 어때요? 언니야말로 자연 분만 안 할 것 같던 사람이."

"진통만 사흘을 할 줄 몰랐어."

"그래요, 아주 호되게 했네."

"응, 지금도 정신이 없다. 사실은 그 사흘간의 기억이 너무 아득해서, 내가 지금 죽어 저승에 와 있는 건 아닐까 생각할 때가 있어."

재희가 고개를 끄덕였다. 그러다가 가볍게 기지개를 켰다. 그 서슬에 놀랐는지 다은이 앵, 하고 울음을 터뜨렸다. 지원은 얼른 다은을 안아 달랬다. 이제는 아이 안는 모습이 제법 자연스러웠다.

"많이 아팠지?"

"예, 정신도 하나도 없었고요. 정말 죽다 살아났어요. 두 번 다시 이런 짓은 못 해."

"사람들이 다들 그러다가, 애가 귀여우면 금세 잊어버리고 둘째 생각한다고도 그러던데."

"웃기지 말라고 해요. 난 다 기록해 놨어. 얼마나 아팠는지를."

"그래, 장하다."

"그거 알아요? 아기 나오고 나서, 태반이 나오거든요."

지원의 표정이 굳었다.

"설마 언니… 선생님한테 태반 보여달라고 한 거예요?"

392

"아니, 잠깐. 그건 지금 중요하지 않고… 우리가 생리할 때, 굴 같은 것 나온다고 하잖아요. 덩어리 진 거 나올 때. 와, 정말 슈퍼슈퍼 굴이 나오는 느낌이었는데. 으….."

"언니."

"지원이 너도 훗배앓이 심했지? 낳고 나서 끝이 아니라 오로가 정말 어마어마하게 나와요. 뭐. 어지럽고… 당분간 철분제 더 먹으래요. 아, 그렇지. 이거 순대에 간이 빈혈에 좋지."

재희가 순대를 집어먹으며 능청스럽게 웃었다. 아무래도 저 인간, 자기 태반 궁금하다고 보여달라고 했을 것 같은데. 지원은 재희의 얼굴을 빤히 쳐다보다 한숨을 쉬었다.

"아, 언니도 이제 이렇게 막 다니시면 안 되는 것 아니에요? 30주 넘어가잖아요."

"그래, 그래. 근데 별로 멀진 않잖니. 우리 이지원 주임님은 애 낳던 날까지 회사에 출근도 했는데, 집에서 여길 못 올까."

"아오, 언니. 그건 제가 꼬장 부린 거고요."

지원이 고개를 절레절레 저었다.

"다시 그러라면 안 해. 그냥 36주 딱 찍으면 집에 들어가서 요양할 거예요. 이게 뭐예요, 진짜."

"너도 진짜 고생했겠다. 선경이도 그렇고…."

재희가 창문 너머를 휘 둘러보며 묘한 표정을 지었다.

"낳는 그 순간까지는, 차라리 배를 째 달라고 그렇게 애원을 했는데. 낳고 나서 보니 회복 속도가 다른 게 보이더라고. 어린 산모들이 가끔 있어. 이십 대 후반이나 삼십 대 초. 그 사람들은 그나마 빨리 회복이 되는 것 같은데… 우리 또래 산모는 그냥 낳는 것도 어렵고, 제왕 절개를 해도 회복이 더 늦더라."

"언니, 내가 오늘 아침에 뉴스 뭐 있나 쭉 훑는데, 세상에 늙어서 애 낳아도 괜찮다는 기사가 올라오는 거예요. 근데 내가 기억하는데, 나 20말 30초에는 분명히 나이 들어서 애 낳으면 위험하니까 얼른 낳으라는 기사들이 있었거든요?"

"아, 진짜… 수단 방법 가리지 않고 지금 80년대생들에게서 애를 낳게 하겠다고 혈안이 된 거냐."

"그죠? 완전 짜증난다니까요."

"아, 잠깐. 정부나 언론에서 멀쩡한 사람을 무슨 번식 도구로 착각한 것 같은 쓰레기 짓 하는 거야 하루 이틀이 아니니까 그렇다고 치고. 우리도 이렇게 고생했는데 언니가 걱정되는 거예요, 저는."

재희가 은주를 바라보았다. 은주는 조금 곤란한 듯한 미소를 지으며 어깨를 으쓱해 보였다.

"음, 그래서 난 할 수 있는 건 좀 다 해 보려고."

"할 수 있는 거?"

"어… 재희는 알지도 모르겠다. 옛날 책들 보면 부인이 애 낳기 전에 한약을 달여 먹였다, 뭐 그런 이야기들 있었잖아."

"있죠. 불수산이라는 이름이었던 것 같은데. 잠깐, 그게 실제로 있는 약이었어요?"

"어, 그럼. 우리 남편이 그 이야기하더라. 자기 어릴 때는 누가 애 낳는다고 하면 그런 걸 사다가 달여서 먹였다고. 그래서 알아보고 있어. 지난번에 너 소개해 준 한의사 쌤 있잖아, 자기 애 셋이 태어날 때마다 부인에게 그걸 지어 먹였대."

"아, 한약은 의사한테 물어보고 먹어야죠."

"응. 그러려고. 일단 그게 제일 중요하지. 아, 그리고 또 일 때문에 직접 시간 맞춰 가긴 힘들지만, 요즘은 강사가 집에 와서 PT 봐 주는 서비스도 있잖아. 요가 시작했고."

"요가… 맞아요. 운동 좀 할걸."

"조리원에서 요가 시키잖아요."

"…애 낳기 전에도 안 갔는데 지금이라도 갈 것 같으냐."

"가요, 좀! 그거라도 해야 사람이 빨리 낫지."

지원이 잔소리를 했다. 재희는 엄살을 부렸다. 그러다가 웃음이 터졌다. 별일도 아닌데, 정신없이 웃어댔다. 처음 만났던 십대 소녀 때도 이렇게 웃진 않았던 것 같은데. 그렇게 웃다가 재희가 문득 중얼거렸다.

"아, 저 지금 웃긴 게. 제가 지금 정상적으로 웃는 게 아니에요."

"그래?"

"애 낳고서 약간 호르몬 때문에, 낙엽만 굴러가도 웃거나 아니면 우울증 오거나 그러잖아요?"

"그래, 그런 데다 이번에 애가 안 나와서 옥시토신 같은 거 잔뜩 맞았잖아. 나 아무래도 애 낳고 요 며칠 계속, 약간 조증 같아."

"어떡하니."

"어떡하긴요, 일시적인 거면 다행이고, 조리원 나갈 때까지 이 상태면 약을 먹어야죠. 아, 애 낳고 나니까 이제 약 먹을 수 있어서 좋다. 현대 의학이 날 다시 보살펴 줄 거야. 하하하."

말하다 말고, 재희가 지원을 물끄러미 바라보았다.

"그래, 약 먹는 것, 밥 먹는 것에 크게 제약 없는 건 좋은데. 그것 말고도 뭐가 좋을까?"

"예? 사람들이 말이야, 어떤 사람들은 뱃속에 있을 때가 편하다고 하고, 어떤 사람들은 낳고 난 다음이 낫다고 하잖아. 일단 몸이 가뿐해진 건 좋긴 한데…."

"약이랑 밥도, 모유 수유를 하느냐, 마느냐에 따라 많은 게 달라지죠."

지원이 다은의 엉덩이를 토닥토닥 두드리다 말고, 재희에게 겁을 주듯 히죽 웃었다.

　"일단 저는 지금 모유 반 분유 반이거든요. 그냥 맥주 먹고 싶으면 맥주 마시고. 그러면 그다음 날은 직접 수유 안 하고 분유만 먹여요. 이만큼만 되어도 먹는 게 꽤 자유로워지는데. 모유만 먹이는 집 같으면 수유하는 내내 먹는 것도 신경을 써야 해요. 매운 것 먹으면 젖도 매워져서 매운 것도 못 먹고, 음주도 당연히 못 하고. 몸에 좋은 것 챙겨 먹어야 하고."

　"안 해."

　"그러실 줄 알았어요."

　"그거 말고는… 또 낳기 전보다 더 나빠진 건? 잠자는 거?"

　"그건 당연히 문제죠. 애가 자다 깨다 하는 간격이 있으니까. 근데 그건 점점 좋아진대요. 백일의 기적이라고 하잖아요. 지금도 피곤하긴 한데 뭐, 정환 씨가 지구대로 나오면서 문제가 좀 해결됐고."

　"지구대? 지구대면 더 바쁜 거 아냐? 야간 근무도 하고."

　"그렇죠. 근데 주간, 야간, 비번, 휴무로 돌아가니까. 쉬는 날은 자기가 육아를 같이 할 수 있다 이거죠. 우리 회사에도 좀 가정적인 사람 중에는 애 태어나면 일부러 지구대로 나와서 1, 2년 있는 사람들도 있어요."

　"과학수사팀이지 않았어? 커리어나 뭐 그런 거 생각하면…?"

　"아주 전문적으로 그 분야만 하는 사람들이 있긴 한데, 정환 씨는 그런 스페셜리스트는 아니니까."

　말하다 말고 지원이 허탈하게 웃었다.

　"그 인간이 말입니다. 며칠 전에야 이야기하는 거예요. 제가 먼저 승진하고 그러면 자기가 쪽팔릴 것 같아서, 임신하면 육아 휴직을 할 테니까 자기가 따라잡을 수 있을 것 같아서 일부러 콘돔 잘 안 사고 그냥 하자고 그랬다고. 근데 제가 딱 범인도 잡고 승진 확정도 되니까, 글렀구나, 내가 헛된 소망을 품었구나 했는데."

"잘못된 순간에 잘못된 소원이 이뤄졌다 이거군."

"그럼 왜 전에 네가 화냈을 때 제대로 말 안 했대?"

"이혼당할 것 같았대요."

"…했겠지."

"와, 지금은 애 태어났으니까 화 못 낼 것 같았대요? 선녀와 나무꾼이야, 뭐야."

"대신 지구대로 옮기고, 육아 계획이며 이것저것 플랜을 잔뜩 짜서 들고 왔어요. 대책을 가져왔으니 용서해 달라고."

지원은 씁쓸한 표정으로 품에 안긴 다은을 내려다보았다. 정말 많은 감정이, 그 순간 지원의 얼굴 위로 스쳐 지나가는 것이 느껴졌다.

"그러면서 자기 상사들 이야기를 하는 거 있죠. 일찍부터 육아에 동참하면 평생 그렇게 해 줘야 한다. 튕겨라, 야근 만큼 찍고 집에 가서 야근 수당으로 생색내야 한다… 아니, 서정환 와이프가 누구인지 모르는 것도 아니고. 뻔히 같은 회사 사람인데 그러고 싶대요?"

"야, 심하네."

"뭐, 이것저것 다 화는 났는데, 자기 일부터 상사들 일까지 다 이실직고 하는 것도 그렇고요. 저도 뭐… 콘돔 없이 덤비는데 설마 괜찮겠지 방심했던 것도 있으니까요. 가서 정관 수술부터 하라고 했어요. 두 번 다시 이런 수작 못 부리도록."

"마음 복잡했겠네…."

"양가감정이라고 하나. 다은이가 태어나니까, 이제 우리가 진짜로 한 가족이구나, 이제 저 남자와 이혼을 하더라도 다은이가 있는 이상 끈이 남아 있는 거겠구나, 뭐 그런 마음이 반이고. 그러면서도 저게 지금 내 일을 존중하지 않았고, 그 수단으로 아이를 택한 거라고 생각하면 황당한

데. 그래도 자기가 뭘 잘못했는지 알고 이실직고 하고, 성실하게 아이를 키우려고 애를 쓸 정도는 되니까."

"머리가 돌아간다는 거지."

"머리야? 양심이 아니고?"

"양심이 있었으면 진작 말을 했겠죠."

"뭐, 머리든 양심이든. 다은이를 무척 예뻐해요. 휴무인 날에는 제가 거의 손 안 대도 될 정도로 하니까."

지원이 미소 지었다. 그러다가 짜증난다는 듯 한숨을 쉬었다.

"아니, 잠자는 문제는 그렇다 치고. 집 밖이 정말 끔찍하고 짜증나요. 그거 알아요? 애가 뱃속에 있을 때는 그래도 임산부니까 조금이라도, 정말 병아리 눈곱만큼이라도 챙겨 주는 게 있는데, 애 낳고 나면 이젠 당당하게 못 살게 굴어요."

"못 살게 군다고?"

"뭐라고 해야 하나… 정부는 일단 애가 태어나면 관심이 없는 것 같아요. 아이한테 뭐가 필요한지 알려 주거나 하는 건 전부 조리원이나 산후관리사에게 맡겨놓은 것 같고. 그 이후의 일은 책 찾아서 보거나 인터넷 뒤져야 하고요. 아, 딱 하나 있네요. 때 되면 아기 예방 접종 하라고 문자오는 거. 그게 다예요."

"요즘은 애가 태어나면 보건소 간호사가 방문해서 아기 건강 체크해 주는 것도 있다고 하지 않았어?"

"아기 건강 첫걸음. 저도 그거 알아봤는데 아직 서울만 된대요. 그리고 임산부 전용 주차 말이에요. 이게 임산부가 운전을 못해서가 아니잖아요. 내릴 때 배가 끼니까 주차공간을 더 주는 거지."

"난 그 구역에 한 번도 주차 못 해 봤어….'"

"저도 그래요. 근데 애가 생기면 유모차도 있고, 차에서 애를 내리려면 역시 공간이 필요하잖아요."

"잠깐, 그럼 못 써?"

"마트의 여성 전용 주차공간은 쓸 수 있는데, 임산부 전용 주차공간은 못 쓴다고 하네요. 여튼 그렇게 관심 갖고 배려해 줬으면 하는 국가께서는, 이제 별 관심을 안 가져 주시고."

"너무하네."

"관심 안 가져 줬으면 하는 사람들이 괜히 시비 걸죠. 젊은 남자애들이 사람 뒤통수에 대고 맘충이라고 킥킥거리는데, 난 진짜 아무 짓 안 하고 애 안고 걸어만 갔거든요? 근데 그러더라니까."

"지들은 어디 알에서 깨어났나."

"그리고 문밖에 나가면요, 동네 아주머니, 할머니들이 다들 그러세요. 옷 얇다, 애 따뜻하게 입혀라. 이미 애를 네 겹으로 감싸서 입혀 놓았는데. 아니, 그것까진 괜찮아요. 며칠 전에 우리 지구대 놀러갔는데 김 순경이 그러는 거예요. 왜, 애 안고 다니는 엄마한테 어이쿠, 애가 귀엽네 하고 다가와서는 가슴이나 엉덩이 만지고 도망가는 남자들도 있다고."

"야, 그거 진짜…."

은주와 재희가 경악했다. 지원이 주먹을 불끈 쥐다가, 다시 한숨을 푹 내쉬며 다은의 머리를 쓰다듬었다.

"근데 이해가 가요. 왜, 언니도 전에 버스에서 누가 때리려고 할 때, 평소 같으면 차라리 한 대 맞고 돈 내놓으라고 하겠는데 임신한 채로는 그럴 수가 없었다고 했죠. 내가 그게, 지금 이해가 가요. 태어난 지 두 달인데도 아직도 머리가 이렇게 말랑말랑해요. 누가 손가락을 확 잡아당기기만 해도 부러질 것같고. 이쯤 되면 애한테 해코지할까 봐, 백주대낮에 성추행을 하고 도망 가도 소리도 못 질렀다가 지구대에 신고를 하는 게 이해가 가고도 남아요."

"그래서, 잡았대?"

"CCTV 없는 데서 그랬대요. 상습범이겠지. 저, 이사할 거예요. 멀리
가진 않을 거지만, 대출을 좀 더 받더라도 아파트 쪽으로 갈까 봐요."

"왜? 지금 거기 교통이 편해서 좋다고 하지 않았어?"

"교통은 편한데, 살짝 우범지대예요. 내가 그동안에는 다른 여자들에
비해 잘 못 느꼈던 게, 그 우범지대를 걷는다는 게 여자에게 어떤 것인
가…"

지원이 다은을 들여다보았다. 다은은 손을 꼼지락거리다가, 지원의 옷
앞자락을 손에 쥐고 조물거리기 시작했다.

"뱃속에 애가 있거나 지금 애를 안고 있고, 치마를 입고, 머리가 길고,
누가 봐도 평범한 젊은 여자, 아줌마일 때… 그때 골목길을 걷는 건 다른
이야기더라고. 다른 세계였어요. 딱히 해코지를 당한 것은 아닌데도, 주
변에서 나를 바라보는 분위기라는 게 달라지는 거."

"그렇겠지."

"안전에 대한 비용에 대해 생각하게 되었다고 해야 하나. 다행히도 조
리원 동기인 서윤이 엄마가 은행 쪽에서 일해서 이것저것 같이 도와주고
있고요. 정환 씨도 여성청소년과 사람에게 통계를 물어보더니, 좀 무리가
되어도 이사하자고 그러고요."

"그래, 너도 너고, 다은이 생각해서라도 그러는 게 좋겠다."

"예. 그래서 이것저것 대출이랑 알아보면서도, 그런 생각도 하는 거죠.
모두가 이럴 때 이사를 갈 수 있는 게 아니잖아요. 좀 더 근본적인 해결책
은 뭐지? 그런 거."

은주와 재희가 고개를 끄덕였다.

결국은 이 모든 이야기는, 세상에 대한 걱정과 고민으로 넘어가게 되
는 것 같다. 아이를 키우는 데는 한 마을이 필요하다는데, 나 혼자 잘하

고, 좀 더 좋은 동네로 이사하는 정도로 해결될 문제가 아니니까. 결국은 아이가 자라게 될 생태계 자체를 좀 더 낫게 만드는 일이 필요하니까.

세간에서는 마치 애 엄마들의 집단이기주의처럼 여겨지는 맘카페가 의외로 이런저런 기부 활동 같은 것에 앞장서는 것도, 엄마들이 만든 시민단체가 유치원 비리 문제에 목소리를 내는 것도, 아마도 같은 맥락일지도 모른다. 일단은 내 아이가 잘 자라기를 바라겠지만, 더 나아가 내 아이가 자랄 세상이 좀 더 살기 좋은 곳이 되기를 바라는 마음 말이다.

"그래도 말이에요."

지원이 조금 답답하다는 듯 중얼거렸다.

"언니랑 선경이야 계획해서 가진 거고, 은주 언니는 바라던 아기라고 치고. 난 가만히 있다가 애가 생겨서 그런지 이게 정말 억울해 죽겠습니다, 예."

"…계획해서 가졌어도 듣고 있으니 억울해."

재희가 테이블에 납작 엎드리며 한숨을 쉬었다.

아, 그러고 보니 낳고 나서 좋은 일이 한 가지는 더 있었다. 이렇게 납작하게 엎드릴 수 있게 된 것 말이다.

'그래도 이것보다는 좀 더 좋은 일도 있을 줄 알았는데.'

목요일은, 재희가 딸을 낳고 정확히 일주일이 되던 날이었다.

다시 말해 진통이 와서 병원 분만실에 드러눕던 날부터 세어 열흘이 지난 건가.

재희는 땀에 젖은 채 침대에 누워 생각했다. 몹시 아팠다.

사람들이 흔히 조리원은, 본격적인 육아 전쟁을 시작하기 전 누리는 마지막 자유라고 했다. 그래서 재희는 정말로 조리원 생활을 좀 누려 보겠다고 작심을 했다. 일단 당일 배송이 되는 인터넷 서점에서 책을 잔뜩 사다가 조리원에 쌓아 놓고 읽기 시작했다. 글도 썼다. 배가 가뿐해져서 그런지, 아니면 아이를 낳느라 한껏 끓어올랐던 아드레날린 때문인지, 그도 아니면 호르몬으로 인해 정신적으로 약간 혼란이 와서 그런지, 키보드에 손가락만 대도 글이 술술 써지는 것 같은 착각이 들었다.

물론 신생아실에 가서 아이를 들여다보고, 말을 걸고, 분유도 먹였다. 당연하게도 갑자기 없던 모성애가 끓어오르지도 않았고, 낳자마자 아이를 능숙하게 안게 되는 것도 아니었다. 하나하나 배워야 했다. 하지만 아침에 봤던 아기가 저녁때는 또 자라 있었다. 아이를 낳으면 휴대폰이 아기 사진으로 꽉 찬다는 게 남의 일이 아니었다. 사진을 찍어 비교하며 문득, 관찰 일기를 쓰면 재미있겠다는 생각이 들었다. 그 관찰 일기를, 보통은 육아 일기라고 부른다는 데 생각이 미친 것은, 바로 이날, 목요일 아침의 일이었다.

열이 펄펄 끓었다. 조리원 간호사는 혹시라도 아이에게 옮길까 봐, 그리고 괜히 아이를 안고 무리하다가 덧나기라도 하면 안 되니까, 당분간 신생아실에 와선 안 된다고 신신당부를 했다. 해열제를 먹었지만 바로 열이 내리진 않았다. 다행히도 조리원과 병원이 붙어 있어서, 재희는 며칠 만에 다시 의사와 얼굴을 보는 신세가 되었다.

"이상하네. 조리원에서 뭔가 무리를 했을 것 같지도 않고. 잘 쉬고 있었죠? 잘 먹고."

"뭐, 예…. 저기, 선생님. "

"이것저것 검사를 좀 해 보는 게 좋겠네요. 그리고…."

"사람이 무리한다는 것의 기준이 어떤 걸까요."

의사가 눈살을 찌푸렸다.

"유축을 하겠다고 밤새 유축기를 붙잡고 한숨도 못 자서 몸살이 난 산모를 본 적이 있죠."

"…"

"어차피 조리원에서 나가면 자고 싶어도 못 잡니다. 잘 수 있을 때 푹 자도록 하세요. 잠깐, 모유수유 안 한다지 않았어요?"

"책을 좀 봤고요…."

"애 낳고 바로 책 보면 눈 나빠집니다."

"진짜예요?"

"산후조리할 때 무리하는 것 아니에요. 아니, 안 피곤해요?"

"모르겠어요. 지금 신경이 붕 떠 있는게 마치 조울증 왔을 때 같은데…. 이번에 촉진제 맞은 것 때문일까요."

"영향이 있을 수 있고요. 일단 처방해 줄 테니 먹고 계속 열이 나면 오세요. 오늘이랑 내일은 그냥 딴 것 하지 말고 주무시고."

재희는 고개를 끄덕였다. 의사가 재희를 쳐다보며 강조했다.

"책 그만 보고, 인터넷 하지 말고, 휴대폰 끄고 그냥 자요. 조리원에 암막 커튼도 있으니까 그거 치고. 애 낳고 하루만 지나도 걸어 다닐 수 있으니까, 이게 아무 일도 아닌 것 같습니까."

"아뇨."

"가서 주무세요."

그렇게 되어서, 재희는 목요일부터 금요일 점심때까지 그저 잠만 잤다. 누워서, 잠을 자지 않더라도 그저 침대에서 뒹굴거리다 보니, 조금씩 느껴지는 게 있었다. 아이를 낳은 피로가 쉽게 풀리지 않는다는 것을. 촉진제를 맞으며 온몸의 호르몬들이 미쳐 날뛰다 보니 덩달아 몸이 가뿐해진 것 같이 느껴지긴 했지만, 그건 어디까지나 착각이라는 것을.

하루를 꼬박, 식은땀을 흘려 가며 앓았다. 그렇게 하루 반나절을 끙끙 앓는 소리를 내어 가며 잠만 자고 난 뒤에야, 몸이 조금 회복되는 듯한 느낌이 들었다.

"아, 정말… 마사지라도 받을까."

재희는 조리원에 들어온 첫날, 예약할 때 기본으로 포함되어 있어서 받았던 전신마사지를 생각했다. 아무래도 좀 더 건강에 신경을 쓰긴 해야 할 것 같았다. 막상 낳고 보니, 몸은 그야말로 엉망이 되어 있었다. 사람의 몸에는 복근이라는 게 엄연히 존재할 텐데, 배에 힘을 줘도 어디에 힘이 들어가는지 알 수 없었다. 아이를 낳을 때 침대 손잡이를 너무 꽉 잡았는지, 손목도 시큰거렸다. 눈도 그랬다. 무엇보다도 머리카락이, 며칠 사이에 푸석푸석해져 있었다. 물론 허리도 아팠다.

오후 다섯 시였다. 햇살이 창문 틈으로 들어와 벽을 불그레하게 물들이고 있었다. 그 햇살의 자취를 바라보다, 재희는 문득 중얼거렸다.

"큰일이긴 했구나, 정말…."

그때 감상에 젖을 겨를도 없이, 휴대폰에서 문자메시지가 도착했다는 알림음이 났다.

출산 축하드려요, 교수님. 산부인과 앞인데 뵙고 갈 수 있을까요?

그 학생이었다. 재희는 화들짝 놀라 일어나 앉았다. 그리고 잠시 생각하다가 바로 답신을 보냈다.

나 지금 그 병원 조리원이야. 1층에 커피숍이 있으니까 내려갈게!

잠시 후, 재희는 커피숍에서 그 학생과 마주 앉아 있었다.

"여기까지 나오셔도 괜찮아요?"

"응, 그럼. 건물 안이잖아."

대답하면서도, 재희는 여기 환자복을 입고 내려와 있는 산모는 자신밖에 없다는 것을 곧 깨달았다.

"근데 어떻게 알고 온 거야?"

"교수님이 글 쓰시는 웹진에서 봤어요. 출산으로 이번 회는 쉰다고 나와 있었거든요."

"…아, 맞다."

"갑자기 찾아와서 죄송해요. 하지만 감사하다고 말씀드리고 싶어서."

그 학생은 이것저것 간식거리와 아기 옷 같은 것을 꺼내놓았다. 하나같이 거절하기도, 돌려보내기도 애매한 것들이었다. 재희는 그 선물들을 풀어 보다가, 쇼핑백 가장 아래에 놓인 종이봉투를 집어 들었다.

"기념품이에요."

학생이 나직하게 속삭였다. 폭신한 것이, 티셔츠 같은 것이라도 들어 있는 듯했다. 재희가 종이봉투를 열었다. 그 안에는 구호가 적힌 검정색 티셔츠와, 붉은색 종이에 흰 글씨로 "낙태죄를 폐지하라", "낙태죄는 위헌이다"라고 적힌 종이들이 들어 있었다.

"오늘, 헌재 앞에 갔었어요."

학생은 조심스럽게 말했다. 재희는 날짜를 확인해 보고 아, 하고 탄식했다.

2019년 4월 11일. 헌법재판소에서 낙태죄에 대한 위헌 여부를 판가름한다고 했던 날이었다.

"난 아파서 계속 누워 있느라 뉴스도 못 보고 있었다, 어떻게 됐어?"

학생이 조용히 미소를 지었다. 그리고 엄지손가락을 들어 올렸다.

"헌법불합치래요. 내년까지 법을 개정하게 되었어요."

"와, 정말…. 드디어."

재희는 눈을 깜빡거렸다. 그러다가 휴대폰으로 뉴스를 검색했다.

"66년 만이래요. 세상에, 낙태죄가 만들어진 게 1953년이었대요. 전 그것도 이번에야 알았어요. 한국전쟁 끝나자마자 이런 법부터 만들었다는 거잖아요."

"응, 그렇지."

재희가 고개를 끄덕였다.

"난 어릴 때는 낙태가 죄인 줄도 몰랐어. 뱃속의 아이가 여자애라고 낙
태했더라는 이야기 같은 거 너무 많이 들어서. 나중에 낙태가 죄라는 이
야기 듣고는 황당하고 혼란스러웠지. 어쨌든 너도, 이 일도, 잘 처리되어
서 정말 다행이다. 음."

"감사합니다."

학생이 머리를 숙였다.

"정말, 그때 도와주시지 않았으면 저는 지금 학교도 못 가고… 정말 어
떻게 됐을지 모르겠네요. 정말 뭐라고 감사를 드려야 할지…."

"아냐, 뭐. 물어볼 데 없으면 선생한테라도 오는 거지."

"임신하셨는데, 그런 거 여쭤봐서 해서 정말 죄송했어요. 오늘도… 며
칠 전에 아기 낳으셨는데 이런 걸 가져와도 되는 걸까 생각했는데."

"어, 아냐. 내가 아기를 낳는 거랑 이 문제는 다른 거야. 이건 자기결정
권에 대한 문제라고. 여자 몸이 인구 대책을 위한 도구가 아니라 자기 자
신의 것이라는 뜻이니까. 잘됐다. 정말 잘됐어."

재희가 말하다가 미소 지었다. 그 애가 학교에 잘 다니고 있다는 그 말
이, 괜히 뿌듯했다.

"이제 2학년이지."

"예. 그때 빌려주신 수술비는…."

"천천히 줘. 떼어먹을 녀석 같으면 여기 오지도 않았겠지."

재희는 별일 아니라는 듯이 말하며, 학생의 전화번호를 휴대폰에 추가
했다. 그러면서 공연히 벙싯 웃었다. 문득 신생아실에 누워 있을 자신의
아기가 생각났다. 그 애가 살 세상이, 어쩌면 아주 조금 더 나아진 것일지
도 모른다는 생각이 들었다. 그 일은 하루아침에 이루어진 것이 아니며,
아주 오래된 싸움이 결국 여기까지 왔다고 말해야 옳겠지만, 그 길에는
한 방울 한 방울, 사람들의 눈물과 노력과 고백들이 쌓여 왔다는 것을 재

희는 알았다.

그래서 재희는, 어쩌면 그 컵의 물을 넘치게 한 마지막 한 방울들이었을지도 모를 자신의 학생을 바라보며 진심을 담아 말했다.

"정말 고마워. 오늘 헌재 앞에 가 줘서."

"이야, 그래도 자기가 열심히 일하는 거 보니까 기분 좋다. 응? 영영 복귀 못 하는 사람도 있는데 말이야."

키보드를 달리던 손가락이 뚝, 하고 멈췄다. 재희는 안경을 밀어 올리며 민 팀장을 노려보았다.

"이 악마."

"악마라니. 애 낳고 갇혀 있는 사람에게 친히 위문까지 와 줬는데 어떻게 그렇게 말할 수가."

조리원 퇴소 이틀 전, 민 팀장은 면회실 테이블 건너편에 앉아 웃음 지었다. 그녀는 들고 온 쇼핑백에서 주섬주섬, 마카롱이며 쿠키 같은 것을 꺼냈다. 출판사 근처에 있는, 꽤 유명한 베이커리의 마크가 상자마다 선명했다.

"이게 위문입니까. 한 시간 있다가 갈 테니까 원고 수정할 거 봐 달라고 메시지 보내는 게?"

"겸사겸사 하는 일이지. 그리고 말은 그렇게 하지만 정말 싫은 거야? 싫은 사람이 조리원에 노트북을 갖고 왔어? 싫은 사람이 조리원에서 글을 그만큼이나 쓰냔 말이야."

"…일 때문이에요, 문병 온 거예요?"

"둘 다야. 그래서 일은?"

"여기요."

재희가 잔뜩 부루퉁한 얼굴로 파일을 전송했다. 일단 서버에 올려놓은 뒤, 재희는 노트북 컴퓨터의 화면을 돌려 민 팀장이 수정을 요청했던 부분을 보여 주었다.

"그래, 아유, 딱 좋네."

민 팀장은 히죽 웃었다.

뭐, 어쩔 수 없다. 자기도 결혼을 했고 아이를 둘이나 낳은 사람인데, 임산부를 쪼아 가며 원고를 받아내는 게 마음이 편하지만은 않았겠지. 재희는 마카롱 상자를 열며 생각했다.

"그리고 난 정말로 자기가, 애 낳기 전에 그 시리즈 다 쓸 줄은 몰랐지. 자기 진짜 대박이야."

아니, 잠깐. 그 생각은 취소다.

"제가 애 낳다가 죽었으면 장례식장에 와서 작가의 말은 쓰고 죽었어야 할 게 아니냐고 하려고 하셨죠."

"자기, 너무 말 독하게 하는 거 아니야?"

"독하다고요? 산모를 말입니다, 이렇게 혈압을 올려서 머리를 펑펑 돌게 해도 된다고 생각해요?"

"아니, 난 지금 칭찬으로 하는 말이야. 왜 그래?"

"병 주고 약 주러 왔어요? 팀장님은 그, 말 한마디로 천 냥 빚을 갚는다는 이야기도 좀 생각해 주시면 참 좋을 텐데 말이야."

"아니, 난 이제 우리 원고 다 끝났으니까 푹 쉬라고, 그 말 하려고 온거야. 왜 그래."

"됐어요, 변명하지 마. 자기네 글은 낳기 전에 다 쓰고, 다른 회사 글은 천천히 쓰라 이거죠. 이 악마."

재희는 투덜거리며 간식거리를 집어먹었다. 민 팀장은 웃으며, 가져온 콜드브루 커피를 적당히 희석해서 아메리카노를 만들어 왔다.

한참 이것저것 우물거리다가, 재희가 입을 열었다.

"저, 완전 기막힌 이야기를 봤어요."

"역시, 당분은 좋은 거야. 사람 마음까지 녹인다니까."

"그거 아니고요. 너무 어처구니가 없어서 누구한테든 말하고 싶다고요. 임금님 귀가 당나귀 귀예요."

"뭔데."

"요즘은 출산할 때, 옵션으로 아기 유전자 스크리닝 검사할 수 있거든요. 막달 검사할 때 미리 신청할 수도 있고."

"스크리닝? 아, 위험성이 있는지 보는 거 말하는 거구나. 근데?"

"근데 어떤 집 남편이, 간호사 쌤이 분만실에서 이것저것 확인하면서 유전자 스크리닝 검사도 신청하셨죠, 하고 물어보니까 화를 내더래요."

"왜? 비싸서?"

"유전자 검사라니, 자기 애가 아닌 거냐고요."

민 팀장이 입을 딱 벌렸다.

"장난해? 자기 마누라가 애를 낳는데 그러고 있었다고?"

"그렇대요. 전 산모 본인에게 들었어요."

"세상에… 아니, 그렇게 무식한 인간이랑 어떻게 살아?"

"그러게나 말입니다. 근데 그게 다가 아니었어요."

재희가 고개를 저었다.

"남편들이 조리원에 잘 안 오는 집도 많은 거 아세요? 남편이 아예 조리원에서 먹고 자고 출근하는 집도 있지만. '우리 아기가 너무 귀여워서, 애를 보면 눈에 밟혀서 일이 안 된다'는 집 정도는 애교지. 자긴 딸을 기대했는데 아들이라고, '시커먼 남자애를 가서 봐서 뭐 하냐'면서 안 오는 집도 있다는 거예요."

"미친 새끼네. 자식을 뭐라고 생각하는 거야. 그리고 일이 안 되긴."

민 팀장이 바로 인상을 확 구겼다.

"우리 회사 남자놈들 말인데, 애 낳으면 이제 자유의 시대는 완전히 끝났다고, 마누라 산후조리원에 들어가 있는데 애 아빠 끌고 나이트 가고 그런다. 그런 새끼들이 멀쩡한 마누라한테 인유두종 바이러스나 감염시키고 다니는 거지."

"제 친구 남편도, 애 낳고 나서 처음엔 잘 했는데. 좀 지나니까 그 회사 아저씨들이 살살 꼬이는 거예요. 야근이나 회식한다고 하고 늦게 들어가라. 회사 당직실에서 자다 들어가라. 아니, 제 친구가 같은 회사거든요? 남편보다 직급도 높거든요? 그거 알 거 다 아는 사람 앞에서 이게 무슨 야료예요. 이혼당하라고 고사를 지내지."

"그래서, 그 남편이 어떻게 했느냐가 중요하지. 어때?"

"다행히도 애 낳기 전에 친구에게 좀 크게 잘못한 게 있어서, 바로 친구한테 말을 했어요. 계장이 자꾸 그러신다고."

"어휴, 그래도 그 남편은, 아이큐가 기본은 가네."

민 팀장은 그 이야기를 받고, 이번에는 자기가 아는 불성실한 애 아빠들에 대한 성토를 시작했다. 그중에는 민 팀장의 남편으로 추정되는 사람도 있었지만, 재희는 눈치채고도 크게 내색하지 않았다.

어쨌든 민 팀장과의 인연은 길었다. 재희는 지금까지 쭉 혼자 일해 왔다. 친구도 있고, 비슷한 일을 하는 사람들도 있었지만, '동료'라고 생각하는 사람은 거의 없었다. 강의를 나가고 다른 강사들과도 어울렸지만 먼저 남의 삶을 깊숙이 들여다 볼 만큼 친하게 지내지도 않았다.

하지만 민 팀장은 조금 달랐다. 어쨌든 좋든 싫든 십 수 년을 알아 온 사람이고, 그 사람이 아이를 둘을 낳고 다시 회사로 복귀해서 일하는 모습도 보아 왔다.

아이를 낳고도 일을 계속하는 사람이 근처에 존재한다는 것, 그 자체가 아이를 낳게 되는 용기가 되었다. 그걸 이제야 알았다. 함께 우왕좌왕

하며 어쩔 줄 몰라 하던 친구들의 존재만큼이나, 몇 걸음 앞서가는 사람들이 있어야 더 힘이 난다는 것을.

"그나저나 세상 좋아졌네. 회음부 열상 방지 주사라는 게 있다고?"

"왜, 히알루론산이라고 있잖아요. 안구건조증 안약에 들어가는 거, 그게 출산할 때 모체를 보호하기 위해 많이 생성되는데, 그것 때문에 회음부가 붓는대요. 그런데 그 주사를 맞으면 그 물질이 분해가 되어서 잠깐 붓기가 빠지니까, 조금만 절개해도 된다더라고요."

"좋네. 난 애들 낳고 한 이틀은 아예 앉지도 못했고, 도넛 방석만 2주는 썼어. 게다가 나 아는 사람은 애 낳고 나서, 변을 보는데 변이 질 쪽으로 나오더라는 거야."

"세상에."

"회음부 꿰맨 데가 덧나서 그렇게 되기도 한다는 거야. 직장질루라고. 그러니 그거 절개 덜하는 게 얼마나 좋은 거겠어. 아, 말 나왔으니 말인데 우리 때는 무통 주사도 없었다? 그거 생각하면, 지금은 확실히 좋아졌지. 맞아."

민 팀장의 말에 재희가 한숨을 쉬었다.

"좋긴요. 저는 말입니다, 어릴 때 말이죠. 제가 커서 아이를 낳을 때쯤 되면 다들 SF에 나오는 인공 자궁을 쓸 줄 알았어요."

"자기는 너무 멀리 갔어."

"정말로요. 중학교 때 임신 출산 비디오 같은 걸 보여 줘도, 앞으로 한 10년? 아니, 아이는 서른 넘어서 낳을 거니까 15년 뒤에는 그런 게 나올 줄 알았다고요. 그로부터 20년이 지났는데, 아직도 여자가 배 아파서 아이를 낳을 줄은 상상도 못 했어요."

"어휴, 이 4차원 같으니. 아, 그나저나 오랜만에 이런 이야기하니까 재미있다."

"…전 이상한 나라에 떨어진 것 같았어요."

재희는 수정된 파일을 웹하드로 전송하고, 노트북을 덮고서는 피식 웃었다.

"지난 아홉 달 반… 아니다, 임신하기로 결정했던 게 은주 언니 결혼하던 무렵이었으니까… 1년 좀 안 되었네요. 그동안에 정말 많은 게 변해 버렸어요."

"이를테면?"

"임신도 하기 전에, 일단 호르몬 치료만 받아도 몸이 변하고. 여기저기 아프니까 건강 문제도 그렇고… 결혼들을 안 한다, 태어나는 애들이 줄었다 해도, 사실 결혼한 여자들 중에는 아이를 낳는 사람은 많아요. 요 나이대의 여자들 숫자 자체가 적어서 그렇지. 그런데도 닥치기 전에는 상상도 못 했던, 정말 듣도 보도 못한 일들이 많은 거예요. 왜 다들 이런 이야기를 제대로 안 해 줬던 거죠?"

재희가 고개를 절레절레 흔들며 쓴웃음을 지었다. 산후우울증이 거하게 오는 것은 미리 각오를 했지만, 그밖에도 상상도 못 할 일들이 가득했다. 빈혈에 탈모, 가려움증, 역류성 식도염, 게다가 여기저기 곪거나 뾰루지가 튀어 올랐다. 임신 초기에는 복수도 찼고.

그나마 재희는 이만하길 다행이었다. 지원의 부유두는, 사람 몸이 그렇게 변하는 건 정말 상상도 못 했다. 선경은 임신성 당뇨에 고혈압, 여기에 자간전증으로 시력까지 엉망이 되어 버렸다. 그나마 평온한 임신 기간을 보내는 듯한 은주도 피부 트러블이 심했다. 지난번에 보니 발바닥이 다 헐고 물집이 잡혀, 신발을 바꿔야 했다. 앞으로 아이를 낳기까지 또 무슨 일이 벌어질지는 아무도 모른다. 그 모든 일들이, 낳고 시간이 지나면 어느 정도 돌아온다고 하지만, 얼마나 돌아올지, 원래대로 돌아오는지는 알 수 없다.

아니, 그것도 아니다.

재희도, 지원도, 선경도, 은주도, 이만하면 아이를 낳기에 정말 유리하다는 게 문제였다. 네 사람 모두, 병원이 가까이에 있는 수도권에 살고 있다. 아이를 원했을 때 난임 치료를 전문으로 하는 병원이 가까이 있고, 갑자기 양수가 터져도, 새벽에 진통이 와도 어렵지 않게 갈 수 있는 분만병원이 있고, 여차하면 119에 전화를 걸어 곧바로 도움을 받을 수 있는. 네 사람 모두, 서울에 있는 4년제 대학을 나왔다. 임신과 출산으로 다소 경력들이 꼬이기도 했지만, 그전까지 대체로 어디다 명함을 내놓아도 빠지진 않을 정도의 이력을 쌓아가면서. 살면서 아주 풍족하다고 느껴진 못했지만, 통계적으로 볼 때는 분명 중산층으로 분류될 정도의 소득을 올리고 있었다. 정보 접근성 면에서도 취약하지 않았다. 배울 만큼 배웠고, 책이며 인터넷이며 뭐든 원하는 만큼 찾아볼 수 있는 여건도 능력도 되는 사람들이었다.

그렇다면 이 네 사람은, 같은 시기에 대한민국에서 임신을 하고 아이를 낳는 여성 중에서는 여건이 꽤 좋은 편이다. 농담으로라도 최악의 케이스라고는 말해서는 안 되는 사람들이다.

그런데도 정말 생각지도 못한 일들이 계속 일어났다. 하루하루가 새로운 이벤트의 연속이었다.

임신 중 일어나는 기쁜 변화들에 대해서는 책에서도, 인터넷에서도 쉽게 찾아볼 수 있었다. 하지만 당혹스럽고 고생스러우며 생각할수록 괴로운 일들에 대해서는 상대적으로 말하는 이들이 적었다.

정말 이런 일들이 일어날 거라고 아무도 말해 주지 않았다.

아이가 태어나지 않아 큰일이라고, 아이가 태어나는 게 행복이라고 말할 뿐. 하다못해 몸이 아플 때에도, 임신 기간 내내 현대 의학에 외면당한 것처럼 약도, 파스 한 장도 마음 놓고 쓸 수 없다는 것을. 아이가 희망이라고 말하면서, 그 아이를 임신한 여자는 사회로부터 반쪽짜리 취급을 당하며 멸시당한다는 것을. 몸이 무겁고 지켜야 할 존재가 있는 약자가 되어 버려, 손쉽게 공격 대상이 된다는 것을.

"…이런 것들을 다들 안다면, 그래도 임신을 할까요?"

아니, 그런 문제뿐만이 아니었다. 지원처럼 이런 일로 회사에서 한직으로 밀려나거나, 선경처럼 해고당하거나, 사표를 쓸 것을 종용받거나… 혹은 사업을 하거나 프리랜서로 일하다가도 접게 되었을 수많은 여자들이 있었을 것이다. 아니, 대놓고 나가라고 하지 않더라도, 아이를 믿고 맡길 수 있는 곳이 너무 부족해서 일을 포기하는 순간들도 있었을 것이다. 아이가 태어났을 때, 아이가 아플 때, 아이가 유치원에 갔을 때. 방과 후 보육이 제대로 연계되지 않을 때는 심지어는 엄마가 교사일 때조차도 눈물로 일을 그만두는 경우가 많았다는 저 마의 초등학교 1학년 때. 그 모든 순간에, 아빠들이 눈물을 머금고 일을 그만두었다는 이야기는 거의 들어보지 못했다.

누구나 민 팀장처럼 독하게 버텨내진 못했을 거다. 그건 그 여자들이 약하기 때문이 아니다. 더 혹독한 위치에 서 있었기 때문에 어쩔 수 없었던 거다.

"아니, 적어도 이런 일이 벌어질 거라고, 미리 알기는 알고 시작해야 맞는 게 아니었을까요?"

"자기야, 우리 큰애가 올해 중학교에 가잖아."

"아, 벌써요."

"그런데 작년에 임신과 출산에 대해 학교에서 배우는데, 진짜 그냥 생명 탄생의 위대함에 대해서만 배워 왔더라. 아니, 위대하기로 치면 프랑켄슈타인 뮤지컬에서 크리처 만들 때에도 위대한 생명창조의 역사가 시작된다고 하던데."

"그쵸…?"

"근데 바로 작년에 EBS의 무슨 프로그램에 나왔잖아. 여학생들이 두려움을 느낄 수 있는 산모의 고통보다는 생명이 태어난다는 것에 집중해서 가르치라고, 선생들 보는 지도서에 나와 있더라고."

민 팀장은 허탈하게 웃었다. 재희도 마찬가지였다.

"대체, 어떤 미친놈이 임신을 아름답다고 그러는 거예요."

"그러게. 그러게나 말이야."

[끝]

임신을 하고 나서 내 몸에 벌어진 일들은 황당하고 당혹스럽기만 했다. 임신이 포카리스웨트 광고 같은 건 아니라는 정도는 알았지만, 임신 증상으로 가장 유명한 입덧은 임신 중에 내 몸에 벌어지는 수많은 문제 중 가장 귀여운 편이라는 것은 임신한 뒤에야 비로소 알게 되었다. 기쁨도 행복도 있었지만, 순간순간 이러다가 사람 잡겠다는 생각이 들었다. 아픈데도 임신 중에는 해 줄 수 있는 게 많지 않다는 말을 들으며, 수시로 현대 의학으로부터 버림받은 것 같다고 짜증을 냈다. 그러다가 비슷한 시기에 임신한 다른 사람들을 만났다. 저마다 고립된 섬처럼, 그전에는 듣도 보도 못하고 생각지도 못한 고통들에 시달리고 있다는 것을 알게 되었다. 그 고통은 나만의 것이 아니었다. 그 사실을 알게 되자 고통은 분노가 되었다.

어째서 이런 이야기를 제대로 해 주지 않은 거지?

임신을 하고서, 혹은 아이를 낳고서 일자리로 돌아가지 못한 사람들을 알고 있다. 누군가는 이제 아빠가 될 테니 열심히 해서 승진도 해야지, 하고 덕담을 듣고 있는데. 경력 단절의 시험대. 임신과 출산은 여자를 그 위에 올려놓는 가장 손쉬운 방법이었다. 시간에 덜 구애받는 프리랜서라고, 혹은 고용이 안정된 공무원이라고 해서 고민이 없는 것은 아니다. 계속 일하고자 하는 사람들을, 임신과 출산과 육아를 핑계로 구석으로 밀어내거나 승진에서 배제하고, 혹은 대놓고 퇴사를 종용하는 것은 대한민국 곳곳에서 지금 이 순간에도 벌어지는 일들이다. 죽을 힘을 다해 버티는 사람들 앞에서 "그래도 아이를 낳아야지." 하고 훈수 두듯 온 사회가 압력을 가하는 모습을 목격하면, 눈 가리도 아웅도 좀 적당히 해 줬으면 하는 생각이 앞섰다.

임신을 하면 몸이 아프고, 뱃속에는 지켜야 할 태아가 존재하게 된다. 갑자기 약자가 된 상태에서 집 밖으로 나서면, 사회는 임산부를 투명인간 취급하거나 오히려 윽박지르고 멸시한다. 모든 사람은 여자의 뱃속에서 자라 세상에 태어나는데, 어떤 사람들은 임산부는 눈앞에서 자신을 멸시하고 모욕하고 혐오하는 말을 들어도 항의할 수 없을 거라 믿어 의심치 않는 듯했다. 임부복을 입고 출근을 하는데 "배부른 여자가 집에나 있을 것이지." 같은 소리를 들어야 한다. 이봐요, 나도 지금 출근하고 있다고요.

임신이라는 일이 낯설다 보니 꼼꼼히 메모를 해 나가다가, 임신으로 몸이 아파 골골대던 2014년 겨울, 홧김에 만화 콘티 형태로 초고를 쓰기 시작했다. 그렇게 쌓인 낙서와 메모들을 구체적으로 꺼내게 된 것은 2018년의 일이었다. 그래서 이 이야기는, 2018년 봄에서부터 시작하여, 헌법재판소에서 낙태죄의 헌법 불합치 판결이 나던 2019년 봄까지, 꼭 1년 동안을 담고 있다. 이 이야기는 임신에 대한 소설인 동시에, 여자가 자신의 몸에서 일어나는 일들을 알고 선택할 수 있기를 바라는 현실적인 이야기가 되었으면 했으니까.

네 사람의 주인공은 어느 정도 사회에서 자리를 잡은 삼십 대 후반으로, 직업도 안정적이고 환경이나 조건도 그만하면 좋은 편이다. 결정적으로 임신으로 인한 건강과 커리어 문제에 집중하기 위해 소위 '시월드' 이야기는 아예 꺼내지도 않았다. 그 정도면 한국에서 임산부로 살아가기에는 무척 양호한 조건임에도 불구하고 고통스러울 만큼, 지금 한국에서 여성이, 특히 일하는 여성이 아이를 낳는다는 것이 쉽지 않은 일임을 알아주셨으면 한다.

이 이야기에 손을 내밀어 주신 구픽 대표님, 용어 등을 감수해 주신 신정아 님과 홍예지 님, 응원해 주신 윤한 작가님(《길티 이노센스》)과 민서영 작가님(《쌍년의 미학》), 임신 과정을 거치는 동안 SNS에서 만나 함께 짜증내고 정보를 나누며 서로를 응원했던 여러분들, 그리고 아직 이 이야기를 메모만 하던 무렵부터 진료받으러 갈 때마다 나의 온갖 질문 공세에 문자 그대로 시달리셨던 우리 동네 산부인과 6과 원장님과 간호사 쌤들께 특히 감사드린다.

전혜진

렌나르트 닐손, 라르스 함베르예르, 고경심 역, 《아기의 탄생》, 지식의 숲

데보라 잭슨, 오숙은 역, 《인류는 어떻게 아이를 키웠을까》, 뿌리와 이파리

김영아, 박현주, 《3540 임신 출산의 모든 것》, 길벗

김보성, 김향수, 안미선, 《엄마의 탄생》, 오월의 봄

플로렌스 윌리엄스, 김석기 역, 《가슴 이야기》, MID

제시카 발렌티, 안기순 역, 《행복한 엄마의 조건》, 사막여우

SBS 스페셜 제작팀, 《산후조리 100일의 기적》, 예담

김정욱, 《산후조리원 성공창업》, 정글스토리

tvN 기획 특집 〈아빠의 임신〉 제작팀, 《아빠의 임신》, 예담

하이디 머코프, 샤론 마젤, 서민아 역, 《임신 출산 수업》, 다산북스

삼성출판사 편집부, 《임신 출산 육아 대백과》, 삼성출판사

여성가족부, 《초보 아빠 수첩》

보건복지부, 인구보건복지협회, 《난임 가이드북-난임, 바로알기》

국민건강보험, 《임신성 당뇨병 바로알기》

e-나라지표 www.index.go.kr

280일 누가 임신을 아름답다 했던가 (리커버)

1판 1쇄 발행 2019년 6월 25일
2판 1쇄 발행 2022년 7월 15일

지은이   전혜진

발행인   김지아
디자인   강수정

펴낸곳   구픽
출판등록   2015년 7월 1일 제2015-27호
주소   서울시 광진구 동일로 459, 1102호
전화   02-491-0121
팩스   02-6919-1351
이메일   guzma@naver.com
홈페이지   www.gufic.co.kr

© 전혜진, 2019

ISBN 979-11-87886-40-2 03810

※ 이 도서는 한국출판문화산업진흥원 '2019년 우수출판콘텐츠 제작 지원' 사업 선정작입니다.